果しなき流れの果に

新装版

小松左京

角川春樹事務所

目次

果しなき流れの果に

プロローグ

±n

大地がまたはげしくゆれた。

蘇鉄(そてつ)の巨木密生林の中で、下ばえのシダの若芽をむさぼりくっていた、巨大な生物が、不安そうに小さな頭をあげた。――長さ十数メートルに達する巨体にくらべて、頭はひどく小さく、葉をかみしめながらあたりを見まわす眼には、臆病(おくびょう)さと愚鈍(ぐどん)さのいりまじった表情がたたえられている。

大地はふたたびゆれ、見あげるばかりの蘇鉄の葉と幹が、ザワザワとゆれた。――ドーンと、空気を鉄板でひっぱたくような音がすると、あとは遠雷のようなとどろきが、高く、また低く、とめどもなく大地の底をゆさぶりはじめた。――突然天をおおっていた蘇鉄の葉がなると、なにかがシダのしげみの中にバサッと落ちてきた。――かすれたような、はげしい音をたてて、しげみの中からなにか小さな黒いものがとび出して、矢のように別のしげみにとびこんだ。おちて来た紡錘(ぼうすい)形の石は、たちまちシダのしげみをうす青い煙をたててこがした。火山弾はしばらくの間、ひっきりなしにふりそそぎ、林の中には、やけた鉱物と、亜硫酸ガスと、植物のこげるにおいがたちこめた。

あの巨大な生物の姿は、いつのまにか林の中に見えなくなっていた。——しかし、火山弾の落下がやっと小やみになり、かわりに網の目のように空をおおう葉の天井に、火山灰がサラサラと音をたてはじめたころ、シダのしげみの中にもり上った、小高い、苔や小さなシノブ類のシダでおおわれた岩が、ゴソリと動いた。

岩と見えたのは、さっきの生物だった。——しげみの間にはい出た姿を見ると、末期剣竜類の一種らしかった。——もり上った背中につったつ、大きな盾のような二列の突起は、外敵の防禦のためというより、むしろ擬態のための小道具らしい。さっきのように、しげみの中にうずくまってしまうと、びっしり苔や、小さな植物におおわれ、灰緑色の突起をつらねたその背中は、岩としか見えなくなってしまうのである。

剣竜は、しげみをザワザワかきわけて、あるき出した。そのあゆみは緩慢でおぼつかなく、小山のような体に比して、おそろしくちっぽけなその顔には、なんの表情も見えない。——林をぬけて、赤土のむき出しになった平原をつっきろうとした時、この哀れな生物は、ちょっとまよったように見えた。まばらな草におおわれ、ところどころに灌木林や、しげみや、露岩のちらばるゆるやかなスロープは、ひっきりなしに痙攣しているようにみえた。——大地がビリビリふるえるたびに、草原の上に、波のようなざわめきが散って行く。

小動物——新顔のちっぽけな有袋類や、まだ四肢の痕跡をはっきりつけたまま身をくねらせて行く蛇や、カンガルーみたいにピョンピョンとぶ小型の恐竜類、それに空には、歯のある鳥が不吉な声をひびかせ、スロープの下、海か湖かわからぬ彎曲した鉛色の岸辺へむかって逃げて行く。蘇鉄林の背後で、火山はおそろしくムクムクした、葉牡丹のような噴煙を、沖天高く吹きあげていた。あつい砂礫が、ひっきりなしにふりそそぎ、空は灰色のベールに半分以上おおわれ、太陽は血のしたたるような色にかわっていた。

このあたりでは、もうめっきり数のすくなくなった、生きのこりの一匹である剣竜は、鳴動する大地をふみしめながら、ちょっとためらっていた。

——あの小動物たちとともに逃げるべきか？

だが、彼の長年の棲み家であり、完全な食堂であるあの蘇鉄の林をすてるのは、ひどく心のこりだった。——気候が次第に寒冷化し、おまけに激発する大噴火にやきはらわれて、この経度圏では、彼の楽園である蘇鉄群生林も、ほとんど絶滅しかけていた。かわって、いじけた松柏類が、次第に奥地から南下しはじめている。

剣竜には、ほとんど記憶らしい記憶はなかった。——彼の一族の脳髄は、奇形なほど小さすぎ、おまけに頭部と腰骨のあたりの、二つに分離されていた。だからもし、この四体ばかりでかい、あわれな草食爬虫類に、記憶とよべるものがあれば、それは、長い脊髄灰白質全体に、かすかな痕跡をとどめているにすぎなかったろう。——しかし、彼はぼんやりとおぼえていた。スロープをくだって行くことの危険……本来は、このスロープそのものが、むかしは存在せず、豊富な沼沢地をちりばめ、植物は繁茂し、からみあった平坦地であったこと——そして、ある時突然、大地が今日のように鳴動し、火を噴いた時に、沼沢地の一方がもち上り、その上を灰がおおって、今のスロープができたのであること……

剣竜は、まだまよっていた。スロープの下の恐怖は、グロテスクな彼の巨体のどこかにのこっており、それが彼の足をすくませた。——だが、その時、背後でまたもや大爆発がおこった。炎や煙を吹きながら、裂けたパン皮のような岩塊が、うなりをあげて周囲におちた。その一つは、彼の背の突起の間にはさまり、鱗のようになった厚い皮膚を焦して、するどい痛みを肉につき通した。今度こそ、剣竜は走り出した。体をゆすって、あきれるほどのろのろと……。背後よりせまる危険と、眼の下にひそむ危険が、彼の足を、ななめにむかわせた。スロープの中腹に長い、けわしい断層崖があり、彼はその下へむかって歩みをすすめたのだ。草原は、あちこち火がついていた。最初の爆発の火山弾でうたれ、傷ついてたおれた小動物の姿も、ところどころに見えた。あきれるほど無器用に、よたよたと大地をふみしめる剣竜の足は、そういった生物の死体の一つをふみつけた。——大きな、ガス孔のいっぱいある火山弾に頭をうちくだかれて、よこたわっているその生物の死体は、ほっそりとしていて、長さ二メートルぐらい。脚が長く、全身を黒い光沢のある皮のようなものにおおわれ、顔の部分と前肢の尖端だけが白く、一方の前肢の先には、なにか妙な、円筒型のピカピカ光る金属の筒をもっていた。——だが、むろん、剣竜は、そんなものには、見向きもしなかった。

やっと断崖の下に達した時、剣竜の足は、凍りついたようにぴたりととまった。——断崖の下には、先客がいた。あのスロープの下の『危険』が……。あとずさりができないうすのろの剣竜は、船が方向をかえるように、よろめきながら方向をかえようとした。高さ七メートルのところにある、おそろしく巨大で残忍そうな頭は、剣竜のそんなまぬけな動きを、なんの関心もないような眼つきで、冷然と見おろしていた。だが、剣竜がやっと横にむきをかえ、もり上った背中をゆさゆさとゆすぶって歩き出した時、その巨大な頭は、突然グワッと口をひらいた。

　ぬれた焔（ほのお）のような、いやらしい、ピンクと赤とオレンジ色に光る口腔（こうこう）のまわりには、剣のようにとぎすまされ、先が内側へむかって彎曲した歯が、ずらりと二列にならんではえていた。ひらかれたその口は、後頭部にまで裂け上っていた。口裂のはしには、その巨大な顎（あご）をしめつける、水圧器のアームのような筋肉がむき出していた。まばたきしないその眼は、一対の血の色をした炎だった。巨木のようなその尾が、大地をズシンとたたくと、二十トンもあるその巨体は、かるがるとはねて、一足とびに剣竜の正面に立ちはだかった。
――剣竜は、大地にうずくまった。もはや擬態ではなく、腹をぴったり大地につけたまま、背中の盾のような突起をおしたてて、威嚇（いかく）するように動かし、ひとかかえもありそうな、鋭い、曲った棘（とげ）のはえた尾を――彼の唯一の『武器』を、ビュッ、ビュッと左右にふった。

　だが、有史以来、地上に存在した生物の中で、もっとも凶暴で、もっとも巨大な暴竜――ティラノザウルス・レックスにとって、そんな反抗は、なんの意味もなかった。剣竜の鋭くとがった尾の先が、その比較的やわらかい腹の皮を、ピシッとうち、腹の皮が裂けて、かすかに血がにじんだ時も、この地上の王者は、歯をむき出したまま、微動もしなかった。――断崖をこえてきた火山弾の一つ二つが、その頭にあたったが、半トンもありそうな、口ばかりといっていい巨大な頭は、ゆるぎもしなかった。やがて、暴君は、突然巨岩の柱のような後肢をあげて、剣竜をけたおした。後肢の鋭い爪で、横腹の一部をきりさかれた剣竜は、横たおしになって、バタバタもがいた。――びっくりするほどの敏捷さで、はねおきて退却しようとするその頸を、ティラノザウルスの後肢がふんづけた。

いやな音がして、剣竜の首の骨が折れた。

しかし、剣竜は、だらりと地上にたれた頭をひきずって、なお逃げようとした。――脳髄の小さな彼にとって、頭はそれほど大した意味をもたないのだ。――暴君はしかし、今度はその巨大な頭を前にかたむけて、はしからはしまで、一メートル半もありそうなその口で、ガブリと餌物の頸にかみついた。万力のような顎が、骨をかみくだき、カミソリのような歯が、かたい皮と肉を切り裂いた、軽い一ふりで、頸はすっぽりと切りとられ、暴君の口にくわえられた。後肢にくらべて、おそろしく小さくて精巧な、それだけにかえって邪悪な感じのする前肢の爪で、その頸をしっかりおさえ、ティラノザウルスは、ほんの一かみか二かみで、その頭をのみこんだ。――頸のない剣竜の胴体はくいちぎられた所から、はげしく血を吹き出しながら、それでも、ひどくしっかりした足どりで、のがれ去りつつあった。――暴君は、たけだけしい足どりで、そのしぶとい胴体にちかづくと、後肢の一撃を、今度はむやみやたらにふりまわしている尾のつけ根にくわえた。グギッと音がして、剣竜の後肢の関節がはずれた。今度こそ、胴体はどうと横たおしになり、立ち上がろうとしなかった。しかしその四肢は、まだのがれ去ろうとするようにもがきつづけ、太い尾はバタリ、バタリと大地をたたきつづけた。

獲物に近づくと、暴君は食事にとりかかった。血まみれの歯で、胴腹の柔らかい皮膚にガップリかみつき、ぐいとひっぱり、小さな前肢の鋭利な爪で、その柔軟な皮をひきさいた。——容積こそ剣竜より大きいが、機能においては餌食とあまりかわらない、その冷い、暗黒の脳髄の中には、喜びもなく、せまりくる危険に対する洞察もなく、ただうちおした餌物を食いちらし、血をすすり、肉をのみこんで、胃をみたす、ガッガッした衝動しかなかった。ふりそそぐ火山灰や火山礫、大地のたえまない振動などには、一向に頓着なく、彼はひたすら、餌物にくいつき、かみくだき、のみこんだ。

と——突然彼は、そのグロテスクな頭をキッとあげた。なにか奇妙な耳ざわりな物音——彼がこれまで一度もきいたことのない、小さな、しかしけたたましい物音が、つたわってきたのだ。

それは、断続して、規則的になりわたった。噴火と鳴動の最中にもかかわらず、はっきりきわだって鳴りひびいた。——ひどくいらいらするひびきだった。この巨大なタイラントが、何十年も生きつづけて来た間、一度もきいたことのないようなひびきであり、それは彼に今まで経験したことのないような焦立ちと怒りをかきたてるひびきだった。

彼はその血だらけの、巨大な頭を、ゆっくりとめぐらせた。血の泡にまみれて、くいしばられたむき出しの歯からは、臓腑や腱が、赤い滴をひいていくすじもたれさがっていた。

やがて、その冷たくもえる、赤い眼は、音のひびいてくる方角にぴたりとむけられた。

——それは、すぐ傍の断崖……大地のふるえるたびに、たえず土砂や、岩石がなだれおちてくる断崖の下からだった。わけのわからない、凶暴な怒りにかられて、ティラノザウルスは食べかけの餌物をほったらかし、音のする方角にむかって突進した。——二十トンの重量で大地をふみならし、歯をガチガチとかみならして……。勢いあまって、断崖にどすんとぶつかり、頭からザッと土砂をかぶっても頓着なく、彼は息をあらげて、音の源をもとめつづけた。

(出てこい……)もし、彼に言葉があったら、こう叫んでいたろう。(おれの領土に、きいたこともない、無礼なひびきをまきちらす奴は誰だ？　どこにいる？——出てこい！)

ついに彼は、音のほとばしり出てくる箇所をつきとめた。——断崖の一部に、たてに細長く、奥深い裂け目があって、音はその洞窟の奥からきこえてくるのだ。彼は声のない唸りをあげて、その裂け目に突進した。——だがそのばかでかい頭蓋骨が両側の岩にガチンとつかえて、かろうじて鼻づらの一部がはいっただけだった。音はまだ、しつこく、うるさく鳴りつづけた。彼は裂け目にもぐりこもうと、もがいた。——岩がバラバラとおちてきたが、それ以上はどうしてもだめだった。かろうじて、眼のあたりまでもぐりこませた彼は、うすぐらい洞窟の奥に、やっと音を発するものの正体だけ、見ることができた。

それは——

身をふるわせて、カン高い金属音を発しつづける、一箇の、奇妙な形をした、金色の電話器だった……。

第一章　象徴的事件

1

「どうぞ……」と教授の声がした。「はいりたまえ」

野々村は真鍮(しんちゅう)のノッブのひどくからまわりするドアをあけた。――鍵(かぎ)がいやにガチャガチャなるのが、教授の神経にさわらないかと、気になった。

部屋の中は、しめった冷たい空気にみたされて、しんとしていた。明るい廊下からはいってくると、しばらく眼をしばたたいていなければならないほど、うす暗かった。――大泉教授は、ずっと眼をわずらっている。外では濃いスモークのサングラスをかけ、部屋の中はいつもブラインドをおろしている。

眼がなれてくると、教授とむかいあって、もう一人の人物がすわっているのが見えた。――でっぷり肥(ふと)って、いい服装をしている。精力的な顔で、太い黒縁の、ボックス型の眼鏡をかけ、意志的な、おおきな顎(あご)をしていた。実業家かな?――と野々村は思った。

「野々村くんです……」と大泉教授はしずかな声でいった。「K大史学部の番匠谷(ばんしょうや)教授だ」

ああ、あの人か……と、野々村は思った。理論物理の彼でもその人物の名はきいたことがあった。K大の番匠谷――なんでも屋、それに財界、政界、海外にも顔がきき、ひどく精力的で、スキャンダラスな学者だった。学者なんかやるより、政治家にでもなったほうがいい――とみんなかげ口をきいていた。そのくせ、講座はそこらへんのみみっちいタレント教授よりもキチンと維持しているし、時々突拍子もない、派手な業績をあげて、学芸ジャーナリストをあっといわせる。だが学者の世界では孤立させられており、その研究はアカデミストから白眼視されることが多かった。その研究が、従来の学問体系の盲点をつけばつくほど、敵視されるのだ。――大学とは、もともとそんな所だ。

「かけたまえ」と教授はいった。

野々村は、ベルベットの毛がほとんどすりきれて、スプリングの形がとび出したソファに腰をおろした。

だが、その番匠谷教授が、なんだって大泉教授のところに?――大泉教授は、かなり浮世ばなれしたN大理論物理研究所の中でも『隠者』とよばれるほどひどくとびはなれた存在だった。若い人たちの間では、完全にロートル視され、その研究分野は、ほとんど評価されず――いや、専門学者の間では、すでに妄想狂ではないか、というかげ口さえたたかれているのだ。――事実、前任大学で、教授がおかしくなった、と思われるような事件が発生したこともあり、野心家の弟子に足をすくわれそうになった。教授が旧制高校で教えていたころ教え子だった、N大の理論物理研究所長が、飼い殺しを覚悟でむかえいれなかったら、本当にたたき出されていたかも知れなかったのである。——この研究所でも、大泉教授はほとんど講義をしなかったし、研究発表もやらなかった。研究室は、『瞑想室』とあだ名され、よりつくものといえば、ただ一人の助手の野々村だけだった。

「番匠谷くんは……」と大泉教授は細い鼻梁の先を見つめるように眼を細めながらいった。

「高校時代の同窓だ」

「ドン・キホーテとサンチョ・パンザという綽名でね」番匠谷教授がひびきのいい声で笑った。「われわれはつまり、相補的関係と見なされていたわけだ」

「二人とも、大変な夢想家だったんだ」大泉教授も、声もなく笑った。「学者になるより、新興宗教でもはじめるか、魔法使いにでもなったほうがいい、といわれた。——私はそのころから〝矛盾・背理論〟を志し、彼は、〝例外の研究〟をやっていた」

「アルフレ・ジャリイの『フォストロ博士の言行録』というのを読んだことがあるかね？」と番匠谷教授はいった。「あのなかで、例外を統一する〝パタフィジック〟という、妙な学問の話が出てくる。口のわるいやつがぼくのことを、その空想的形而上学者——パタフィジシャンだとよんだ。そいつは、ぼくをひやかしたつもりらしかったが、ぼくは大まじめだった。——本気にパタフィジックにとりくんでいたんだよ。大泉くんの〝パラ・ロジック〟と好一対だった」

「ぼくたちはいわゆる〝気ちがい科学者〟だったんだな」大泉教授はクスクス笑いながらいった。「だけど、現在のように、いろんな学問の境界領域が問題になってくると、学問全体が、だんだん魔法の体系にちかづいてくるよ。——すでに物理学が、検証可能の領域からぬけ出して、モデル形成の時代に首をつっこみつつあることは、君も感じているだろう？　不確定性原理が、ガンマ像顕微鏡という、仮想の道具を前提にしてたてられた、というので、アインシュタインが最後まで反対したのは、有名な話だ」

なぜ、自分を呼んだのかな？——と野々村はもじもじしながら考えた。活動的で、融通無礙の番匠谷教授と、隠者のような大泉教授のくみあわせ——それはわかったが、話って、いったいなんだろう？

「番匠谷教授が……」やっと大泉教授がきり出した。「珍しいものをもってこられたんだ。——非常に珍しいものだ」

大泉教授は、ちょっとデスクの方を見た。ひどくうすぐらくて、よくわからなかったが、たて長の、置時計ぐらいの大きさの木箱が、デスクの上においてあった。厳重に包装されていたものらしいことは、デスクの隅に、布や、包装紙や、紐が散乱しているのを見てもわかった。

「これを見てもらって、君の意見をききたい」番匠谷教授はいった。「大泉くんには、今見せた。彼が君の意見もきこうといい出したんだ」

「特に、実際的意見を……」大泉教授は、かすかに皮肉をこめて口をそえた。「これをどうするべきか、ということをね——つまり……公開研究にもちこむか、それとも……」

「拝見していいですか？」と野々村は腰をうかせた。

「見たまえ」

番匠谷教授が、手をのばした。箱の大きさは、高さ二十センチぐらい、たて横十五センチぐらいのものだった。番匠谷教授は、箱を三人がかかえこんだ来客用のテーブルの上におき、蓋をはらった。――中には、木綿のパッキングがつめこまれ、実験用器具を包むような、やわらかい和紙で包まれたものがはいっている。教授の、太くまるまっちい指が、パッキングをひきずり出し、紙につつんだものをとり出した。

「丈夫にできている」と番匠谷教授はつぶやいた。「ちょっとぐらい、乱暴にあつかっても、傷もつかない」

野々村は好奇心にかられて、教授の指先を見つめた。紙につつまれたそれは、小さな、きれ目のない音をたてていた。かすかな――本当にかすかな、布ずれのような音だ。むかれて行く紙の下から、ガラスがきらりと光るのが見えた。くすんだ灰白色の金属も見えた。

「さあ……」今までと急にちがった、妙におしころした声で、番匠谷教授はいった。「さあ、見てくれたまえ」……包み紙をはぎとられたそれは、テーブルの上にコトリとおかれた。

野々村は、それを見つめた。一見、なんの変哲もない……。

「砂時計ですね」と野々村はいった。「少し、かわった形をしているが……」

「そう……」大泉教授が、きびしい声でいった。「私も、ひとめ見た時そうだと思った。――だが、よく見たまえ」

その時、野々村は、唾をのみこもうとして、口の中がカラカラにかわいてしまっているのに気がついた。――彼は眼をむき出して、それを見つめた。

形はどう見ても、ありきたりの砂時計だった。――四本の柱と、上下にはまった輪が、こまかい梨子地みたいな紋様をつけた灰色の金属というだけで、鼓型のガラス容器の中で、上の砂溜めから、下の砂溜めへ、くすんだ淡黄色の砂が、まん中の細いくびれを通って、サラサラとこぼれつづける。

寸時も休まず、かすかな、あるかなきかの音をたてて、砂は上から下へおちて行く。

だが――

それが、ふつうの砂時計ではないこと、砂時計としては、まったく役に立たないことは、ほんの二、三秒見つめていれば、すぐわかった。

いくらこぼれても、上の砂溜めの砂はいっこうにへらず、下の砂溜めの砂は、少しもふえないのだ！

「これは……」と野々村は、低いかすれた声でいった。

「ひっくりかえしてみたまえ」と大泉教授はいった。「トリックはないよ――なんのトリックもないのだ」

野々村は手をのばして、砂時計をひっくりかえした。――金属枠がずしりと重かった。

――ひっくりかえすと、砂は反対の方向にこぼれはじめる。やっぱり、いくらおちてもへらず、いくらうけてもふえない。

「大変なしろものですね」

野々村は、やっとのことでつぶやいた。――とりあげて、底部をしらべて見る。丸いガラスで、なんの変哲もない。ただかわっているといえば、丸い底部の中央が、完全に球状をしておらず、レモンの端のように、漏斗状に突起していることだけだ。金属環に、四つの爪がついていて、ガラス容器をささえている。ビスも、ねじも見あたらないのに、その爪は指でおすと、一点を中心にぐるりとまわり、容器がたやすくとりはずせる。――野々村はガラス容器のみをとり出し、それを何度も上下にひっくりかえしてみた。

たしかに、なんのトリックもない。

上になった球に、砂をへっただけ供給するパイプもなければ、下側の球に、うけた砂を吸い出す口も見えない。しかも、容器をたてれば砂は上下とも、つねに同じレベルをたったまま、上から下へ、間断なくこぼれおちて行く。――上から下へ……

横にすれば流れおちるのはとまる。ふって見る。低い、マラカスのようなひびき……砂そのものが、なにか特殊な物質ではないか、と思って、眼を近づけて見たが、どう見ても、目のこまかい、ありきたりのよく乾いた川砂だ。うすい黄色をおびているのは、染められているからしく、角ばった硅砂に、黒雲母片のまじっているのが見える。

野々村は、ガラス容器を、もとの支持具におさめ、テーブルの上においた。――砂はまたはてしなく、こぼれおちはじめた。上から下へ――さらさらと、きれ目ない音をたてながら……まるで、一つの問いをささやきかけるように……。

「実に——ふしぎなものですね」と野々村はいった。「実に、奇妙だ——誰(だれ)がつくったんですか?」

「わからない……」と番匠谷教授はいった。

「君は、この現象をどう思うかね?」大泉教授が、しずかな声できいた。

「なんの機械的トリックもないとすると……」野々村は、唇をなめた。「この現象を説明できる解釈は、ただ一つですね」

「それは?」と番匠谷教授。

「この容器の上と下が——四次元空間でつながっているということです。われわれには直線的にへだたって見え、空間的にきりはなされて見えるこの容器の頭部と底とが、実は四次元空間でつなぎあわされている、としか考えられません。——上の砂が、どこからおちてくるかわからないから、おそらく直接つながられているのではなくて、その間になにかはさまれていると思われますが……」

「どういうことかね?」と番匠谷教授はきいた。——もうすでに、大泉教授から、ある程度説明をきいてるようすだったが、野々村は、わざとかんでふくめるようにいった。

「細長い、部屋があったとします」彼はちょっと言葉を切った。「部屋の両端にドアがあります。——この三次元の部屋の空間を、四次元的なリング状に曲げて、一方の端を、反対側の端にくっつけたとします」

言葉を切ると、そいつのつぶやきが、はっきりきこえてくる。……さらさら、さらさら……

「この部屋は、彎曲して閉じられた三次元空間を形成しています。——ですから、部屋がドーナッツ状にまがって見えるのではないことに注意してください。われわれには、空間のまがりは認識できません。四次元世界からながめて、はじめて三次元的にまがっていると、認識できるのです。光は、この部屋の端から端まで、直進するように見えますし、天井と床は、完全な平行面に見えます。——つまり、床の端から端までの距離と、天井の端から端までの距離はひとしいのです。しかし、この部屋は、両端をあわせて閉じられているのですから、もし一方のドアをあけて、部屋から外に出ていったら、反対側のドアから、この部屋にはいってくることになります」

番匠谷教授は、チラとそれを見た。——野々村も、横眼でそいつを見た。

「光も、このまがりにそってすすみますから、一方のドアをあけて外をのぞくと、同じ部屋の反対側のドアから、つきあたりのドアをあけてのぞいている自分の後姿を見ているのと、同じ光景を見るでしょう。——もし、その後姿にむかって、ピストルをぶっぱなせば、自分のうった弾丸が、自分の背中に命中します」

「なるほどわかった——」と番匠谷教授はいった。「すると、この器械の上下は、われわれには感知できないが、閉じられているというわけだな」

「信じられないことですが……」と野々村はいった。——いつのまにか、顔にねっとりと脂（あぶら）がういていた。

「そう考えるよりしかたがないな」と大泉教授はつぶやいた。「これを研究所の――いや学界の連中に見せたら、みんな、どんなにびっくりするか……」

「へたをすると、闇から闇にほうむられんともかぎらんな――そんな例は、これまでにごまんとある」番匠谷教授はいった。「その上これをもちこむのが、君とおれだからな」

「だが、こんなものを、いったい誰が……」野々村は、まだ夢見心地で、それを見つめながらつぶやいた。「番匠谷先生は、これをどうやって手に入れたんです？　古道具屋ですか？」

「いや――」番匠谷教授は太ぶちのロイド眼鏡の中から、ジロリと野々村を見た。「だから、できればこれから君の手を借りたいんだ。これからすぐ……」

「なんのお手つだいをすればいいんです？」

「発掘だ」と番匠谷教授はいった。「これは出土品なのだ。そ――れに……もっと、いろんなものもある」

「出土品ですって？」野々村は、ぼんやりとききかえした。「地面の下から出たんですか？」

「岩の中から――」番匠谷教授は、ぶすりといった。「和泉岩層――西日本中央構造線の北側を走る、中生代の……上部白亜紀の中からだ……」

2

佐世子（さよこ）に電話してみたが、もう部屋を出たあとだった。――だが幸いなことに、電話を切ったとたんに、むこうからかかってきた。

「もう出られるの？」佐世子は、いつものように、おっとりした、歌を歌うような調子でいった。「大学の近所まで来ているのよ」

「それが……」野々村は口ごもった。「急にだめになっちまったんだ。今夜、急に関西に発（た）たなくちゃなんないんだ」

「あらやっぱり……」佐世子は屈託（くったく）のない声でつぶやいて、クスッと笑った。「今夜のデートは、だめになりそうな気がしてた」

「なぜ？」

「だって今日は三、り、ん、ぼ、うよ」

「なんだって？」

「三りんぼう――知らないの？　大安、仏滅、友引――あのたぐいよ」

野々村は、受話器を耳からはなして、しばらくポカンと見つめていた。――まったく、佐世子と来たら、……時おり、とっぴょうしもないことをいい出す。

「なん時ごろに発つの？」

「最終便の飛行機――これから下宿へかえって、支度をしなきゃならない」

「手つだったげるわ」と佐世子はいった。「それから、食事するぐらいの時間はあるわね——先に行って荷物をつめといたげる」

電話を切ると、野々村は、しばらく、なんということなしに、そこにつったっていた。——甘い、ちょっとばかりハスキーな、舌たらずみたいにゆっくりしゃべる佐世子の声が、まだ耳の奥にたゆたっていた。——それは奇妙に平穏な感じのする、そしてわずかに、すえたような臭いを発している日常生活の象徴だ。そして一方彼の心は——ついさっき、大泉教授の部屋で見た、あの奇妙な砂時計に、しっかりととらえられていた。

なんということだ！

彼は意味もなく、胸中につぶやいた。——おだやかな、かすかに甘ったるい日常……そして、その日常の背後に、ぽっかり巨大な暗黒の空洞となって存在し、常に平穏な生活を、足元から陥没させようとしているみたいな、無限の認識の世界——週に一度か二度の、たのしげなデートの時間と、大宇宙を横ぎって流れる無限大の時間と……なんということだ！　と彼はもう一度つぶやいた。

「なんてことなの！」佐世子は、アパートの彼の部屋で、あきれたように両手をひろげてつぶやいた。「着替えが一枚もないなんて……」

「むこうで買うよ」彼はきまりわるげにいった。「おねがいだから、汚れ物なんかひっかきまわして、恥をかかせないでくれ」

「ごめんなさい。一週間ばかり、私がさぼっちゃったから……」佐世子は汚れ物を袋につめこんだ。

「よしてくれ」彼は顔を赤らめていった。——今夜は、なんだか知らないが、やたらにはずかしかった。

「管理人にあずけとくのよ」そういって彼女は、すでにつめ上がった小さなカバンをわたしてよこした。「関西はどこ？　京都？」

「いや——大阪の南の方だ。和歌山との境にちかい、K市って所……」

「あら——」と佐世子はびっくりしたようにいった。「それじゃ、私の故郷の近くだわ」

「君は、あっちの方かい？」

「ええ、うまれて子供のころまで、和歌山にいたわ。葛城山って山のふもと……」

野々村は、少しおどろいた。「やれやれ……」彼はつぶやいた。「妙な御縁だね。——その山の近くまで行くんだよ」

「葛城山って知ってる？——役の行者の修行した所よ。葛城山の鬼を退治して、金峯山まで、虹の橋をかけさせたんですって、ああそれから、——謡曲に〝土蜘蛛〟ってあるでしょ？　あの中にも出てくる、時の帝を悩ました、蜘蛛の化物も、葛城山の古塚に住んでいたんですって」

「もうわかったよ」野々村は、タイをしめかえながらいった。「君にかかったら、日本中がお化けの国になっちまう」

「私、古いかしら？」佐世子はちょっと首を曲げた。「でもね——私って、子供の時から、常識では考えられないことを、見たりきいたりするのよ。お寺の娘のせいかしら？」

〝常識では考えられないこと〟か！――超科学的現象などに興味をもつのは、知性の衰弱にほかならない、という。――だが、見まごうことなき事実を、鼻先につきつけられたら、どうするんだ？　その時も、それから眼をそらし、背理であるから、というので、現代の科学では説明できないから、というので、強引に否定し、無視し去るのが、知性的なのか？――怪異談にしたところが、常に三つの解釈可能性をふくんでいる。

　一つは、それを一種の暗喩と見なし、心理的、あるいは象徴的なものと見なすこと――世にいう、文学的合理主義者が、よくしたり顔で説く考え方だ。――もう一つは、怪異はそれに見あう現実が、まごうことなき歴史的事実として存在し、それが脚色変形されたものであるという解釈――山住民が、鬼に変形されるたぐいだ。そして最後に、実際にその怪異そのものが、伝えられる通りに存在した、という考え方――これは、まともにはあつかってもらえない。しかし、本ものの幽霊を見たものは、いったいどうしたらいいのか？――自分の知性に対する侮辱として、そんなものを見てしまったことに対する恥をしのばなければならないのか？――それとも幽霊の実在を認めた上で、それらの存在をふくめた、新しい超合理主義的体系をつくりあげねばならないのか？

「ああ、ちくしょう！」彼はくるりとふりかえると、佐世子のぬけるほど白い額に拳骨をあて、ぐりぐりまわした。「君に、ぼくの考えていることが、そっくりそのまうつしうえることができたらなあ！――ぼくが、いま、どんな奇妙な断崖の端に立っているか、この気持ちをわからせることができたら……」

「あら、わかるわよ」と、このかわいらしい〝いかず後家〟は、えくぼをよせてにっこり笑った。「だけどわかったってしかたがないでしょ。どうにもならないわ」

「さあ、なにかうまいものを、腹いっぱい食おう！」野々村は、鬱積したものを吐き出すように、大声でどなった。「宇宙の謎なんか――ここ三時間ばかりはどうでもいいや」

「ベルト着用、禁煙」のランプが消えると、隣りの席にすわった番匠谷教授がいきなりきいた。

「彼女は君のフィアンセかね？」

「いいえ……」野々村はちょっとまごつきながらこたえた。「単なる友人です。もうずいぶん長いつきあいですが……」

それきり、教授はそのことをきこうとしなかった。

羽田を予定より十分おくれてとびたったバイカウント機は、まっ暗な浦賀水道を、大島へむけて、なおも高度をあげつづけていた。

「私の方法論というか――信条はなんだと思うね？」教授は笑いをふくんだ眼で、野々村をのぞきこみながらいった。

「さあ……」

「ふまじめさだよ」教授はクスクス笑った。「はずんだ心といってもいい、ユーモアのセンスといってもいい。——とにかく、学者にとっては禁物のものが、私の学問上の信条になっているんだ」

「なるほど……」野々村もつりこまれて、ニヤリと笑った。「おどろきましたね」

「私は、学者になんかなるべきじゃなかったかも知れん。——私や大泉は、いわば過渡的な存在なんだな。私自身、それをよく知っているつもりだ。——これが単なる変り種におわるか、それとも未来につながるものがあるか、こいつは今のところ誰にもわからん」

「でも……」野々村はためらいながらいった。「先生は、ご専門でもりっぱな業績をあげておられますからね。——学者だって、それほど専門領域について、禁欲的にならなくてもいいと思います」

「誰かが禁欲的にならねばならん。——でないと、大変な混乱がおこるからね。しかしアカデミズムの体系をくずさず、もっと専門領域相互の流通をよくすることはできるはずだ。今の所、まだ知性の効率が悪すぎる」

「電子脳が、もっと安く、大量に使用できれば……」

そう野々村がいいかけると、教授のまわりの乗客が、びっくりしてふりかえるほどの、笑い声を爆発させた。

「なるほど！　大泉のやつめ！」と教授は涙をながして笑った。「学者の大半を失業させるつもりだな……」

「そんなつもりじゃないんです」野々村はあわてていった。「ただ人類全体の〝知性〟の経済学〃みたいなものを、そろそろ考えていいんじゃないですかね？　人類が、冷厳たる知性の体系と、それをいつでもひっくりかえしてしまうような、破壊的ユーモアとの間に、新しい主体性を見出して行くような時代が、もうすぐ近くまで来ているような気がしますがね」

「だが、そのためには、人類の物質生活がつまり生産力がもっと上昇し、分配過程の矛盾が完全にとりのぞかれて、人類が物質的富を意識しないですむほど、生活がゆたかになることが前提になる。——それに、完全に無抵抗な知性の流動も、必ずしもいいとはかぎらんよ。知性の醗酵は、必ず停滞した箇所にあらわれるからね。誤謬やドグマのもっている、逆説的な価値は……」

「それは、破壊的ユーモアの効用と同じことになるでしょう」野々村はいった。「もっともシリアスな知性を、いつでも自分で茶化すことができるようになれば、あえて道化役を設定する必要もないわけですよ」

「人類総道化か」教授は息がつまりそうにクックッと笑いながらいった。「これからはジョヴァンニ・ベルシェのいうみたいに——〃半分まじめ〃の時代になるかな？」

伊丹についた時は、すでに十一時をまわっていた。——閑散とした待合室で、手荷物の出てくるのを待っていると、突然背後から声をかけられた。

「あの……」

ふりかえると、青白い頬が少しこけた、眼が大きく、ひょろ長い青年が、ダスターコートのえりを深くたてて立っていた。焦点のさだまらない、燃え上がるような眼は、ちょっと気味が悪かった。

「クロニアムは、どうしました？」と青年は、せきこむようにささやいた。

「え？」と野々村はいった。「クロ……なんですって？」

「クロニアム――あの器械です。ああ、つまり、砂時計です」

「あ、あれですか――」その時荷物が出てきたので、そちらの方に気をとられながら、野々村は答えた。「あれは、大泉先生の部屋においてきました」

受渡し台の下におかれた荷物の方にかがんで、ふりかえって見ると、青年の姿は、待合室のドアから出て行く所だった。

空港のハイヤーにのりこんで、深夜の高速道路を北大阪にむかって走り出した時、野々村は、ふと気がついて、教授にきいた。

「先生、おむかえの方は？」

「おむかえ？」番匠谷教授は眉をひそめた。「むかえなどたのんでおらんよ」

野々村はギョッとして、体をかたくした。「本当ですか……」彼は混乱した頭で言葉をさがした。「ぼくは……お弟子さんかと思ったが……」

「誰のことをいってるんだ？」番匠谷教授は鋭くたずねた。「誰か来たのか？」

「ホテルで話します」と野々村はいった。「先生、クロニアムって名前をきいたことがありますか?」

「クロニアム?」番匠谷教授は首をふった。「知らんな。——いったい何のことだ」

「あの——砂時計の名称らしいんです。ホテルで説明しますよ」

そのまま野々村は口をつぐんだ。——青く、ひえびえとした水銀燈に照らされた、だだっぴろいインターチェンジが近づいてくるのを見つめながら、彼は、ホテルについてすぐ、大泉教授に電話をいれたものかどうか考えていた。

3

国道二六号線は、大阪市の南をぬけて、大阪湾ぞいに堺、泉大津、岸和田、貝塚、泉佐野と南下し、淡路島の洲本へのフェリーボートがでる深日のあたりから、大阪と和歌山の府県境を形づくる和泉山脈にはいりこみ、孝子峠をこえて和歌山県へはいる。東には河内、和泉のよくたがやされた平野をへだてて、金剛、生駒山塊が、大和平野との間をさえぎり、西南には遠く、紀伊の山々がかすんで見えた。

——K大附属地質研究所のランド・ローバーにゆられて、国道を南へむかって走りながら、野々村は、窓ガラスに鼻をおっつけるようにして、走り去る景色を見つめていた。——野井戸から水をくみあげる、風車の姿が珍しかった。「ここらへんは玉ネギの名産地でね」教授は畠の所々にたてられた、吹き通しの小屋を指して説明した。「和泉タマネギの名は全国に知られている、あの小屋は、タマネギをつるして乾燥させるためのものだ」

「ねえ、先生……」野々村はきいた。「その――いろいろあるものを、いったい、どうなさるおつもりなんですか？」

「いずれはやるつもりだがね……」番匠谷教授は渋面をつくってつぶやいた。「だが、それまでに充分――その状態を検討しておきたいんだ。日本の大学には、オーソドキシイに対する熱烈な信仰はあるが、超科学なんかはさわるのもおそろしいタブーになっているんだよ。それはかえって、近代科学の伝統が日本でうまれなかったためでもあるがね。――アメリカあたりじゃ、バカげた研究に対して、もっと寛容だ」

「余裕があるからじゃないですか？」と野々村は、ほろにがい思いをかみしめてつぶやいた。「だから小姑根性もおこらないんでしょう」

「もし、あの発見をストレートに、学界にもちこんだら――いったいどんなことになるか、予想もつかないね」番匠谷教授は、妙になやましげな声色でいった。「明々白々な事実でも、攻撃の中にほうむりさられてしまうおそれは充分あるね。――もし、これが、ただ一つだけの例だったらね。だからこそ、私は、世界各地の学者と連絡をとって、公開を慎重にやりたいんだ」

「連絡をとって？」と野々村はききとがめた。「というと、ほかにもなにか……」

「ここを左へ――」と番匠谷教授は、運転している学生に鋭くいった。「この先、急に道がせまくなるから気をつけろ」

　頑丈な、それだけにクッションのかたい車がガクンとゆれて、穴ぼこだらけの簡易舗装の道にのりいれた。——軒の低い農家の間を、道は右に左にまがりくねって、葛城山脈の方へむかっている。「それに——」番匠谷教授は、窓枠につかまりながらいった。「状況はきわめてまずい——きっかけは、K市の郷土史家が、山の中腹に、ちょっとかわった石舞台式古墳を見つけたことなんだ。見つけたのは、もう十年も前のことなのに、うちの大学の連中も、学界の方も、お座なりに見ただけで、ほうっておいた——その篤志家は、一人で調査をつづけ、学界が相手にしてくれないので、私の研究調査機関のモニターに通告してきた。これが一カ月ほど前のことだ。——私が動き出したので、K大の連中も、急にあわてて動き出した。おまけに、その墳丘の一部を、新しい道路がけずりとって走ることになっている」

「すると……」野々村も、ガクンとゆれながら、大声できぎかえした。「例のものは、その古墳から出たんですか?」

「いいや……」と教授も大声でどなった。「古墳は千七、八百年前のものだ。あの発見は、古墳調査の副産物だ。だが、この副産物の方が……ものすごい意味を……もちそうなんだ。だから、物理畠の君に……」

後輪がやけに大きな穴にはまりこむと同時に、前輪が石ころにのりあげ、二人は天井に頭をぶつけるほど、はねあげられた。

砂ぼこりの立ちこめる道に出ると、車は南方につらなる連峰にまっすぐ鼻面をむけた。二度、三度、カーブを切ると、そこはもう、山稜のなだらかな足が両脇にせまる坂道だった。ま正面に、ひときわ高い峰が見えた——葛城山だ。

畿内——大和、山城に摂河泉をくわえた、古代大和朝の中心地の南を区切る和泉山脈は、和泉と紀伊の国境いに、東西約五十キロメートルにわたってのびている、高さ千メートル内外の低い山脈だ。東北方には、標高一一二五メートルの金剛山を主峰とする金剛、生駒山地がつらなり、西は紀伊国屋文左衛門出生地で有名な、和歌山県加太のあたりで紀淡海峡におちこんでいる。

——見たところ、葛城、根来、金剛、千早と、古跡のほかは、大したことのない山脈だが、地質的に見ると、なかなか特異な山塊なのである。

というのは——

この山地が、例の有名な西南日本の中央構造線——糸魚川＝静岡大地溝帯より西側の日本列島の地質を、内帯と外帯に区分する大きな構造線の北側にそって露出する、きわめて特徴的な中生代上部白亜紀の砂岩層からできていることで、この層は紀伊水道をこえて、淡路島南部、四国讃岐山脈、高縄山脈までのび、その層厚は地下七千メートルにもおよんで、『和泉層群』の名のもとに、白亜紀古地理上の一単元をかたちづくる。——この『和泉准地向斜』は、かつて白亜紀において海底だった部分が、隆起と海退により山脈化したもので——南は、中央構造線の紀ノ川断層帯にそって、三波川、秩父系の、外帯古生層と接している。——番匠谷教授の一行が達したのは、この山脈の主峰——といっていいだろう――葛城山麓の樹林におおわれた急斜面の一角だった。もう少し東進すれば、河内長野から、和歌山県橋本へぬける、いわゆる紀見峠越えの道にぶつかる。

ごく最近ひらかれたらしい、轍のあとの深い地道をのぼって行くと、眼前の山腹が、東西に長くけずりとられているのが見えた。――満目の緑の中、むき出しの山肌がいたいたしい。ブルドーザー、スクレーパー、パワーショベルのたぐいが、木の間がくれに蠢き、白ペンキぬりの標識には、「和泉―金剛スカイライン敷設予定地」の文字が見えた。――ランド・ローバーが前輪駆動でやすやすと、坂道をいっぱいまでのぼりきると、そこから山腹をななめにはう、草におおわれた杣道が山頂にむけて走っており、その先はもう歩かなければならなかった。

「こっちだ」と番匠谷教授は指さした。「この方角から、有料道路の掘さくがのびてくる。この傾斜がけずりとられると、当然この上の古墳もおとされる」

「しかし、めずらしいですね」と運転をしてきた、若い学生はいった。「古墳というのは、大ていい平地か、小高い岡の上か、せいぜいゆるやかな丘の斜面にきずかれるものでしょう。――こんな急斜面の高い所にあるものなんて、きいたことがありませんよ」

「河岸段丘に配置された、弥生期の墳墓は、和歌山あたりじゃざらに見つかっているだろう」番匠谷教授は、ちょっと思いをいれながらいった。「その時代と古墳時代との、過渡期の産物かも知れんな。――だから野々村くん、これからたずねる古墳は、それ自体がなかなか値うちのあるものだよ」

返事のかわりに、野々村は、教授の腕をぐっとつかんだ。「どうした?」と教授はいった。

「あいつです……」と、野々村は、かすかな声でいった。「ゆうべ空港で声をかけてきた男……」

「どこに?」教授は、こわばった声でいった。――笹(ささ)やぶの中に、白っぽいものがチラと動いてすぐ消えた。

「見えなくなりました……」野々村はつぶやいた。「その――古墳の方角へむかってるようです」

4

草むらの中を、野々村の足は、自然に小走りになった。――すぐあとを、運転してきた学生が追い、番匠谷教授はあとにおくれた。

斜面がゆるやかにカーブする向こう側に出ると、たけの高い灌木(かんぼく)がむらがってはえているところがあり、その下に、草におおわれた、テラスのようなでっぱりがあった。でっぱりの上には、赤黒い土が一部露出している。

灌木の茂みの間に、白っぽいものが、チラと動いたような気がした。

「おい!」野々村は両手をメガフォンのようにまるめてどなった。「おい、君!――まちたまえ」

葉がかすかに動いたように見えた。

だが、それは、谷の下から時たま吹きあげてくる風のせいかも知れず、灌木の茂みは、それっきりカサとも動かなかった。

野々村は、そこにつったったまま、じっと眼をこらした。——斜面をはしったので額がじっとり汗ばんでいる。あたりはしんとしずまりかえり、時おり、どこかの尾根をわたって行く風の音が、ザワザワときこえる。笛の音のような鳴き声にふと見上げると、うすぐもりの空に、鳶が一羽、ゆっくり輪を描き、その下に和泉平野が北へむかってのびているのが見わたせた。——坦々とひろがるほそながい平野の末は、金剛、生駒の山稜に区切られ、北のどんづまりには、赤茶けたスモッグにとざされた大阪が見える。

「どうした?」

後から追いついた教授が声をかけた。

「あそこに……」と野々村は指さした。「あの茂みの中にかくれました」

「古墳はあそこにある」

番匠谷教授は草におおわれたテラスに眼をこらした。

「見まちがいじゃないのかね?」

「そうじゃありません」野々村は首をふった。「後姿に見おぼえがあります。——それにさっき見つけた時、チラと横顔を見たんです。ほとんどまちがいなく、ゆうべの男です」

「新聞記者じゃないですか?」と学生がいった。「先生が古墳をしらべているのをききつけて……荒らされると困るな」

「先生は、あの砂時計のことを、誰かに話されましたか？」野々村は茂みに眼をすえたままきいた。「研究所の誰かに……」

「いいや……」番匠谷教授は首をふった。「あれを見かけたのは、わずか三日前だ。——それも私が自分で見つけた。考えて、すぐに大泉くんの所へいったんだ」

「とにかく行って見ましょう」野々村は歩き出した。「あの男は、あそこへはいって行きました。まだ出てきません」

「気をつけた方がいい」と教授はいった。

「なぜです？」と学生がきいた。

「なぜって……ただ、なんとなく……」

「そうですね」と野々村はうなずいた。「あの男は、あの砂時計のことを知っていました。名前も知っているようでした。——ひょっとしたら、彼があれの持ち主かも知れません」


テラスにちかづいてみると、いままで灌木の茂みにかくされて、見えなかった斜面のむこう側が見わたせた。——野々村は、思わず立ちどまって、眉をひそめた。

斜面のむこう側——つまり西の方から、波うつ山腹にそって、下の方は直線、上の方は、するどく起伏する波型をして……

（自動車道路だな）と野々村は思った。（もうずいぶん近くまで来ている）

た。

「いないぞ」

番匠谷教授がいった。

「古墳の中にも、いないようだ」

「よくしらべて見ましょう」と野々村はいった。

テラスは、その上に立って見ると、相当なひろさだった。屋根の脚と脚がはり出した間の、ゆるく凹んだ斜面にそって、長さはほとんど五十メートルちかく、谷にむかってややはり出した形に粗岩をつみあげてある。幅は、一番ひろいところで二十数メートルもあった。

テラスの背後は急な崖になっており、丈なす草がはえていたが、一カ所、あきらかに古い崖くずれのあとがあった。テラスの縁から下は、垂直面でなく、縁石を石垣状につみあげた上を、土がおおっている。下から見れば縁石のいくつかが、草むらにかくれて見えるばかりで、そこだけ灌木がむらがっているのが、少し眼につく程度だった。

古墳は、その平らなテラスの中央にあった。背後が崖をけずりとったらしい盛り土は、上部が手仕事でけずりとられ、石舞台——玄室天井の、巨大な一枚岩が、その上面のほとんどをあらわにしている。けずりとられる以前に、盛り土の一部が流されて、崖と反対側の縁が、細長く露出していたらしいことは、その部分の色がかわり、風化が進行しているので、ひと眼でわかった。

「すごい……石ですね」野々村はつぶやいた。「これで、あつみはどのくらいありますか?」

「三メートル半……一部は四メートル以上ある」

天井岩は、長さ約十三メートル、幅七メートルちかくあった。上面はほぼ完全に、平らにけずり出され、ところどころに四角いくぼみがあいていた。――野々村は、いつとも知れぬ太古の人々のすざまじい工事力に、息をのむ思いだった。

「大変なものだろう」番匠谷教授は野々村の背後から声をかけた。「完全な一枚岩だ。二百トン以上はあるだろう。有名な明日香の石舞台古墳を見たことがあるかね?」

「いいえ……」野々村は首をふった。「写真でしか見たことがありませんが――蘇我馬子の桃源陵かも知れないといわれているそうですね」

「そう大和の高市村の島のまン中にあるやつだ。――あれも巨大な石をつかっているが、最大の石で七十七トンだ。それに……」

「それに……」と野々村はつぶやいた。「いったい、こんな大きな石を、こんな高い所まで、どうやってはこびあげたんでしょう」

「そのことだがね」

教授は、大地からはえたように見えるその巨大な岩板をピシャピシャたたいた。

「古代の――有史以前の工事力には、ちょっとわれわれの想像もつかん所がある。ここはざっと海抜五百メートルはある。それにこの石は、和泉山脈を構成している岩と全然ちがう。火山岩の一種だが、この附近の噴出性火山岩は百キロちかく東の、高見山地の方にしか産しない」

「そんなところからわざわざはこんできたんですか？」

「こういう例は、ほかにもあるよ——たとえば紀ノ川河口部の古墳群の中に、やはりそのあたりでは産しない石を、はるばるはこんできている例はある。しかし……」番匠谷教授は眉をしかめた。「こんなでかい石を、こんな高さにまでひっぱりあげた、という例は、ほかにはあまりないね」

　はるけき昔——野々村は、平野を見わたしながら思った——大和の統一朝ができるずっと以前から、ここに住んでいた人々がいた。そして千五、六百年前、人々は突然、巨大な土木工事の能力を手にいれ、営々と土をはこび、山をけずり、巨岩をはこんだ。どうやって？

　書紀には、倭迹迹日百襲姫(やまとととひももそひめ)の箸墓(はしのはか)をつくる時、大坂山の石を、奈良平野を横ぎって、大三輪町のあたりまで、十五キロメートルを「人々が手(た)ごしで」はこんだ、とある。だが、「巨石文明」は、またちがう。それは単なる「手仕事」ではなく、一種の、非常に高度な、工業技術を必要とするものだ。

　しかし——百数十トンもの巨石を、海抜五百メートルもの急斜面に、どうやってはこびあげたのか？　斜面の角度は、三十度以上ある。山頂古墳の、一番高い所にあるのは、海抜何メートルだったか？

「九州や中国地方の神籠石(こうご)は、どのくらいの大きさでしたっけ」と野々村はきいた。「あれもたしか、山の中腹をぐるりととりまいた、巨石の壁で――ずいぶん大きなのもありましたね」

「二、三トンから、大きくても四、五トンじゃないかな」と学生がいった。「そういえば、あれも大変なものですね。何百メートルもの高さの山の中腹を、七キロちかく、そんな石がならんで、とりまいているんだ」

「着眼点はいいね」と番匠谷教授は、はじめてほほえんだ。「なにしろ、日本古代の巨石文明は、まるで謎だらけだ。神籠石とスペイン・タラゴナの巨石壁の関係に注目している学者は、ほんのわずかだがね。――まあいい。とにかく、この石舞台古墳は、古代史にまた一つ謎をなげかけることになるだろうよ。それに――」

「あの穴はなんでしょう?」

野々村は大岩板の上にとび上って、ちかづいていった。「明日香村の、酒船石に似ていますね。――あちらの方は、もっと穴が大きいけど……」

野々村は、穴にかがみこんだ。――ふちは磨耗してまるくなっているが、一辺十センチぐらいの、ほぼ完全な正方形の穴が四つ、一辺一メートル半ぐらいの、完全な正方形に配置されている。深さは四センチぐらい。底には、直径四センチぐらいの深さ四十二センチほどの円い穴が、中心部にあいている。――彼は、さらに四つの穴のかたちづくる正方形の中心――対角線の交点に直径十センチぐらいの、まるい深い穴があいているのを見つけた。正方形の各辺の中心より、一メートルほど外方には細長い、みぞのようなものがきざんである。

「酒船石とはえらいものを知ってるな」と教授がいった。「あれとよく似ているがちがうね——あの石は、平らな上面で、酒を醸造したといわれるぐらいで——深い、大きなくぼみや、長いみぞがある。この穴は小さすぎるよ」

「きっとこの上に、柱かなにかが建っていたんですね」と学生がいっしょにのぞきこみながらいった。「社でもあったんでしょうか？」

「それもいい着眼だ」教授はいった。「私のしらべた所では、その四つの穴で形づくる正方形の各辺は、いずれも実に正確に、東西南北をむいている。測量器で精密測量したが、一辺は真東真北から、それぞれ二十秒とはずれていない。——これをどう思う？」

「山根徳太郎先生が発掘された、大阪の難波の宮跡でも、南北の誤差は二十秒から三分といいますからね」と学生はいった。

「いずれにしても……」と教授はいった。「この古墳は、大へんな謎と矛盾にみちているんだ。これ自体としても、考古学者に頭痛をおこさせるようなしろものだよ」

そういって教授は、石舞台の東端の方へむかってあるき出した。「おりてきたまえ——中へはいって、説明してあげよう」

5

石舞台は、人口テラスの平面よりわずかに数十センチばかりの高さで露出しており、したがってその一枚岩が天井となっている玄室は、テラスの地下数メートルの所にあった。

玄室の入口は、石舞台の東方、つまり一行が斜面を巻いてきた方角の、テラスの端に高さ二メートルぐらいの灌木にとりかこまれて、背後の崖の斜面にぽっかりあいていた。

入口の前には、もとは祠があったと思わせる、風化した、小さな石の台座があり、入口をふさいでいたと思われる、まっぷたつにわれた石板が、背後にころがっている。――本棚かなにかだったのだろう、ぼろぼろに朽ちた木片が、土の上に、ななめにつきたってい る。入口は、花崗岩の石材を組んで補修してあるが、補修はずっと後世のことらしい。高さ二メートルたらず、幅一メートルそこそこ、上下左右からも草がおいしげり、祠の台座さえ、草をかきわけなければ見えないぐらいだ。

「はいって見よう」教授はヘッドランプをかぶりながらいった。「天井が低いし、足元が悪いから、気をつけたまえ」

野々村と学生は、手提げランプをもち、三人とも、ビニールの合羽をはおった。

草をかきわけて、中へはいると、古い洞窟特有の、かびくさい臭いがプンとした。空気は冷たくしめっているが、淀んではいない。

石の角材で壁と天井をかこわれているのは、はいってほんの二、三メートルで、そこからじかに砂岩層をくりぬいた穴がつづく。穴は、まず山腹に直角にまっすぐ二十メートルほどすすみ、それから、ゆるやかに右手――つまり、玄室の方角へカーブして、十メートルすすみ、そこが行きどまりになっている。

行きどまりのすぐ手前の右側に、今度は高さ一・五メートルほどの、ほそ長い穴があいており、幅は、体を斜めにして、やっととおれるほどだった。

ここでも、昔は蓋がしてあったのか、いくつもの塊になった、砂岩塊が二番目の穴の入口に堆積していた。

「ここからは下りだ」と教授はいった。「足もとに気をつけて……」

横穴にはいりこむと、そこからはつんのめりそうな急な穴だった。——体をななめにしても、岩角の出っぱりが、腹をこする。おまけに頭をずっとかがめていなければならないので、その苦しさったらない——先に立った教授は、肥っているくせに、身のこなしも敏捷に、どんどんおりて行く。

「この横穴は、この古墳を発見した、郷土史家の鴨野さんが見つけたんだ」教授の声がくぐもってきこえた。「すぐ、らくになる」

せまい横穴は、十メートルほどつづくと、急にひろくなり、高さも二メートルほどになって、らくに歩けるようになった。下り勾配は、いくぶんゆるやかになって、ぐるっと大きく右手へまがっている。——つまり、洞窟は、いったん山腹にはいりこみ、玄室にむかって折れて、彎曲しながら、もと来た方にひきかえしているのだ。

天井からしたたる水が、急になくなったと思ったら、そこからは、また石材をくんだ壁と天井になっていた。——外の入口をかこっていた、角石と明らかにちがうことは、その巨大さと、不規則な恰好でわかる。

「さあ、ついた……」と教授が懐中電灯をむけた。「このむこうだ」行く手にさらにポッカリと、黒い穴があった。――しめった土の臭いが消え、かわいた黴の臭気が強くなった。穴のむこうは、いきなり天井の高い、幅のひろい巨石づくりの空間になっていた。天井は高さ三メートルあまり、幅は二メートルほどの、細長い部屋だ。

「ここが玄室ですか？」と野々村はきいた。

「いや……」教授は謎めいた笑いをうかべた。「ここは第一の羨道だ。――きたまえ」

部屋の長さは東西に五メートルほどで、彼らがたどってきた穴の口は、その部屋の東西の隅にひらいていた。東側の壁だけが、比較的小さな石塊をぎっしりつみあげたものであり、あとは一辺二メートルないし三メートルの巨石をつんである。西側の壁は、二つの巨岩をたてにつみ、その上に、ほとんど完全な長方形の石をわたして、そこに幅一メートル、高さ二メートルほどの入口があった。――その奥が、巨大な玄室だった。

玄室の中にはいりこんで、野々村は、その巨大さに一驚した。幅は五メートル、奥行きは十メートルもあったろうか、高さは五メートルちかくもあり、床は粗磨きの巨石を、ほぼ完全に、平らにしきつめ、左右の壁は、やはり一辺二、三メートルの巨石を、二段につみあげてある。――中央部の、やや手前によった所に、細長い角石をくんで、高さ四十センチ、タテ三メートル、横二メートルほどの壇のようなものができており、その中央部に、小さな円錐形のものが、盛り壇のようにおかれていた。

「どえらいものですね……」と野々村はいった。「古墳の玄室が、こんなにでっかいものだとは知りませんでした」

「大きさは、そんなにおどろくほどのこともない」と教授はいった。「明日香の石舞台古墳の玄室も、ほぼこれと同じくらいの大きさで、これよりちょっと小さいだけだ。おどろくべきことは、もっとほかに、いくつもある」

「あれ、なんですか?」と学生がランプの明りをむけた。「あの壇の上にある、三角の黒い塊り……」

「あれか……」と教授はいった。「ちょっと明かりを消して見たまえ」

三人が明りを消すと、あたりを漆黒(しっこく)の闇がつつんだ。——まぶたの裏に、明りの残像の赤や緑の光がうずまいた。だが、眼がなれると、石壇を中心にしたあかりが、うすぼんやりと見えるのがわかった。——特に、壇中央の小さな円錐体は、はっきりと、うす白く光って見えた。

三メートル半の厚みをもつ一枚岩に、ピッタリ蓋をされた地下の玄室に、どこからか光がさしこんでいる。

「上を見たまえ」と教授がいった。

「どこです?」

「あの壇の、円錐のま下にいって、見あげてごらん」

野々村は、足さぐりに壇にあがって、暗闇の中でそこだけボッと、夜光茸(やこうだけ)のようにひかっている円錐体をつぶさないように、上を見た。——はるか上方に、ポッンとまぶしい白光が見えた。

「さっき、石舞台の上で見たろう。四つのくぼみの中央にあいていた、丸い穴が、まっすぐに、ここまでつきぬけている」

　野々村は円錐体を見おろした。それは天井岩の穴からこぼれおちた、土の堆積だった。

それを見つめながら、野々村は、ふと首をかしげた。

「あんな細長い穴が、よく土でふさがってしまわなかったものですね」

「石舞台の上の土をとりのけた鴨野さんの話だと、妙な、丸い石板みたいなもので、穴の上をふたしてあったそうだ」と教授はいった。「それにしても、その穴は、いったいなんのためだと思う？」

「わかりませんね」と野々村はいった。「星の観測でもしたんでしょうか？」

「石板でふたをして、その上に土をかぶせて、どうやって星がのぞけるんだ？」と教授はいった。「むろん、息ぬき穴でもないだろう――死者は息をしないからね」

「それにしても……」野々村はもう一度穴をのぞいてつぶやいた。「こんなぶあつい岩に、古代の人間がどうやって、こんなまっすぐな穴をあけたんでしょう？――形もほぼ真円にちかいですよ」

「ああ……」と教授はいった。「それも不思議の一つだ」

　それから教授は、闇の中で、ちょっと動いた。

「明かりをつけたまえ」

明かりをつけると、教授は奇妙なうす笑いをうかべていた。

「ほかに気づいたことはないかね？」

「お棺はどうしたんですか？」と学生がきいた。「はこび出したんですか？」

「あのせまい穴からどうやってはこび出せる？」と教授はいった。「はじめてここへはいった鴨野さんが、写真をとっている。——最初からこのままの状態だった」

「おかしいな……」野々村はいった。「こんな大きな玄室をつくるんだったら、よほどの豪族でしょう？　石棺ぐらい、あってもよさそうなものだのに……」

「すでに、私はかなり綿密に調査した」と教授は手をひろげて見せた。「床も、壁も……特に、あの羨道にいたる洞窟をね。七分三分の自信でいえることは、この玄室、つくられた時から、このままで、誰も侵入してあらしたものはない、ということだ」

「へえ！」と学生が、妙な声を出した。「じゃ、はじめから、お棺をいれていなかったんですか？——ずいぶんむだなことをしたもんだな」

「なにかの事情で、古墳ができてから、ここに死者をほうむるわけにはいかなくなったのではないでしょうか？」

　と野々村はきいた。

「あり得ないな」と教授は首をふった。「こういう巨石古墳は、大ていまず最初に、死者の石棺をおいて、その周囲に石をつみあげて、玄室をつくっている。——それに今、はいってきた穴が唯一の入口だとすると、死者をはこびいれるのに、大変だ」

「あの羨道のつきあたりの壁は？——あそこだけ小さな石をつんでありましたが、そこの奥に、もう一つ部屋が……」

「もうしらべたよ」と教授はいった。「超音波反響測定器をつかったが、あの壁のむこうは土と岩盤だ」

三人はしばらくだまりこんだ。——巨大な石の気配が、周囲から三人をしんしんとおしつつみ、のしかかってくるようだった。

「妙な所は、まだある」

教授は歩き出した。

「これこそ、本当に妙な所だ——いったい、この古墳が、なんのためにつくられたか、わからなくなってしまうような……」

あとについて歩き出した野々村は、足もとに、かすかにチリリという音をきいた。——なんの気なしに、ランプを下にむけると、うすく光るものがあった。彼はかがみこんでそれをひろった。

「つくられてから千数百年、侵入したものはないとおっしゃいましたね」と野々村は教授の背後から声をかけた。「でも、つい最近——きのう、おととい、そしてついさっき、侵入したものがあったらしいですよ」

教授は野々村のさし出したものを、指先でつまんで、ヘッドランプをよせた。ネクタイピンほどの大きさの、うすい、白色の金属片だった。一方の端に、赤い、ビーズ玉のような球が二つくっつき、研磨された表面には、なにかふしぎな記号が六つ、刻印されている。

「あいつか?」と教授はささやいた。

「ほかに考えられません」

「鴨野さんが、おとしていったものじゃないかね?」

「それ、なんだか知ってますか?」と野々村はいった。「プラチナですよ――こんなものをもって、穴をしらべにはいりますかね?」

教授はギュッと顔をひきしめた。それからその金属片を、彼にかえすと、だまって歩き出した。――野々村は、それを何の気なしにポケットへいれた。

6

教授は、玄室の一番奥にすすんでいった。

奥――つまり西側までくると、今まで光線の具合で気がつかなかったが、そこの横手の壁に、はいってきた入口より、さらに大きく、さらに入念に石組みされた穴があいていた。

「なんだ」と学生はいった。「この部屋は、入口が二つあるんですか?」

第二の入口は、山腹側の壁にあいていた。ランプをかかげると、そこから山腹へむかって天井の高い、ひろやかな石組みの道が、まっすぐにのびているのが見えた。――それもまた、明らかに羨道にちがいなかった。

野々村には、さっきはいってくる時、教授が第一の羨道といったわけが、やっとわかった。

「石田くん」と教授は学生にむかっていった。「君は、日本の古墳について、わりにくわしいね――古い型の古墳で、玄室に、羨道が二つあるという例を知っているかね？」

「さあ――あまりききませんね」石田とよばれた学生は首をかしげた。「だけど、エジプトのピラミッドなんかは、二つあったんじゃないですか？　一方は閉じられていて……」

「ところで――」教授はランプをさらに高くかかげた。「ごらんの通り、この羨道は、さっき通ってきた第一の羨道よりずっとりっぱで、距離もずっと長い。こちらの方が、正規の羨道かと思うくらいだ。だが、二人とも考えて見てくれ。なぜ正規の羨道が、山腹の方をむいているんだろう？」

「するとこの先は？」と野々村がいった。

「行きどまりだ」教授はかたい声でいった。

これは羨道をつくる意味をまったく無視している――墓どろぼうの予防策にしても、なんの意味もないじゃないか？　このトンネルはなんのためだ？

「この奥で……」野々村は奥深い、石のトンネルをのぞきこみながらいった。「あれを見つけたんですか？」

教授はなにもいわずにツカツカと歩き出した。――足音が、石の壁に、冷たく、ながながしくひびいた。

山へむかってもぐりこんでいる第二の羨道は、およそ五十メートルほどで行きどまりになっていた。——そこはいきなり、むき出しの大岩盤で、その岩質は、羨道を組み上げている巨岩のそれと、明らかにちがった、粗粒質のものだった。

——和泉砂岩層だ。

「ここで……」と教授は、行きどまりの壁の下につみかさなっている、大きな岩塊群をさした。「あれを見つけたんだ。——落石のかげになって、岸壁から、頭の方が三分の一ばかり、露出していた」

「完全に岩にはさまっていたんですか?」

「完全に……」教授はいった。「そう、出土状況は完璧だ——私は、はさまっている岩ごと切り出して、研究室へもってかえった。ちょっとショックをあたえると、岩は、まるでバターをひいてあったみたいにポカッととれたよ。陰刻のある岩は、まだ研究所においてある。下のおちている岩片から、露出部分をおおっていた、型ののこったのも見つかった」

野々村は、高さ三メートルにおよぶ岩の壁を、そっとたたいた。——大部分は、うすい緑色をおびた砂岩で、右上方部に、粗粒礫岩の層がまじっている。

「これは、海底につもった砂が、岩になったものだそうですね」と野々村はいった。

「そう——ここは白堊紀末まで海だった。新生代初期に、隆起したものらしい。菊石、イノケラムスの化石が出る」

「白亜紀といえば、ジュラ紀とならんで大爬虫類時代でしょう」と石田がいった。「日本には、恐竜はいなかったんですか？」

「いなかったようだね」

「海底の砂が岩になる――」野々村はいった。「とすると、相当な地圧ですね」

教授は、はっと顔をあげた。

「そう――あの砂時計は……その地圧にも、ビクともしなかった」

野々村はぼんやりと岩壁を見上げた。――その視線のすみに、岩の小さなくぼみが見えた。考えこみながら、見るともなしに、そのくぼみを見ていた彼は、ふと体をかたくした。

「石田くん」と彼はくぼみに眼をすえたままいった。「ちょっとこれをもっていてくれたまえ」

ランプを学生にわたすと、彼は、すみの大きな岩にとび上った。――それでもたりず、もう一つ、岩をつみかさねると、その上であやうくバランスをとり、壁に手をついて、のびあがった。

「なんだ？」と教授はきいた。

「明かりをもうちょっとあげてください」

しばらくと見こう見して、岩からとびおりた野々村の顔は、心もち青ざめ、額に汗をうかべていた。

「先生――」と野々村は、かたい声でいった。「いずれ、このことは、学会で発表しなきゃなりますまい。この眼で見た所で、なかなか信じやしないでしょうがね。——それでも、考古学と物理屋を説いて、大々的な発掘調査をしてみないと……」

「あれは？」と教授は、岩壁のくぼみを指した。

「機械の陰刻です……」と野々村はいった。「それも——ピストルのような、武器の一種らしいです。なんだが、子供っぽくて、いうのもはずかしいが——子供の科学漫画などに描かれている光線銃みたいな形をしています。この砂岩層にうまっているのは、砂時計だけじゃないみたいですよ」

「よし……」と教授は決心したようにいった。「わかった。——じゃ、とにかく今日は、これでひきあげよう、私は少しつかれた」

それは野々村も同様だった。——なんだか頭の芯が熱くなってぐるぐるまわっているような変な気持ちだった。足も、いやに重くなったみたいだ。

「面白いですね」石田という学生だけが、一人で眼をかがやかせていた。「六千万年前の白堊紀に、地球にやってきた宇宙人の遺留品発見！——こいつはマスコミが大さわぎするぞ」

「ばか！」教授は珍しく不きげんな声でどなった。

彼は、こういったあり得べからざることをうけいれるのに、それほど抵抗を感じないんだな、と野々村は思った。若いから精神も頭脳も、柔軟だからだ。それにくらべると、年をとった学者は、不可避的に……

突然野々村はビクッと足をとめた。

その時は、もう、第二の羨道を半分ばかりひきかえしていた。

「どうした?」

数歩、先へ行きすぎた教授と石田はふりかえった。その顔を見くらべた野々村は、暗い羨道の天井へ首をのばして、鼻をひくつかせた。それからぐるっと頭をまわすと、いきなり、羨道の奥へむかって、ランプをむけてかけ出した。

「誰だ!」と彼は叫んだ。「そこにいるのは誰だ!　出てこい!」

その声と足音は羨道の中にワーンと反響した。

教授と石田が、あわてて明りをむけたが、羨道の奥は行きどまりの岩壁があるだけで、誰もいなかった。

二人が野々村のあとをおって、もとの場所へかけつけた時、野々村は呆然として、壁の前に立ちつくしていた
「誰か……」といいかけて教授は眉をひそめた。「誰もおらんじゃないか」

「誰かいます……」野々村は眼をすえていた。「いや……い、い、いました」

「どこに?」

野々村はだまって明かりをあげて指さした。

眼の高さより、ちょっと高い所に、たった今、誰かが吸って吐き出した、タバコの煙が、うすい膜のようになってただよっていた。

その時になって、はじめて、教授と石田は、甘ったるいタバコの香りに気がついた。

「ぼくがここに来た時……」野々村は、かすれた声でいった。「この煙は、この岩壁の中から吹き出していました」

「まさか……」と教授はいった。

「しっ！」

その時、石田がいった。

「なにかきこえます。——ほら……」

石田はぴったり岩壁に耳をつけていた——教授も野々村も、思わず壁によりそった。

岩壁の奥で、かすかに遠ざかって行く足音がきこえた。

つづいて、時計のセコンドのような、せわしない、規則的な音がきこえ、それがやむと、今度は間をおいて、突然金属性の、電話のベルのような音が、断続してひびいてきた。

やがてそれが、ふっとかき消すように消えると、あとはいくらまっても、何の音もきこえてこなかった。

冷たい岩壁に、頰に砂岩の型がつくほど長い間、耳をおしつけていた三人は、十五分以上もたってから、やっと岩からはなれた。

「発掘するんだ！　野々村くん……」番匠谷教授は興奮しきった声で叫んだ。「明日から、大車輪で準備にかかる。君の立場の調査に必要な測定器類も、みんなそろえてやる。とにかく掘って見るんだ。この砂岩層の壁のむこうには、なにかがある」

「いや……」野々村は、まっさおな顔をあげていった。「この壁のむこうには、なんにもありはしません。和泉山脈のむこう側までブチぬいたって、なんにも出てこんでしょう」

「とにかく掘る。この砂岩層の中には……」

「中にあるんじゃなくて、どこかに、あるんです」野々村は疲れ切った表情でいった。

「先生、弱音を吐くわけじゃありませんが、どうやらこいつは、ぼくらの——現代のぼくらの手にあまりそうですよ」

第二章　現実的結末

1

かえりの車にゆられながら、野々村は、頭の芯に芽ばえた、おそろしくあつい塊りに、心気朦朧としていた。

そいつは、どうにもならないほど、あつく、もえさかる火の玉で、そいつのおかげで必死になって、なにかを考えようにも、考えがまとまらないのだった。――額がもえるようにあついのに、全身の皮膚は鳥肌だって、ガタガタとふるえるほど寒い。

なぜなんだ？――と彼は、ただそれだけをお題目のようにとなえていた。――なぜ、こんなことが起り得るんだ？　バカバカしすぎる。

ふと、窓外に眼を転じた彼は、そこにひろがる、うららかな田園風景に、思わずひきつけられた。――坦々と、のどかに、ゆたかに、平静そのものの……まったくそんな風景をながめていると、ついさっき経験したことがとりとめのない悪夢にしか思えなくなる。

あの古墳の、冥府へつながるような羨道の、かびくさい闇の奥にひそむ、あやしげな、夢幻的な秘密と、――いま眼前に、外の明るい日ざしの下にひろがる、あまりにもおだやかで、現実的な世界と――

いったい、あれはみんな本当にあったことなのだろうか？――と彼はふといぶかった。――すべて、あの異様な死の部屋の雰囲気の暗がりの圧迫によってつくり出された、一場の幻ではなかったろうか？　タバコの煙も、底なしの岩盤の奥へきえていった足音も、すべて錯覚ではなかったろうか？

「そこを右にまがって……」と番匠谷教授が、力のない声でいった。「鴨野さんの家へよってみよう」

それから教授は、低い声で、ボソボソ説明した。――鴨野老人は、もと郵便局長で、今は退職して、わずかの田畑と梅林で生活している。もう八十ちかい年だ。郷土史に興味をもって、古い祠（ほこら）や野仏の類を、昔から小まめにしらべている。子供はなく、年とった品のいい夫人と一しょにくらしている。

「あの人は――」と教授は眼鏡をはずして、顔をこすりながらいった。「あの山の麓（ふもと）に石の扉があるのに、奥の壁がはじめからついていない、妙な石の祠を見つけた。それでおかしい、と思っていたが、四天王寺におまいりしてのかえり〝穴から大神宮〟を思い出して、ハッと気づいたんだそうだ」

「〝穴から大神宮〟？」野々村はききかえした。「なんです？　それ……」

「四天王寺にあるそうだ。――祠があって、その奥に丸い穴が伊勢（いせ）神宮の方へむかってあいている。そこからおがむと、お伊勢さんにおまいりしたのと、おなじことになるんだそうだ」

「大阪の人は、おかしなことを考えますね」野々村は、やっと笑った。「皇大神宮のテレビ受信器というわけですか」

「それで、その上の山腹にのぼって見たら、見つけた、というんだな」番匠谷教授も苦笑した。「学者が相手にしない間に、自分でこつこつ、あの古墳のことをいろいろしらべている。なんか、参考になる話がきけるだろう」

しかし、車のとまった、古びた農家は、雨戸がしまっていた。

「おるすのようですよ」おりて声をかけてきた石田は、裏の方をまわってもどってきた。

「奥さんもいません」

「町へでも行ったかな」と教授はいった。「じゃ、しかたがない。いったんホテルへもどろう」

クッションの悪いランド・ローバーにゆられて、かえりの道をねてしまい、二時間ちかくかかって、大阪中之島のグランド・ホテルにかえってきた時、野々村は欲も得もなくつかれきった、という感じだった。——体がそれほどつかれたわけではない。頭の中にかたいしこりができて、それがうなじから肩へかけて影響をおよぼし、下半身までが、だるく、ぬけそうだった。

そろそろ四時すぎだったが、昼飯をとうとうぬいたのに、ちっとも空腹を感じなかった。

「失礼して、夕食まで一眠りさせてもらいます」と野々村はいった。「大泉先生への連絡は……」

「私からやっておこう」そういって教授は時計を見た。「ねる前に、地下のバーでいっぱいやらんかね？——私も無性にのみたい」

石田は、失礼します、といって頭をさげた。

「先生、あしたもランド・ローバーをつかいますか？」

「場合によってはだが……なにか、あるのかね？」

「実は……」と石田は頭をかいた。「明日から、友人と山へ行く約束をしちゃったんです」

「じゃいいよ、——必要な時は別の人に来てもらおう」

石田がホテルから出て行くのを、教授は苦笑して見おくった。

「あれで大学院の学生だがね……」と教授はいった。「おどろいた、まだ子供だね。あれだけの事に出あっておきながら、平気で山へあそびに行けるんだから……」

「若い人にとっては、こんなこと、別におどろくべきことじゃないかも知れません」と野々村はいった。「うけいれやすくもあるし、本気におどろくのは、もっとあとのことかも知れませんね——今の小さい子供は、核兵器だって、月ロケットだって、あたり前のこととしてうけとっていますよ」

それから二人は、地下のバーにいって酒をのんだ。

「明日から……」番匠谷教授は、タンブラーをにぎりしめながら、宙を見つめてつぶやいた。「大車輪で動かねばならん。——とにかく今日は、一休みして、気持ちの整理をする必要があるな。——君もなんだったら、当分こちらにいて、私といっしょに動いてくれないか？　——寝とまりなら、職員の寮を世話する」

「いずれにしても……」と野々村はいった。「ぼくは、あの砂時計の方を改めて見ます」

スコッチをダブルで二杯のむと、頭がガンガンし出した。野々村は教授へのあいさつもそこそこに、部屋に帰ると、ベッドへぶったおれて、そのまま泥のようになって眠った。

番匠谷教授は、そのままのこってのんでいたが、三十分ほどして部屋へかえると、手帳になにか書きつけて、しばらくじっとにらんでいた。——それから、電話をとりあげて、東京の大泉教授の所へ電話した。大泉教授は、大学の研究室に見えない、とのことだった。自宅の方へかけても、まだかえっていなかった。番匠谷教授は、自宅の方に、伝言をたのんで、電話をおいた。

それから教授は、なお二、三カ所に電話をした。それがすむと、拇指(おやゆび)を血の出るほどかみしめて、しばらくじっと考えこんでいたが、ふたたび電話をとりあげて、

「国際電話を——」といった。

「もしもしアメリカ東部まで、今だったら、どのくらい時間がかかりますか？　ボストンです——ああ、そう……」それから、ちょっと腕時計を見て、「夜中だな——かまわんでしょう。ボストンの……」

電話番号をいうと、教授はどすんとベッドにひっくりかえった。——はげしい、苦痛に似た表情が、その顔にうかんでいた。

2

水音に眼をさますと、部屋の中はまっ暗だった。

ガバとはねおきると野々村はあわててまわりをさぐった。——それから、気がついて、額にびっしょりうかんだ冷汗をぬぐった。

自分があの奇妙な古墳の玄室にとじこめられているのかと思って、ランプをまさぐったのだった。

窓にひかれた紗のカーテンのむこうは、ネオンが明滅する大阪の夜だった。

どのくらい眠ったんだろう？

その時、彼は、背後の浴室で、ザアッというシャワーの音をきいた。ドアの隙間から、明かりがもれている。

「だれ？」

と叫んで、彼はもう一度部屋の中を見まわした。

頭を動かすとガンガンするのは、今度は宿酔いのせいらしい。——部屋は、やっぱりシングル・ルームだった。それなのに、誰か浴室でシャワーをあびているやつがいる。

「だれだい？」

彼はベッドの上から、足をおろして、もう一度どなった。——心臓がにわかにドキドキしはじめる。

シャワーの音がとまると、浴室のドアがあいて、明りがサッとさした。胸までバスタオルをまいた、なめらかに光る白い裸身(らしん)が、上半分だけのぞいた。

「鍵(かぎ)もかけずに、眠っちまっちゃ、ぶっそうよ」と佐世子はいった。「いくら、こんな一流ホテルでも……」

「君か……」野々村は呆然(ぼうぜん)としてつぶやいた。——なんだか、まだ、夢を見ているみたいだった。「いつきたんだ?」

「一時間ほど前……」

佐世子は、浴室の中で、バスタオルをはためかしながら答えた。「部屋は別にとったのよ。——でも電話にも出ないし、部屋のドアをノックしたら、あいちゃったから、バスをかりたの」

「おどろいたね」野々村は、まだフラフラする頭をふって、水壜(デキャンター)に手をのばした。「番匠谷先生といっしょだぜ。見つかったら、バツが悪いじゃないか」

「アラ、先生には、もうさっきあったわ」佐世子はのんびりした声でいった。「ついてすぐ、下のグリルへいったら、入口でバッタリ……先生、おかしいわよ。私があわてて頭をさげたら、人の顔をじっと見て〝ああ、あなたでしたか、おひさしぶりです〟だって」

クックッという笑い声が、浴室の中で反響して、鍵型に折れて、飛びだしてくる。

「眼をすえて、口の中でブツブツいって、胸にソースをベッタリつけちゃって――先生、よっぱらってるの？」

「半分気がちがってるのさ」野々村は投げやりにいった。「ぼくの方は、三分の二以上、くるってる。――君は知るまいが、二人ともそんな目にあったんだ」

きいていない。鼻歌がきこえてくる――

野々村は、コップ一杯の水を一息にのみほし、息をついて、頸筋をトントン拳でたたく。――酔いざめの水、中途半ぱな寝ざめの、しらじらしい気分――窓の外をながめる。あっけらかんとした、赤や青や黄色のネオンのまたたき……

ひょっとすると、やっぱり夢か？

ウィスキーをのみすぎて、よっぱらって見た夢だったのではないか？

第一、佐世子がここにいる。――堂島川を見おろす大阪のホテルのせせこましい部屋の中に……彼はまた首をふる。――あるいはこちらの方が、酔っぱらって見ている夢なのかも知れない。

明りの幅がさっとひろくなって、半身光をあびた佐世子の白い裸身がバスタオルをまいて出てくる。ドアがバタンとしまって、闇にフワフワただよう、ほの白い影になる。「電気、つけちゃいや。裸だもン」

鼻先を、なまあたたかい、白いものが通る。――湯上りの肌の熱気と、赤ン坊のようなシャボンの香りが、部屋を横ぎる。――そのままの恰好で、佐世子はベッドのそばの椅子にドスンと腰をおろして、フウッと息をついた。

「おお、あつい」佐世子がバスタオルのはじでバタバタ胸もとをあおぐ。「この部屋、あつすぎないこと?」

「ああ……」彼はぼんやり、赤くそまったり、青くそまったりするカーテンを見ながらいった。「なぜきた?」

「窓あけてもいいかしら?」佐世子は腰をうかしかける。

「バカ、風邪をひくぞ……」野々村は頭をボリボリかいた。「なぜきたんだ?」

「急にあなたにあいたくなって……」佐世子はクスリと笑う。「私の生まれた土地の近くへ行くっていうし……ゆうべはデートをしそこねたし、——それで、今日の午後、会社へ早退け届け出して、飛行機のっちゃった」

それから急に、まじめな声で、

「いけなかったかしら?」

「あきれたね」野々村はベッドにひっくりかえった。

「仕事の邪魔なんかしないわ。あした、かえるわよ」

野々村は、あおむけになって、眼をとじたまま、じっと目まいにたえていた。いろんな記憶が、渦まいてグルグルまわる——サラサラと、つきることなく砂のながれおちる砂時計——白いダスターの青年——岩の中へむかって、羨道のひらいた古墳……岩壁の奥へ消えていった足音——タバコの煙——電話のベル……石舞台の上の正方形の穴——そして、今、ここにいる佐世子……ふいに、あつい、スベスベした弾力のあるものが、ドサッと彼の上におおいかぶさる。強いシャボンの匂(にお)いと、かすかな甘い匂い、あつい息を吐くものが彼の唇をさがす。

「おい……」

「いけなくても、かまわない……」佐世子はあえぎながらいった。「本当は——あなたが、突然どこかへ行ってしまいそうな予感がして、それでとんできたの——矢も楯(たて)もたまらず……」

「クタクタなんだ」彼はよわよわしくいう。「ほこりまみれなんだよ」

「かまわない……」佐世子はうわ言のようにつぶやきかける。「しっかり抱いて……」

　窓の外で、ネオンは相かわらず、痴呆(ちほう)めいた明滅をつづけているが、車の音は、ずっとすくなくなった。

　せまいシングルベッドの上に、二人は、すっぱだかで、キチンと手足をのばし、兄弟のように、行儀よくならんであおむけに横たわっていた。

　兄弟のように？

　いや、まるで一しょに死んだ恋人同士みたいだ。ベッドが、ちょうど二人ならんでキチキチにはいれるお棺のようだ。——おれたちは、若くして死んだエジプトの王と王妃のミイラ……いや、ダブルのお棺というのはなかったかな？……木の柩(ひつぎ)、その外を、冷たく重い、石の棺が二人をへだてる。死んでからも別々なんて、いやだな。——愛ではない。愛なんて、二十すぎて、ただの人になったものには、厄介すぎる。ただ、気のあったものどうし、せめてくっつきあっていなければ……ただの人間には、わびしすぎるのではないか？

天井が、うっすらと赤くそまったり、青くそまったりする。——まっすぐそれを見ていたはずなのに、野々村には、横にある佐世子の眼尻からすっと一条の涙が流れるのがわかった。

「あなたは行ってしまう。……」佐世子はくぐもった声でいった。「遠い遠い所へ……長い長い旅へ……」

「まだ死ぬ気はないよ」彼はわざと笑いをふくんだ声でいう。「しばらく、こちらにいるだけだよ。東京、大阪、飛行機で四十分、汽車で三時間だぜ」

「私にはわかるの……」佐世子はつづけた。

「私には、本当に、わかるのよ。——なぜだか知らないけど、あなたは、いずれかえってくるわ。ずーっと先になって……それでも、私の生きているうちに、かえってくる。すっかり年をとって——長い長い、はてしない旅につかれきって……」

体が冷えてきた。身じろぎするたびに上膊をやわらかくふれる、佐世子の二の腕も、氷のように冷たい。気持ちもシンと冷えて、佐世子に接吻してやる気にもなれない。——彼はまっすぐのばした手の先で、すぐ横にある佐世子の、ポッテリした手をさぐり、指と指をしっかりからみあわせてにぎった。

　そのまま、しばらくじっとしていた。

　横たわった爪先のむこうに窓があり、あわされたカーテンの裾の方は、ネオンにかわるがわる染まり、上の方は、吊り輪がひっかかったか、少しひらいて、その隙間から、窓ガラスを通し、煤煙で汚れた大都会の大気を通して、暗い夜空がのぞき、その小さな三角形の中央にたった一つだけ、青白く強い光を放つ星がまたたいていた。

　彼はなんとなく、その星を佐世子にも見せてやりたくなって、声をかけた。

「佐世子……」

　返事はなく、かわりにすやすやと寝息がきこえた。——佐世子は、子供のように、眼尻からこめかみへかけて、涙のあとをのこしたまま、しずかに眠っていた。

「佐世子……見てごらん」

　彼は、そのまま一人で、星を見つめていた。

　と、たちまち、せまい部屋の、何層にもかさなった壁や天井がすきとおり、ネオンも猥雑なビルのおりかさなったシルエットも、都市も川も消えさってしまい、彼は、虚空にうかぶ小さな惑星の、ゆるく彎曲しながらひろがる固くなめらかな地殻の上に、大気のブランケットも無しに、むき出しの裸のまま横たわっているのだった。——あおぎ見る虚無の大円天井には、はてしない奥の奥にまで、無限の星がはめこまれ、そのまたたきもせぬ冷たい光で、ならんで横たわる男女の裸身を、凍りつくように照らしていた。

何万光年も何億光年も彼方(かなた)、いや光すらとどかぬ暗黒の彼方に、さらにまたたく、無限歳の年をへた無限の星たち――そしてその無限の星や、その星々を、光塵(こうじん)として集めて渦まく、巨大な星雲の無数をのみこんで、なおみたされぬ虚無の大洋――。その虚無の負圧は、あっというまに裸の彼を、星の表面から虚無の中心へと吸い上げ、そこで彼自身は、冷たくひえきった大理石のような塑像(そぞう)のような、一個の星のかけらとなり、虚無の大渦流にまきこまれつつ、不思議な光に輝く星から星へと経(へ)めぐりはじめるのだった。もはや心臓は凍りつき、熱い動悸(どうき)はうたなくなったにもかかわらず、彼の胸は、生きることとはまた別な、冷たい歓喜に波うちはじめ、身は一かけの星屑(ほしくず)と化しながら、なお無限と虚無と永遠と知りあうことに、はげしいよろこびを感ずるのだった。――おれはいま幸福だ。――と彼は思った。――おれはいま、自分自身の心のとじこめられた一世紀にもみたぬ束(つか)の間(ま)の生命(いのち)、この日々をこえ、みずからのしばりつけられた時代、人の世とその歴史をこえ、長い長い生物の時も、星の歳月をものりこえて、ここに死と等質の堅固な心――もはや何ものにもうちくだかれぬ堅固な心となり、虚無と永遠の、謎(なぞ)と秘密にむかうことができる。これら、宇宙の極限に描き出される巨大未知の文字は、彼をして、あらゆる制約をこえたはてにある、純粋な「知ることの喜び」へといざないよせるのだ。

――もはやそこでは、人間としてのもろもろの情念は凍え死に、死の如(ごと)く透明で、嬰児(えいじ)の如く無心な意識が、ただ見ることと見出(みいだ)すことと、問いかけることととの、純粋な喜びにひたすらふけっているのである。

虚無とはなにか？『時』とはなにか？　時の流れの果てにあるものは？　宇宙の終末は？　そして、地を這うものの末裔の、暗黒の心の中に芽ばえながら、なおみずからをうみ出したものをこえて、純一で透明なフィルムとして、宇宙と同じ大きさにひろがり得る意識とは？

――だが、宇宙にまで舞い上り、ひろがろうとする彼の宇宙の意識を、地上につなぎとめるものがあった。――それは、彼の手にしっかりとからめられた佐世子の手だった。すきとおった天井をこえ、星辰の世界へ舞い上ろうとする彼の意識は、小さくねがえりをうって、夢うつつにからみあわせた手を、胸もとに抱きしめた佐世子の動作によって、一瞬風船のように、中空につなぎとめられ、ふわふわと夜空へひかってたゆたったのち、ふたたびせまくるしい、箱のようなホテルの部屋におちこんだ。――気がつくと、カーテンの隙間に星はすでになく、ただ汚れたガラスのむこうに、すすけた夜空の一片があるだけだった。

彼は天空より落下した眩惑に、しばらくぼっとして佐世子のやわらかい寝息をきいていた。――そのうち、突然、たった今、さまよっていた空虚な宇宙の冷気が、しんしんと体の芯によみがえりはじめ、身ぶるいして、思わず体を佐世子の方へよせた。頰に、佐世子の寝息がかすかにあたり、その安らかな、規則正しい息づかいをきいていると、柔らかく、弾力があり、乳のように白い、いたるところにやさしいかげりのある佐世子の体のすみずみが思い出され、いとおしさが湯のように湧き出てくるのだった。三十をすぎたのに、その心にはまだ子供みたいな所があり、さかしらだてはしないが、決して馬鹿ではない。むしろ、おどろくほどかしこいのだが、それが性来のやさしさを通じてあらわれるために、男の心を母親のようにいこわせる。

――なぜ、おれはこの女と結婚しないのか？

ささやかな家に住み、子供をつくり、平穏な日々の果てに、おだやかなみちたりた老夫婦となり、すべての可能性をこころみたわけではないが、あたえられたものは、心ゆくまで味わったという、ほのかな満足をいだいて、死んで行く――なぜそうしないのか？

彼は今あらためて、自分が佐世子を、ずっと前から愛していたことをさとった。――はげしさや、むき出しのところのちっともない愛し方で、愛しつづけてきたことをさとった。彼は、佐世子と結婚し、そのやさしいかげりに包まれて、おだやかに生きたい、と思った。同時に、自分の心が、いまだにあの凍りつきそうな天空の彼方、むごたらしい虚無の底に描かれた不可解な文字にむかって、はげしく、あらあらしくはばたこうとしているのを知った。

獣の裔にうまれて、みちたりた腹と、あたたかい洞窟の暗がりに、かぎりなく幸福な眠りをむさぼることのできる人の心が、同時に、虚無と抽象のはての、巨大な宇宙の姿をうつすことができるのはなぜか？――星辰の描き出す文字に、かくもはげしくひかれるのはなぜだろう？

氷のような裸の眠りを中断したのは、鋭い電話のベルの音だった。――彼は身ぶるいして、枕もとに手をのばした。

「東京からです――」と交換手がいい、つづいて、切迫した女の声がきこえた。

「野々村さまですか？　大泉の宅からです」と声はいった。「先生が脳溢血でたおれました」

「なんだって？」野々村はおどろいて起き上がった。

「郊外の道路でたおれられて……見つけた人が、〃番匠谷……〃とつぶやかれたのをききましたので――今、意識を失っておられます」

「番匠谷先生には、知らせましたか？」

「それが、いまお部屋を呼んでもらったらお留守なので……」

電話を切ると、彼は大急ぎで服を着た。――眼をさました佐世子が、電話で手早く日航に問いあわせ、ムーンライトの切符をおさえてくれた。時計を見ると、零時半だった。東京行き深夜便の離陸まで、もうあまり時間がない。

「自分の部屋へかえってねろよ」と佐世子にいいおくなり、彼は部屋をとび出した。

ロビイにも、番匠谷教授の姿は見えなかった。――フロントに伝言し、タクシーにとびのって、空港へむかって走り出してから、やっと彼は、思考がめぐり出すのを感じた。

大泉教授が脳溢血？――年が年だからあり得ないことではないが……なぜ、郊外なんかでたおれたんだろう？　教授は、あの砂時計を家にもってかえったのだろうか？　あのおかしな白いダスターの男が、教授の所へ――いや、今日の日中、古墳の所へいたのだから、まさかそんなことはあるまい。

「ねえ……」

ふいに誰かが語りかけたような気がした。

だが、彼は気がせくままに、その声をききすごした。――車はついさっき、豊中のインターチェンジをすぎ、空港への一本道にさしかかっているはずだった。だが――

エンジンが唸りをたて、速度計の針は七十をさしているにかかわらず、車がまるで進んでいないことをさとるのに、ずいぶん時間がかかった。

いつのまにか、あたりには明かりも見えず、星空も、山のシルエットもない、完全な暗黒の中に車がはいりこんでいた。――運転手は、ハンドルをにぎったまま石像のように動かない。

「ねえ……」声がまたした。つづいて窓ガラスがコツコツとたたかれた。

車の外に、あの白いダスターの男が立っていた。――時速七十キロで走っているはずの車の外に……

「キイをかえしてください」

「キイ?」彼は、カラカラにかすれた声で、やっとききかえした。

「そうです。もう時間がないんです。ぼくはしばらくのこるけど、彼らはもう出発しなきゃならない。あの鍵がないと、機械が動かせないんです」

彼が驚愕のあまり、身動きもできないでいると、白いダスターの青年は、いらだたしそうに、ドアをあけて、彼の腕をつかんだ。

「わからなければ、来てください」と青年はいった。「あなたが、体につけているはずです。さがさせてもらいます――さあ……」

3

翌朝早く、出立のためにホテルのフロントにおりて行った佐世子は、正面のガラスのドアを押してよろよろとはいってくる番匠谷教授の姿を見て、おどろいた。

教授の眼は血走り、顔は青くむくみ、髪もくしゃくしゃで、シャツのカラーボタンをはずして、ネクタイをゆるめており、まるで喧嘩でもしたみたいなスタイルだった。

「ああ……」教授はフロントの前で、佐世子を見つけて、にごった眼をしょぼつかせた。「あんた、来てたんですか?――そうか、ゆうべおあいしたっけな」

「ホテルでおとまりじゃなかったんですの?」

佐世子は眼を見はっていった。

「なじみのバーへ行って、そこで店を閉めてから、一晩中のんでました。なんだかのみつづけていないと、気がおちつかないみたいで……」教授は酒臭い息を吐きながら、宿酔いらしく頭をかかえた。「野々村くんは? まだねてますか?」

「いいえ――ゆうべムーンライトで、東京へたちました」

脳溢血?」

「ええ——あの、大泉教授が脳溢血でたおれたとかで……」

「なんですと?」教授は、いきなり佐世子の腕を、太い、大きな指でつかんだ。「大泉が脳溢血?」

「あの番匠谷さまで……」フロントの係りが、キイボックスから伝言メモをとって、わたした。「ゆうべ、度々東京からお電話がございました。それからあの——あなたさまが野々村さまのおつれさまで……」

「そうだ」教授はメモ用紙をわしづかみにして見ながらいった。「君、すまんが、すぐ東京の、この番号へ電話してくれたまえ。その電話でもいいんだろう」

「かしこまりました。すぐおつなぎします。ですが、野々村さまの……」

「とにかく、すぐ申しこんでくれ」教授は、髪をなでつけながら、けわしい声でいった。

「それから、トマト・ジュース一ぱい、ボーイにもってこさせて……」

「野々村がどうかしましたの?」佐世子は、不意に気がかりになってきいた。

「ちょっとお待ちくださいまし……」係りは電話を申しこんで、一たん切ってから、ロビイの中を見まわして、ドアボーイの一人をよんだ。

「こちらがお連れさん……」と係りはいった。「ゆうべの運転手、いる?——客待ちじゃない? じゃよんで来てあげて——あ、もしもし。——東京出ました」

番匠谷教授が、受話器を耳にあて、ドアボーイが入口の方に行くのを、佐世子は、いいようもない不安な予感におそわれながら、かわるがわる見ていた。

「もしもし、番匠谷です。ゆうべは失礼しました。大泉くんの容態は？――え？」

番匠谷教授が一瞬息をのむのを見ながら、佐世子は、悪いしらせだな、と思って身をかたくした。――だが、その時、入口の方から、さっきのドアボーイが、黒い詰襟服に、制帽をかぶったタクシーの運転手らしい初老の男をつれて、ひきかえしてくるのが見えた。

「それは、どうも――なんと申しあげてよいやら……で、御葬儀は？――今夜、お通夜で……」

「あの――野々村さまのお連れさまですか？」とドアボーイが佐世子にいった。「野々村さまはゆうべ、夜中に急の御出立で、空港へ行かれた方ですね」

「ええ、そうよ」と佐世子はうなずいた。

「実は、こちらが、ゆうべお送りした運転手さんですが――まだ料金を頂戴していないそうで……」

「あら……」と佐世子は口をあけた。「まあ、そうでしたの？　そんならすぐお払いしますわ」

あの人、ゆうべ、あわてて財布を忘れていったのかしら？　と佐世子は思った。急いでたから、そのままのったんだわ。

「どうもすいませんでした。おいくらですの？」佐世子はハンドバッグをあけながらきいた。「なにか、あの人の書いたものでも、おもちですか？」

「それがあの……」と運転手は口ごもった。

「むろん、私は今夜そちらで、お通夜させていただきますが……え？」

電話でしゃべっていた番匠谷教授が、いきなり、送話口を手でおおって、けわしい表情でこちらをむいていった。「大田さん――野々村くんはゆうべ、大泉教授の家に行っていない。今朝もまだついていない。――彼は、本当に、ゆうべのムーンライトにのったんですか？」

「先生！」佐世子は泣き声で、教授の方をふりかえった。「そのことなんですけど――お電話がおすみになりましたら、ちょっと、こちらの運転手さんの話をきいていただけませんか？」

「どうも失礼いたしました。――どうか、みなさん、気おちなさいませんよう――まったく、私も泣きたい気持ちです。では、今夜までに、まちがいなくそちらにまいりますから……」

電話を切ると、教授は、佐世子の方へ大またで近づいて来た。

「野々村に、なにかあったんですか？」

「ええ、その……」と運転手はいった。「今ちょっと、お話ししたんですが……」

「まあ、坐りたまえ」と教授はいった。「一体どうしたんです？」

「ゆうべ、午前一時ちょっと前に、その方をホテルの前でのせまして――」運転手は語りだした。「空港まで大至急やってくれ、ムーンライトにのるんや、といわれるんで――ええ、そらまァ、このごろは道がようなりましたさかい、夜中に空港までやったら、二十分かからしまへん」

「それで？」

「それが、どないいうたらええんか、えらい妙なことでして——」運転手は頭をかいた。

「おのせしたのは、たしかにおのせして、ちゃんと走り出したんです。——走り出してから、何分かかるか、とか、いろいろきかはりましたから、市内走っている間はのってはったことはたしかです。こっちも夜中のこっちゃし、信号もあまりかまわずに、ずーっとぶっとばして東加島から、名神の、豊中インターチェンジをぬけて——ぬけて、二つ目の信号ぐらいでしたかな。赤でとまって、ひょいとバックミラーを見ると、お客さん、いはらしまへんのです」

　番匠谷教授の顎がギュッとひきしまった。

「そやけど、すぐ信号もかわったし、シートに横になってはるんやろか、とも思って、そのまま走って、空港の待合室について——声かけましたけど、返事はないし、ふりむいてみたら、シートはもぬけのカラですわ。カバンもあらしまへん。ドアはちゃんとしまってるし、ふりおとした形跡もないし、——ははァ、こらまた、信号でとまった時にぬけ出して、冗談しはったかな、と思うたけど——長年運ちゃんやっとるし、ドアがあけしめされたら、音でちゃんとわかりますわな」

「窓は」と教授が鋭くきいた。

「両側ともちゃんといっぱいに捲き上げてありました」と運転手はいった。「そればかりやのうてリアドアが両側とも——これは、用心深いお客さんが、自分でちょいちょいやはりまんねけど——ちゃんとロックしてあったんで……こらカゴぬけしたにしてもおかしい。窓をいっぱいまきあげて両側の、ドアを内側からロックしたまま、運転手の眼にふれんと、どうやってぬけ出せるもんか——そない思うと、なんやゾウッとしてきましてな。——長年タクシーやってますけど、こんなけったいな経験は、はじめてですわ」

運転手は、ちょっと額を手の甲でぬぐった。

「幽霊でものせたんやろか、と思うて、一度ホテルへひきかえしたんですが、ドアボーイはたしかにのせたというし——お連れがおるちうからまあ、とにかく料金だけでも、と思いまして、お話ししたようなわけでっけど……」

「走っている車の中から……」と教授はつぶやいて唇をかんだ。「いつ、どうやって消えたか、全然わからないのかね？——なにもきこえなかったのかね？」

「それが全然おぼえおまへん——こうっと……豊中インターチェンジをすぎた時は、まだたしかにいはりましたわ。煙草吸うてはったさかい——それから一つ目の信号の時も、まだいはったようやし……」

「そして、二つ目の信号の時は、もういなかった」教授は体をのり出した。「するとその間に、何かなかったか？」

「そういえば……」運転手は体をかたくした。「空耳みたいやったけど、遠くの方で誰だ？　どこへ行くんだ？　ちら声をきいたような気がしますが……」

「遠くの方？」と佐世子がつぶやいた。

「へえ――絶対にリアシートの方からやおまへん。車の外で――それもずーっと遠い遠い所で、言い争っているみたいな――そやけど、七十キロちかいスピードで走っとって、外の声がきこえるはずはないし――ちょうど、その時、ほんのちょっとの間だけど、気分が突然、つうっと悪うなったんで、こら空耳やろうと思うて……」

「空耳じゃない――」教授はうめくようにつぶやいた。「それはきっと――あいつ、あいつだ！」

「先生……」佐世子は思わず、番匠谷教授の手をにぎった。「あいつって誰ですの？――あの人は、どうなったんですの？　誰かに誘拐されたんですか？」

「大田さん」教授は苦しげな顔をして立ち上った。「どうも、私は、野々村くんを、厄介なことにまきこんでしまったらしい」

「警察にとどけましょうか？」佐世子はオロオロした声でいった。「捜索ねがいを……」

「いや――」教授はうつむいてしばらく考えてから、つぶやいた。「とどけるのは、けっこうですが――おそらく、しらべても見つかりますまい。もし帰ってくるとしたら、突然、ひょっこり帰ってくるでしょうが……」

佐世子はロビイで声もなく立ちすくんでいた。

――頭から血がひいて行くのがわかった。

教授は、運転手に、少しまっていてくれるようにいうと、またフロントの方へ行った。

「午後二時の飛行機をとることにしました」と教授は、時計を見ながらいった。「いま、ちょうど八時だ。――六時間ある。あなたはどうします？　一緒の飛行機に席をとりましょうか？」

「いいえ――」佐世子はかぶりをふった。「彼を探します。警察にも連絡して……」

「そうですな、一応とどけた方がいい。だが――申し上げにくいが、警察をあまり期待しちゃいけませんよ。彼の奇妙な消え方を考えてごらんなさい。警察はあの運転手が、嘘をいっているとしか、考えないでしょう」

「あの人は……」そういいかけて、突然佐世子は胸がつまって、涙は、手でおさえるひまもなく、あふれ出てしまう。

「いいですか――」教授は、佐世子の手をとると、もう一度椅子にすわらせた。「あなたに説明してあげたいが、これはどうやら、どうにもならないことみたいです。――この世の中には、どうにもならないことがいっぱいあります。すくなくとも、現代の人間にとっては――わかりますか？」

「彼は……」と佐世子はふるえる声でいった。「彼は死んだんですか？」

「わかりません――まだよく探してみなければ、なんともいえないが、とにかく彼は、消えたらしいのです。そして、私にはそれが単なる失踪ではない、と推察する理由がありますす。といって、その理由はあまりきちがいじみていて――説明のしようもありません。ただ、とにかく、野々村くんは、あることに、まきこまれたらしい……」

「あることって、なんですの?」

「それが、まだ、はっきりしない……」教授の顔に、いいようもない困惑の表情があらわれた。「妙ないい方かも知れんが――いったい、それがどんなことであるか、まだ全然正体がはっきりしないが、とにかく現在――全世界にわたって、なにか、非常に奇妙なことが、起りつつあるらしい。――私はゆうべ、ボストンの友人に電話して話しあったが、友人もどうやらそれに気がついているようです」

「政治的なことですか?」

「政治には関係ない――すくなくとも、現代の政治には……」教授は首をふった。「とにかくわれわれは――というのは、大泉や私や、そのほか世界中にちらばった、私の友人たちは、現在まで、どっちともとれるような、いろんな奇妙な事実を、ひろいあつめつつある段階です。ところで、最近、それが、急に、奇妙な様相をとりはじめた。なんということもなくちらばっていた砂が、急に、ある図形を描き出したのです。それが、どんな形をとろうとしているのか、まだわからない。わかったところで、今度はその図形の意味がわれわれに読みとれるかどうかは、また別問題です」

教授は、腕時計を見ると立ち上った。

「とにかく、警察へとどけるのは、私がかえってくるまでお待ちなさい――今から出立までの間に、ちょっと行ってくる所がありますす」

「どちらへいらっしゃいますの?」佐世子はふいに、心細い気持ちにおそわれて、腰をうかせた。

「ある所へ行ってきます――ひょっとしたら、と思うことがあるので……」

「野々村のことですか?」佐世子は上ずった声でいった。「心当たりがおありですの? だったら私も……」

「いかん」と教授は強い声でいった。

「なぜですの?」

「なぜだかわからんが――」教授は混乱した表情でいった。「とにかく、いかんのです。――なんとなく……」

それから教授は、不意にあわれみともとれるやさしい顔つきになっていった。

「ここで、私が帰ってくるのを待ってらっしゃい――あなた、待つことは、不得手ですか?」

「いいえ……」佐世子は、ぼんやりした声でいった。「待つことには慣れています――でも、あてさえあれば……」

「彼のことも――」教授は、妙に悩ましげな眼つきで、つぶやいた。「待つことですよ。――あてがなくとも……」

そういうと、教授は、くるりとその幅広い背をむけて、運転手がボンヤリと待っている、出口の方へ歩み去った。

4

「で、そのまま……」と刑事はいった。「教授はかえってこなかったわけですな」

「ええ――警察から正午すぎに、電話があるまで、私、部屋で、じっとしておりました」

　刑事は、鉛筆をおいて、鼻のわきをボリボリかいた。――うす曇りの午後の陽ざしが、弱々しく部屋の中にさしこんでいる。

「たしかに、妙な事件ですな」と中年の刑事はいった。「あなたは――何度もきくようですが、――全然見当もつかんのですな」

「ええ――」佐世子は、小さな声で答えた。

「ほんまに、おかしな話や……」刑事は、いろいろなことを書きちらしたメモをとって、もう一度ながめた。「教授のいうとった、あいつ、ちうのは――若いやつか、年寄りか、男か女かぐらいの見当もつきませんか？」

　佐世子は首をふった。

「運転手の言い分には嘘はなさそうやし……」刑事はぶつぶつつぶやいた。「教授は別に何もとられていなかったし――まったく、わけのわからん話やな」

　刑事は紙に書きちらされた名前を見つめた。――野々村、番匠谷、石田……。この三人が、あの日K大の車で、あの古墳をしらべにいって、帰ってきたことは、K大の方へ問い合わせてわかった。だが、その晩、野々村は奇妙な失踪をとげ、翌日、番匠谷教授は、例の古墳の玄室の中で、なにものかに頭部を殴打され、瀕死の重傷をおってたおれていた。

送って行って山の下で待たされていた運転手が警察へとどけ、現在なお危篤状態にある。

たとえ、命はとりとめても、脳の働きが正常にもどるかどうかは、保証できない——兇器はまったく不明、単になぐられただけでなく、骨や、血管組織が、全身にわたって、ひどくもろくなっていることが発見され、医師はそのあまりに奇妙な症状におどろいた。

「大泉先生ちう人は——脳溢血やから、これは除外するとして……」と刑事はいった。

「でも——」佐世子はいった。「大泉先生もやっぱり、単にころんで、その衝撃で脳溢血になられたんじゃなくて、だれかにひどくつきとばされたのかもしれないって、東京の方でいっておりましたわ」

「とすると——」刑事は、眼を光らせた。「あんたは、大泉教授も、殺されたと思うんですか？」

佐世子は、かすかに身ぶるいして首をふった。

「わかりません」

「石田というのは、この学生——当日車を運転していた学生は、翌日友人と日本アルプスに行って、遭難したのかどうしたか、とにかくこれも、行方不明になっておる」

刑事はすっぱい顔をした。

「考えようによっては、これもおかしい。——なんせ死体がいくらさがしても、見つからんのやから……。あんたはどう思います？　これだけの関係者が、一日あまりのうちに、みんな死んだり、行方不明になったりしてしまったのは、単なる偶然のかさなりやと思いますか？」

「いいえ……わかりませんわ」

「なにか、この裏に、全部をつなぐ事件があると思いますか？」

「ええ、思います」佐世子はきっぱりといった。「番匠谷先生も、なにかに気づいておられるようなことをいっておられました」

「彼が、命をとりとめてくれたらな……」刑事は溜息をついた。

「あの古墳は、しらべましたか？」と佐世子はきいた。

「何回もしらべました」と刑事はうなずいた。「別に他に出入口もないし、……まあ、めずらしいからゆうて、K大の方で、保存の手つづきをとるとかいうてましたが……」

　刑事はげっそりしたように腕を組んだ。

「古墳か……まるで、古墳のたたりみたいな——〝王家の谷〟みたいな話や」

「〝王家の谷〟？」と佐世子はききかえした。

「知りませんか？　エジプトの古代王朝の墳墓があつまっている〝王家の谷〟の話を……ああ、ぼくは、こんな話が好きで、よく読むんですが……」

　刑事が照れた笑いをうかべるのを見て、佐世子は、自分が彼の言葉におどろいたのをちょっと恥じた——。刑事だって、いろんな本を読み、いろんな趣味をもつ。佐世子の知りあいの警官は、後期印象派の絵が好きで、たくさん複製をあつめていた。

「〝王家の谷〟というのは、十九世紀末だか二十世紀の初めだかに、白人に発見され、発掘されたんですが、——王家の谷をあばくものは呪われん、とかいういいつたえがあって、その通りに、最初の発掘をやった関係者は、ことごとく、変死したり、発狂したりしたというんです。——これ実話でっせ」

佐世子は、突然、体の芯に、不快な戦慄が走るのを感じた。——葛城山……はるか古代よりの呪術的な山……葛城山の古塚に住む土蜘蛛という伝説の妖怪の話を、野々村にしてきかせたのは、彼女自身ではなかったか？

「まあ、今どき、そんなこともないとは思いますが——あまり古墳や、古塚なんかにはさわらん方がよろしいな」刑事は苦笑しながらいった。「大阪のあたりでは、それでもちょいちょい、説明のつかんようなことが起きてしまいますからな——下味原の方に、産湯稲荷ちうのがあって、真田のぬけ穴が通じとるといわれとったんですが、つい最近、この境内をけずって、大阪市の公園にした所、人夫が次から次へと、原因不明の熱を出して、工事がとどこおったこともありますし——和歌山の方で貴志川古墳を発掘した人が、変死したとも……」

語りかけて、刑事はばかばかしくなったのか、ノートをパタリと閉じた。

「とにかく——野々村はんの捜索ねがいだけは、あなたの名義で出しますか？　あの人は、身よりがないんでしたな？」

「ええ……」と佐世子はうなずいた。「小さい時のことはよく知りませんが——早くから孤児だった、といってました」

　警察を出てから、佐世子は番匠谷教授が入院している病院へまわった。

「やあ……」と顔見知りになった、若い脳外科の医師が、病院の廊下で、佐世子の顔を見て声をかけてきた。「どうやら峠はこしたようですよ」

「助かるんですか？」佐世子は思わず高い声になった。

「命はとりとめるようですが……」と医師はいった。「頭の働きは、もとにかえる見こみはなさそうです」

　佐世子は眼を伏せた。

「というと……」と佐世子は小さい声でいった。「先生は、お話しもおできにならないんですか？」

「なにかしきりにうわ言をいっとられるようですが……」医師は煙草を吸いながらいった。

「全然意味がわかりませんね――数年前、ソ連の有名な物理学者が、自動車事故にあって、二年もかかって脳の大手術をつづけ、ついに脳の働きをもとにもどした、ということがあったそうですが――番匠谷教授の場合は、そんな大手術ができそうにありません。いろんな体内組織が、ひどく危険な状態になっています。当分の間、絶対安静で、眠らせておくほかありません」

「先生のおけがの、本当の原因は、なんでしょう？」

「なんといいますか……」医師は、ちょっと煙草の火の先を見つめた。「打撲傷といっても、これは非常に特殊なものでしてね——。たとえてみれば、非常に柔軟な、ゴムの棒のようなもので、後頭部から肩甲骨の下あたりまで、ぴしりとやられているんです」

「ゴ、ゴ、ゴムの棒？」

「まあ、たとえば、の話ですが——ほかにも、たとえば、ほそながい布袋の中に、鉛の散弾をいれたものとか、とにかくそんなもので、非常につよく、骨がザクザクになるほどひっぱたかれているんです——と、まあ鑑定医はいうんですが……ぼくにいわせてもらえば、もう少しちがう原因だと思うんです」

佐世子は、息をのんだまま、眼で医師の話の先をうながした。——医師は咳ばらいして、なんとなくあたりを見まわした。

「主任の先生の意見をきかないとわかりませんが——単なる打撲では、教授の体の全身にわたって起っていた症状の説明が、つきそうにありませんね……」

「私、なにもきかされておりませんの」佐世子は、かすれた声でいった。「先生は——どうなっておられたんですの？」

「全身の皮下の、いたる所に、小さな出血、溢血が起っていました。それに結締組織や、血管、骨なぞが、それこそ、ぐずぐずといっていいくらいもろくなってたんです。息があったのがふしぎなくらいでした。発見が早かったのと、このごろでは交通事故が多くて、処置がすすんでいたのとで助かったんだ、と思いますが——それにしても、単なる打撲では、あの組織脆化と、体温上昇の説明がつかないでしょう。教授の体温は、最初四十一、二度もあったといいますからね」

「先生はなんだとお考えですか?」

「振動じゃないかと思いますね」と医師はいった。「これは個人的意見ですがね。――剖見の時に超音波メスや、フォノン・メーザーによる、組織破壊によく似た症状が部分的に見られたんですよ。――つまり先生は、非常に高エネルギーの振動に遭遇して……」

そこまでいうと、若い医師は急に口をつぐんだ。――廊下のむこうから、回診らしい一団が、角を曲ってちかづいてきた。

「まあ、あまり御心配をなさらないように……」急によそよそしい声でその若い医師はいって、立ち去りかけた。

「お見舞い、できますか?」

佐世子は、背後から声をかけた。

「部屋にははいれますが、むろん話はできませんよ」と医師はいいすて、立ち去った。

佐世子はその若い医師が、自分にやや好意的な好奇心を抱いていることを知っていた。……この女性は、番匠谷教授の、何にあたるのだろう、と彼がちょっとした興味をもっているのは、たしかだった。姓がちがうし、縁つづきのものとはとどけてない。また、仕事関係の知り合いでもない。

それに奇妙なことに、教授の縁辺の人たちは、誰一人、病院にあらわれていないのだ。

家族はたしか、外国にいるとかいう話をきいた。——それにしても、国内の親戚ぐらい、たずねて来ても、よさそうなものだ。

入院にともなう、いろんな手続き上の問題は、大学関係がやり、佐世子も行きがかり上、若干それを手つだった。見舞い客も、学界ジャーナリズム関係ばかりで、それも意外に数はすくなかった。——番匠谷教授の名は、むしろ海外で高く、国内には論敵が多くて、大学関係のなじみもうすかった。警察まわりの記者たちが、野々村の失踪と、教授の奇禍をききつけて、ちょっと鼻をつっこんできたが、そのうち近辺に、工場の大事故や、兇悪な誘拐事件や大汚職事件などが相ついで起り、彼らの姿は、すぐ病院や佐世子の周辺から消えた。

病室の中で、佐世子もその日はじめて、教授のベッドの近くまで行くことを許された。——酸素吸入用の、プラスチックのカバーごしに、その顔をひと目見た時、彼女は、胸をしめつけられるような思いにうたれた。

わずか一週間の間に、教授の顔は、おそろしいほど変貌していた。——頬はこけ、鼻梁はそいだように細くとがり、眼がおちくぼみ、鉛色をした目蓋が、くろくくまどられた眼窩の座で不気味にふるえる眼球をおおっていた。唇は高熱でふくれ上り、黒くなってひびわれ、皮膚は、——いたいたしい頭部の繃帯と白衣の間で、ミイラのそれを思わせるように、うす汚れた死人色をしていた。

「脈も呼吸も、相かわらずひどくおそい……」つきそった初老の医師がささやくようにいった。「だが、熱はひきました。それに結滞や、呼吸不全がなくなって、まず危篤状態はなくなったようです。――ですが、脳波にはあいかわらず奇妙な波形が、断続してでてきます。陽性棘波の一種みたいですが――その変動の仕方はとても奇妙ですね。教授は、なにか、非常に強い刺激を感じ、はげしく思考しているみたいです」

「唇が動いてますわ……」佐世子は、体をかたくしたままささやいた。「なにか――お話しになりました?」

「うわ言ですね……」医師は首をふった。「私たちは、容態に気をつかうだけで、うわ言の内容には興味ありません。――なにか、ラテン語らしいものを、つぶやきつづけています」

「ラテン語ですの……」佐世子はがっかりしたようにつぶやいた。

「そうです。――テンポリス・ウト……とかなんとかいってました。オムニポテンテという言葉も何度もいっています」

「もう少し、ここにいてよろしいでしょうか?」

ふいに、眼にあふれてきた涙を見せないために、ベッドの方に顔をむけたまま、佐世子はささやいた。

「あまり近寄らないように……」と医師はいった。「まだ絶対安静ですから、声をかけちゃいけません。――長くならないようにしてください」

医師が出て行くと、付きそいの看護婦が一人のこった。――その看護婦に背をむけ、べッドの上の教授の顔を見つめながら、佐世子は声もなく、涙を流した。

（先生――先生は、彼のことを、何か知っていらっしゃるんでしょう？）と彼女は胸の中で問いかけた。（彼はどうしたんですか？　先生は、たしか、彼のことで、あの古墳に行かれました。あそこに何があるんですか？――先生は、何を知っていらっしゃるんですか？　彼はいったい、どんなことにまきこまれたんですか？　先生以外に、そのことを知っておられる方はいないんですか？――私に待てとおっしゃったけど……待ってさえいれば、彼はかえってきますか？――先生だけが、そのことを知っていらっしゃるのに、先生が、何も話してくださらないなら……）

肩にそっと手をおかれて、ふりかえると、看護婦がいたわるような眼つきで、腕時計をしめした。――佐世子は涙をふいただけで、化粧をなおしもせず、部屋の外へ出た。

廊下をうつむいたまま歩いて行くと、突然さっき病室にいた医師によびとめられた。

――ふりむくと、医師は、丈の高い、恰幅のいい外人と話をしていた。

「こちらが大田さんです」と、医師は外人にいった。「こちら、アメリカのリードさん。――ボストン博物館の方だが、あなたとお話がしたいとかで……」

「アリグザンダー・リードです」その外人は、訛りの強い、だが流暢な日本語でいって、日本風に頭を下げた。「ドクター番匠谷のことについて、またそれに、プロフェッサー大泉のことについて、いろいろおききしたいのです。私、ボストンから、おとついの朝、羽田につきました」

「私、それほどくわしいことは存じませんわ」と佐世子はためらいながらいった。「番匠谷先生は、一週間ほど前、はじめておあいしたばかりですし、大泉先生とも、直接には二、三度……」

「大泉先生——サンド・グラスのことを、なにかいっておられませんでしたか？」

「サンド・グラス？」

「ええ、アワー・グラスのこと——日本語でなんといいましたか……こういう形をしたグラスの中に砂がはいっていて、時をはかるもの……」

「砂時計？」

「そう——その砂時計のこと、なにかきいておられませんか？」

「いいえ……」佐世子は、ふと、記憶の座を何かがかすかにひっかくような気がした。

「そうですか——」リードと名のる男は、明らかにがっかりしたようにいった。「ドクター・B——ええ、つまり……番匠谷先生のけがはどうですか？」

佐世子と医師が、手みじかに話し、リード氏は教授の部屋を、一応見てくることにした。

「もし、よければ、待っていてください」と彼はいった。「どうぞ、おねがいします。——もう少し、おはなし、きかせてください。かまいませんか？」

佐世子はうなずいた。

あの中之島のグランド・ホテルの地下グリルで、佐世子はリード氏とは食事をしながらはなした。——その時、はじめて佐世子は、砂時計のことをはっきりときいた。

「すると、ドクター・Bが、たおれる前の日のことですね」とリード氏はメモを見ながらつぶやいた。「彼、このホテルから、電話をかけてきて、私たち、長い間電話をしました。その時、彼、ふしぎな砂時計（サンド・グラス）と、古墳のことを話してくれました。その砂時計、東京の、プロフェッサー大泉のところにあるといっていました。――私、仕事をかたづけて、すぐ日本へとんできました。プロフェッサー大泉の所へ行くと、彼、死んでいました。大学の人、家の人、砂時計のこと、誰も知りません。一生けんめい探してもらいましたが、見つかりません。それをいれていた、箱らしいものありました。しかし、中はからっぽ……誰かにとられたのかも知れません。ドクター番匠谷、ひどいけがしました。話、なにもきけません。ドクター・Bは、なぜけがをしたのですか？」

佐世子は、わからない、と答え、それからたった二十四時間の間におこった、奇妙な一連の事件のことを話した。――失踪、死、遭難、原因不明の重傷、そして――いままた、砂時計の消失……。

きいているうちに、リード氏の顔色はだんだん青ざめてきた。

「なるほど……」と彼はいった。「なるほど……ふしぎな話です。ですが……」

そういって、リード氏は、しばらく考えこんでいた。

「あなたは、その砂時計が、日本の古い地層の中から発見されたこと、きいていますか？」

「いいえ……」と佐世子は首をふった。

「とても古い地層です。――番匠谷の話によれば、六千万年も前の地層だそうです」

「六千万年?」佐世子はつぶやいた。「まだ、人間がうまれる前でしょう?」

「そうです――ずっとずっと前ですね。まだ、ダイノソールなど、おそろしい爬虫類がいたころです」

「そんな時代にどうして……」

「実をいうと、今日の科学では、人間なぞ、まだその先祖も発生していなかったと思われるような、古い古い時代の地層から、ふしぎなものが、たくさん見つかっています。――アメリカのネヴァダで、一八九六年に、何百万年も前の地層から、岩の間にはさまって、金属のネジが見つかったことがあります。――三千万年前の地層から、タイルの床が見つかったこともあります」

「なぜでしょう?」佐世子は、なんともいえぬ奇妙な感じにとらわれて、思わず小さく叫んだ。「どうして、そんなことに――大昔に……恐竜なんかのいる時代に、すでに人間がいたんですか?」

「わかりません」とリード氏は首をふった。「ですが、最近――特に不思議なものの発掘がふえてきました。フランスとスペインの国境にある、ピレネー山脈で、ついこの間、鉛鉱山の鉱夫たちが、とても大きな、金属性の円筒の一部を掘り出しました。鉱山監督も、それを見ています。だけど、その翌日、学校の先生をひっぱってくると、その巨大な、ガスタンクの一部みたいな、円筒は消えていました。アルプスのオーストリア側で、何千万年も前の地層から、小さな、円い鏡が見つかったこともあります。アメリカの学者が、ロッキー山脈の中で、地面のはるか下から出ている電波信号、とらえたこともあります」

佐世子は、眼を見ひらいて、リード氏を見つめていた。——しかし、リード氏の顔には、奇妙な狼狽がうかんでいた。

「私たち、——私や、ドクター番匠谷や、そのほか世界中にちらばっていたいろんな人たち、こういうことを、しらべていました。——ちょっと、興味もってね。……ですが、今の所、まだなにもわかりません。不思議というだけです」

佐世子が、まだ熱心に見つめているので、リード氏は、照れたような微笑をうかべて、首をふった。

「あなたに、こんなこと、きかせても、しかたがありません。——大切な時間をつぶして、すみませんでした」そういうと彼は、なぐさめるように、佐世子の手の甲をたたいた。

「あなた、恋人が行方不明になられて、大変にお気の毒です。——心から同情します。ですが——できれば、彼のこと、忘れることですね」

「私、待ちます」と佐世子はいった。「かえってきても、こなくても……」

「そうですか——」リード氏は眉をひそめて溜息をついた。「私、できるだけ、いろいろ、この事件を研究してみます。——番匠谷のノート類も、しらべさせてもらうように、たのんできました。私と彼が、長い間、いっしょに研究してきたことがあります。——学問の体系からはずれた、とても、おかしな研究で、私たちでないと、よくわからないでしょう。

——でも、私たちの研究も、本当は、あなたのように、長い間待つ方がいいのかも知れません。——人間が手にいれようとして、いくらあくせくしても、どうにもならないことがあります。未来がそうです。明日は、ただ待つことによってしか手にはいりません。——今の所は……」

リード氏はたち上って、手をのばした。「私、一度、アメリカへかえります。——その時、また必ずお目にかかりましょう……」

だが——

リード氏の言葉は果たされなかった。かえりの旅客機が、ハワイに着陸した時、ホノルル空港で行方不明になってしまったからであるが、佐世子自身は、そんなことを知るべくもなかった。

こうして、この事件に、一つの『現実的結末』がやってきた。——あくまで、現実の上での結末、いいかえれば、この日常的現実の結末にすぎないものであったが——。

それにしても、この巨大な日常性の大河におしながされ、やがて、古び、へだてられ、忘れ去られて行くことが、われわれの、せまい、日常的空間意識における、ほとんどの事件の結末であることにちがいない。——すくなくとも、この起ったばかりの事件は、もはやそれ以上、この日常の中で進展をつづけることをやめた。関係者は、あるいは死に、あるいは消息を絶った。事件の遺留品ともいうべき、あの不思議な砂時計も消え去ってしまうと、あとには、それについて知っているものも、事件そのものについて語り得るものも、のこらなかった。——もともと関係者の数、事件の奇妙さを知っているものの数は、ごくすくなかったのだ。大泉教授は死んだ。野々村は失踪した。番匠谷教授は生ける屍となり、石田という学生も生死不明になった。——事件について、若干の概念をもっているリード氏も、不可解な消失をとげた。

いや、実は、関係者の中で消えたものがもう一人いた。

エピローグ（その2）

あの事件から一ヵ月あまりたった。

佐世子は、その間に、東京の勤めをやめ、関西へ居をうつした。——一つは、彼女の故郷にのこるただ一軒の親戚（しんせき）である伯父（おじ）が行方不明になり、年とった伯母（おば）が、ひどく気落ちしていたからである。

彼女の両親はすでに死に、肉親の妹は、外人と結婚して、南米にいた。もうかなりの間、音信不通である。——大田の家の親類にはなじみがうすく、彼女は一時、母方の本家にあたる、鴨野の家にひきとられていたこともある。鴨野の家をつぐものがなかったので、伯母の懇願で、彼女は養子入籍の手つづきをとった。

葛城山麓（かつらぎさんろく）の古びた鴨野の家におちついてはじめて、彼女は伯父鴨野清三郎が、やはり、あの奇妙な事件の一端に、しっかりむすびつけられているのを知って、口もきけないほどおどろいた。——伯父こそが、あの奇妙な古墳の最初の発見者であり、番匠谷教授の案内者であり、そして野々村や番匠谷教授が、古墳をたずねたその日の朝、家を出たままかえってこないことを……。——してみると、彼女もまた、同じ事件の糸に、知らぬ間にからめられていたのだ。

とはいえ、彼女自身には、その糸のほどきようもなかった。何かわけのわからぬものが、この一連の未完の事件の背後にあることは漠然と察せられながら、それを追求する方法はなにもないことを、彼女は直観的にさとった。――番匠谷教授や、大泉教授、そして野々村が、のこしていったメモやノートにも、それを解く鍵となるようなことは、一行も書かれていないことも、やがてわかった。

鴨野老人の書きのこした、葛城山古墳の記録にも、「番匠谷教授とともに古墳の第一の羨道奥をさぐる。奇妙な砂時計を発見せり」とただ一行、書かれてあるのみで、その砂時計そのものが紛失した今となっては、それがどういう意味をもつか、誰にも判定しようがなかった。

最初のうち、彼女は、K大の番匠谷研究室の人たちや、大泉研の人たちにはたらきかけて、古墳の研究から、なにかをつかんでもらうことをねがった。――しかし、彼らの遺稿の中からは、事件の片貌もうかがえなかった。それに鴨野老人が、はっきりと図を書きのこし、番匠谷教授もまたメモをしていた、あの古墳の、「第二の羨道」――つまり山腹へむかってはいっている、行きどまりの羨道は、その後の調査で、いくら探しても見つからなかった。古墳にはいる羨道は、ただ一つ――あのせまい洞窟とつながっているものだけだった。調査の結果は、例の石舞台が若干不思議なだけで、さまで珍しくない古墳の一つである、という結論が出ただけだった。死者を葬った形跡がないのは、何かの事情で、葬ることができなかったのだろう。――ただ、山の急斜面という位置からみて、ちょっと珍しいのと、大和朝成立以前の、葛城山の古い祭祀一族だった加茂氏の一族の墓ではないか、という類推がなされただけだった。

佐世子は、地もとの中学校の教師に就職した。――かたわら、二、三の大学の聴講生となって、歴史や哲学の講義をうけた。時には、苦心惨憺して、物理学の初級講座にとりくんだこともあった。というのは、野々村のノートの一冊に、特に心をひかれるものがあり、できれば、自分でそれを読みといてみたいと思ったからだった。そのノートは『時間と認識』と、表題が書かれ、彼が思いつくままに書きつけたものらしく、大判のノートの約三分の二ほどに、ぎっしりと書きこまれてあった。

その書き出しはこうだった。

「認識ということを考えると、時間には、過去、現在、未来の三次元の相のほかに、〝高さ〟という次元が考えられるのではないか？　そのもっとも、端的な啓示は、われわれが未来へすすめばすすむほど、過去というものは遠く、正確に認識できるようになって行くということである。――ただし、われわれが、体系よりも事実を重んじ、きざまれた歴史を虚心にうけとめるならば、である……」

――彼女にとって難解な、種々の学術用語や、外国語をまじえて書きつけられたその断章を、少しずつ、少しずつ読みすすむにつれて、彼女は自分が、次第に野々村の思考の傍にはいりこみ、その陰刻をきざみつけられて行くような気がした。その思考そのものは、依然として理解できなかったが、彼の心――特に『雄』の心の中に生まれる、ほとんど非合理的な衝動――知的な好奇心というもの、見方によっては何の役にもたたないものを、いたいほど理解できた。――彼の断片的な『理論』には、やがてついて行くことができなくなってしまったにもかかわらず、彼女は、さらに読みつづけ、自分が彼の思惟とは別のものでありながら、その傍にあって、それを抱きつつむものとして、それ――いってみれば野々村そのものと、ふれあい、あたたかみをかわすものになって行くことを感ずるのだった。――伯母に縁談をすすめられて、はじめて、自分がまだ、野々村と結婚していないことに気づいておどろいた。その時は、もはや、『愛』などという言葉を思ってみることもできないほど、自分が彼と内面的に密着し、ある部分で、いりまじってしまっていることを感じた。

で――

彼女はまちつづけた。――待つということが当然のように……。時おり、あのグランド・ホテルの夜、自分が衝動的に語ったことが、その直後は、単に感情が激したために、わけのわからぬことを口走ったにすぎないと思って、思い出しもしなかったが、今になってみると、その言葉は奇妙に予言的であり、なにか自分の直感の奥深い所から湧き上ってきたもののようにも思えた。――あの時は、野々村の失踪と同時に、その帰還もまた口走ったはずだ。前の予感があたったから、あとの方もあたるかも知れない。

といって、そんなものを当てにしなくても、彼女には待つことができた。――三十をこえれば、いくら焦っても、結局待つしかない時は、どうしようもないのだということが理解されると同時に、期待というものが、常にむなしいものとはかぎらない、ということもわかるようになる。――彼女は、一日に一度、すでに彼女自身のあつかいによって、すっかり手ずれてしまったノートをひもときながら、ひろく、古く、ひっそりとしてほの暗い、山と畠にとりかこまれた鴨野の家で、しずかに待ちつづけた。待つことがあるので、その生活は決して空虚ではなかった。

その家の縁先から、正面に、あの葛城の山が見えた。――古墳はむろん、見えなかったが、山脈の中腹をはってのびる、道路工事でけずりとられた赤い山肌が、ある所で少し下の方に下っている所があって、それと知ることができた。彼女自身は、古墳にはいって見たことはなかったが、野々村や伯父の失踪と深い関係があるらしい、その古墳のあたりを、朝夕軒先にながめることができるその家は、彼を待つ場所として、いかにもふさわしく思われた。――道路工事のために、古墳の一部がくずされたという話をきいた時も、彼女はとりわけどうこう思わなかった。しかし、なぜか、野々村が、そして伯父が、その古墳の奥から、どこかはるか見知らぬ、はて知れぬ世界へむかって、一筋の足あとを残して歩み去ってしまい、長い年月ののち、遠い旅をへて、またそこからかえってくるのではないか、という考えを、拭き消すことができなかった。

彼女の日課は、勤務先の中学校と、大学と、それに週一度、意識不明のままの番匠谷教授を見まいに行くことだった。——あとは、しずかに年おいた伯母と語らい、野々村のノートをよみ、ささいな家事をやる。田畑は人にまかせ、伯母の死んだあとは、一部を売った。番匠谷教授は意識不明のまま、三年目に息をひきとった。葬式に行った彼女は、会葬者の数の少なさに、胸がいたんだ。『鴨野いかず後家』は、最初、近所の口の端にのぼったが、やがて、彼女自身が、あのゆったりした地方生活の中の点景人物にはめこまれ、ごくふつうに『先生』とよばれるようになった。

——歳月は、単調で、しずかで、ゆるやかなリズムをつくってくれていった。ますます古びては行くが、すでに建ってから百五十年ちかくになるため、さまで変化したとも思えぬ鴨野の家の、深い軒先から見える葛城の山々は、春は新緑に映え、秋はくすんだ朽葉色になり、冬には、稀にその頂きが、雪で白くなることもあった。朝日や、夕日がその山の頂きを染めるのを、佐世子はいつも、放心したように見つめていた。——毎年くりかえされる自然のリズムの上に、人のつくり出す『時代』の流れがかさなった。山腹の両側からのびてきた、赤く削られた道路は、いつごろからかつながり、その上を自動車が走るようになった。しかし、山そのものは、ちゃんとそのままあるので、そういった変化は、かえって自然の中に吸収されてしまい、佐世子はずっと昔から、そこに自動車道路があったような気がした。

世間の方は、相かわらずますますさわがしくなるテンポで、動いて行った。——人工衛星も、あちこちでうち上げられ、各国政府の首脳も何度かかわり、国際危機もあったし、何度か本ものの不況もあった。都市建設や道路建設は、相かわらずいびつな恰好ですすみ、たまに大阪や、東京へ出てみると、気がちがったような建築物があちこちに出来ていて、佐世子は自分がもう、そういった変化について行けなくなったことをさとった。——といって、時代にとりのこされたことは全然感じなかった。やたらに進みすぎる時計は、安物でこわれやすい、ということぐらい、彼女にもわかっていたし、そんな時計をもちたいとも思わなかった。アメリカへ三時間半で行けるジェット機が就航した時も、テレビの世界中継があたり前になった時も、彼女はそれほど興奮しなかった。——そういったことは、ただちに文明をかきかえることにはならず、そういうものを基礎に、本当に新しい世界がうまれてくるのに、もう二、三世代かかること、そうなった所で、人間はいつも同じ問題をかかえており、時にはたやすく、文明の針が逆もどりして、まわり道をたどることもわかっていた。

北の方へ行けば、そういった変化が目まぐるしく起っているのが見えるのだが、南の方を見れば、葛城の山々は、あいかわらず四季の変化をくりかえしながらそこにあった。——もっとも北の方でも、大阪の街の空は、あいかわらず、赤茶けて汚れており、うす汚い所はいつまでたってもうす汚く、人間の生活には相かわらず格差があり、新世界へ行けば、いつでもゴチャゴチャした路地に、安油でカツをあげる臭気がたちこめており、人間の世の中は、そう十年や二十年で、貧富の差が一挙になくなり、貧民窟や泥だらけの道や、犯罪やゴミためがいっぺんに消えうせて、砂糖でつくったみたいな、白い四角なビルばかりになるわけがないのは、当然だったが——それよりも、その葛城の山に住んでいた人々がながめていると、その山々が千数百年、あるいは、二千年の昔、このあたりに住んでいた人々がながめ、歩き、あるいは祭っていたのと、まったくかわらない姿で、そこにあるのだということが感じられ、その山を介して、突然二千年前の、——加茂一族や、長髄彦や土蜘蛛や、そういった古代の人々に、自分の隣りに住む、無口な百姓に対するのと同じような、親近感を抱いてしまうのだった。当時は、あの自動車道路はなかったろうし、今ほりかけているトンネルもなかったろうが、それでも、山の形は千年や二千年でかわるまい。『人間の問題』も、千年や二千年でかわるものではない。とすれば、見知らぬ土地へ、突然旅立った夫の帰る日を待って、朝な夕な、山をながめてくらす妻の身も今も昔もかわらぬのではないか——有髪の尼の如く、経文のかわりにノートをひもとき——

葛城山に新しいトンネルがほられ、国道二六号線が、十車線の、直線ハイウェイになった。——アメリカで数年前に実用化されたという、ホバークラフトがはじめて、そのハイウェイの上に姿をあらわしはじめ、コンバーター・プレーンが、観光用に和歌山や、このあたりにもとんでくるようになるころ、彼女は視力がおとろえはじめたことを知った。——頭には、とうの昔に白いものがまじりはじめ、歯も弱り、冬、寒さがひどく身にこたえるようになってきた。

教え子たちは次々に育って行き、結婚し、時には子供づれで『鴨野先生』の家へやってきた。――同じことを毎年教えるとはいえ、次第に教材の変化が手にあまるようになってきたことを、彼女はなんとなく感じていた。山々の景色も、少しはかわってきた。あの和泉―金剛スカイラインがさらに延長され、生上山から、竜田川をまたいで、北の信貴山まで、巨大な橋をかけ、生駒―信貴のスカイラインとむすぶようになった時、彼女はずっと昔の伝説に、役の行者が調伏した血鬼をつかって、葛城山から金峯山へ、虹の橋をかけたという話があったことを思い出し、一人でクスクス笑った。――人間は未来に起ることを、ずっと昔に夢みてしまっているのではないだろうか？

学校で、『おばあちゃん』という綽名がついてから四年目に、彼女は退職した。――おどろいたことに、その中学で、二番目に古い先生になっていた。退職してから、あまり外へも出ず、人ともつきあわず、好きな本を読んだり、時には近所の小学生に、簡単な学科を見てやったりした。習字も、少しは教えた。――しかし、しまいには、それもほとんどやらなくなった。

南大阪の和泉平野、河内平野も、かわった所はずいぶんかわった、八尾の飛行場が、第二大阪空港として大拡張され、百人のりの国内線コンバーター・プレーンや、中型ジェット機が発着した。モノレールや、エアカー専用ハイウェイができ、工場そっくりの大水耕農場が三つできた。多奈川に出力五十万キロワットの原子力発電所ができ、自動車道路は網の目のように走った。広域行政で『近畿州』ができ、市町村二次統合で、南大阪市という大都市が誕生し、農業地帯もだいぶ俗化した。――しかし、かわらない所はかわらなかった。葛城の山の形は、やはり太古のままだったし、それを見上げる古い藁屋根の家も、その家をとりまく梅林も、毒だみや、紫蘇や、蕗のはえた庭先で、羽をふくらませた鶏が、コッコッと鳴きながら餌をついばんでいるのも昔のままだった。——天気のいい日には、縁先に、もう背も腰も丸くなった白髪の老婆がチョコンとすわって、袖無しの背に日をうけながら、じっと山の方を眺めているのも、もう何年も前から見られた。老婆は時々眼鏡をかけ、もう端がよれよれになった、黄ばんだ紙のノートを読んでいた。——ひろげたまま、こくり、こくりと居眠りをしていることもあった。

『鴨野先生』の教え子たちは、近所にもたくさんいたし、時折りたずねてきた。——日本がはじめて月へ探検隊を送った時、その副隊長になった中年の学者が、先生の教え子だということで、新聞社がたずねてきたこともあった。しかし、それももうだいぶ昔のことになった。教え子も年をとり、みんな社会的に忙しくなり、中には死んだものさえ出た。

——しかし、老婆の姿は、あいかわらず天気のいいあたたかい日、縁先に見られた。

その老婆の姿に、いつのまにか連れができたのは、二十一世紀にはいってだいぶたってからだった。——老婆と同じくらい年をとった老人で、老婆と同じようにおだやかな顔つきをしていた。まわりの人たちが気がついた時は、老人はもう、その家にいついてだいぶになるらしく、古びた和服姿で、縁先にならんで日なたぼっこしていた。——親戚の衆やろ、と近所の人たちはいった。——お佐世ばあさんも、話し友だちができたし、心丈夫やろな——。

二人のようすは、まったく仲むつまじかった。――いつもならんで、日なたぼっこしては、老爺は山を見上げて、なにかぽつりぽつりとしゃべり、老婆はその話にじっと耳をかたむけながら、眼鏡をかけ、おぼつかなそうな手つきで、ていねいに、蜜柑の房の、すじをとってやったりしていた。――二人とも、もう八十をこえていそうだったので、『老人デー』の時など、役場からむかえが行くのだが、二人は笑って首をふった。――老人の方は、耳が遠いらしく、なにか一言きくたびに、老婆の方をむいて、目顔でたずねるのだった。

和泉平野に霙が降る、寒い二月の晩、突然、それまで一歩も家を出たことのない老人が杖をつき、よぼよぼした足どりで、坂をおり交番にあらわれた。

「鴨野のばあさんが死にました」と老人はいった。

――そのしわだらけの顔は、霙にぬれたためか、それとも泣いたためか、しわにしずくがたまるほど、びしょびしょにぬれていた。古い綿入れの袖無し――こころあたりで、じんべとよぶもの――の肩には、霙の塊りが、びっしりのって、とけかかっていた。

「わしは――わしは、実をいうと、身よりのない、旅のものです。あのばあさんの家で道をきいた時、ぜひあがれとすすめられて、そのまま居つきました。――それからずっと、世話になっておりました。――どうやら、あのばあさんが、長い間待っていた人と、まちがえられたらしいです。でも、わしは……そのおかげで、ずっと世話してもらえました。

その鴨野のばあさんが、さきほど、息をひきとったのです。わしの……わしの手をじっとにぎりしめて……」

　老人はもう見栄もなくすすり泣いていた。

「まあ、おちついてください」若い警官は、ヴィデオフォンの呼出しボタンを押しながらいった。「そうですか――ばあさんが死にましたか……」

　医者を呼び出して、用件をつたえると、警官は、奥にレインコートをとりにはいった。

「今すぐ行きます。――さむかったでしょう。ああ、あったまっとってください」と警官は奥でコートを着ながら、表の部屋の老人に大声で話しかけた。「そうですか、死なはりましたか。それでも、たった一人で死なんでよかった。あのばあさん、昔、ここの中学の先生で、ぼくのおふくろも、女房のおやじも、みんなあの先生に教えてもろうたんやそうです。そやから、もうええ年で……」

　しゃべりながら、奥から出てきた警官は、老人が、首を横にたれた、妙な恰好で坐っているのを見て、ちょっと眉をひそめた。――肩に手をかけると、その枯木のように軽い上体はグラリとたおれかけた。老人は、顔中を涙でぬらしたまま、こと切れていた。

　さっきまで降っていた霙が、牡丹雪にかわり、音もなくつもりはじめていた。

　翌日、このあたりではめずらしい銀世界の中で、早速荼毘に附された二人は、老婆の手文庫から発見された書き置きにしたがって、鴨野家の墓地の、二基ならんでたてられた、小さな墓石の下に埋められた。――会葬者は、意外に大勢あつまった。そして火葬も、老婆の遺言によって、古式に屋外でやり、雪晴れの青空にたちのぼる白煙は、モノレールの軌道をこえ、金剛―生駒陸橋をこえ、高く遠く、吉野の山々の方へとたなびいていった。その煙のかすむ先から、遠い蒼穹の彼方へとびさる二人の雲のように、大阪第二空港発のサンフランシスコ行き大圏ジェットのひく、二条の白い飛行機雲が、はるか南東のそらへのびて行った。

老婆の墓とならんでたてられた墓石には、『野々村浩三』と彫ってあったが、死んだ老人の方は、身もとを確認する手がかりは何一つのこされていなかった。――よるべもないといっていたが、人々は誰一人、名も知らなければ、いつ、どこから来たのかもわからなかった。だから、本来は、最近でも時たまある行路病者なみのあつかいで、公共墓所ビルの共同棟にいれられるはずだったが、――

まあええやないか――と、人々はいった。――昔の恋人の身がわりや、お佐世ばあさんかて、喜びよるやろ。

野々村浩三。

野々村佐世子（旧姓鴨野）。

ときざまれた小さな墓石に、西暦二〇一八年の日附けが近所の人々の手によってきざまれた。――二つの小さな墓石は、丁度生前のように、ならんで背をまるめ、葛城山の方をじっと見つめているようだった。――しかし、この古い墓所も、もうじき、鋼管鉄道ができるために、移転されて、二つの骨壺も墓地タウンの納骨ビルに移されるはずだった。

お佐世ばあさんの書き置きによって、ばあさんの義父のもっていた蔵書文献や、ばあさん自身が書きのこしていた、沢山の『おぼえ書き類』は、破棄されずに、K大歴史研究所の書庫に寄贈された。——家は、奈良の遠縁のものがひきとって、古い木材を分解してはこび、茶室をつくった。地所も処分された。——文献類の方は、K大歴研の、未整理書庫の中に長らくほこりだらけになって、眠っていた。書庫をこわして、電子脳ライブラリーを建て増しする時、アルバイト学生が、いいかげんな読み取り方をして、記憶装置に全文献を収録し、古文書自身は、本をのぞいて、ほとんど破棄された。

こうして、この事件は、関係者の最後の一人が死に、第二の終末に達した。——だが、時は、できごとと関係なく、さらにのびて行き、二十一世紀はやがて、二十二世紀につながり、さらにその先には、はてしない等質の時間がひろがっていた……。

第三章　事件の始まり

1

頭がわれるように痛んだ。

渦がまわりからしめつけるような、その猛烈な痛みのまん中に、鋭い、さらにはげしい、銀色の刺胳(ランセット)のような痛みがあり、脳の中枢(ちゅうすう)にきりきりもみこまれるような、そのときすまされた尖端(せんたん)から、紫色の放電のように、チカチカ光る言葉がまたたいていた。

おちつけ……とその言葉はいった。おちつくんだ――話しているのは私だ。私は君だ。わかるか？

オーケイ……と彼は答えた。……オーケイ、オーケイ、――わかってるよ。万事順調だ。このくらいのことじゃへこたれんさ。

まっくらだった。

頭の中にも、体の周囲にも、おそろしく濃密な闇(やみ)があった。――それでいながら、彼には自分がその闇の中に浮かんで、ゆっくり、およぐようにもがいているのが、はっきり見えるのだった。

——夢を見てるんだな、と彼は思った。

想像の、あるいは夢の世界で——と、言葉は、また紫色にまたたいた。——君は、つまり、私は、なにものかだ。任務を思い出せ。

任務？——彼は眼を見開いた。眼球の外にも中にも、墨のような暗黒があった。暗黒はめからどろりとあふれ出し、透明な頭蓋の中にうずまきながら満ちる。

認識は、いつしか達成されるはずだ。そうだろう？——と声はいった。——それまでに意識はほろびる。人間という種も——その意識もほろびる。だが、達成された状態というものは、想像できるはずだ。

想像したところで、どんな具体的な手がかりがある？——と彼はいいかえす。——そう、たしかに、いずれは終りがくるだろう。だが、時間の終りが、認識の達成とかさなりあうとはかぎるまい。ほろびるまでの時間は有限だ。その範囲内において、認識は常に未完で、常に中途半ぱのままでおわるだろう。

言葉を——声は、突然うす赤く、強調するようにはためく——言葉を考えればいい。『認識の達成』という概念さえ、明確であれは、そういうことが、仮りに考えられる状態であるとすれば、それは可能なのだ。そうだろう？　意識の中に浮かんだことは、どんな奇矯なことでも、実現する。いかなる妄想も、実在としての正当性を持っている。

で？——彼は少しずつわかりかけてきたような気になる。わかりかけてくるというより、思い出されてくるみたいだ。で？――どうなる？　終焉というのは、認識にもあるのかね？

いや、時のほうに――言葉は、青く、すさまじく輝きはじめた――認識には、終焉はない。あるのはかえって、時間のほうだ。空間は曲がっていて、閉じられている。とすれば、時間もまた、有限で閉じられている。空間と同じように、始めと終りがつながる。終焉は初元とつながるのだ。だが、時間が終ったあとも認識は発展する。認識することは、時空間とはまた別な方向へ、意識が脱出して行くことだ。ちがうかね？

閉じられた、時間空間の外へ……と彼はつぶやく。

閉じられた、時空間を越えて……と声はいう。――終焉が始元とつながって、一切の現象が完成されてしまう時、認識はその円環を完全に脱却して――その外に立ち得る。この世界のすべてを知ることができながら、なおかつ、それで終りはしない。

鋭い痛みは、今度は上膊にうつった。――光る言葉が、すうっと遠のいた。以上……と言葉はかすかにまたたいた。いいか――しっかりやれ……。

「気がついた……」と、ささやくような声がいった。「いいだろう。スイッチを切れ」

彼は、自分が暗黒の夜から、灰色の上空へとうかび上がりつつあるのをさとった。闇はどんどんうすれ、灰色は次第に明るい白色にかわり、やがてポカリと水面にうかび上るように、意識が光の中にうかび上った。

彼は眼をしばたたいた。

視線の正面に、丸く凹んだ天井が見えた。テレビ・アイらしいものや、銀色の投光器らしい機具が、にぶく光っていた。

「気分は？」とかすれた声がいった。

「まあまあだ」と彼はいった。——だが唇が動いただけで、声は出なかった。

「頭はまだ、いたむかね？」と声がきいた。

頭の芯に、かすかな銀色の疼痛が、残像のようにちらついた。

「少しはいい……」

「起きられるか？」

彼がうなずくと、四肢にかるい、マッサージのような振動がつたわってきた。じんじん鳴りながら、五体の感覚が甦ってきた。

「よろしい——水をのみたまえ」

寝台の背が、四十五度の角度におき上り、彼は上体をおこした。——白衣の、やせて、眼の光のにぶい、若い男がコップをつき出した。——彼は、その水をむさぼるようにのんだ。

「おどろいた……」と白衣の男はいった。「もう少しで、呼吸の電撃的麻痺であの世行きだった。君はメスカリン系の薬品には、昔からそんなにはげしい、アレルギー症状を起こすのかね？」

「なぜそんな薬をのました？」彼はその男の顔を、じっと見つめた。——若僧のくせに、細い、手入れの行きとどいた鬚をはやしている。「おれが何をしたというんだい?」

「悪く思わんでくれ」男は彼の手から、コップをとりながら、むこうをむいていった。

「研究所当局の命令だったんで、飲物に自白強要剤をまぜたんだ」

「おれが何をしたというんだ?」彼は、かたい声でいった。そのくせ、なにも思い出せなかった。「研究所で、盗みでもやったのか?」

若い男は、くるっとふりむいて、彼の顔を穴のあくほど眺め、唇をほとんど動かさずにきいた。

「名前は?」

答えようとして、彼はのどがつまった――何にも思い出せなかったのだ。

「アレルギー・ショックと、呼吸麻痺の時間がながかったんで、軽い記憶喪失を起こしている」と男はいった。「むりせんでもいい。そのうち、何も彼も思い出すだろう」

「おれが何をしたというんだ?」と彼はどなった。「はっきりいってくれよ!」

「研究所の立入り禁止区域をうろついていた。誰何した警備ロボットを、フォノン・メーザーで故障させた」

「なぜ?」

「それは君が知っていることだ」と若い男はいった。「君はのんでいた。――アルコールじゃなくて、LSD系の飲料だったね。ここらへんにも、そんなものをのませる、もぐり酒場があるのかい?」

「あるさ……」彼は、少しほっとしていた。「たしかに、おれは酔っていた。——だから、もういいんだろう？　酔っぱらった上でのことだ」

「そう簡単にはいかんね」と男はいった。「君はたしかに飲んではいたが、酔ってはいなかった。〝表面泥酔〟という、珍しい状態だったことは、君の脳をしらべてわかった。少し大げさだったが、精神測定法（サイコメトリ）を実施したんだ」

彼はふてくされた顔をした。

「で？——なにがわかった？」

「なにもわからん」若い男は鬚をなでた。「自白剤をのませたら、死にかけた。——君の脳の中に、人為的に禁止領域をつくり出した奴（やつ）はだれだ？　どうやってそれをつくり出したんだ？　なんのためにつくり出した？　なんのために、〝表面泥酔〟状態でカムフラージュして、あの立入り禁止区域に近づいたんだ？」

「わかるはずがないだろう」彼はあざ笑った。「記憶喪失を起こしているからね。——自分が誰（だれ）で、どんな職業で、ここはどこで、なんのためにここにいるのか、さっぱりわからない」

「名前と職業は、こちらでわかっている」男はひややかにいった。「いま、服をもってくるから、君もそれを見て、思い出すがいい。——だが、そんなもの、信用できんからな。しらべた所たしかにアムネジアを起こしているが、その記憶喪失だって、薬物のせいじゃなくて、君、あるいは君のボスが、人為的に、起こしているのかも知れんからな」

そういうと男は、ベージュ色のドアから外へ出ていった。

ベージュと、うすいグリーンに彩色された、小ぢんまりした病室に、たった一人とりのこされた彼は、急に、心細さにおそわれた。——自分が誰で、なぜ、ここにいるのか、本当にさっぱりわからなかった。ひどくとらえ所のない、不安な気分で、部屋も、ベッドも、ぐにゃぐにゃにとけて、自分が空中に漂いだすようだった。

おれはいったい、誰だ？

（しっかりしろ、M……）

突然頭の中で声がした。——さっき暗闇の中できいた声と、少し似ているような気がしたが、今度は乾いた、ひどく事務的で威猛高な、女の声だった。

（チャンスだ、病室は、禁止区域のすぐ裏にある。廊下を右に行って、正面のドアから外へ出れば、すぐ金網が眼につく……）「待ってくれ……」彼はぞっとして、あたりを見まわしながら、小声でささやいた。「おれに命令するあんたは誰だ？——おれは誰だ？　禁止区域って何だ？」

（ふざける時じゃない！）女の声は、いらだち、高圧的になった。（自白強要剤をのまされた時に、対抗上くわえた記憶圧迫電圧は、もう除去されている。いつまでも、記憶喪失のふりをすると……）

「だが、本当だ。——本当に、頭に来たらしいぜ」彼は、必死に何かを思い出そうとしながら答えた。「あんたがおれのボスなら、大急ぎで教えてくれ。おれは誰だ？　何をすればいい?」

(いいかげんにしろ、M)女の声は怒りくるった。(任務を遂行しないなら、保安……)

突然頭の中の声が、ふっつりやんだ。——ドアが音もなくあいて、ぴかぴか光るメタリック・グレーのコンビネーション・スーツと、靴をもった、さっきの男が、頬にうす笑いをうかべてはいってきた。

「さあ、これが君の服だ」と男はいった。「身分証明書はチェックさせてもらったぜ。勤務先の、星間航行保険連盟にも問いあわせたよ——むろん、保険会社が、自分の所の調査員の仕事を、しゃべるはずはなかったがね」

彼はだまって服を着た。——たしかに着なれた、自分の服だった。だが、どうも妙だった。——妙に体にしっくりしない。

「さあ行こう……」彼が服を着おわると、男は彼をうながした。

「どこへ?」

「所長があうといってる」

「よし……」と彼も腹をすえていった。「こちらも、あえれば、それにこしたことはない」

「君はなにか、うちの研究所について、つかんだのかね?」エレベーターで階上に上りながら、男はうす笑いをうかべた。

「職業上の秘密を、しゃべる奴もいないだろう」彼は肩をそびやかした。

「たびかさなる、うちの所長の宇宙船や、人工衛星の事故で、保険金詐欺のうたがいでもかけたか？」男はニヤリと笑った。「あれは調査もすんだはずだよ。なるほど、以前に人工衛星会社（サテライト・コーポレーション）の詐欺事件を、君ン所の調査員があげたことはあったさ。――しかし、この研究所に関するかぎり、金をもらったって、何の役にもたたんよ。失われた頭脳と粒々辛苦してつくった、特殊機械は、何億の金にもかえられん」

屋上に上ると、大ドームのむこうに、雪を頂いたスマトラの脊梁（せきりよう）、バリサン山脈の主峰デンポー山の姿が見えた。おそろしくだだっぴろい屋上を、男は、はるかむこうの端に見える、銀色にかがやく、鉄塔の方へ歩いて行く。

「所長室は屋上にあるのか？」と彼はきいた。

「所長は今、上にいるよ」男は、鉄塔の下端の網戸をあけながらいった。「うちの研究所の定点衛星にいるよ。――別に着がえる必要はない。電車で行こう」

そういって、網戸をガシャンとしめると、銀白色にぬられた卵型ののりもののドアをあけ、またニヤリと笑った。

「さあ、どうぞお先へ――保安省秘密調査部の、ムッシュウ・M……」

2

卵型の乗物の中には、Gシート（耐加速度シート）が四つあった。巨大な塔の枠組みの中に、十数人のりらしい、もっと大きな乗物が三台ほど見えていた。彼はのりこむ時に、外殻にいくつもはめこまれた、金属の輪を見て、ちょっとなにかを思い出そうとした。

ああ——なんだ、電磁エレベーターだな、と、彼は苦笑した。——珍しくもない。こんなものに気をとられるとは、まだ記憶喪失が部分的にのこっているのかな。

首をいたくするほど、ふりあおぐと、鉄塔は、五百メートルぐらいの高さから、急に色がかわり、その先は、はるかに高く、熱帯の、めくるめくばかりに輝く、まっさおな虚空の中にとけこんでいた。その時になって、彼は肌ざむさと、うすい酸素に気がついて、ブルッとふるえた。——また少し記憶がもどってきた。ここはスマトラの、文字通り赤道直下、バリサン山脈高峰のケリンチ山頂だ。三六九〇メートルの高度で、LSD銘酊(めいてい)からさめれば、風邪(かぜ)をひきそうになるのも無理はない。

「さあ、どうぞ……」と白衣の男は、乗物の中からまねいた。「君は、外部の人間で、当研究所の、中枢部にはいるはじめての人間だが——別に遠慮することはない」

彼は、腹をきめてのりこんだ。——セラミック・コーティングをほどこされた気密ドアがバタンとしまった。Gシートは、まるで、雲のように、ふんわりと彼をうけとめた。

「定点衛星行き電車は、はじめてかね？」と白衣の男は、ニヤリと笑った。「三万キロのエレベーターは、そういくつもないからね」

「それも、研究所私有というのは、はじめてだ」と彼は、Gシートにうずもれながら、つぶやいた。「ヒマラヤで、ロシアの電車にのった。——もっとも、あちらのは、大量輸送用で、お粗末だったが……」

「ああ、あれならぼくも知っている。〝エヴェレスト特急〟というやつだな」男は、気圧計や温度調節器などを、一通り点検しながらいった。「だが、あいつは、高度八千五百までは、ランチャー軌道を走る文字通り、電車タイプだろう？　加速も、高度二十キロまではたしかに古くさい、ロケット・ブースターでやっているはずだ」

「あれは、緯度がだいぶ北だからな」と彼は眼をつぶっていった。「アンデスに、新大陸同盟がこしらえた、コトパクシ・エレベーターも、初期加速はロケットをつかってたよ」

「これは、全部電磁誘導加速だ。高度五万メートルまでは、補助の線型電動機(リニア・モーター)が四基つく。――さて、いいかね？」

　ブーンと蜂(はち)のうなりのような音が、球型の殻(シエル)の中をみたした。レモンイエローの発進燈が明滅しはじめ、それが突然、眼もくらむようなグリーンにかわると、体がぐっとGシートの中にめりこんだ。とたんに、Gシートはぐるりとまわって、二人は上昇方向にむかって、水平になった。正面天井の両脇(わき)に、小さな窓があり、その楕円(だえん)型の視野を、鉄骨が、なめらかによこぎりはじめた。

「窓は見ない方がいいぞ」と、男は隣りのシートの中からくぐもった声でいった。「吐くやつもいるからな」

　たちまち窓の外は、一面に流れる、灰色の明暗に変った。――各種の加速度計は、なめらかにのぼりつづけ、2Gのところにくると、ふるえながらとまった。外では、ごうごうひゅうひゅうと、ものすごく風が鳴りわめきはじめた。――動かぬGメーターの針に代って、バン・アレン帯突入をしめす、放射線量計の針が不気味にはねあがりはじめた。

加速が十八分ほどつづくと、急にGシートが背後でぐにゃりととけた。体がフワッとうき上ったようだった。そのまま等速運動して、しばらくすると、またシートがぐるりとまわり、今まで床だった所が、正面に来た。シートにとりつけられた加速度計の針は、逆方向にふれて、マイナス2Gをさしていた。秒速はざっと二十四キロ、減速がはじまる時、彼は窓外の暗黒の空間に、細い蜘蛛(くも)の糸のような感じのする金属線であみあげられた〃軌道〃を見た。

東経百度、赤道のほとんど真上、三万六千キロメートルあまりの宇宙空間にうかぶ、研究所直属の定点衛星は、標準ドーナッツ型で、外径約二百メートル、かなりの急速度で回転していた。中心部の、〃軸(シャフト)〃とよばれる、直径五メートルほどの、動かない部分に、地球側からは、エレベーターの絶縁金属網製の管が、上方には、フェリー・ロケット用のコーン型の入口がついている。——動かない軸の部分から、〃輪(ホイール)〃とか、〃タイヤ〃とかの俗称でよばれる、ドーナッツ型の居住区にスポークにあたる通路を通って行くためには、わざわざ軸室の外周にそって回転する、中継用の檻(ケージ)にはいって、回転しているスポークと、同期させなければならないのが、彼にはちょっと珍しかった。——なるほど、軸も一緒に回転させてしまうと、エレベーター管がねじれるからだな、と彼は思った。——ヒマラヤ衛星よりも、うまいしかけだ。

居住区の中には、ほとんど人影はなく、数人の所員がひっそりと資料分析をやったり、通信したりしているだけだった。二人は、いくつかの気閘を通りぬけて、所長のいる部屋にいった。――ガランとした部屋に、デスクが一つ、ポツンとおいてあり、所長は、戸口に背中をむけて立っていた。

その部屋に一歩ふみいれたとたん、彼は、部屋の外壁が、全部透明プラスチックばかりと思って、ギクッとした。――だが、それは錯覚で、壁面一ぱいに、数面の巨大なテレビ・スクリーンがはりめぐらされ、それに星をちりばめた宇宙空間とはるかなる地球がうつし出されていたのだ。

「つれてきました」と白衣の男はいった。

「よろしい」と所長は、壁面いっぱいの星空をながめたままいった。「君は座をはずしたまえ」

白衣の男が出て行くと、所長はこちらをむいた。――背が高く、肩幅があって、胸があつい、とまでわかっていたが、黒人混血とは、顔を見るまでわからなかった。ちぢれて、頭蓋にぴったりついた髪の下で、黒い瞳が、深い知性と、一種の野性をたたえて光っていた。

「かけませんか?」と所長は、よくひびく声でいった。「エレベーターは、たしか地上とここをつなぐ、一番早い方法だ。――だが、三万キロを四十数分でのぼりきるのは、少々無理がある。つかれたでしょう」

たしかに、彼はつかれていた。――あのぶっつづけの加速のあとで、この衛星上の、やけに小さな重力の中になげ出されたのだ。胸がまだむかつき、頭に血がのぼっていた。

——彼が腰をおろすと、所長は、デスクの椅子にすわって、かすかに溜息をつき、青みがかった爪のはえた、長い指先で、こめかみをもんだ。その姿勢は、つかれきっているように見えた。

「保安省は、なにを考えているのかね？」とふいに、所長は、しずかな声でいった。

「知りませんな……」と彼は肩をすくめた。「私は保険連盟の……」

「冗談はよそうじゃないか、ムッシュウ・M……」と所長は、皮肉な笑いをたたえた眼で、彼を見た。「さっき、君の頭蓋内受信器におくられてきた、保安省特捜課長の通信を、傍受したよ。——オリガ・メチニコフの声だな。あの婆さん、あいかわらず陣頭指揮が好きと見える」

「煙草を……」と、彼はいった。——やっと正気にもどってきた。

「ここはくつろいでもらっても大丈夫だよ」抽出しから、宇宙空間用の煙草をとり出して、すすめながら所長はいった。「ここはバン・アレン帯の外帯がちょいちょいななめにくるんで、外に強磁場スクリーンをはってある。電波遮断は、完璧だからね。君たちの方の盗聴装置だって、役に立たたん」

「星間保険連盟の方から、内々に話があったことは事実なんだ」彼は、足を組みながらいった。「事実、ぼくは、ふだんはそちらの方の、仕事も手つだってるのでね」

「保険屋ども！」所長は、まっ白な、丈夫そうな歯を、半分以上むき出して、小さくののしった。「何世紀も、奴らの性質ってのはかわらないのかね?──とりこむのは、いやに熱心だ。だが、出すだんになると、何だ彼だといいちゃもんをつけて、出したがらない。今度のことも、いったい何回調査をうけ、何回書面審査されたと思う? それなのに、まだ全額をはらってもらえないんだよ」

「なにしろ、短い時期に、連続三回だ。宇宙船一パイと、人工衛星二つ。──それで君は、警備係長をかばっている」

「はっきり、彼の責任じゃないとわかってたら、ほかにどうすればいいんだ」所長は強い眼つきで、しかしあいかわらず、しずかな声でいった。「彼も部下をなくしている。その中に彼の甥もいる。ちゃんと事故審判もうけた。──昔の官僚連座制みたいに、何かあったら、責任者は、手おちがあってもなくても、辞職しなきゃならんのか? とすると、私も、この職をやめるべきなのか?」

「こういう事故は、事故の真因をつきとめるのがほとんど不可能だ」

彼は次第に、冷酷な、いつものやり口を思い出してきた。相手の質問は、すべて、ひっぱずし、こちらの質問だけで、相手を追いつめて行く。──王手一本槍で、息のつづくところまで、追ってみるのだ。そのうち、相手がボロを出す。

「とすれば、第一回目の事故のあと、同種の事故に対して予防措置が完全になされてたかどうかを、厳密に検討しなければならない、と思うがね」

「報告書は、むろん、すみからすみまで読んだろうな」と所長は、ひややかにいった。

「あの報告書に署名している、調査団の一行——専門家と裁判官の認定はどうなるんだ?・」

「裁判の鉄則は、いまだに、〝疑わしきは罰せず〟だ。——われわれはちがうね。シンベル所長」彼は、煙草の灰を、注意深く、吸気孔の中におとしこんだ。「一回目も不測の事故……二回目も、三回目もそうか?・」

「くりかえしていうが、警備に手おちはなかった」シンベルは、腕を組んだ。「絶対にだ……」

「いや、ある」と彼も、所長のまねをするみたいに、腕を組んだ。「なぜ、君たちは、われわれに応援をたのまなかった?——われわれの局長の申し出を、学術省に手をまわして、蹴ったのは、最大の手おちじゃないか」

「君たち、保安省の人間に?・」所長は、ドンと机をたたいた。「だめだ! 絶対に——君たちに、私たちの領域にふみこまれてたまるものか! 君たちは、すべての人間を犯罪者としてあつかう。——われわれの共同体(コンミューン)が、いかにデリケートなものか、君たちにはわかるまい。よしんばわかったとしても、それだけ、君たちのサディスティックな衝動をよびさますだけだ。——花園を見ると、ふみにじりたがる子供がいる。われわれの方の警備システムは、まさにわれわれの共同体をそだてるプロセスの中で、共同体の一部として育ってきたものだ」

「花園の番人には、兇暴な爆弾きちがいはつかまえられない——子供や犬をおっぱらうのが関の山さ」

「君たちにだって、この犯人は、つかまえられんだろう」所長は、妙なひびきをもった声でいった。「君たちは——所員に爆弾きちがいがいる、というぐらいのことしか想像できんだろうからな」

「率直にいおう」彼は、組んでいた腕をほどいた。「所長——連邦保安省は、超科学研究所が、何かかくしている、とにらんでいる。IT法をたてにとって、保安省の調査介入をこばんでいるのは、何かがあるからだ、と思っている」

「そのIT法をたてにとって、君に対する一切の説明を拒否し、すぐ地上退去を命ずることだってできるのだ」シンベル所長は、無表情にいった。「IT法——象牙の塔法を、われわれ学者が、どんなに長い年月をかけ、血みどろの闘争をやって、獲得したか、君は知ってるかね？　これが立法化するまでに、何百万という学者が殺され、本がやかれ、また世論の暴力によって、獄につながれ、生活手段を奪われ、故郷を追放されたか……まったく解放されているといわれた、民主主義社会でさえ、多くの学問上のタブーがあったんだよ。——われわれは、常に、君たちのような人間によって、監視され、つけまわされ、道に煙草の灰をおとしたことまで、報告されて、裁判にひっかけた時は、不道徳の証拠として、提出されたんだ」

「それにしても、犯罪者の庇護権までもっているのは、行きすぎだ、という意見の議員も、すくなくないぜ」

「単なる犯罪者じゃない。——われわれの方でも、庇護権を発動するかどうかは、きびしい審査をやった上できめている。——しかし、地上に、寺院や教会の庇護権がなくなった以上、一つぐらい、それに類したものがあってもいいんじゃないかな。われわれは犯罪者の集団ではないんだから」

「あなたと、そんな論争をやりにきたんじゃない」彼は、ぶっきらぼうにいった。「あんたたちが、いったい、何をかくそうとしているのか、それを知りたい。——私をつかまえたのは、率直に話しあう、いいチャンスだと思うが……」

シンベル所長は、ちょっとの間、だまって、火星産の鋼玉の、文鎮をもてあそんだ。やはり、なにかあるな——と彼は思った。所長としては、おれを、どの程度の人物かわかっている。ここでうちあけて、取引きにもって行き、最高裁に保安省から許可を申請する立入り捜査をくいとめるか、それとも、おれを追い出して、政治工作をやるか——彼には、所長が前者をえらぶだろう、ということが、ほとんどカンでわかっていた。

なぜなら、所長は、別のことで、ひどく心労していることがわかっていたからだ。——憔悴している人間は、交渉の気力を、あまりもっていない。

「はっきりいって……」と所長は、思い通りの声音でつぶやいた。「別に、われわれは、何もかくしているわけじゃない。ただ……」

「ただ?——どうしたね」

「三つの事故が、つづけておこった時、われわれは——少なくとも私は、その原因について、おぼろげながら、一つの絵が描けそうな気がした」

「とすると――犯人の心あたりがついたというわけか？」

「犯人？」所長は口の端に、かすかな笑いをうかべた。「私は何も――君たちのいう犯罪だとは、いっておらん」

「お互いにもってまわったいい方は、よそう」彼は、かまわず切りこんだ。「強制捜査をやろうと思えば、こっちにも手はあるんだ。――超科学研の連続爆破事件は、異星系宇宙人の攻撃のうたがいがある、といえば、星間治安局に特別権限があたえられるんだぜ。――こいつは有無をいわさない。われわれのフロンティアは、まだ直接には一度も、異星人（エーリアン）との接触をもっていないが、それでも、いろんな兆候があって、緊張がたかまっているんだ」

　突然、シンベル所長の笑いが、唇のはしに凍りついた。――顔色が、青ざめ、眼がみひらかれた。

「そうか、宇宙人……」と所長は、かすれた声でつぶやいた。「そういう解釈もなりたちうる――いや……そんなことはない」

「どうした？　所長……」彼も、少し緊張した声でいった。「なにか心あたりでもあるのか」

　シンベル所長は、返事をせず、インターフォンのカフをおした。「宇宙艇（ボート）の用意をしろ」と所長はいった。「五号資料衛星に行く。そう、いますぐ……」

　それから、所長は、彼にむかっていった。

「来たまえ――むこうへつくまでに、話してあげる」

3

地上からのぼってくる時につかった卵型のエレベーターには、特別の放射線防護壁がつかってあったのか、平服のままのりこめたが、この定点衛星から見えている、研究所所属の資料衛星に行くには、かなりの厳重な放射線処置がとられていた。

彼は放射線防護服を、宇宙服の下に着こませられたり、宇宙艇の内張りにつかわれている、中性子遮断ラテックスを見て、ふとここが、地球の磁気赤道面上ほぼ八～九万キロの厚みでおおっている、バン・アレン帯におおわれていることを、あらためて思わざるを得なかった。――なるほど、外帯の、百ないし二百キロ電子ボルトの高エネルギー陽子帯は、磁気や太陽輻射の影響によって、ちょいちょい、このあたりまで、ふくれあがっているだろう。――もっとも、このあたりは、電子帯だから、磁場スクリーンで、かなりな程度まで、遮蔽できるだろうが……。

シンベル所長と彼がのりこむと、ほとんど半球型にちかい形の宇宙艇は、回転するドーナッツ型の、スポークの一つにあたる発進管をすべって、遠心力でかるく宇宙空間にはじき出された。それから、すぐに、標識衛星の発するビームにつかまり、自動操航機がはたらいて、数十キロ先の空間にちらばってうかんでいる、資料衛星の中の一つのビームをえらび出し、ゆっくりした速度で、進行しはじめた。彼は宇宙艇の窓から、研究所の中枢定点衛星の、巨大な、なめらかに回転する輪をながめ、その中心部から、はるか下の輝く地球の大気の中に釣糸のようにとけこんでいる、エレベーター通路をながめた。

「疑問の一つは……」と彼は前をむいたままいった。「なぜ、君たちが、地上の施設だけで満足せず、こんな大気圏外に、いくつもの資料室や、研究室や、総合整理室をつくったか、ということだ。——宇宙軍統合司令部の方で、君たちが、なにか新事実をつかみながらかくしているか、かくれてこそこそ研究している、とかんぐるむきもあるぜ」

「なぜ、軍司令部が……」所長は、少し声高にいいかけて、すぐ平静な口調にもどった。「それは、思いすごしだ。——研究所二百年の歴史を考えれば、われわれの方の資料は、たまるばかりだ、ということがわかるだろう。われわれの資料は、ふつうの科学研究とちがって、古くなったものを、どんどんすてるわけには行かんのだ。——未解決なものは、いつまでたってものこしておかなければならん」

「わかってるよ」と彼は所長の言葉をさえぎった。「君たちの研究所が、博物館連合から出発した、ということもな。——その点、君たちはまさに、クズ屋だな。それにしても、君たちは、シミュレーション・レコーダーを三台も持ち……」

「ああ、あれは便利なものだよ。電子脳の組みあわせのおかげで、博物館一館分の記録が、片手でさげられるくらいの容積の中におさまるようになった。——しかし、私にいわせれば、たとえ、現在通信研究所の開発中の、〝物質再生機〟が実用化したところで、現物保存のための、スペースを要求するね。——東シベリアの氷河洞で発見された、長さ二メートルもある、環虫の話を知らんかね?」

「いいや」

「五、六年ほどまえの話だよ。――そいつは、御多分にもれず、カチカチに凍っていた。――われわれは、凍らせたまま、すみからすみまで観察し、ついで、これをとかして、解剖してみようということになった。――とかした時、そいつは完全に死んでいた。われわれは、そいつの尻尾を切り、組織をしらべた。頭の方は、腐敗防止液につけておいた。――とかされてから三日の間、そいつは完全に死んだ組織で、おまけにズタズタに切られていた。ところが、四日目の朝、所員の一人が、防腐液につけておいた頭部が、容器からはい出して、廊下をスタコラ逃げて行くのを見つけたんだ。大さわぎになったが、そいつは下水に逃げ込んで、以後行方不明さ。――物質再生機に記憶させておけば、その機械は、死んだ組織を、そっくり再生してくれるだろう。だけど、そいつが生きかえった秘密は、どうやって再生してくれるんだね?」

すぐ眼前に、No.5と書かれた、銀色の衛星がせまってきたので、彼は、所長に質問をつづけることをやめた。

超科学研究所所属の五号衛星の内部は、ほとんどが、巨大な電子脳でしめられていた。一室が操作室、他の一室が、倉庫になっているだけで、ほかにはなにもない。――所員の一人が、操作室で、小型計算機をつかって、複雑なプログラミングをやっているほか、誰もいない。

「解読は、すすんだか?」と所長はきいた。

「ほぼ、パターンが、つかめかけてきたようです」と所員は、顔もあげずにいった。「第一回の予測の通りでした。——なにしろ、脳波分析から、思考を再構成するなんてことは、それ自体が、前人未到の仕事ですからね」

　そういうと、その所員は、計算機からはなれて、マイクロ・リーダーにちかづこうとした。——そのとたんに、所員は、眼に見えるほど、ビクッと肩をふるわせ、ショックをうけたような鋭い眼を、彼にむかってなげた。——彼は思わず、緊張した。

「うちの、超能力研究セクションから、来てもらっている所員だ」と所長はささやいた。「彼自身、かなり優秀な、受動型テレパスだ——〝読心術者〟というところだね。ほんのわずかの範囲だが、予知の能力があらわれることもある」

　所長は、じっとこちらを見つめている所員に声をかけた。

「いいんだ、トニー。この人は、特別のお客だ」

　彼は、かすかな焦りが、心の底の底に、わきあがってくるのを感じた。——それが、なぜだか、さっぱりわからなかったが……。

「ムッシュウ・M……」電子脳室へと足をはこびながら、所長は重苦しい声でいった。「ごらんの通りだ。——それから警備員は倉庫に三人いる。ここは〝瞑想室〟ともよばれている。一人でじっと心をすませて数多くのデータの中から、——思いがけない一つの幻が、おぼろげながら、形をとってくるのを、仏教の僧侶が、サトリをひらけるのを待つように、待ちつづけるわけだ」

「〝かくて、天の声はいたる〟……」彼は、からかうような口調でいった。

「笑い事じゃない――ここではチャールズ・フォート以来、組織的にあつめられた何億という超自然現象が、ようやく一つのパターンに、整理されかかっているんだ」

「フォートって、何者だね？」

「史上はじめて、超科学的、超自然的現象を、系統的にコレクションし出した人物だよ。ところで――」

所長は、操作室の一端にある、巨大な透明の球体の前にたちどまった。

「われわれが、五つの衛星につんだ、五つの電子脳によって、なにをしようとしていたか、わかるかね？」

彼は首をふった。球体の中には、五つの、小さな衛星の模型がうかび、そのおのおのの衛星からは、放電光のようなあざやかな線の光が、四方に放射され、おのおののビームは、近接する模型と模型の間を、磁場のように彎曲（わんきょく）しながらつないでいた。――所長が、ダイアルをまわすと、模型は球体の中で動き、ビームの描き出す、立体図型もみるみるかわる。

「光の出ていない、衛星模型が二つあるだろう」所長は、沈痛な声でいった。「破壊された分だ。――コントロール用の宇宙船も破壊された」

「これは、何のゲームだね？」

「おのおのの衛星の電子脳には、研究所が、二百年にわたって蒐集（しゅうしゅう）した資料の、いっさいのデータが記憶されている。――No.1からNo.5までの電子脳は、おのおのの任意思考の形で、自分の記憶している資料から、可能な無限のパターンをさがし出し抽出し、整理し、同時にそれを、〃討論〃とよばれる形式で、おのおののパターンに、電波信号でなげかけ、なげかえしていた」

「なるほど――」彼はうなった。「それで、宇宙船の方は、電子脳の、ブレーン・ストーミングの、議長さんをつとめていたわけか」

「そのとおり……」と所長はうなずいた。「最初は、地上でやってたんだ。――しかし、ある程度、討論がすすみ、おのおのの電子脳が、個性をもちはじめたんで、われわれは、この五つの機械の間に、一つの空間関係を導入してみようと考えた」

「電子脳が、個性だって？」彼は眼をむいた。「はじめてきいた――電子脳の思考は、非個性的であるが故に、人間以上だったんじゃないか？」

「ちがうな――」とシンベル所長は、あわれむような視線をなげかえした。「どんな機械でも、完全に同じということはない。量産された機械でも、ある許容誤差内で、同じと見なされるんで、それぞれ固有のくせをもっている。そのくせに、今度は、それぞれ特有の経歴がくわわり――仕事の種類や、つかう人間のくせなどに影響されて、一つの安定した性格を――個性をもちはじめる。電子脳のような機械でも、数多くつかわれるようになってくると、その〃個性〃が見出されるようになった」

「なるほど――で、？」

「しかも、われわれは、この個性を、ある程度育てあげてきたんだ。——どんな天才の頭脳も、非常に長いスパンで見れば、多数の集団の知恵にはかなわない。——〝三人よれば文殊の知恵〟という、東洋の諺を知っているかね」所長は、いとおしむようなまなざしを、球体にむかってなげた。「おのおのの電子脳の個性的なふるまい——個体差の間隙にこそ、ひょっとしたら、思いがけない進歩の芽があるかも知れん。——一方また無限に複雑な組みあわせを無限回くりかえして、はじめてでてくるパターンというものがあるだろう。たとえば、地球上に生命が発生し、人間にまで進化したというような——そういう思考実験をやるには、電子脳の容量も、有限だし……われわれは、五つの電子脳の思考の組み合わせ討論を、電気的なモデルでやるかわりに、おのおのの電子脳自体を、一つの思考素子にみたて、思考過程を、電磁場の進行にして、電子脳自体が衛星の操縦装置に指示をあたえて、空間上で任意の位置をとれるようにしてみた」

彼は球体の中の、光を放つモデルをじっと見つめた。——するとそれが、部屋の中で、勝手に考え、討論しあっている五人の人物のように見えてきた。

ある男たちは、はげしくディスカッションしている。横から、もう一人が、時々口をさしはさんで、批評をくわえる。ある男は、二人の討論をじっときいて、新しい筋道をたてようとしている。もう一人の男は、討論しているグループから、ポッンとはなれて、自分一人の、まったく別な考えにふけっている——球体の中のモデルは、言葉をかわすように、緑色の光をかわし、外の、宇宙空間にただよう、電子脳は、電磁場の振動をかわしている。

――この五人の男たちの、言葉と、ふるまいを記録している書記が、宇宙船だった。

「討論に、電気的モデルだけでなく、空間位置関係を導入した理由というのは、まだよくわからんが……」と彼はつぶやいた。「で、どうだい？　宇宙空間で五つのダイスをふって、ファイブ・エースは出たかね？」

「つづけて、三度……」所長は、唇のはしを、かすかに痙攣させながらつぶやいた。「それで、われわれは、ほとんど、あることを確信しかけた。そこへ、――あの連続事故だ。わかるかね？　われわれは実験途上だったんだ。結論は、今一歩で、出かかっていたんだ。そのわれわれが、たかが保険目当てで、わざと事故を起こすと思うか？」

「その結論というやつは……」彼はさりげなくきいた。「どんなものだい？」

「実をいうと――事故そのものが、われわれの追求していた問題と、微妙につながってくる」所長は、おし殺した声でいった。「実験は中止された――しかし、われわれは、のこった電子脳に相談してみた。電子脳たちも、ほぼ同意見だった。事故は、むしろ、われわれを、出しかけていた結論に、一歩進めさせる役割りをした」

「その結論とは？」

「未来からの干渉……」と所長はいった。「公式には、結論は出されていない。だが、私のカンでは、ほぼ百パーセント確実だ。それも――奇妙なことだが、その干渉の仕方には、二つのパターンがある」

「二つの？」彼は抑揚のない声でいった。「どういうことだね？」

「一つは、――歴史の上に、点々と、道しるべのように、ばらまかれている。われわれの発見を待っている、ありうべからざる奇妙さを通じて、われわれに、なにかをうったえようとしている。われわれに、この意味を、といてくれ、読みとってくれ、と叫んでいるみたいだ。――しかし、なにをいおうとしているのかわからない。われわれに、わからない字で書かれた、落(おと)し文(ぶみ)のようなものだ。一つ一つの現象は、まったくバラバラなカテゴリイにあらわれてくる。ある時は、土中から――深いところにある、古い地層の中から。……ある時は、太古の遺跡の中から――ある時は、突然地上にあらわれる、奇妙なしるしとなり、ある時は、意味不明のことを叫びつづける、奇妙な幽霊の形になって……」

「もう一つは?」彼は、窓ぎわに近よりながら、きいた。

「もう一つは――その訴えを、さまたげようとする未来からの干渉だ」所長は、乾いた声でいった。「われわれが、――現代のわれわれが、その不思議な声に、耳をかたむけようとするのをさえぎり、われわれの手に入れた、いくつかの証拠を消し去り、われわれの知識をうばい、大局的に、人類全体の関心を、この方面からそらそうとしている、見えない手だ。――そして、この二つの干渉力の葛藤(かっとう)は、二十一世紀後半から、急にはげしくなりつつあることが、はっきりわかる。常識はずれの発見や、現象が、急に頻々(ひんぴん)と起り、それが否定されてしまうような事件も、負けずおとらず、増加している」

4

資料衛星――いや、はっきりいえば、電子脳衛星No.5の窓から、半月形にかがやく地球の姿が正面に見えていた。それは、視直径二十度ほどで、ほとんど円盤のような、平べったい感じだった。銀白色に光る大気を通して、大陸部や海洋が、うっすらとした紫や緑や青の、ぼやけた斑点（はんてん）になって見えている。つい眼と鼻の先に、研究所の定点衛星が、銀色の光点となってうかび、その下に細い銀の糸のような、エレベーター管（チューブ）が、キラリとかがやきながら、たれさがっている。――それは、地球を芯にして、宇宙空間にのばされた、巨大な惑星時計の針のようであり、もう数分で、その針は、空間に長い尾をひく、地球の影の中にすべりこむ。

その光景をながめながら、彼は、自分が所長の話に、まったく興味を失っていることに気がついた。――それは、なんだか、ひどく退屈で、わかりきったことのような気がしたのだ。それよりも、現在、彼の関心をとらえていたのは、自分が、なにかを――ほとんど理解できない何かを一生懸命、さがしもとめている、ということだった。

「こちらのドアは？」

長い沈黙ののち、彼はポツリときいた。

「倉庫に通じている」所長は、つかれきった声で答えた。「電子脳室の、むこう側にあった倉庫の、裏口になっている」

「見てもいいかね？」

「どうぞ――」所長はいった。「別にかくすようなものはない。――〟討論〟は、現在や

めているので、地上からもってきた資料の予備調査をやってる。――ここには、その資料と、あとはガラクタがはいっているだけだよ」

倉庫の中は雑然としていた。

半分は、衛星上生活装置類の予備や、修理道具や、私物類がおかれ、あとの半分に、資料類がおかれていた。あまり目方のかさばらないもの、――古い、変色した書籍やノート、海の中にでもあったのか、錆びついて、フジツボがびっしりついた、青銅製の小さな機械、化石をふくむ小型の岩石片、隕石らしい、みごとなウッドマン・ステッテン斑のうき出た石塊、骨のかけら、棺の一部だったらしい、彩色された木片……

「これは？」彼は、一台の、小さな箱型の機械の前に、足をとめた。――片手でもてるぐらいの大きさで、ダイアルやスイッチがつき、一方の面に、旧式のブラウン管らしい、蛍光面がついている。「旧式のテレビみたいじゃないか……」

「その通り……」と所長はうなずいた。「三百年も前のしろものだ。だが、なかなかよくできている。トランジスタライズされたものの中でも、もっとも初期のものだが――これが、いま、われわれが集中的にとっくんでいる、唯一の対象だ。ひょっとすると、うしなわれた資料のうめあわせになるかも知れん」

「というと？」

所長はだまって、その古めかしい、エレクトロ・ルミネッセンス使用以前のテレビにふれた。――カチッと、かすかな音がして、蛍光面が、ボーッとうす緑色に光りはじめた。「古いが、ガッチリしている」と所長はいった。「それというのも、かなり早い時期に、好事家の手にはいり、あまり使用されなかったからだが……彼が、自分のコレクション倉庫の中にしまいこんでいたので、長い間、人眼にふれず、百五十年前に、スミソニアン博物館の、〝超自然現象〟セクションが買いとった」

「ニホン製だな」彼はいった。「電池がないのかな――星間放送はうつるのかね？」

「電池は完全に切れている」所長は謎めいた笑いをうかべていった。「新しくいれかえれば、一部の放送も受信できるが――電池がないままで、うつるところに、値うちがあるんだ。待っていたまえ」

突然、部屋の中がまっくらになった。――所長が照明を切ったらしかった。

まっくらな倉庫の中で、電源のない、小さなテレビの画面は、ボンヤリうす緑色に光っていた。――そのうえに、朦朧とうごめき出したものの形に、彼は眼をこらした。それは、こくなり、うすくなり、しばらくすると、ひどくピントのぼけた、人間の顔のようになった。

「このテレビは、三百年ほど前、東洋の、ある病院の、病室におかれていた……」所長の声は、暗やみの中で、妙にこもってきこえた。「その病室の病人は、長い間わずらって、死んだ。――テレビはその間、ずっとそこにおかれていた。だいぶあとになって、その病室に別の病人がはいった。と――彼は、まもなく、夜中に、スイッチを切ったテレビの画面に、死んだ病人の顔らしいものがうつるのをみた」

「ありきたりの――古い怪談だな」彼は画面の上に、おぼろげに輪郭をとり出す顔をじっと見ながら、周囲の闇に気をくばっていた。

「だが、このテレビが、破壊もされずに、怪談好き、ゲテもの好きの好事家の手にわたった、というのは、好運だった」所長がひくくささやいた。「見たまえ、――あの男は、三百年もの間、ああやって、なにかをうったえつづけている」

眼をとじているのか、開いているのか、よくわからない、もうろうとした顔が、そこにうつった。――口がなにか、早口でささやくように、たえまなく動く。見たところ、五十年配の、恰幅のいい男だった。知性的な顔だちだが、顔は、大病と見えてむくんでいる。

――声はまったくきこえない。

「これが、――この大時代な幽霊が、君たちの、集中的研究の対象になっているのか?」と、彼はきいた。――胸の中では、この衛星の構造と規模を、すばやくくみたてていた。

「そう――おそろしく、長い調査期間をかけて――二十年ちかくかかって、われわれは、幽霊の素性をしらべた。そして彼が、かつては、ある点で国際的に有名だった学者であったことを、やっとしらべあげた。――古い記録、それも、一般に有名でない人物の記録を、つきとめるのは、骨がおれる」

「彼について、なにをしらべてるんだね?」

「彼のうったえていることの内容を……」所長の声は、低く、ほとんどささやくようになった。「さっき、超能力者の一人が研究していたろう。彼は、この幽霊の唇の動きをよみとり、超感覚で、幽霊と、ぼんやりした会話をこころみ、さらにその不可思議な訴えの内容を分析し、同時に裏づけの調査をやっている」

「で、この幽霊は、なにを訴えているんだね？」

「この幽霊の話によると……」所長は、ちょっと言葉を切って、息を吸いこんだ。「彼は危篤状態にある時、古く〝離魂〟とよばれた現象をおこした。——彼の意識は、いま——つまり、その時以来、われわれの概念でいうような、時間も空間もない場所にとじこめられている。しかし、その場所からは、われわれにとって、まったく見えないものが見え、理解できないものが、理解できるという。で——彼は、彼の見聞したものについて、われわれに、なにかしきりに警告をあたえつづけている。三百年もの間——われわれの理解を絶した手段でもって……つまり、三百年前、彼の病室においてあった、このテレビを通じて……。息のあったころに、体から遊離していた彼の意識は、その閉じこめられている場所から、彼の体の傍にあったこの機械に、一種の通路をつくっておいたらしいんだ。どうやって？——むろん、それはわれわれにはわからない。しかし、この唯一の通路は、まだ、彼のいる場所と、なんらかの形で通じている」

「警告といったな」彼は注意深く、テレビの前から身をひきながらいった。「どんな警告だね？」

「それが、実にあいまいでつかみにくい——しかし、徐々に解析がすすんでいるので、やがてわかるだろう——現在でも、ほぼ、何を意味しているかわかりかけている」

彼はもう、問いを発さずに、だまって次の言葉を待った。

「彼自身、まだ生きているうちに——病院にはいる前に、なにか異様な体験をしたらしい。その時、彼は、やはりわれわれと同様なことに気づいたらしいのだ。——そして、彼の意識が閉じこめられている場所からは、そのことが、よりはっきりと、見てとられるらしいのだ。つまり——未来から干渉してくる二つの力について……」

彼は、その時、ほとんど所長の傍から、はなれていた。——自分が探したいたものが、何だったのか、ということは、今や明確になった。そして、念をおすため、最後の質問を放った。

「あの幽霊が、何という名の人物だったか、つきとめたのかね？」

「むろん、つきとめた」所長は、暗やみの中で、とんでもない方向からきこえる、彼の声の方を、ふりむきながら、ふと、いぶかるようにいった。「二十世紀後半に活躍した、日本の歴史学者で、タカノリ・バンショウヤ博士という……どこへ行くんだ？　ムッシュウ・M……」

彼は闇の中で、すばやく床をさぐった。そいつは、彼の合図にこたえて、ちゃんとそこに出現していた。——それをつかむと、彼は、銃先にあたる部分を、テレビにむけた。闇の中で、チロチロと燐火のように明滅していた、小さな四角い画面が、突然フッと消えた。

――と、同時に、テレビが、内部から高圧でふくれあがるように、音もなく、砕けちった。

「なにをするんだ?」

所長の鋭い声が、闇の中にひびいた。スイッチをつけようとしている気配に、彼は出力を最大にあげた。倉庫内に導入してある、シュワルプ空間のビームに、のりうつるひまがあるかどうか、その瞬間、ふと自信を失ったような気がした。――はげしい、怒号とも、悲鳴ともつかない声が、倉庫の中にひびきわたった。


超科学研究所所属の、資料衛星No.5が、突如として、クラッカーのようにボロボロに砕けちったのを、定点衛星監視室のテレビで、三人の男が目撃していた。――警報は、地球周辺区に鳴りひびき、数台の救急宇宙艇が現場にかけつけた時は、衛星は、破片ものこさず、宇宙空間に、速いスピードで拡散して行く、一団のガス塊になってしまっていた。救急艇は、ガスの団塊の中をとびまわり、ガスの収集をして、むなしくひきあげた。――衛星の中にいた、シンベル超科学研究所所長、作業中の所員一名、それに、保安省の人間らしい、もう一人の人物も、むろん遺骸さえ発見されなかった。

短い期間に、超科学研究所をおそった、連続事故のうち、この第四回目の事故は、特に謎にみちていた。――前三回の事故は、一応整備の手おちとも宇宙塵との衝突とも理屈づけられる、ありきたりの爆発事故のようだったが、今度の事故は、前の三回の場合とちがって、一瞬のうちに、巨大な人工衛星が、中につみこまれた電子脳ごと、完全にガス化してしまったのだから、それ自体が、超科学研究所の研究対象になりそうな、奇現象というほかなかった。

しかも、かけつけた救急艇の採集ガスには、核爆発にともなうような放射能も、核分裂生成物も存在せず、ありきたりの金属分子や、気体分子からなるガスであり、その上、『爆発現象』となづけるには、ガス分子のもつエネルギーが、あまりに小さいということが判明したのである。——だからNo.5衛星は、爆発したというよりも、低温低圧のガス体に、一瞬にして『気化』したという方が正しかった。

原因調査にあたった学者たちは、衛星を構成していた分子間の結合エネルギーの大部分が、突然、空間にのみこまれるように、消えうせてしまったとしか、考えようがない、と発表した。——いずれにせよ、十の十数乗もある分子の、結晶格子を、一瞬にして完全にバラバラにしてしまうような力がはたらき、しかもこの力は、はたらくと同時に、個々の分子の運動エネルギーに転化するいとまもなく、どこかへ消えうせてしまったとしか、考えられないのだった。

政治的問題は、もっと別の形でやってきた。——学術省は、No.5衛星に、地球上のみならず、宇宙空間や、外惑星からも集めてきた、奇現象の資料の三〇パーセントがあったことを発表し、同時にIT法をおかして、調査員を派遣してきた保安省を暗に非難し、今度の爆発事故には、保安省特捜課の一調査員も関係していたかも知れない、とほのめかした。

これに対して、保安省のメチニコフ女史は、猛烈に反撃した。〝ムッシュウ・M〟と綽名をとった人物はいないこと、それに該当するような調査員は、いることはいるが、彼は、事故の一週間ののち、地球某所で、殉職死体となって発見されたこと、——したがって、事故の時、彼はNo.5衛星にいたはずがないこと、保安省は、超科学研究所の連続事故に関して、ある種の『陰謀』がそこに介在しているのではないかと危惧し、学術省当局に、事故調査介入を、正式に申し入れているのであり、法をおかしてまで、調査を命じたりはしていないこと等をあげ、学術省が、事故責任を他に転嫁しようとしている、と非難した。

いずれにせよ、地球連邦政府は、公式命令をもって、事故の総合調査と、調査期間中、超科学研究の、一部セクションの閉鎖、衛星軌道上にある、研究所資産の、地上もしくは月面上へのひきおろしと、宇宙空間管理を命じた。——これによって、超科学研究所の、『ポーカー・ダイス計画』とよばれる一連の研究計画は、かなり長期にわたって、中止されたのだった。

第四章　審判者

1

暗い、ゆがんでねじくれた、はてしない道を通って、彼はふたたび古巣へもどってきた。

そこは、広大な、灰色の空間だった。空間のはてには、それとも見えぬ灰色の霧のようなものがたれこめ、なにかの姿が、その霧の奥から朦朧(もうろう)とあらわれる時、そのあかるい灰色の霧の一部は、油膜のように五彩に輝くのだった。空間の中央には、平たい、広い円盤があった。――厚みはほとんどないくらい、うすっぺらで、やや茶色をおびた灰色で、にぶい光沢をおびていた。円盤は、球型に見える空間の、ちょうど、中央あたりに、宙吊(ちゅうづ)りになったようにうかび、その上に、ドーム状、円筒状、円錐(えんすい)状、長方形の、やや白っぽい灰色の構造物が配置されていた。

――その空間は、はてしない倦怠(けんたい)、うす曇りの午後の、重い憂愁に閉ざされていた。ひどく古びて、疲労しきっているように見えた。歳月も知れぬほど年老いた構造物は、夜も昼もない、永遠の灰色の世界の中に、くたびれ、どこかうす汚れた感じで、こびりついていた。

　にもかかわらず、暗黒の、身をねじ切られるような不愉快な振動や、突然おそいかかる、何百本の針でつきさされるような、はげしい疼痛や、嘔き気、目まい、虚脱感、なべて宿酔いに似た苦痛にみちたせまくるしい空間の彼方に、その灰色の空間がおぼろにあらわれるのを見ると、古巣にまいもどったという感覚に、ほっとするのだった。

　そして、彼は、がっくり肩をおとし、つかれ切った鉛色の表情で、足どりも重く、そのにぶく輝く、灰色の円盤の上におりてきた。——数人の、年齢もわからぬ、暗い表情の男が、音もなく彼の傍を通りすぎたが、お互い、声もかけなければ、顔をあわそうともしなかった。

　眼に見えない文字で、『第七部』と記された建物の中にはいると、彼は椅子のような形に凝固した、灰色の雲のようなものの上にドッと腰をおろし、頭をかかえた。——そのまま、彼は長い間、じっとしていた。部屋のすみからにじみ出してきた、雲の団塊が、彼の前にテーブルの形をとり、小さなオレンジ色の雲を、その上に吐き出すと、その雲はたちまちオレンジ色の雨となってふりそそぎ、キラキラとルビーのようにかがやく、まるい液滴になって、彼にのまれるのを待つように、雲のテーブルのはしにとまった。

　しかし、彼は、それに見むきもせず、なおもうなだれつづけていた。——やがて、オレンジ色の液滴は、あきらめたように、灰色の雲の中に吸収されていった。

「ごくろうだった」

声ではない声が、うす暗い室内にひびいた。

「うまくやったらしいな」

「二人死にました」と彼は顔をあげずにつぶやいた。「通話装置は破壊しました。――しかし、やっぱり、番匠谷の意識は、どこか別の空間にとじこめられているらしいです。あの機械の中にはいません」

「至急、探さなくてはなるまい」と声はいった。「だけど、われわれの眼にとどかない空間なんて、いったいどういう形で存在し得るんだろう?」

「わかりません。〝彼〟にきいてみたらどうです――」

「〝彼〟なら、知っているかも知れない」声は、悩ましそうにつぶやいた。「だが、〝彼〟とは直接話すことはできない――知っているだろう?」

「でも、ぼくは、〝彼〟と直接話しました」

「なに?」

声はびっくりしたように鋭くなって、第七部の部長は、彼の前に、ひどく無茶なやり方で実体化した。――そのため、雲のテーブルが、硬化して、ピシピシッと無数の亀裂(きれつ)をよせてはじけとび、部屋の中は、はげしい場波(フィールド・ウェーブ)の波紋に、ゆさゆさゆれた。

「それは、本当か?――本当に〝彼〟だったのか?」

「そうだと思います」彼は場波によってひきおこされる、はげしい頭痛に、眉(まゆ)をしかめながらいった。「二十三世紀の、ある男の肉体をパターンにして、肉体化(インカーネイト)した時、意識が再構成される直前に、誰かから話しかけられました。――それが〝彼〟のような気がします」

「どうして〝彼〟だとわかる？」

「なぜだかわかりません。――直感です」

「どんな話をした？」

「よくおぼえていません。――たしか、認識の超越性について、語っていました」

部長は、太い溜息をついた。――その浅黒い、ととのった顔に、かすかな羨望の色が走った。

「それなら、本当に、〝彼〟かも知れんな」と部長はつぶやいた。「そして〝彼〟が直接君に語りかけたとすると――君は、〝選抜者〟の候補に挙がっているのかも知れんぞ。異例のことだがな」

「なんともいえませんよ。まだこれから、数多くのテストがあるわけでしょう」と彼はいった。「それに――ぼくは〝選抜者〟になど別になりたくありません。なぜ、えらばれなければならないんです？」

「そういったことは、問いかけてもむだだ。――なぜ、無限の星の中で、ある限られた星だけが、生命体をになわなければならないのだ？　なぜ、生命体のある種だけが、知性とよばれるものを発達させねばならんのだ？　なぜ、君は存在し、ここに存在しなければならんのだ？――誰が答えられよう？」

「〝彼〟をのぞいてはね」と彼はいった。「〝彼〟だけが知っていることですね」

「その〝彼〟も、われわれが《知っている》とよぶような状態では、知っていないのかも知れない」と部長はいった。「〝彼〟は――逆に、われわれ自体の意識がうみ出したものかも知れない。〝彼〟が、われわれの想像の産物であると考えるのはわれわれの自由だが、同時に、〝彼〟にとっては、われわれこそ、彼の産物であると考えることも、まったく同等の正当性をもっている」

「その話はやめましょう」彼は、ほろにがくつぶやいた。「いつまでやっても、きりのない話です」

「そう――君は、つかれていたんだな」

「つかれとは、なんでしょう?」彼は鋭くいった。「肉体化していた時、そいつはきわめて具体的でした。筋肉のいたみ、四肢のだるさ、首筋のしこり、頭の重さ、胸や胃の重くるしさ――そいつは、物のある状態で、はっきりどこそこが痛む、どこがだるいと、場所を指ししめすことができました。しかし、今は、疲労とは、ちっとも具体的なものではなく、一種の心的状態にすぎないものになっています。抽象的な気分にすぎないものを、どうやってなおすんです? マッサージすべき筋肉も、アルコールで活気づける血管もないのに……」

「忘れたわけではあるまいな、アイ」部長はやさしくいった。「君が、疲れていることをやめるきっかけは、きっと広場の方にあると思う。――それに、あたらしい指令がでている」

「いっとき、存在することをやめるわけにはいきませんかね、部長」と彼は、かすかな皮肉をこめていった。

「それは意味ないね、アイ」部長は辛抱づよくいった。「存在を中断することが、よしんばできたにしても、その空白期間中は、中断していると感じる君自身が存在していないのだから、その中断は、君にとってなんの意味もないものになる。いずれにせよ、存在しつづけなければならないこと、存在するかぎりにおいて存在しつづけねばならないことが、われわれの――考えようによっては、この上もなくおそろしい――宿命だよ」

「次の指令は？」と彼は、あきらめたようにいった。「いよいよ、おいつめるのですか？」

「まだその指令は、出ていない」部長は壁の上に、見えない文字を、読みとろうとしていた。「叛逆者をおいつめるために、もう少し、具体的な資料をあつめるのだ。――君は、第二十六空間にいって、そこの〝審判者〟たちの収穫の指揮をとれ」

「第二十六空間で？」彼はおどろいていった。「その空間の、私の受持対象が、もう収穫期にはいったのですか？」

「残念ながら、あの空間では、あまり順調な直線型発展は、これ以上のぞめないようだな」と部長はいった。「だが――星の運命にも、当然いろいろあるさ。病気の発生した畠からは、収穫は少なくても、いそいで実をかりとらねばならん」

「わかりました」彼はあきらめたようにほほえんだ。「それに、肉体化するにしても、

〝審判者〟のランクなら、まだらくです。――あとの感情的しこりがすくなくてすみますからね」

「ただ、気をつけてほしいのは……」と部長はいった。「収穫の際に、またやつらが、影をあらわすかも知れない、ということだ」

「すると――」彼は愕然として、顔をあげた。「まさか――罠ではないでしょうね」

「ちがうと思う――」部長は首をふった。「だが、――わしにはわからん」

2

奇妙な、黝んだ光をたたえはじめた太陽を、望遠カメラでとらえながら、リック・スタイナーは、沈痛な顔つきで、うめいた。

「あと三時間か……」

火星の上では、誰も彼もが、気ちがいのように動きまわりながら、奇妙な沈痛が支配していた。――みんな、のどの所に、ひからびた塊りが、くっついたようになって、声が出なくなったみたいだった。――すでに、火星上の大部分の人員と施設は、宇宙空間に退避させ、異変の瞬間には、火星の影の部分にはいっていられるように、軌道上で待機していた。工場などの大施設の中でも移動可能のものは、異変の時刻に、火星の夜の側にあるように、移転されてあった。

――しかし、異変の持続時間が、どのくらいか見当もつかないので、悪くすると火星軌道上にそってとびながら、火星を掩蔽物につかって難をのがれる宇宙艇だけしかたすからないかも知れなかった。

「なあ、松浦……」リックは、たまりかねたように、横にすわって、地球との連絡と、太陽電波の観測をつづけている同僚に、声をかけた。「ほんとうに……おれたちは大丈夫なんだろうか？——表面爆発の瞬間に、おれたちも、焼き殺されずにすむだろうか？」

「いまの所、大丈夫という計算だがね」松浦は、日本人特有の、RとLの発音のあいまいな言葉で答えた。「ただ問題は——光圧もさることながら、爆発ガスが、どのくらいのエネルギーでもって、火星へ到達するかだよ」

「畜生！」リックは、さっきからしたたりおちる、汗とも涙ともつかぬものを、袖で横なぐりにふきながらうなった。「まさか——こんなことになるんだったら、家族も何も、みんな火星につれてきとくんだったのになあ……」

「見ろよ」と松浦がレーダーサイトを指さした。「地球からの、最後の退避船が近づいてくるぞ——たった三隻しかいない」

レーダーサイトの一隅に、ポツン、ポツンと三つの光点があらわれ、ゆっくりと蛍光板の上を横ぎりはじめた。

「ほんとに、こんなことになるんだったら……」松浦もつぶやいた。「軍備なんか、はやくやめて、宇宙船建造を、もっとやっておくべきだったな」

「ほんとになんてこったろう」リックはうめいた。「せめて、もう一世紀あとで、おこっていたら——全部とはいかなくても、せめてもう少したくさん……」

それは、たしかにそうだった。——二十一世紀半ばになっても、まだ宇宙空間に居住している人間の数は、数万人を出なかった。それも、大部分が、月面開発に従事しており、外惑星開発は、二十一世紀後半から二十二世紀へかけてのプログラムにもちこされていたのだ。

——宇宙開発が、これほどおくれていたのは、結局は、国際紛争と、政治機構の問題につきる。

各国のプログラムは、国際緊張や、景気変動によって、たびたび、停滞した。国際間対立がようやく、完全な和解の道をたどり出したのは、アジアにおいて、限定核戦争が勃発した二十世紀末のことであり、核兵器の全面廃棄、全面軍縮がほぼ完成したのが二十一世紀初頭、地球総生産の計画統一配分機構がやっと動き出したのが二〇一〇年代——宇宙開発プログラムに、世界総生産の一〇パーセントがさかれるようになったのは、二十一世紀前半が終ろうとする時だった。

そのころ——

太陽周辺をまわっていた、いくつかのOSO（軌道上太陽観測所）衛星は、突然太陽表面に起り出した異常現象を報告し、それからわずか八ヵ月後に、天文学者たちは、二年後にせまった、「地球上の生命体に重大な影響をおよぼすような」太陽の異常活動を予言したのだった。

3

〃最後の時〃を、あと数時間にひかえて、地上はかえって、一種の平穏（へいおん）と静寂（せいじゃく）にみちていた。

ハンス・マリア・フウミン――二十六歳の、中独混血青年は、南太平洋地区第七セクションの選抜委員として、一切の仕事を終り、今はニッパ椰子（やし）で葺（ふ）いた古ぼけた小屋のお粗末なデッキに、この島の植民地時代の護民官のつかっていた、風化した、しかしまだ頑丈な揺椅子（ロッキング・チェア）に腰をおろし、みごとな琥珀（こはく）色にそめあげられた、祖父愛用のクレイ・パイプにボンド・ストリートをたっぷりつめこんで、一服、二服、眼もあざやかな紫の煙を吹きあげた。

ぬけるような南海の空に、異様な形の積乱雲がたちのぼっていた。日没までには、まだだいぶ間がある――にもかかわらず、西の方の空は、異様な濃紫色をおび、そこには、所々に淡紅色をおびた、白い、巨大なカーテンがはためいていた。

――この緯度で、オーロラが見られるのだ。

「ごらんにならんのですか？」テイコ・テイコ老人が、しわだらけの顔を、木立の間からつき出してたずねた。――島一番の高齢者で、百歳を越えている、というが、本当の年は自分でもわからないらしい。物識（ものし）りで、ものしずかで、大変な記憶力と知性にめぐまれていた。古い酋長（しゅうちょう）の一族で、半世紀以上前、酋長の座にのぼったこともある。――しかし、ほとんどの場合、老人は、この島を中心とするポリネシア系の種族の、もっとも博識な、語り部の一人であり、どの島からも尊敬され、やがて時代がうつるにつれ、その知恵については忘れさられ、なおかつ理由もなく、おだやかな尊敬を曾孫の世代からもうけているのだった。

「あと、どのくらいありますか？」

老人は、腰をのばすようにして、背後の太陽をふりかえってきいた。――ヨーロッパやアメリカの有名大学に知己が多く、正確な英語と、ドイツ語と、ノールウェー語をしゃべる。

「数時間でしょう――」ハンスは時計を見ていった。「さっき、ニュースでいっていました。――ほとんど、予測通りに、はじまるということです」

老人は、太陽を見つめた。――それは、ここ半年の間、ずっとそうだったように、なんとなくにごって、くろずんでおり、その周辺に時折り、緑色の、リング状の光が、はっきりとひらめいてみえた。

「はじまるといって、どういうふうに、はじまるのですかな？」老人は腰に手をあててつぶやいた。「いきなり――突然に、なにもかも、吹きとばされ、燃えあがって、終りになるのか、それとも、しずかに、徐々に、終って行くのですか？」

「むしろ、しずかに……と、学者たちはいっていますね」ハンスは、パイプを口からはなして、マウスピースをぬぐった。「おそらく地球をおそう、最大の脅威は、放射線ですから――ただ、最初の大爆発によって、衝撃的な熱波がおそってくるかも知れません。そこらあたりは、正確な予測はできないでしょう」

「それにしても、あなたがたの科学は、ふしぎなことをなさるものだ」老人は、歯のない口をあけて、声もなく言った。「本当に偉大なものです。――太陽の異変による、この世の終りの時刻を、数時間の範囲でいいあてるとは……」

それがなんになろう？――とハンスは思った。

たしかに――二十世紀後半から、現在へかけて、宇宙空間よりの、太陽の直接観測が発達し、「太陽学」は、異常な発展をとげてきた。彗星よりも内側の軌道をとぶ、ＯＳＯ（軌道上太陽観測所）衛星〝バルカンⅣ〟のもたらした知識は、二十世紀後半において、一応高原に達したと思われていた宇宙物理学の数々の解釈に、新しい謎をつきつけ、太陽学に、まったく新しい次元を展開した。――それによって、太陽の性質自体が、まったく新しい相貌をあらわしはじめた。前世紀中葉の、ベーテ・ワイゼッカーの、「炭素＝窒素循環」モデルによる、水素のヘリウム転換の方式は、基本的には修正はくわえられなかったが、それでも、そのエネルギー発生の方式には、さらにもっと複雑な附随過程、迂回過程があるらしいこともわかってきた。

さらに、太陽内部に、局部的に、水素のもえかすである不活性な「ヘリウムの芯」が点在し、これがガス対流によって、あるいは拡散し、あるいは何千年、何万年に一度の確率で、巨大な容積になるらしいことも……。

太陽黒点の性質が、はっきりしたのも、そのころだった。——また、火星、小惑星の地質の直接研究は、太陽が、黒点周期に合致する十一年周期の、ごく変化の小さな、脈動変光星であるとともに、それがさらに、七百年周期の大変動、三万年乃至十万年周期の長期変動、さらに、時おり、まったく原因不明の、まったく不規則な、大変動に見まわれるらしいことが、はっきりしてきた。

アイオワ州立大学天体物理研究所のフリードマンは、水星の黄昏地帯の地中にのこされた、太陽の過去数回の大異変の痕跡を研究し、その時期が、地球の地質時代の、生物相の飛躍的変化の時期と、非常によく一致することを指摘し、生物の進化、絶滅、交替、また地球上の気候変動に対する太陽の異常活動の影響を推論した。——特に、白堊紀末の巨大恐竜類の、謎にみちた突然の絶滅は、当時の熱帯にいたこれらの恐竜類が、太陽からの高速粒子の大量照射を、もろにうけたためではないか、ということだった。

この太陽の不規則変動の原因は、まったくわからなかった。——しかしながら、太陽の直接観測をつづけていた、世界連邦宇宙研究所のグループは、この十年ほどの、太陽の異常活動から類推して、二つの黒点活動の周期のかさなる年に、地球が破壊的影響をうけるほどの、大変動が起こるだろうと、二年前発表した。

そのグループの見解によれば、黒点周期と関係のない太陽の、不規則変動は、すでに、二十年ほど前から、はじまっているのだった。——それが、大気のない、他天体上の地質調査をまつまで、ほとんど気づかれなかったのは、それが、何千万年もしくは、何億年に一回という、おそろしく長いスパンの中でおこり得る変化であり、ほとんど観測不可能であるからだ、というのである。

しかしながら、連邦宇宙研の太陽グループは、銀河系周辺の、比較的近い太陽型恒星に起る、周期的変光以外の、不規則な変光現象を数え——それは前世紀までは、大気中観測のため、ほとんど発見されなかったものだが——その確率を計算した。

「このような、周期的でない大変動は、われわれの太陽においては、ほぼ六千万年前——中生代の終りにおこった」とグループの代表の、ベン・モルディク教授は発表した。「そして、われわれの時代に、次の大変動が起る確率は、——すでに非常に高まっている」

原因は、内部的なもの、という説と、外部的な——つまり、太陽系全体が通過して行く、宇宙空間の性質による、という説があった。——しかし、いずれにせよ、このグループの発表は、その時までに、すでに観測されていた、この二十年間の、太陽の異常活動の数々を、一つの総合的な見地から、整理しなおすきっかけをあたえた。

異常は、すでに、もっと以前から気づかれてはいた。——二〇一〇年代から見られた、太陽の活動周期の異様な擾乱は、黒点の十一年周期に、さらに五年という短い周期を、かさねあわす必要にせまられ、それすらも、のちの方になっては、もっと短くなってきたために、単なる「異常」としか、いいようがなくなってきた。

世界連邦総合統計局が、この十年ばかりの、地球上にあらわれた、特に生物相、気象、地殻変動面からの異常について、発表したのも、このころだった。——動物の季節移動の大変化、特に温帯、亜熱帯性の陸上、海中動物の、寒帯部移住の傾向、奇形発生の頻度の増大、地球上各地における、気象異変の激発——しかし、事実の方が、統計を追いこしはじめるのに、それほど時間はかからなかった。五年前からの、太陽面における爆発フレアの異常発生は、バン・アレン帯外帯の高度を、はるかに地上に近くおしつけ、ついには、内帯と外帯が、つながってしまうほどになった。磁気嵐の増大は、国際通信を、危険な状態にまで低下させ、電離層の上下動も、異常にはげしく、時には「G層」や「C層」などという新しい層が出現して、とんでもない、地球の裏側のテレビの画面が、とびこんできたりした。

温帯、低緯度地帯におけるオーロラの出現も、珍しくなくなってきた。爆発による、太陽表面からの、高速荷電粒子の放出——「太陽風」の、粒子束の密度もエネルギーも、グンと桁がはねあがり、「太陽嵐」とよんだ方が、ふさわしい状態になってきた。

そして——

太陽内部の変化を、統計的に観測しつづけてきた学者たちは、ついに、太陽内部のエネルギーバランスをくずすさまざまの因子が、破滅的にかさなりあう時期を指摘した。——それは、発表当時、一年以上、五年以内、ということになっており、次第に修正を加えられ、やがて、その前年に出現した、二個の有史以来の大黒点の運動を計算し、その二つの黒点が、太陽の赤道付近で出あう、最初の時を、「破滅の時」として、指摘したのだった。

混乱は、すでに、前兆のあらわれたときからおこっていた。――世界連邦政府は、このため、何度か、崩壊の試練に立たされ、同時に、まだ歴史は浅いにせよ、この統一機構があればこそ、人間を原始状態にまで還元させてしまいかねない混乱を、のりきれたのだ、と思わせるほどの活躍をした。

といって――

文明の、その程度の段階では、すべての人類を、宇宙の気まぐれから救えるほどの手を、うてるはずもなかった。――その上、変動の規模が、どの程度のものかもはっきりしなかった、数値の一桁のちがいにより、一時期地下にもぐっていれば、大過なくすごせるか、それとも完全に地上が放射線と火につつまれてしまうかのちがいが出てくるのだった。

しかし、変動はもっともおだやかに推移するものとしても、数カ月から一年ちかくつづくと予想される変動の中ごろにおいて、地上にふりそそぐ放射線の量は、平常の数千倍になり、気温も上昇して、地上は人間のすめる所ではなくなるだろう。――もっともはげしい変化が起るとすれば……。

「オーロラが、今日は特に美しい……」

テイコ老人がつぶやいた。

「あなたは、子供の時、一度、この島でオーロラを見たといっていましたね」ハンスはきいた。「ほんとうですか?」

「ほんとうです——それも、人工のものでした……」テイコ老人は、彼の横にきて、床に腰をおろした。「あれはたしか、一九五八年のことで、——ハードタック作戦といって、アメリカの水爆実験のあった時でした。水爆そのものの光は、この島から、あまりよく見えなかったが、オーロラは、その後二年にわたって見えました」

一九五八年というと、百年ちかく前のことだ——とハンスは思った。——すると、この老人は……百歳以上になることは、たしかだが、いったいいくつなんだろう？

「ヘル・フウミン——あなたは、どうなさるおつもりですかな？　地下壕へは、はいらないのですか？」

「はいるつもりです」とハンスはいった。「ですが、もう少し——時間がゆるすかぎりここにいたい。それに——」

「それに——、究極的には、地下壕や、地下都市が、無意味なものだと思っておられる」

「そうは思いません」——ハンスはつよくいった。「助かる確率は、ぐんとふえます」

九十億の人間を、すくうために、どれだけの規模の地下室が必要か？　核兵器の全面廃棄が達成された時、人間が、ふたたび遮蔽壕文明などというものを、ふりかえる時期がくると、誰が予想できたろう？

ハンスは、濃紺色の空を見あげた。——空にはなにか、不吉なもののしるしがはためいていた。

で——結局、救済プランは、中央集計局の大電子脳にまかされたのだ。

このような事態に対して、人類にとって、もっとも有利な方策はなにか？

すでに、人間は、「冷酷な判断」に、倦みつかれていた。——自分たち自身の、長い、残酷きわまりない歴史をかえりみて、「エゴイズム」というものが、人間をどんなに無残な集団殺りくにかりたてるかを知った以上、——そして、それが、他人の死に対してどんなに冷酷にさせるかを知った以上、——「公平無私」な判断は、機械にゆだねるほかなかった。あまりにも長い、流血の歴史の直後で、人間は、自己の道徳的判断力に関する自信を喪失していた。

それは、道徳的堕落というべきだろうか？——むしろ、人間は、機械ほど無私にはなれないということを、いやというほど知ったあとで、やっと獲得できた知恵ではなかろうか？

それでいいのだ——とハンスは思う。人間は、あくまで人間的連帯の、熱い共通の心臓の鼓動をまもるべきだ。そして、運命というやつはいつでも、人間の「生命」の外側からやってくるもので、人間はそれと闘うために連帯する。——どんなことがあっても、人間が、他の人間に対して、「運命」のごとくふるまってはならない。——そして、機械を憎んだり、さげすんだり、それに対する劣等感にさいなまれたりする必要もない。機械は、どうにもならない運命の告知者であり、その冷酷さは、運命の冷酷さだ。

それにしても、なんという、判断をしなければならなかったのか？

「この事態に対して、人間という〝種〟を、もっとも有効に維持して行くための、もっとも有効な、世界総生産の配分」

第一の方向は、数万人を、宇宙空間に送り出し、他の惑星における生活維持に必要な、機械、装置類を、宇宙空間に送り出すこと。第二、生産力を地下生活維持にふりむけること。この二つの方向の間における、生産力の配分をしめすカーブの中から、世界連邦政府は、さらに計算機の手をかりて、ただ一つの点をえらびとった。

それによれば、——もっとも運のいい場合、地下壕の中で、約三億人の人間が二ヵ年間、生きのびられる。最悪の事態の場合、すでに宇宙空間に出ている人間をふくめて、約六万人の人間が、三年間生きのびられるだろう。

いずれにしても、——一にぎりの人間の〝種〟を生きのびさせるために、九十億の人類のほとんどは、死ぬのだ！

「ニューヨークやブラッセルは、どうでした？」テイコ老人は、一塊りのぼろぎれのように、床の上にひざをかかえてうずくまったまま、ポツリときいた。「わしは、あの二つの都会には、行ったことがあります」

「意外に平静でした」とハンスはいった。「もう、さわぎはすぎ去ってしまったんですね——こわれるものは、こわれてしまい、自殺するものは、自殺してしまい——でも、いまは、あきらめることを通りこしてしまって、みんな非常に平静です」

死のように……だ、とハンスは心の中でつぶやいた。

ニューヨークの、ワシントン広場ですれちがった、年若い少女の、無関心ともとれるような、平静な表情が、なにがなし、ゾッとするような思いをこめてよみがえってきた。世界中で一番人間くさい、一番汚らしい活気と騒音にみちたあの都会は、ついこの間訪問したときは、信じられないくらい静かな、おだやかな街になっていた。――車はゆっくりはしり、タクシーはクラクションを鳴らさず、新聞売子は叫ばなかった。世界でもっとも忙しかったあの都会で、人々はもう誰も急ごうとせず、放心に似た表情をうかべて、ゆっくり歩いていた。ニュースが発表されて、まもなく持ち上がった暴動状態の時に、こわされた標柱や、ショーウィンドウは、修理されることなく、そのままになっていた。

人々は、もう、あまり着かざりもせず、男たちはひげもそらなくなってきた。

そこには、虚脱したような、平穏さがあった。――しかし、その平穏さは「死」のものであり、街は、すでに死んでいた！

「人間は、本当は、死を、あまり恐れていないものです」

テイコ老人は、膝に顎を埋め、口をもぐもぐさせていった。

「そんなバカな！」とハンスはいった。「とまどっているだけですよ」

「連邦政府が、事態を当初から、なに一つかくさないできた、ということは、本当によかった。――はじめて、自分たちの同胞を、全幅的に信頼する政府ができたわけだ」

「しかし、そのおかげで、大変な混乱も起きましたよ」ハンスはなぜ、こんな太平洋上の孤島にいる老人が、こんな高級な意見を吐くのか、いぶかりながらいった。「政府をのっとろうとする連中もあった。宇宙船や地下壕を占拠しようという陰謀もおこった」

「それを防いだのも、民衆だったでしょう」老人は、小きざみに、貧乏ゆすりをしながらいった。「人間——単純ではあるが、非常に高級な、叡知というものは、誰でももっているものですよ——教育とは関係なしに……。人間全体の、運命をきめるような、非常に大切な判断をするのに、充分な知恵をそなえています」

「どうにもならない、とわかるまでに、しかし、ずいぶん手間がかかった。——あらゆる報道機関が……」

「では、あなたの、この地区での仕事は、困難でしたか？　選抜委員……」

そんなことはなかった——たしかに、アジア地区では、ヨーロッパ新大陸にくらべて、はるかに説得と選抜の仕事が楽だった。——むしろ、みんなといっしょに、のこるといったものの方が多く、その意味でかえって、選抜に手こずったくらいだった。それは——アジア型社会のせいだろう。

「後進地域だから、とおっしゃりたいでしょうが——」テイコ老人は、まるでハンスの胸を見ぬいたように、つぶやいた。「人間の種をのこすために、誰かが犠牲にならねばならぬ、ということが、すぐ理解できるのが、非文明的で、すきさえあれば、他人を押しのけてもぐりこもうとするのが文明的ですか？　自己犠牲や、同族との連帯意識のつよいのが、後進的で、個人的で自己主張を第一義とするのが、文明的ですかな？」

スラリとした、赤銅色の、ロンゴ青年の姿があらわれたのを見て、ハンスはほっとした。今さら——今さら、この老人と議論してもはじまらない。

「収容を完全に終りました」とロンゴ青年はいった。——そのちぢれた黒髪の下に輝く、黒い瞳は、いつもとちっともかわらない、陽気な光をたたえている。「おっしゃる通り、島中を見てまわりました。——もう誰もいません」

「ごくろうだった」ハンスは立ち上がった。「本当に、もう誰もいないな」

「ええ、海岸の洞窟に、かくれていた婆さんも、無事につれてきました。本当にもう、誰もいません。——あなたたち二人をのぞいては……」

ハンスは、老人をふりかえった。——彼はもう、死んだも同然の高齢だ。だが、つれて行かなくてはなるまい。

「シャッターは、予定通りしめますか?」ロンゴ青年はきいた。「早目の方が、いいような気もします。——子供が外へ出たがって、しかたがありません」

「では、一時間早めることにしよう」ハンスは時計を見てつぶやいた。「私も、すぐ行く。——もう一服吸ってから……」

4

ロンゴ青年の細っこい、開襟シャツ姿が、来た時のように、音もなく木立ちの方角へ消えた。——日はだいぶ傾いてきた。

ハンスは、クレイ・パイプを掃除して、もう一服つめた。

島の地下壕——、これほど、あざとい気休めがあるだろうか? 自然の洞窟を利用し、島民三千を収容できる大きさにひろげた。シャッターも、換気装置もつけた。水、食糧もたくわえた。しかし、完璧なシェルターにはほど遠く、あれでは小型原爆の熱でももつまい。こんな島では、居住性もほとんど考慮にいれることはできなかった。しかし、これでもないよりはましで、ほかの島では、島民は、のんきに踊りながら、むき出しの裸で、死をむかえることになる。

所詮、九十億の人間が死ぬことになるのだ――と、ハンスは、海岸の方へむかって、ゆっくり歩きながら思った。もうまもなく――数時間後、数日後、数ヵ月後……。それも、じりじりと……

世界各地にできた地下壕の収容人員は、それでも大変な数にのぼりはする。しかし、その大部分が気休めにすぎず、そのうちの何パーセントが、そしてどれとどれとが一応完璧といえるかは、実は、彼自身も知らない。海辺には、いつもとかわらぬ風が吹いていた。うねりはおだやかで、波の長い舌は、やさしく白い砂をなめた。波うちぎわに立って、彼は次第に色をこくして行く濃紺色の空と、その空にはためくオーロラを見あげた。

なんという平穏な終末！

ここでは、ヨーロッパ各地のように教会にこもって祈りをささげる人々の声はきこえないが――そのかわり、墓穴のような、お粗末な洞窟の中で、息をひそめている、陽気で、単純な人たちがいる。――父母がカトリックだった彼は、幼いころから終末の様相を、あの黙示録のそれのように、漠然と表象していた。

──なるほど、洪水も、地震も雷鳴も、疫病（えきびょう）もこの十年の間、異常に多く発生してはいた。──しかし、結局、ヨサファトの谷に、七つのラッパは鳴りひびかず、不吉な四騎士の、身も凍るような、おそろしげな姿もまいおりてこない。

──いや、本当の恐るべき光景は、これからはじまるわけかな。空より火が降り、茵蔯（にがよもぎ）の星がおちてきて、水がのめなくなり……終末戦争（アルマゲドン）ぬきの終末……審判ぬきの終末……。

人間は所詮、誰にもさばかれなかった。──もし、さばくものがあったとしたら、おのれでおのれをさばいたのだ。「種」の連帯のもとに、「自然」と対決することを、ながらく怠り──そのむくいとして、自然の突発的な異変に対処する力を、きわめて不充分にしか蓄積できなかった。といって──すでに死んだも同然の状態にあって、いまさら死児の齢を数えて何になろう?

深い宙天の群青の中を、キラリと輝いて、通りすぎるものがあった。地球軌道をおおう太陽大気圏外へ退避した「選ばれた人々」の千五百隻の宇宙船は、すでに火星軌道へ達しているはずだった。──すると、あれは、「影（シャドウ）」計画の、人工衛星だな。

「影」計画は、外惑星軌道への人員機械退避計画と、地下壕（シェルター）計画との中間におかれた計画だった。──太陽風の猛烈なジェット・ストリームをさけるために、宇宙空間に投影された地球の影を利用する。遠距離へおくれない機械関係を、できるだけ衛星軌道にうちあげておき、ついで、それを加速して、地球の外側をまわって、常に地球の影にはいるような、軌道をとらせる。地球引力の影響をさけるために、いつも若干加速していなくてはならないが、月と、太陽と、地球の潮汐作用を微妙に利用することにより、かなりな期間――半年は、「影」の部分にいられるはずだった。しかし、爆発の規模によっては、それも気休めにすぎなくなるだろう。

もし、予定通りすすんでいるとすれば、――とハンスはもう一度時計をながめて思った――もう、最後の退避用宇宙船が、火星についているころだな。

そして――彼は、不吉で異常な兆候にみちみちた空をながめながら、その狂った地球大気の外にひろがる宇宙空間を、その彼方に遠ざかり行く宇宙船の中の一人の女性を、そして、火星で、いまじっと、この地球と太陽を見つめつづけている、旧友松浦のことを思った。――エルマのことはたのむ……とハンスは、遠い火星にいる松浦によびかけた。――別に、わざとやったわけじゃないが、エルマが「選抜」され、彼自身は、選抜委員になるという、おかしなめぐりあわせになった。奇妙な運命の綾は、ハンスにゆずったつもりで、はるかに荒涼たる宇宙のフロンティアに身を投じた男のもとへ、当の女性を送りとどけることになる。

こうなれば、どっちが勝利者ということもないな、松浦――とハンスは、くろずんできた虚空を見あげながら思った。――困難は、むしろ、これからの君たち二人の上にある。うまくやってくれ……そして時々は、君たち二人の共通の友だちだった〝のっぽのハンス〟のことを思い出してくれ。

サイレンが――この島の、役場にある、たった一つの、おそろしくオンボロのサイレンが、鳴りわたった。――シャッターがおりる時間だ。――二十ミリ鋼板製で、気密テストさえやっていないシャッター――突然の、予定外の破滅に対する気休めの、お粗末なシャッターが三千の、陽気で、純粋な島民たちに気休めをあたえ、こんな不条理な運命を、人間が頭を垂れ、甘んじて、羊のようにうけいれるわけではないのだぞ、という、ささやかな抵抗と拒否のシンボルにすぎないシャッターが……

風が、異常になまあたたかく、強くなりはじめていた。――浜辺の砂が、礫のようにとんで、ピチピチ頰にあたり、波がぐっと高くなっていた。――海に背をむけると、ま正面に、ぎょっとするほど異様な落日がとびこんできた。

いま、反対側の水平線にかかろうとする太陽は――なんというか――異様な樺色だった。その周囲は、赤インクの蛍光のような、ぎらつく緑色の光にふちどられていた。水蒸気のフィルターを通してみると、そのブヨンとした、巨大で扁平な円盤の上には、金粉のようにかがやく無数の斑点が、そばかすみたいに、びっしりちらばっていた。

粒状斑が――あの白熱の光球の、噴出ガスのむらが、いまは肉眼で見えるのだ。かつては、地球大気を通しては、大望遠鏡でさえ観測できず、シュワルツシルドが、高度二万五千メートルの成層圏に気球をとばして、やっと撮影した粒状斑が――。

そのうすきみ悪い火球の中央に、これも肉眼ではっきり見える、うすぐろいしみがあった。エクスクラメーション・マークの恰好で、右ななめ上からのびた、ほそ長い斑点の先が、丸い、巨大な斑点に、つながろうとしている。まもなく――

そう、まもなくだ。——ずいぶん、幅のある「まもなく」だろうが、それでも、まもなく、だ。

木立ちの間に、わけいる前に、ハンスは、もう一度背後の空をふりかえって、松浦とエルマに別れをつげた。

その時——突然彼は、松浦の声をきいた。

ギョッとして、ふりかえったが、むろんそこに松浦の姿が、あるはずもなかった。——風音か波音による、空耳かと思って、思わずあたりを見まわした時、——こんどは、おそろしくはっきりと、八千万キロはなれた火星の上にいる、松浦の声をきいたのだ。

（おい！　あれはなんだ！）とその声は叫んでいた。（あの大編隊はなんだ？——ちかづいてくるぞ！）

つづいて、なにかあわただしく、通信器にむかって、しゃべっているらしい声がきこえた。——ハンスは、一瞬、なぜ、はるかな火星上にいる松浦の声が、きこえてきたのかを理解した。時たま、何の前ぶれもなしに、突然あらわれるテレパシイの能力が——幼年時代から、記憶にのこるもので、前後十回ほど、一種の発作のように訪れてくる、あの能力が、いままた訪れたのだろう。

だが、空をふりあおいだ時、ハンスは、いまきこえた松浦の声が、火星の上の同僚にむかって発せられたのではなく、ハンス自身にむかって発せられたのではないか、と思わず耳をうたがった。

火星上の松浦が、発見の叫びをあげた大編隊は、いまハンスの頭上、この地球上の、南太平洋の上空にもあらわれていた。――その数は、無慮数百、いくつもの編隊にわかれ、はるか上空の雲間に、銀色の斑のように輝きながら、驚くべきスピードで通過しつつあった。――みるみるうちにその大編隊は、いくつかの群れにわかれて、四方へ散って行き、そのうちの一つは中空を滑るように、北西方に降下して行った。――息をのむ間もなく、その小編隊の中から、さらに一機がわかれ、まっしぐらに、その島へむかって下降してきたのだった。

「地区本部！　地区本部！」

ハンスは思わず、胸のポケットの中から、通信器のアンテナをぬき出して叫んだ。「こちらマウア・キキ――上空を、正体所属不明の飛行物体の大編隊が通過中。そちらも見えるか？」

猛烈な空電で、通信などできそうもなかった。――それが、太陽嵐のせいか、その飛行物体から発するものか、判断もつかない間に、島に接近しつつあった、飛行物体は、木の葉のように、二、三度バンクして、こともなげに――それこそ、浜辺の砂一つ吹きちらさずに、フワリと着地していた。

いま、数十メートルの距離で、それを見た時、ハンスはそれが、前世紀後半から今世紀の初頭へかけて、世界各地で、それこそ何千回、何万回となく目撃された、とさわがれ、冗談の種にまでさわがれながら、とうとうその正体は不明のまま、宇宙開発時代になってふっつり話をきかなくなった、あの伝説的な円盤――「空とぶ円盤(フライング・ソーサー)」に、そっくりの形をしているのに、おどろき呆(あき)れるばかりだった。

下面が平らで上面中央に、構造物らしい突起があり、全体が銀色で、それが内部から、うすい桃色に息づくように輝いている。――着陸したとたんに、その輝きは、すうっと消えた。三本の着陸脚が、砂に深くめりこんでいる。

と――、
円盤の一部がすうっとへこみ、中から、長身の――二メートル以上もありそうな人間型をした生物が、全身を銀緑色にかがやくスーッでぴっちりつつみ、赤い明りが額にかがやくヘルメットをつけて、ぎこちない動作で、おりたった。

ハンスは思わず、二、三歩うしろへさがった。
ハ、ハ、ハンス！
声ではない。頭の中への呼びかけが――それも、おもわず顔をそむけたくなるような、はげしい念波が、彼の意識をひっぱたいた。

い、い、いそぐんだ、ハンス！――とその人物――いや、人物らしいものから発せられる念波は叫んだ。――いそぐんだ。時間がない。ハ、ハ、ハンス・マ、マ、マリア・フ、フ、フウミン！

あまりなにもかもが、いっぺんにバタバタと起ったので――しかも、それが、「最後の時」の寸前という、きわどい瀬戸際(せとぎわ)だったので――ハンスは、一瞬、一切の判断力を失ったみたいな状態になった。衝撃からたちなおる前に、彼は短い自失の中で、その奇怪な、円盤からおりたった人物のいうままに、フラフラと、二、三歩、円盤へむかって歩いた。

「待ちなさい」

突然、力づよい手が、がっしりと彼の腕をつかんだ。

「彼の所へ行ってはいけない。——あの宇宙艇にのりこんで、つれていかれてはいけない」

背後の声は、テイコ・テイコ老人に似ているようだった。——だが、はるかに若々しく、力づよく、腕をつかんでいる指も、力にみちていた。——ハンスは、なぜだが、どうしても後をふりむかなかった。

なにをしているんだ？　ハンス……

正面の人物の念波は、さらに一層つよく、命令的になった。——彼の上体は、ユラリと前へ泳いだ。

「やめなさい」

背後の声も、低く力がこもっていた。

「なぜ？」ハンスはカラカラに乾いた唇をやっと動かして、背後を見ないままひからびた声でいった。

「あなたは——同胞との連帯を、すてるのか？」と背後の声はいった。「死ぬべきものも、生きのびるものも、すべて同じ種の一つの心によって共有の未来のために、えらび、えらばれた。えらばれたものは、のこったものの全存在を負うている。すべては、この時代の、この同胞——異なった運命を生きながら、今は同じ断崖に立たされている同一の種族が、その総意によって、えらんだ道だ。——あなたは、その共同体の運命を見すてるのか？　見すてて、自分だけが、他の存在によってえらばれたものの道を歩もうとするのか？」

いそげ！　ハンス……

正面の、背の高い男は、重力におしひしがれるような、ぎこちない動作で、ヨロヨロと二、三歩前へ出た。

早く……君は、私の命令に、したがわなければならない。ぐずぐずしたり、感傷的であったりするひまはない。……早くのるんだ。ハンス！

「こっちへ」

背後の人物は、グイと彼の腕をひいた。

「こっちだ——われわれの方も、いま到着した」

その人物は、おそろしく強い力で、彼をぐいぐい木立ちの間にひっぱりこんだ。——その時、日がおち、熱帯樹林の下に、突然こい闇がたちこめてきた。もうとっくにどこかへ逃げ去ってしまい、一羽ものこっていないと思われた、鳥の一羽が、ふいに狂ったように、やかましい声で鳴きたてた。

ハンス！

空から来た人物の念波は、木の間をぬって、からみつくように追いかけてきた。——顔も見わけられぬまま、彼はその正体不明の人物にひきずられて、砂をけたて、枯枝をふみしだいて走った。

ハンス！　ハンス！　言葉はおってきた。どこへ行くのだ？　ハンス！――運命にさからうのか？――ハンス！　ハンス！　ハンス……

5

「なぜ、こんなに急に！」

火星のエリシウム市のドーム内にもうけられた、「ノヴァ・テラ計画本部」では、火星開拓団幹部と、地球からの、大量移住計画の実行委員代表があつまって、太陽爆発直前に、突如大挙飛来してきた、「宇宙人」と称する連中の代表とむかいあっていた。

驚きと、なかばいきどおりに満ちた、その質問は、いま、計画実行委員の、アントン・リシッキイ教授の口から発せられたのだった。

「なぜ、こんなに急に！」

「理由を説明してもわかるまいが――妨害があったのだ」

二メートル二十センチはありそうな、長身で、おそろしく肩幅のひろい、「宇宙人」代表は、乾いた、抑揚のない声でいった。

音声翻訳機――もし、彼らがそんなものを発明しているとしたら――そんな機械から、出てくるのではないか、と思われる声だった。

頭部は、ヘルメットに、眼から上をおおわれていた。――露出している顔の下半分は、たしかに、人間そっくりの、鼻梁(びりょう)、頬(ほお)、唇(くちびる)、顎(あご)が配置されていたが、下顎(かがく)と唇の、機械的な動きは、どうやらそれが、こちらの感情を考慮した、マスクらしく思われた。

眼の部分は、濃い、緑色のプラスチック様のものでおおわれ、しかし、その下には、鋭く輝きながら動くものがあった。

「妨害?」とリシッキイ教授はききかえした。「なんの妨害です?」

「いまいったように、それは、あなたがたに説明してもむだだ。――とにかく、超空間におけるわれわれの船団の航路妨害により、われわれの到着は、超空間において、ほんの一瞬――あなた方、地球人の時間単位にして、二年ちかくおくれました。そのため、われわれの任務は、大変な支障をきたすことになりました。――帰ったら、おそらく責任を問われることになりましょう。しかし、われわれとしては、最善をつくすより仕方がない。したがって、われわれ自身が、あなた方の間に長く滞在して、ある選択を行なうことも、現在のあなた方を説得する時間も、ありません。ただ、われわれ――口幅(くちはば)ったいようですが、あなた方、地球種知的生命体より、はるかに歴史も長く、はるかに科学水準も高度な、われわれの言葉を信じ、われわれのいう通りにしていただきたいのです。――むしろ、われわれに、あなた方の身のふり方を、ゆだねていただきたいのです」

リシッキイ教授は、困惑しきった顔を、背後の委員たちにむけた。――委員たちの背後には、さらに多くの、本部職員たちが、目白(めじろ)おしにつめかけていた。そして外には――

火星の「夜」の側に、退避をおえ、キャンプ用の軽便ドームの中で、移動用の乗物の中で、さらに、上空で待機中の宇宙船の中で、十万の人々が、テレビを通じて、この本部の異様な交渉風景を、固唾をのんで、見まもっているのだった。

「すると――」ゲッチンゲン大学の、太陽学の権威、シュワルツコップ博士が口をはさんだ。「爆発規模は、地球を完全に潰滅させるにたる、とおっしゃるのですな」

「ええ――最初にのべたように、ある期間ののち、火星も無事ではあり得ません。この種の爆発は、あなた方が、――失礼ながら、恒星天文学の知識の、きわめて貧弱な、しかも知的生物としての観測期間の短い、あなた方の予想されるより、はるかに大規模なものになりうる確率が、きわめて大きい。――最大規模フレアは、変動開始後、数十時間から数百時間後におこり、その影響は、遠く第四惑星軌道をこえて、小惑星帯にまでおよぶでしょう。――あなたたちは、有史以来、はじめて、そしてたった一度、母恒星の大変動にであうわけだ。予測がつかないのは当然です」

「あなたのおっしゃることに、われわれの理解できる程度の理論的な根拠を要求し、それをわれわれの手で検討してみる時間は、おそらくありますまいね」シュワルツコップ博士は、かすかな自嘲と、皮肉をこめていった。「つまりあなたがたが、大変だ、とおっしゃることを、そのまま信ずるより、しかたがないようですな」

「まことに奇妙ないい方ですが――われわれの善意を信じていただきたい。数百万エルデス――あなたたちの単位でいえば、数万光年ですか――の距離をこえ、これだけの大船団に、きびしい超空間航行をつづけさせ、はるばるあなたたちのもとまで、救いの手をさしのべてきた、われわれの善意を……」

「われわれが、わざとおくれたのではない証拠に、同行してきた船団のうち、七つの船団は、危険をおかして、地球へも派遣されています」副隊長格――とも見える、いくぶんほっそりした体つきの宇宙人が口をはさんだ。「おそらく、あちらでは、事態がのみこみがたいために、もっと多くの混乱がおこり、もっと大きな困難に出あっているでしょう。

――しかし、そういった困難をこえて、この緊急時に、地球種知的生命体を、できるだけ多くすくおうと努力をつづけている、われわれの善意を、どうか信じていただきたい」

「昼」の側の観測所から、急いで、この本部にかえってきた、松浦は、ひそかにその本部大広間にみちた人々の表情をぬすみみた。

――みんな一様に、能面のように、硬い、無表情な顔つきをしていた。しかし、そのこわばった表情の背後に、はげしい感情の動顚と、思考の混乱がまきおこっているのは、ありありと見てとれるのだった。

みんな――九十億の同胞の死を前に、一つの決意をしていた人たちだった。

九十億の同胞の中からえらばれ、彼らから、その死をこえて宇宙へのびる意志と希望を託された人たち――九十億の「種」の遺児を託され、災をさけて、宇宙の涯へおちのび、そこに生きのびて「種」を根づかせ、まもりそだてるべき使命をになわされて、のがれることを強制された人たちだった。――そして今の今までの、夜を日についだ悪戦苦闘は、この使命を達成するために、自分たちなりの能力の限界までふりしぼって、つづけてきたものだった。

──それがいま、突然宇宙の彼方から飛来してきた、見たこともない種族によって、彼らの予想のたて方はまちがっており、彼らの努力の一切は、実にちゃちなものであり、全力をつくしてきた、彼らの計画では、地球人種の誰一人、救えないとつげられたのである。

ホールにみちた人々の、凍りついたようなマスクの背後に、泣き出したいような自信崩壊の過程を見てとって、松浦は思わず、眼をそむけたくなった。──誰の助けもあてにできないので、自分なりにせいいっぱい、生きる努力と工夫をつづけてきた、哀れな孤児が、突然あらわれた、金もちでかしこい大人によって、そんなバラックは、すぐつぶれてしまう、とつげられたようなものだ。

二十一世紀中葉の、最高の学者たちも、よりすぐった能力をもつ人々も、一様に、はずかしめられた子供のように、顔をうつむけ、唇をかみしめていた。──お前たちの知恵は、まだこんな程度だ──彼らは、そう見せつけられたような気がしたのだ。人類種の遺志を託されたもの、えらばれたものの、辛く、はてしなく重い使命感と、その重荷を託されたものの、雄々しいほこりは、今、見るも無惨に、うちくだかれようとしていた。

「みなさん──」「宇宙人」の代表は、乾いた声でいった。「すでに、何度もくりかえし、またみなさん自身がよくご存知のように、あまりに時間がありません。──われわれの申し出を、お信じになれないのなら──あるいは、われわれが、救いの手をさしのべるということが、ある程度まで自立的な、科学文明水準にまで達しているみなさんのほこりを、はなはだしく傷つける、というのなら、われわれは、手をひいてもいいのです。――しかし、それでもなお、われわれとしては、われわれの方の選択基準にしたがって、みなさんの中から、ある種の方たちを選び出し――不本意ながら――強制的に、われわれの世界へ、おつれしなければなりません。それがわれわれの、最小の使命です。あなた方が、地球的、同胞連帯的見地から、このままふみとどまって、あなたたち自身の力で、何とかきりぬけてみようと試みられるのは勝手ですが――そして、断言します、その努力は、完全に無益です――われわれとしては、太陽系という、辺境文明の尺度をこした、宇宙生命種の管理保存という見地から、力ずくででも、あなたたちのうちの何割かを、この危機からすくい出さなければなりません。――どちらをえらばれますか？　すべてを、われわれの指示にゆだねていただけますか？　それとも、ここにとどまって、あなたたちの故郷の消滅から数分後に、母なる星とその同胞（ともがら）といっしょにほろびますか？」

「しばらく――ほんの数分、猶予をください」ひげも髪も、まっ白な、リシッキイ教授は、首をたれて、沈痛な声でいった。

それから、教授は、宇宙人たちの方に背をむけた。

「みなさん……」

教授の声と、その姿は、会議用のテレビカメラを通じて、全火星表面と、周辺空間にちらばっている、十万の地球人にむかって送られていた。

「みなさん……事態は、今、おききになったとおりだ。――われわれの、これまでつづけてきた一切の努力、九十億同胞よりあずけられた一切の遺産をつかってつづけられてきた、努力は、今や、完全に無効なものとなるらしい。――われわれ地球人類は、この未曾有の、しかも不可避的な宇宙的災厄に直面して、たとえ不充分たりとも、われわれ自身の手によって、われわれの――全体ではないがその〝種子〟をすくおうと、はげしい努力をつづけてきた。だが――今、宇宙のはるか彼方から来た人々によって――われわれよりはるかにすぐれた知識と科学をもつ人々によって、われわれの努力では、〝種〟の片鱗もすくい出せない、とつげられた。――救済の手は、他天体、他宇宙より、いま、さしのべられている。われわれは選択をしなければならないし、時間的余裕は、まったくといっていいほどない。――その好意の、無に目ざす所が奈辺にあるか、彼らの言の真偽はどうか、救済の申し出を、うけるべきか否か――これらのことを議論しているひまは、まったくないのだ。しからば――選択を、この計画の、最高責任者である、この老人にまかせてくださるか？――すべての予測をたて、すべての計画を遂行してきた最高の責任は私にあるのだ。どうでしょう？　この計画そのものの――いわば、全面的破棄をもふくむ、最高の決定を、私にまかせてくれますか？」

ホールにみちた人々も――そして、全火星上の、あらゆる通信器の前にすわって、じっとテレビの画面に見いっているものも、誰一人として、声はなかった。――鉛のように、息苦しく、重い沈黙の数秒がながれた。

カタッ――と音がするように、ホール中央壁面にかかった、時標板の数字がかわった。

——あと、一時間ちょっとだ。

「もし、私が決定をくだすことに、異議のある方は——」と、リシッキイ教授は、しわがれた声でいった。「あと、二分以内に、手もとのヴィデオフォン、あるいは通信器の、緊急信号用のスイッチをいれていただきたい。——それは、この本部のセンターコントロールパネルの、通話数表示板に出ます。——異議が、半数の場合、過半数をこえない場合は、私に決定をゆだねていただきたい」

壁面一ぱいをつかった、コントロールパネルの上で、分をしめす、線型標示機の上のランプが、はしから一つずつついて行った。黄色い光の列は、左から右へ、またたきながらのびて行き、やがて、パッと消えた。

「あと一分……」とリシッキイ教授はつぶやいた。

むせかえるような人いきれのするホールの中で、またたきもしない百以上の眼が、光の列と、その横の、通話管理セクションにとりつけられた、通話数標示板と、その上の緊急通話信号を示す赤いランプに、じっとそそがれていた。

交渉がはじまって以来、本部放送のON AIRランプはつきっぱなしだったが、通話数標示板の数字ネオン管は、0(ゼロ)がならびっぱなしだった。——六十個の黄色いランプは、はしから、音もなくのびて行き、十五秒の青い線をすぎ、三十秒の赤い線もすぎ、さらに四十五秒の青い線をすぎさった。そして……

「二分……」

どっと、声のないどよめきのようなものが、ホールをみたした。――教授は、ゆっくりと、宇宙人代表の方を、むきなおり、低い声でいった。

「申し出を、おうけしましょう」

アッという叫びが、その時おこった。――緊急信号のブザー音が、たかだかとホールにひびきわたると同時に、真紅のランプが、煌々と輝き、標示板のネオンランプは、１の数字をまたたかせた。

「二分はすぎた――無効だ」と、誰かがいった。

「いや、それに――賛成は絶対多数だ」

「反対者は誰だ？」

そんなささやきが、ホールの中でまきおこった。

しかし、一応、コントロールパネルの傍へとんでいった通信主任は、計器をのぞきこみ、スイッチを次々に押していたが、やがて、けげんな顔でふりかえっていった。

「おかしい――火星管区内の通信器では、誰一人、緊急信号スイッチをおしていません」

それを、きくと、奇妙なことに、宇宙人代表の表情に、なにかただならぬ、驚きの色があらわれた。――彼は背後をふりかえると、なにか口早にいい、二、三人の宇宙人たちが、かけ出していった。

6

「宇宙人」たちの処置は、強引で、敏速で、有無をいわさぬ所があった。

救済の申し出を受諾(じゅだく)した瞬間から、彼らはてきぱきと動き、とにかく火星上の施設の一切は、放棄すること、各自は、必要な身のまわり品、あるいはスーヴニールをもてるだけもち、宇宙服を着て、戸外に整列してほしいことを指示した。――火星周辺の空間に現在まだ旋回中の宇宙船は、そのままでよろしい。

「ただし――」と宇宙人代表はいった。「われわれの宇宙艇にのりこむ人たちの組みあわせは、ある理由により、われわれにまかせていただきます。――若干の失礼は、どうか緊急の際ですから、ゆるしていただきたい。なにしろ、われわれも急いでいるのです。一時間以内に、全船団を、超空間に発進させなければならないのです」

彼らの円盤の数は、ほとんど千台ちかく、宇宙人もずいぶんいた。――一台あたり平均二十人はのっていたろうか？

どれもこれもまったく同じように見える宇宙人たちは、器用に手わけして、地球人の間をとびまわり、なにか小さな選別器のようなものをあてては、五十人に一人ぐらいのわりあいで、「すみません、あなた、こっちへ……」と、別のセクションへつれていった。

「家畜のよりわけみたいだ……」と誰かが、ブツブツいっていた。

松浦は、さっきの宇宙人代表の演説で、もし、こちらが、彼らの申し入れをけった場合でも、彼らは彼らなりの選択基準で、一定の人数をえらび出し、強制的に連れて行く、といったことを思い出して、ふと不快な気分におそわれた。

と思っているうちに、松浦自身も、上背のある宇宙人の、どこか機械じみた所のある手につかまれて、「あなた、こっちへ……」とひっぱって行かれた。

十万人の人間が、宇宙服をつけ、私物を手にもって、ぞろぞろと、まっ暗な、酷寒の支配する火星の夜の中に出て行った。

見上げれば、満天の星が、すさまじく凍(い)てついたように輝き、特に木星はすごいばかりに輝いている。──フォボスとディモスが、美しい弦月(げんげつ)となって、足早に天空をよこぎり、滞空中の地球の宇宙船も、ポツンと点のように光ってみえた。

「おい……」

別のセクションにいれられて、横をとおりすぎて行くリック・スタイナーが、松浦の肱(ひじ)をつついた。

「見てみろよ。──すごいぜ」

まったくものすごい壮観だった。──蛍光色に息づく円盤の大編隊が、見事な雁行(がんこう)隊形を組んで、何千台となく、星空をよこぎって、カシオペアの方向へ消えて行く。──次から次へとあらわれては、天球の一点で、フッと、空間にのみこまれるように消えて行くのだった。

「地球へ行ってきたやつかな……」と松浦はつぶやいた。

しかし、スタイナーの宇宙服姿は、もうはてしなくつづく隊列にまぎれて、投光器の光芒(こうぼう)のむこうに消えていた。

突然、火星の夜の砂漠が、千万の螢(ほたる)に照らされるように、青白く輝きはじめた。——点々と着陸していた円盤が、いっせいに青く、輝きはじめたのだ。——やがて、その光がかすかな赤みをおび、深海魚のように息づきはじめると、数台の円盤が、輝くえいのように、フワーッとうき上った。そのうちの数台は、暗黒を斜めにきり裂くように、カーブしながらまい上って行き、みるみる、滞空中の地球宇宙船にちかづいていった。

さらに、数台は、エリシウム市の中央広場の上空に停止すると、その下部から、おそろしく拡散面の広い、強烈な光を、広場にあつまった地球人の大群衆の上に投げかけた。

だれかが、光の中で地をはうようにまい上りはじめた、細い、微塵(みじん)のような、灰赤色の砂ぼこりを見つめながら、つぶやいているのが、イアフォーンの中にきこえた。

「早くしないと、砂嵐(すなあらし)がおこるぞ——」

円盤はすでに、全部、離陸し、地上数十メートルに滞空していた。

——その人員収容のやり方こそ、すさまじく、あらっぽいものだった。餌(えさ)におそいかかる魚の群れのように、数百キロほどのスピードで、横隊や縦隊をつくり、あるいは縦横無尽(じゅうおうむじん)にいりみだれ、広場にむらがっている地球人たちの上を通過して行くのだ。

一台の円盤が通過するたびに、およそ百名ほどの人間が、一瞬にして吸い上げられ、群衆の中にポカンと暗い穴があく。

まるで、鮫(さめ)が餌をくいちぎって行くみたいだ——と松浦は、苦い唾(つば)のわくのを感じながら、思った。

松浦たち五十名ばかりは、広場にあつめられた群衆から、ちょっとはなれたところに、一かたまりにされていた。——いつ、円盤がおそってくるか、と思う間もなく、一台の、これは横腹に、ネオン・フィッシュの群青色にかがやく二本の線をつけた円盤が、全体を、青白く、うす緑に、またピンク色に息づかせながら、音もなく上空にのしかかってきた。

彼らの、ひどく荒っぽい収容法は、やられる身になってみれば、外見ほど、あらっぽくも、無理でもなかった。——円盤の下面が頭上におおいかぶさってきた瞬間、フワッと、光の網(あみ)のようなものが上から投げられ、体がちょっとうき上ったかな、と思った時は、もう彼らは全部、広場に立っていた時とまったく同じ姿勢で、よろめきもせず、やわらかい白色光にみちた、円盤の中にいるのだった。そこは、二百人ぐらいはいれそうな、真珠色に輝く、円型のホールだった。周囲の壁に、半透明みたいな感じの円いものがずらりとついて、近よってみると、火星はすでに、はるか斜め下に、赤い半月となって遠ざかって行くのだった。

——おそろしいスピードだが、かすかなうねりのようなもの以外、震動も加速度も、まったく感じない。

「宇宙服をぬいでいいよ」

と、ホールの片隅から、宇宙人の一人があらわれて、声をかけた。「休むのなら、部屋の中央とまわりの壁から、ベッド兼用のシートが出る。私物入れはその下についている。数には充分ゆとりがある。

一行は、だまって顔を見あわせた。——食事は、超空間にはいってからだ」ものもいたが、みんな、だまりこくって、——すでに、宇宙服のヘルメットをはねのけているものもいたが、みんな、だまりこくって、私語をかわすものもなかった。

あまりにも急激で、ジグザグな運命の変転、そして彼らの宇宙船、宇宙航行技術の、あまりにも格段の高度さに、何重ものショックをうけて、口もきけなくなっていたのだ。

——突然、部屋のむこうから、大勢の足音がきこえた。眼の前の窓を、地球の、巨大な百人のり宇宙船の船腹が、銀色にかがやきながら、つい、と通りすぎた。

足音の方をふりかえると、彼らと違って、宇宙服をつけていない、宇宙船乗員服姿の一行が、私物を入れた袋を肩にかついで、ゾロゾロとあらわれた。——二つの集団は、だまって、顔を見あわせた。

こちら側の一人が、「あれか？」という風に、窓の外を遠去かって行く地球の宇宙船を指さした。

彼らの一人は、そうだ、という風にうなずくと、どすんと私物入れを投げ出して、くずれるように、せり出し式のシートに腰をおろした。——顔をおおったその男の手の間から、だらだらとひきずるようなすすり泣きがもれてきた。

それをきっかけにしたように、みんなは、もぞもぞと身じろぎし、低い声で私語をかわしはじめた。——火星の上から五十名、そして、最後の宇宙船で地球からつき、さっきまで滞空をつづけていた連中の中から、約五十名――これで、ざっと百名ほどだ。エリシウム市やシルチス・マヨルなど、火星上のコロニーならともかく、地球上では、まず手ごろなカクテルパーティができる。

宇宙服のジッパーをはずしかかった松浦は、ふと、宇宙船から来た連中の中に、自分の方をじっと見つめている、黒い、ひどく光の強い視線を感じて、顔をあげた。――きっちりわけられた黒い髪の下に、琥珀色の、シャム猫のようにほっそりした顔を見つけた時、彼は思わず手にもったヘルメットを、ゴトリと床におとした。

「エルマ！」と彼は叫んだ。

「ノブヤ！　ノブヤ！――やっぱり、あんただったのね」

エルマは、鋭くさけぶと、しなやかな、淡灰色の光の箭（や）のように、身をおどらせて彼の胸にとびこんできた。

「まさか君が……」と松浦は、エルマのほそっこい肩を両手でささえながら、つぶやいた。

「まさか、こんな所で……」

「私は、最後に――〝えらばれ〟たの」エルマは、顔を泣き出しそうに歪（ゆが）めて、せきこむようにいった。「知らせるひまなんかなかったわ。火星へ来たら、どうせいつかはあえると思ってた。でも、まさか、同じセクションで……」

「ハンスは？」と松浦は、接吻（せっぷん）したくなる衝動をやっとこらえていった。

「のこったわ――彼は選抜委員になって、ポリネシア辺で……誤解しないで。彼がえらんでくれたわけじゃないの。私は、中米区でえらばれたの。それに——」エルマは、ちょっと、その長い、まっ黒なまつ毛をふせた。「私たち、結婚しなかったのよ」

「どうして？」

「つまり——彼は、あのことが起るということが、わかってからすぐ、身をひいちゃったの。逃げ出していったのよ。——なぜだか、わかる気もするけど……」

「バカな奴！」松浦は思わずつぶやいた。「こうなると知ったら、せめて二年の間でも、結婚生活を送ればよかったのに——」

「それがだめなの——あの人は、結婚したら、すぐにでも、子供を欲しがったし、——こうなれば、到底、子供なんてうめないでしょう。——それにあの人は……災厄が起るとわかった瞬間から、自分の生活というものを、埋めてしまったのよ。そういう人なの。最低のエゴイズムも持てないほど、りっぱすぎるのよ。神父さんにでもなればよかったのね——快楽に対する執着がうすくて……最後に、小さなメモに走り書きをのこして、サン・ドミンゴのホテルに私をおき去りにしたわ。——それっきり……」

松浦は、かすかな眼まいと胸のむかつきを感じた。火星の軌道上数万キロを、行く方も知れぬ宇宙の彼方へ、見も知らぬ異星人の宇宙船につめこまれてつっぱしりながら、かわされる、この思い出がいっぱいつまった会話——エルマの眼の輝き、黒髪、ルージュのかすかな芳香の彼方から、カリブ海の青い海と熱い砂、生ぬるく透明な水の肌ざわり、黄金の肌に立ちこめる太陽の匂いや、ほの暗い、中国風のランタンのもと、ボンゴのひびきに耳をかたむけながら、口にはこんだ、冷たいマデイラ酒の味わいなどが、淡い蜃気楼のように、立ちのぼってくる。――それらの記憶……地球の記憶――いや、その時はまだ、地球などという、凍りつくような暗黒の真空に浮んだ、固い、小さな星のイメージではなく、大地と、空と、輝く水平線の雲のように、未来へとのびて行く光にみちた日常と、――そして、二十代のしなやかな筋肉に包まれた、青春があった。大学、パーティ、夏休み、夜のドライヴ、帆をたたんだヨットの上の、熱く、まぶしい眠気、人気のない岬の間で、すっぱだかで波打際で抱きしめた、エルマのツルツルの体……そして今――火の中にほろびようとする、それらの記憶をつめこんだ星をあとにして、まっしぐらに、宇宙空間をかける異星の円盤の中で……

「マッウラ・ノブヤさん？」

ふいに肩に手がおかれた。――かすかに、アセチレンに似た不快な臭気をたてる、宇宙人の体が、すぐ背後にあった。

「ぼくですが……」

「隊長がききたいことがあるそうです」

松浦は、目くばせして、エルマの傍をはなれた。――あるのかないのかわからない、奇妙なドアをくぐると、そこに、腕組みして、じっと顎をひいている、あの「代表」の姿があった。

「マツウラさんですな」と代表がいった。「あなたは、ハンス・マリア・フウミン氏の、友だちだった——」

「そうです」松浦は、ギョッとして、相手の顔を見かえした。

——どうして、この連中は、おれや、ハンスの名を知っているんだろう？

「おききしたいのは、ほかでもありません。フウミン氏は、地球上にいた。われわれの方で、ぜひ、おむかえしたい人の一人だった。われわれの方は、宇宙船の一台を、派遣した。ところが、われわれの申し出をききながら、氏は、突然誰かにさらわれ、姿をかくしてしまった。——心あたりはありませんか？」

「わかるわけはないでしょう。ぼくはもう三年も火星にいる。その間ずっと、彼とは音信不通でした。——おそらく彼はびっくりしたんでしょう」

「びっくりするような人を、われわれは、えらびはしません——今、音信不通といわれたが、あなたとフウミン氏との間では、惑星空間をこえて、時おり、テレパシイによる交信があった。——そうですね？」

「時たま——それも、突然にです」松浦は、おどろきのあまり口ごもった。「偶然に、短い時間、そういうことが起ったこともあります。しかし、ほんの二、三日——それも、意志的にではなかったので、まとまった通信なんかできませんでした」

「もう一つ……」代表はいった。「さっきリシッキイ氏が、決定委任をみなさんにもとめた時、誰も、否のサインをおくらなかったのに、時間切れになってから、突然、拒否（リジェクト）のサインが、それもたった一つ、送られてきました。——通信器でサインを送ってきたものは、誰もいませんでした。――心当たりはありませんか?」

「ありません」松浦は、少し腹をたてていった。「なぜぼくに――あるわけはないでしょう」

「そうですか」と代表はうなずいた。「けっこうです。おひきとりください」

第五章　選別

1

深い宇宙の底で、一つの小さな恒星(こうせい)がはためいた。

その光度の変化は、もっともちかい恒星系からながめていても、肉眼ではほとんどみとめられないほどのものだった。——まして、満天の星座の中にはめこまれた、一粒の、あわいオレンジ色の点であってみれば、長期観測をおこなっている天文学者でもなければ、気づきもしなかったろう。

かがやく光点の形づくる、レンズ状の星雲の中でも、中心部にくらべて、そのあたりは、星の姿もややまばらだった。——どの方角も、五、六光年ある、暗黒の虚無の内ぶところで、孤独な星が、ごく短い期間、ごくわずかばかり、閃(ひらめ)くように光度を増した。——太陽は、みずからのうみ出した生命を焼きつくし、やがてふたたび、もとの光度にかえった。

自らの子を灼(や)き殺し、食らうという、太陽神の伝説さながらに——殺人者の象徴であるまがまがしいアポロンは、火と熱の舌を、わずかに長くはき出し、おののく三人の末子の上をかるくひとなめし、その表面から生命の雫（しずく）をきれいになめとり、のみこんだ。──それとても、数百億光年の直径をもつ、宇宙の底知れぬ暗い暗黒の腹の片隅、直径十万光年の星の集団の片隅におこった、みわけもつかぬほど微小な、事件の一つにすぎなかった。

2

松浦はすでに、地球時間にして、数時間も、とびつづけているような気がした。

ような気がした、というわけは、その宇宙艇内部では、時計がまったく用をなさなくなっているからだ。

超空間にはいりこんでからは、宇宙艇内の時間は、たしかに妙なことになってしまった。──それに気がついたのは、超空間にはいりこみ、窓の外の景色が、ネガのように反転して、空はまっしろに、星々は黒く、それも点ではなくて、無数のひっかき傷のような、不規則な『線』──おそらく軌跡がそのまま見えているのだろう、と松浦は想像した──に見え出してから、感じとして、ものの数分しかたたない時に、突然頭をかかえてすわっていた、若い男がわめき出したからだった。

「いつまで……いつまで、とびつづけるんだ？──こんな部屋に、いつまで閉じこめておくんだ！」

「おちつけ……」と横にいた男が、腕をとって、なぐさめるようにいった。「おれたちは、あの連中に、運命をゆだねたんだ。まあ、しばらくの間は、なりゆきにまかせようじゃないか」

「しばらくの間だと?」と若い男は、ひどく憔悴した顔をふりむけて、胸の前で手をにぎりしめた。「こんなに長い間——もう、かれこれ一年ちかくも、こうやって同じ、単調な生活をつづけているのにか?」

腕をとった男は、妙な顔をし、まわりの連中は、顔を見あわせた。

「一年だって?」と一人がいった。「まだ一時間かそこらしかたってないぜ」

「一時間もたってない」別の一人が口をはさんだ。「ついさっき——四、五分前に、超空間にはいったところだ」

「四、五分だと? 冗談いうな!」若い男は、くるったように叫んだ。「これが、四、五分ですむか! おれは——おれは、いったい何回食事し、何回、君たちと同じことを語りあったと思うんだ」

「食事はまだだ」と誰かがいった。「それに、いまはまだ、それどころじゃない」

「いや、ついさっきすんだぜ」傍にたった男がいった。「みんなと食ったじゃないか——わりにいいかす食事だった。デザートは……」

「いいかげんにしてくれ!」若い男は金切り声で叫んだ。「みんな、そんないいかげんなことをいって、おれをからかうのか?——うそをついてもむだだぞ! おれの時計を見てみろ」

若い男は、ぐいと腕をつき出した。——マニュアル・カレンダー附きの、多用途電子時計だった。松浦は、とりかこんでいる男たちの肩ごしに、表示板を見た。

たしかに――年数がかわっている。

「お前の時計はくるっている」別の一人がいった。「ほら、おれのを見ろ。たしかに一時間……」

「いや、おれの時計では四、五分だぜ」

と別の男も腕をつき出した。

「誰の時計が正しいんだ？」若い男の腕をとっていた男がきいた。

「おれのだ！」

男たちが、めいめい叫んだ。

ホールの連中が、集まってきて、混乱した、はてしないような議論がはじまった。

「どうしたの？」

松浦が、声高にしゃべりあっている一団から、はなれてくるのを見て、エルマがきいた。

「うん……」と松浦は、考えながらいった。「エルマ――超空間とやらにはいってから、どのくらいたつのだろう」

「そうね」とエルマは、自分の時計を見た。「十五、六分、という所だわ。どうして？」

「ぼくの時計では、八分だ」松浦はつぶやいた。「エルマ――お互いの時計をあわせよう。そして、なるべくいっしょにいよう」

「なぜ？　どうしたの？」

松浦は、だまって時計をあわせ、それを腕からはずした。それから、エルマの時計も、腕からはずしてやり、彼らの席にきめた、ソファーの前の、床からひき出されたテーブルの上においた。

「なぜ、そんなことをするの？」とエルマは、狐につままれたようにいった。

「妙なことだが――心理的相対時差がおこっているらしい」と松浦はいった。

「それ、どういうこと？」

松浦は、ちょっとはなれた一団をさして、そこで起っていることを説明してやった。

「なぜ？」エルマは、眼をまるくした。「おかしいわね」

「超空間って、どんなものだか、想像もつかないが、とにかく、さっきまでは、こんなことはなかったんだから、この空間の中では、時間が混乱しちまうらしいな」松浦は、こめかみをもみながらいった。「相対時差ってのは知っているだろう？――この宇宙では、絶対的な時計ってものは、存在しない」

「でも、それは、異なる重力場や、相互に運動している惰性系の時計を、比較してみる時の話でしょ」エルマは首をかしげた。

「ああ、ただし、アインシュタインの考えた、時空連続体の中においてのね。――じゃ、その時空間をこえた、超空間内では、どんな現象がおこる？」

「わからないわ」

「ぼくもわからん――しかしね、どうやら、心理的時差はおこっているようだぜ」

エルマは、そっと横眼で、テーブルの上の二つの時計を見た。

「心理的時差……」とエルマはいった。「待つ身には、時間が長く感じられるって――あれのこと？」

「そう――古い話だけど、心理学者のジャネの法則というのを知ってる？　子供は、大人より、同じ時間量を長く感ずるってやつだ。よくおぼえてないが、六歳の子供は、六十歳の老人より、おなじ一時間が十倍ぐらい長く感じられるらしい」

「ああ、それで――」エルマはクスクス笑いながらいった。「子供はすぐあきっぽくて、お年寄りは、気が長いの？」

「そうらしい――老人にとっては、一時間ってものが、それほど長い時間に感じられないんだろう」

「でも、それが――」エルマは首をかしげた。「時計にまであらわれてくるってのは、どういうわけ？」

「わからんが――身につけている場合、それは身体をふくむ、心理的時空間場に、ふくまれるんじゃないかな」松浦は、理屈のおざなりさに、ちょっと苦笑しながら、いった。「ここでは――とにかく、たしかに妙なことがおこる。だけど、二人でこうして、いっしょに話していれば、いっしょの時間がたつような気がする」

「時計をのぞいてみた？」とエルマはいった。「腰かけてから、もう、一時間もたつのよ」

松浦はぎょっとして、テーブルの上をながめた。――たしかに、二つの時計は、仲よくならんで、さっき針をあわせた時から一時間後をさしている。

「つまり――」松浦は妙にこそばゆい気持ちにおそわれながら、いった。「君と二人でいると、時間がたつのが早く感じられるってわけか！」

二人はどちらかとなく、プッとふき出し、それから笑いころげた。

「お邪魔していいかい？」

背の高い、金髪の青年が、傍にきていった。

「いいよ」松浦は、その青年を見あげていった。「ぼく、松浦、そして、こちらエルマ……」

「フリッツ・ロンバーグだ」と青年はいった。「最終便で、地球から来た組だ。――スタイナーって男を探してる。火星にいたはずだが……」

「リック・スタイナー？」

「そう！――リッキイを知ってるのか？」

「同じセクションだった。――ただ、彼は、別の宇宙艇にのせられたはずだ」

「そうか――」ロンバーグは、ちょっと遠くを見るような眼つきをした。「リッキイとは学校でいっしょだったが――どうせ、目的地でいっしょになるだろうな」

目的地、という言葉をきいた時、松浦は、なぜか、奇妙な胸さわぎをおぼえた。

「おかけにならない？」とエルマはいった。「なにか、飲物はもらえないのかしら？」

「失礼――」といって、ロンバーグは、ソファーとむかいあった所に、椅子をひき出して腰をおろした。「飲物なら、――テーブルの下から、チューブがひき出せるよ。ダイアルがついているから、このみの味にあわせればいい」

気がついてみると、たしかにいわれた通りだった。――三人は、プラスチックとも見えない、柔軟な吸飲チューブをひき出してくわえた。

「いまごろは……」と松浦はつぶやいた。「地球は……」

「そいつはいいっこなし――」ロンバーグは手をあげた。「もう少し、おちついてから、語りあおう。ところで――やつらは、なぜ、おれたちを救い出したんだろう？　どう思う？」

「気がかりなことは一つ――」松浦は、チューブの先を見つめながらつぶやいた。「なぜ、おれたちを仕わけたかということさ」

「ほかの宇宙艇は？」とエルマは、窓の方を見た。「ほかの艇にのりくんだ人と、通信できないのかしら？」

「あとで、きいてみよう」松浦は、白濁した窓外をのぞいた。「あの〝代表〟とやらいう人物は、この艇にのっているから……」

「やつらの、素顔――正体は、どんなものだろうね？　え？」ロンバーグは、声をひそめていった。「ぼくは、連中の体は、つくりものだとにらんでいるんだが……」

「ロボットが、まじっているかも知れないわね」エルマは肩をすくめた。「中身はどんな生物？　タコみたいなの？　昆虫みたいなの？――とにかく、地球人が、はじめて接触する、ほんものの宇宙人よ」

「やつらは、なぜ、おれたちを救いにやってきたのか?」松浦はつぶやいた。「おれたちをどこへつれて行こうとするのか? どうしようというのか?——純粋な好意ずくか?」

「十六世紀末だか、十七世紀だかに——」ロンバーグは、口を手の甲でふいて、話し出した。「ヨーロッパの帆船が——どうせスペインだかそこらの船だろうが、とにかく大型帆船が北太平洋海域のどこかで、ひっくりかえった丸木船につかまって、息もたえだえの、原住民たちをすくいあげた?——描写から想像すると、メラネシアンみたいだったが……。で、とにかく、まる裸で、色がまっ黒で、白眼をギョロギョロむいている連中をすくいあげると、その連中は、おそろしくおびえて、ひとかたまりになって、そばへよると、金切り声で、泣いたりわめいたりした」

「おどろいたんだろうな」

「そう——、連中にしてみれば、大帆船も、のっている色の白い赤毛の人間も、うまれてはじめてみるものだった。なだめすかして、食事をさせることができたのが、まる一日あとだった。連中は、塩漬肉に反吐をはき、下痢をし、とうとう二人が死んでしまった。

——連中は、生魚をくってたんだ」

「漁に出て、難破したの?」

「そうじゃない。——身ぶり、手ぶりで話をきいてみると、どうやら彼らの住んでいた島は、突然の火山爆発で、島が裂け、沈んじまったらしいんだ」

ちょっと沈黙がある。突然の火——長年住みなれた、父祖代々の土地が、突如として、裂けて波間にしずむ。住民は？

「連中は、命からがら逃げ出した。——丸木船で逃げ出す余裕があったのは、わずか数隻のことだった。——漕ぎかえってきて、自分たちの母なる島が、一朝にして、姿を消してしまったのを見て、連中は呆然とすると同時に、悲惨な覚悟をきめたらしい。——自分の意志でなく、故郷を失った彼らは、彼らにとって、未知の海、そのむこうに、なにがあるか知れない、茫漠たる太平洋を、ただ西へむかって漕いでいった。——なんと、三日も漕ぎつづけたらしい」

「十七世紀の——」松浦はつぶやいた。「そうだな、ヨーロッパの連中だって、ようやく地球が本当に丸く、蛮夷の住む島々がある、ということに気づきはじめたころだものな」

「まして——長らく隔絶されていた、大洋島嶼部の、蛮人だからな。彼らは、当時まだ人間を食っていた」

「よして！」エルマが、のどをグッといわせた。

「失礼——そんな連中、小さな大洋中の孤島にくらし、周辺にどんな島がちらばってるか、ということに対する漠然とした知識しかもちあわせていなかった彼らが、彼らにしてみればやむを得ない事情から、未知で、未開の大洋にこぎ出したんだ。——そのむこうに、どんな世界があるかも知らずに……」

　松浦とエルマは、ちょっとだまっていた。

「で——」とエルマはしばらくしてきいた。「その、かわいそうな、十七世紀の、裸の野蛮人たちは、どうなったの？」

「記録によれば——」とロンバーグはいった。「その帆船にのせられて、ヨーロッパへつれて行かれ、女王陛下のおみやげにされたそうだ。——全部じゃない、特にみにくい、入れ墨だらけの原住民が、宮廷に飼われた。もう一人ずばぬけてかしこい若者がいて、それはどこか、港町の貧民街に住みついた。ヌビア原住民の奴隷女と結婚した、というが、子孫がいたかどうかわからない」

「あとの連中は？」

「当座めずらしがられて、あきられると、見世物に売りとばされた。アラビアにつれて行かれたということはわかっているが、あとは、どうなったかわからない。——異教徒の野蛮人に、誰がいったい、注意をはらうね？　一人は鰐と格闘させられ、死んだという。船長が、酔っぱらって、その原住民たちは、鮫と格闘して勝つといって、ホラを吹いたんで、バスク人の商人が、自分の飼っている鰐と格闘させて、どっちが勝つか、賭けをしよう、といったんだそうだ」

「ひどい話！」エルマが、嫌悪にたえかねたようにいった。「なぜ、そんなひどい話をなさるの？」

「失礼——気分を害するつもりはなかったんだ」ロンバーグは、あわてていった。「しかし——あの宇宙人は、すくなくとも、ぼくたちの先祖よりは、紳士的らしい。まさか、ぼくたちは、入れ墨をした原住民なみのあつかいをうけやしないだろう」

「ただ一つ、気になる相違がある」と松浦はいった。「彼らは、偶然とおりすがりに、ぼくたちを救ったんじゃなくて、ぼくたちを救う目的でやってきた。──宇宙的善意を信ずるか、それとも、別の目的があるのか、それがわからない」

「博物館で、古いフィルムを整理していた時、二十世紀後半に、アフリカでおこなわれた、〝ノアの方舟作戦〟という、記録映画があったわ」とエルマがいった。「ダム工事で水浸する地帯の、野生の動物たちを、網でとらえて、新しい地帯へ放してやるの。──動物たちは、人間の善意がわからずおびえたでしょうね」

「われわれもまた、宇宙動物園に、放し飼いにされるのかね？」ロンバーグは笑った。「もっとも、人間が、野生動物を〝保護〟しようという気になるまで、ずいぶん長い間かかってるがね。──そしてそれまでに、アメリカ野牛や、マンモスや、オットセイや、──いろんな動物を、人間が絶滅させているんだ」

「彼らと、われわれの知恵や文化が、ネアンデルタール人とクロマニヨン人ほどもちがってないことを祈るね」と松浦はいった。「ただ気になることは──」

「よく気になるのね」とエルマは笑った。「なんなの？」

「うん……」松浦は、しばらく考えこんでからつぶやいた。「彼らが、なんとなく──いや、非常に、われわれと似た存在に見える、ということだよ。特にその考え方においてね。宇宙人なら、もっと途方もない生物であってもいいはずだと思うが──」

「弗素生物や、硅素生物や、そのほかの怪物のことをいっているの?」エルマはクスクス笑った。「でも、元素の性質と、その宇宙における分布によって、高等生物といえば、地球人類型の形態をとる確率がもっとも高い、ということじゃないの」

「それにしても……」松浦は、なおも、腑におちないといった顔つきでつぶやいた。「これは非常に、妙なことだよ。——そんな気がしてしかたがないんだ」

3

「非常におかしい」と、アイは、リストをしらべながらつぶやいた。「数百名もたりないとすれば……それが、全部、彼らに連れだされたとすれば——彼らの組織は、かなり厖大なものと考えねばならないが——」

「妨害は、あきらかに、彼らのやったことです」と、調査官の一人はいった。「われわれの航行をつまずかせることができるものが、ほかにいるとは考えられません。——とすれば、計画的に——」

「われわれが、収容しようとした、まさにその瞬間に、われわれの鼻さきから、さらって行ったのはなぜだ?——われわれに対するつらあてかね?」

「彼らは、われわれに、えらばせたのでしょう」と調査官はいった。「われわれが、第二十六区を、閉じるということを察知して、まずわれわれの航行をつまずかせ、その際に網を張ったのでしょう」

「九十億人の人間に対してか？」

「彼らにも、あらい差別はできたのではないでしょうか——これぞと思う連中を監視しておく。それも、地球にかぎってです。火星からは、誰一人、盗まれていません。われわれの、目的は、最高機密ですし、彼らにもわからなかった。だから、こちらがまさに収容しようとする瞬間に……」

「その通りだろうな」とアイはいった。「いずれにしても、まんまとやられたな」

「これで、彼らの組織は、また拡大するでしょう」調査官は、かたい声でいった。「私たちは——譴責されるでしょうか？」

「不意打ちだった。やむを得まい」とアイはいった。「そう報告しておこう。——君たちに、手おちはない」

調査官の顔に、ほっとした表情がうかぶのを見て、アイは、彼の傍をはなれた。

まんまとしてやられた——苦い思いがこみあげてくる。——時折り、第三階梯の連中が、誘拐されることはあったが、これほど大規模にやられたのは、はじめてだ。してみると、これは、本格的挑戦だろうか？

通信室にはいる前に、アイは、舷窓から、白濁した空間の彼方を雁行形式でとぶ、千数百機の宇宙艇が、いっせいに、灰色の光を明滅させて、別れの合図をおくってくるのを見た。——と思うまに、その姿は、みるみる細長くのびはじめ、凹凸鏡にうつった形のようにゆがみはじめた。無数の、うねる蛇のような形が、ゴムの収縮を思わせるいきおいでちぢみはじめ、ちぢみ切って、ついに小さな黒い点になった瞬間、フッと消えた。——白い粉を叩いたような空間に、緑や紫の光の縞があらわれ、場波が、舷窓をグニャグニャにまげて通りすぎていった。

あの連中は、それぞれどこへ連れ去られるのだろうか？——とアイは、冷たく、重い心の片隅でふと考えた。文明地域へか、流刑の星へか？　それともあっさり始末してしまうのか、異形生物にくれてやるのか——そして、眼を転じて、壁のむこうに見える、『えらばれしもの』たちの姿をながめながら、冷ややかな、倦怠にみちた心の隅で、ふたたび思った。

えらばれしもの——

あの中のいったい何割が、次の階梯へ進めるか？

何割がどの階梯でとどまるか——はるか先の、階梯へ進んで行けるのは、いったい何人だろう？　彼らは、えらばれた、ということの意味を、いつ知るだろうか？——たしかに、アイの眼から見れば、彼らは、えらばれるにたるだけの、他の連中とは、きわだってちがった特徴をもっていた。彼らの意識は、磨かれぬ宝石のかがやきを秘めていた。——しかし、アイの眼から見れば、いずれも未知数の泥まみれの、汚らわしい石ころにすぎなかった。それがつまらぬ鋼玉か、正真正銘のダイアモンドか、磨きあげ、カットするに足る、逸品であるか、本ものであっても、用にたたぬ微小なものであるか——そんなことは、アイにとってどうでもよかった。

通信室にはいる前に、ふとアイは、一組の男女が、素裸(すっぱだか)で、しっかり抱きあっているのを見た。――彼らは、ホールの床からひき出した、ボックス型のコンパートメントのベッドの中で、誰にも見られぬと思ってか、放恣(ほうし)な姿でもつれあっていた。まさかそんなものが、アイや調査官たちにとっては、空気も同様なものであるとは、夢にも思わぬであろう。――やがて、彼らも、何階梯かを進み、ふと、今の状態を、誰かに見られていたかも知れぬ、と気づいた時、彼らはどう思うだろう？

そう思うと、何百年――いや、何千年ぶりかで、ふとかすかな笑いが、痙攣(けいれん)のように、片隅に、さざなみをたてた。――と同時に、そのからみあう姿は、妙に素朴な感動をもたらした。それは、アイの原理において、からみあった蛇やミミズ、核酸の長い糸といった、うんざりするほど長い長い、進化のエスカレーターの中で、幼生期から、飛翔直前にいたるまで、あかずくりかえされるパターンであって、この二分型セックスは、三分型、あるいはそれ以上のセックスよりも、はるかに単純で基本的であるためか、かえってメカニックな感動をあたえるのだった。

それにしても――とアイは考えた――もうじき、彼らも『離陸(テイク・オフ)』するだろう。その時は、あの素朴なメカニズムの、すべても失って行くだろう。彼らの心のある部分は死に、石のように死ぬことによって、かえって不死となり、その石の上に、更にかぼそい、第四階梯の菌糸(きんし)がのびて行く。それから先、どうなろうと、彼の知ったことではない。

報告をするつもりが、ふとした気まぐれから、アイは、通信室の隣りのドアをあけて、ニューヨーク・エンパイア・ステートビルの三十八階にある、むさくるしい事務所へはいっていった。

「やあ、アイ……」

と同僚のサムは、机の上に足をのっけたまま、彼の方を見むきもせず、今、下で買ってきたばかりらしい、インクの臭いのプンプンする、『デイリー・ニューズ』の夕刊を読みつづけた。

「アイザックとよべ」とアイはいって、サムの胸のポケットから、葉巻きを一本とって、吸い口をかみ切ると、三メートルはなれた屑かごへ、見ごとにペッと吐きすてた。机の上にちらばったマッチを一本とると、サムの靴の裏でシュッとすって、火をつけ、もうもうと煙を吐き出しながらきいた。

「野々村は、見つかったか？」

「まだだ」サムは、短くなった葉巻の吸いさしを、口のはしでもぐもぐさせながらこたえた。「リードの方は、ホノルルでつかまった。今、初級説明員にわたしてある。ＡＢＣから説明してきかせてるが、ショックで頭に来ちまってる。つかえるかどうかは、もう少し待ってみないと、わからない」

　アイは葉巻きをくわえたままニューヨークの市街図の前にいった。――ふつうの人間の眼には、碁盤目に街路の走る、マンハッタン島としか見えないが、アイの眼には、それが無限にいりくんだ時間迷路となって見えるのだった。

「このあたりからこっちの、どこにも見あたらないとすれば……」とアイはロングアイランドのあたりを指さしながらいった。「過去をさがすことだな。どこらへんにもぐりこんだにしろ、A・D以前は、カヴァレージが低い」

「手はうってあるんだがね」サムはようやく新聞をほうり出して、腹の上に手を組んだ。「圧倒的に手薄なんだ」

「自分でやらないのか？」

「だめだ。おれが、ここでがんばってなきゃ、連絡がとれない。――なにしろ、やたらに追っかける相手がふえてきた。だから、日本での始末を、あんな未熟な若僧にまかせ、よけいにことをめんどうにしちまったんだ」

「降等だろうな」とアイは葉巻きをもみ消し、ウォーター・クーラーから、紙コップに水をそそぎながらいった。

「ひどいもんだ。キイをおとし、おまけにひっぱりこんだ奴にぶんなぐられて、逃げられて――」

「だが、あんたの方も、やられたっていうじゃないか」サムは、ネクタイをちょっとゆるめ、泥水そっくりの感じのコーヒーをカップにつぎながら、ニヤリと笑った。「だいぶたくさん、さらわれたって？」

「ああ――」アイは、顔をしかめて、水をのみながらいった。「まんまとな――数百人だ。そのうち、ここも忙しくなるぞ」

「すぐに、ということはあるまい」サムは鼻を鳴らした。「訓練期間がいるからな——やつらはどこで、仲間を訓練しているんだろう？　その場所がわかれば、一網打尽にできるんだが……」

「さあな——この時空間区じゃないだろう。なにしろ、宇宙の時空間は奥深く、ひろい……」

のみおわった紙コップをグシャグシャにしかけて、アイは、ふと、机の上に投げ出された、一九六×年六月八日附けの『デイリー・ニューズ』の小さな記事に眼をとめた。

スイスからの通信だ。

アルプスのフィンステラルホーン山の雪渓で、若い、東洋人が、半裸の姿でたおれているのを、登山者が見つけた。ベルンの病院に収容したが、昏睡をつづけていて、意識不明、推定年齢二十歳前後、アンダーシャツと股引きだけで、高い所からおちたように、全身に打撲、骨折をうけているが、雪渓はひらけた場所で、附近には、おちるような崖もなく、また雪上に、その人物の足あともないので、ひょっとしたら、飛行機からでも、おちたのではないかと思われる。ふもとの山小屋では、発見される三日間前から、登山者はいない、と発言している。身もと、その他は目下、一切不明であるが、ベルンでは、下着その他から、日本人ではないかと推定して、日本大使館に照会中……。

「おい——」とアイは、ちょっと不安げにたずねた。「後始末は、ちゃんとやったんだろうな」

「おれの職掌範囲でな」サムは欠伸しながらいった。「どうした？　新聞がめずらしいか？」

「よく、こんな繁雑なものが読めるな」とアイは『デイリー・ニューズ』を投げかえした。

「デテイルってもんは、わりかし面白いものだよ」サムは鼻を鳴らした。「なにしろ、のんびりした時代だものな。——のどかな牧歌的生活というやつだ」

廊下に足音がして、『ゲイン・アンド・ブリックストン私立探偵』と書かれたすりガラス硝子に、人影がさした。

「じゃ……」とアイは、隣室のドアを押していった。「また、連絡する——着陸の時間だ」

「あばよ、アイ……」とサムはいった。「お互い、気ぼねの折れるこったな」

サムが、ドアにむかって、どうぞ、とどなっている時に、アイは、隣室のドアをあけて、宇宙艇にもどった。

「三次元空間にもどります」

航宙士の一人が、アイの横を通りながらいった。——司令室の方へかえりながら、アイは二つのことが妙に気がかりだった。あの『デイリー・ニューズ』の記事と、それからもう一つ、事務所のドアをあけて、ひょいとのぞかせた、あの男の顔……。

4

エルマの肌は、バミューダやマイアミの灼けた砂の匂いがした。あつく、あらあらしく波うつ、生きているなめらかな砂漠——たいらな、かたい腹の上の、思いもかけないくぼみや丘陵、大蛇(パイソン)のたくましい筋肉を思わせるひきしまった太腿(ふともも)……。何年ぶりかの、最初の接触はおずおずと、やがて、ふれあった肌の、小さな部分が、ポッと火がついたようにあつくなり、その熱は、電気のようにすみやかに全身にひろがって、一瞬ののち、二人はどちらからともなく、骨と骨が音をたてるほどのいきおいでぶつかり、抱きあった。

エルマは、どういうわけか、おこりがおこったようにふるえていた。

そのふるえをとめようとするように、松浦は、渾身(こんしん)の力をこめて、そのくびれた胴を抱きしめた。——歯がぶつかりあって、ガチガチ鳴り、息はあつくかみあい、そのうち、腹の底から、渦まくように、あつい孤独——冷たい意識の孤独ではなく、かぎりなくねつっぽい、けものの慟哭(どうこく)に似た孤独の叫びが、噴きあがってくるのを感じた。

先にすすり泣きはじめたのは、松浦の方だった。——こみあげてくる孤独と寂寥(せきりょう)をおさえようとする、あらあらしい動作が、またあらたな、寂寥感を汲(く)みあげることになった。——おさえてもおさえても、けだもののわびしさは、熱泉のように噴き出してきて、彼はやがて、その熱く暗い水の中に溺(おぼ)れ、もがきながら、はてしなく沈んでいった。

舷窓の傍の、床からひき出したコンパートメントの中の真の闇(やみ)の中で、二人は時を忘れ、くるおしく抱きあい、気がちがったように、お互いをまさぐりあった。——やがて、せまいコンパートメントの中は、むすようにあつくなった。汗のにおい、あつくふくれあがったエルマの唇の、唾液(だえき)のにおい、涙につめたくぬれたエルマの頰(ほお)、髪のにおい、こげたような皮膚のかおり、盲目のけもののようなまさぐりあい——これらのものの間から、突如として、酷烈の寒気のように、もう一つの意識がよみがえってくる。

松浦は、腕の間に、エルマの裸身をしっかり抱きしめながら、突然自分たちのおかれている状況を思い出した。母なる星はすでにほろび去り、そのなきがらさえも、何百光年か、何千光年かをはなれ、いずことも知れぬ、大宇宙のはてを、おそらく光速の何倍という速度でとびつつある、正体も知れぬ異星人の宇宙艇の片隅で行なわれる、このけものじみた愛の儀式——松浦は、突然、周囲の防音壁や、宇宙艇の艇殻が、霧のように溶けうせ、自分たち二人が何のおおいもなくむき出しの素裸で、しっかり抱きあったまま、真空と、絶対零度の宇宙空間を、小さな、かたい、星のかけらのようにとび去りつつあるのを感じた。

すさまじい寒気が、皮膚をしめつけた。——松浦は、ひしひしと押しよせ、骨を凍らせようとする虚無の寒気からまもろうとするように、エルマにおおいかぶさりながら、しっかり抱きしめた。——このような空間のはて、このような状況のもとにおこなわれる、このような行為は、なんと奇妙なものか！　それは、気もくるわんばかりの寂寥から、おのれをまもる本能的行為だろうか？　もはや、この地点においては、セックスはあの人倫にうすよごれ、歴史の垢にまみれたそれではなく、石のように固く、無機質で、しかもなお、『種』としての自己を見失わぬために、かわさずにおれぬ、もっとも原始的な『種』の対話ではなかろうか？

「まって……」エルマが、松浦の胸を手で押した。「だれかが見ているわ……」

闇だ。

「え？」

松浦は思わず顔をあげた。

コンパートメントの中は、まっくらだった。一方の壁に長楕円形の舷窓が、にぶく、灰色に光っているだけで、あとは、二人の肌の熱気としめり気だけがみちている。ぶあつい闇だ。

「気のせいだよ」と松浦はいった。「どこにも、隙間などない」

「でも——」エルマはささやいた。「たしかに、誰かが見ているわ。こちら側から……」

突然、松浦も、その視線を感じた。ひややかな、くたびれきったような視線が、まるで、二つの石ころをながめるように、無感動に、暗がりの中の、もつれた二人を、じっと見つめていた。——それは、暗がりをつくり出す、壁面を通して、感じられた。

「どうってことはない……」と松浦はいった。「見られていたって、もう、今さら、どうってことはないよ」

壁のむこうの視線は、フッと消えた。——だが、エルマは、もう彼からはなれ、、上半身を、幅広いベッドの上に、起こしてしまっていた。

「あら……」エルマが舷窓の傍で声をあげた。「ごらんなさい、ノブヤ！」

松浦は、体をおこした。——さっきまで灰色だった舷窓はいつのまにかまっ暗になっていた。傍へよってのぞきこむと、暗黒の中に、無数の星がまたたいているのが見えた。

「超空間をぬけたらしい……」松浦はつぶやいた。「いよいよ、どこかへ、つくんだ」

「ほかの宇宙艇は、どうしたのかしら？」

エルマがいった。

松浦も気がついて、ハッとした。――星のきらめく、宇宙を背後に、燐光（りんこう）をはなちながらとんでいる宇宙艇は、わずかに二台しか見えなかった。――舷窓の視界は、小さいのに意外にひろく、ほぼ百二十度ぐらいの、上下左右が見わたせたのに、見わたすかぎりの、近傍空間に、その二台以外の宇宙艇は見えなかった。

「あんなにたくさん火星をとびたったのに……」とエルマはささやいた。「ほかの宇宙艇は、どうしたのかしら？」

その声音は、ほかの人たちはどうしたのかしら、というようにきこえた。――松浦も、同じことを考えていた。

「さあ……」と松浦はつぶやいた。「はなれてついてきているのか、それとも――」

「それとも？」

「いろんな星に、分散させられるのかも知れない」

「いやだわ……」エルマは小さく叫んだ。「ただでさえ、わずかしかのこらなかったのが、またちりぢりにされるなんて……」

「しかたがない――われわれは、難民なんだ」松浦は、かたい声でいった。「これから先は――あたえられた運命を、うけいれ、ただうけいれて行くばかりだね、エルマ。そうして、ひょっとしたら――われわれは、地球人であることを、やめなければならないかも知れない」

「いやよ！」突然エルマが声をたてて泣き出した。顔をおおうと、はげしく、いやいやするように、首をふった。「いやだわ！――そんなのいやよ」

「そうなるかも知れない、というだけだよ、エルマ。ぼくたちは――地球がほろびたあと、人類の終末のあとの世界に、足をふみいれたんだ。われわれは、死後の世界に、はいりこみつつあるのだ。――終末をこえて、地球人類の未来の胚種を、この見たこともない宇宙にもちこせるかも知れない。しかしまた、もっとこの先を、もっとはるかな未来を見るために、いつかは地球人であることをやめる時が、くるかも知れない……」

エルマは、松浦の言葉をききたくないというように、あるいは、その言葉を、肯定したくない、というように、首をふり、むせびなきつづけるばかりだった。

「ごらん、エルマ……」松浦は、汗がひいて、冷たくなったエルマの裸の肩に、そっと手をおいた。「着陸するらしいよ」

宇宙艇の艇体から発する光は、いまは緑がかった燐光から、にぶい銀灰色にかわっていた。ただくっきりと青い二本の線だけがあいかわらずあざやかな光を発していた。銀灰色から暗灰色へ、はげしく、息づくようにまたたきながら、三台の宇宙艇は、スピードをおとし、艇体をかたむけて、鳥のように、ゆっくり旋回していた。螺旋軌道を描きつつ、旋回半径をちぢめ、その渦線の収斂されて行く先には、視界に見えぬ恒星の光に、半面を照らし出された、赤茶けた星が、ポッンと小さな半円状にかがやいていた。

見知らぬ、宇宙空間の、見知らぬ星——彼らは、これから以後、この異郷の惑星に……

（おや？）と松浦は思った。

なにが自分の心にひっかかったのかわからぬまま、松浦は、眼をその赤茶けた星からそらし、その上の空間にはせた。——見たこともない空間の、どこか奇妙な星座の形に、一つのパターンをまさぐろうとした彼の眼前で、突然星や宇宙艇の姿がかき消えた。——舷窓に、シャッターがおりたのだ。

「松浦！　エルマ！……」

だれかが、コンパートメントのドアをたたいていた。

「でてこいよ。着陸だそうだ！」

5

リック・スタイナーたちののった宇宙艇も、その時、どこかの星に、着陸態勢にはいっていた。

「宇宙服をつけ、寝台にはいって、ベルトをしめてください……」大ホールの天井から、変な訛りのある地球公用語のアナウンスがきこえた。「体をのばし、らくにしてください。まもなく、着陸します」

「離陸の時は、あんなに手際よくやったのに——」マルコという、陽気な丸顔のシチリア人が宇宙服を着ながら、肩をすくめた。「着陸の時は、おれたちのやり方と、五十歩百歩なんだな、ええ？」

「ぐずぐずいわずに、早くやれよ」リックは、寝台(バンク)を床からひき出しながらいった。

「ヘルメットをつけてください。――宇宙空間用の完全装備をしてください。まもなく着陸します」

リックは、まるいヘルメットをかぶり、後頭部の枕(まくら)の具合をためすように、ちょっと首を後にまげてみた。酸素バルブをひらき、なつかしい、ちょっとオゾンの臭気のまじったガスを吸いこむ。手首の所にある、圧力、温度、湿度、炭酸ガス濃度の表示計を見て、自動調整装置がうまくはたらいているかをたしかめる。――万事OKだ。通話器のスイッチをいれると、みんながガヤガヤいっている声が、いっせいにきこえてくる。

「……どこへ、おろされるんだ？」と誰かが、ちょっと不安そうにいっていた。「どんな星だ？――まさか、メタンやアンモニアの中にはいってくんじゃないだろうな」

「三分前です……」アナウンスがいった。「どなたも、バンクへ――」

リックは窮屈な宇宙服の関節を、二、三度まげて見てから、やっとこさ、バンクにはいのぼった。――背中の酸素ボンベが、どうなるかと思ったが、奇妙な寝台は、勝手に、ボンベの所だけへこんで、らくに、平らにねれるようになった。

「ベルトをしめてください……」アナウンスが、機械的にいう。「着陸します。眼をつぶって、数を数えてください」

いやなこった――とリックは思ったが、一度は、いわれた通り、眼をつぶった。数を数えずに、しばらくしてうす眼をあけて見ると、バンクの上の天井が、うす赤く息づきはじめた。——突然、床がぐらりとかたむく。一度反対側にかたむくと、今度ははずみをつけたように、ぐうっと、足の方がもちあがって、そのままホイールのように回転しはじめた。〃錐もみ〃だ——とリックは思った。——大丈夫かな。

回転は、今度は、体の軸方向にかわった。めまいと吐き気がおこる前に、突如として、イアフォーンの中から、ハウリングのような、小さい、甲高い音がきこえはじめた。——リックは、左手をにぎりしめ、通信器のスイッチを切った。しかし、音は、ますます高く、頭の中に錐をもむように、鋭くつきささりはじめた。脳の芯を、刺胳でつつきまわされるようで、リックは思わずわめこうとした。

とたんに、どっと、黒い崖がなだれおちてくるように、睡気がおそってきた。——その崖くずれにふかぶかとうずめられると、急に、頭痛も、吐き気も消えうせ、リックは全身をゆったりのばして、深い睡りにおちた。

だれかが、体を力まかせにゆさぶっていた。

思わず眼をあけると、まっくらだった。——かすかな空の明りがあるが、まわりは、おそろしく暗い。

リックの視界に、黒く、まるいものがあらわれた。——それが、誰かのヘルメットをかぶった頭だと気がついた時、首筋と、背中に猛烈ないたみを感じた。——ゴツゴツあたるのは、酸素ボンベらしい。腰の下も、なにか、かたい、つき出したものに、強くおさえられている。

胴のまわりをさぐってみると、ベルトがなかった。――もう彼は、あの耐加速度装置のついた、バンクの上に横わたっているのではなく、平たくかたいものの上に、酸素ボンベによりかかったような恰好（かっこう）で、あおむけになっているのだった。

ヘルメットの中で、頭を二、三度ふって、リックは体をおこした。背骨がギクッとなった。――切りっぱなしになっていたのに気がついて、通信器のスイッチをいれると、マルコの声が、ガンガンきこえてきた。

「おきてくれ！　リック！　やつらはいっちまったぞ！」

「ここはどこだ？」あわてて、ボリュームをさげながら、リックはききかえした。

「わからん。どこだか、皆目わからんが――これがやつらのいっていた、目的地かも知れん」

突然、闇をきりさいて、サッと一条の光がほとばしった。――円錐（えんすい）形の光芒（こうぼう）が、地上一メートル半ほどの高さからほとばしり、彼らを照らし出した。

「マルコか？」

と声がした。――ヘルメットの投光器をふりたてながら、アーチーがちかづいてきた。

リックも、やっと気がついて、ヘッドランプのスイッチをいれた。――アーチーの光の中に、もう五、六体の、銀色の宇宙服が、ゴロゴロころがっているのがうかび上った。

「どうしたんだ？」リックはきいた。「やつらはどこへ行っちまったんだ？　ここはどこだ?」

「わからん——あっちでみんな集ってる」

「ねてるやつらを起こそう」とマルコがいった。「とにかくみんな、集るんだ」

「ほかに、遠くへ散っている連中はいないか?」アーチーはいった。「とにかく、あっちへ行こう。——アントノフ教授がいる」

リックは、横たわった一人の傍によりながら、もう一度空を見あげた。——密室がおおっているみたいで、何も見えなかった。足もとの大地は、岩のかけらのゴロゴロした、粗い砂地だった。


ゴツゴツした、岩地の丘をこえた所が、小さな盆地のような、砂漠になっていて、みんなはそこに集っていた。ヘッドランプの明りがむれているところは、鬼火がふわふわと集っているみたいに見えた。

「どうなったんです?」

ヘッドランプの光の中に、アントノフ教授の、ひげだらけの顔を見つけて、リックは同じ質問をくりかえした。

「わからない……」アントノフ教授は、吼えるようにうなった。「とにかく——あの連中は、いない。この星のどこかへ行っているのか、それともとんでいってしまったのか、わからんが、みんな、気がついた時は、砂漠の上に寝ていた」

「おれたち——おきざりにされたんですか?」だれかが、ふるえる声でいった。「なんのかんのと、きれいなことをいいやがって——結局、見たこともない星の上に、すてて行きやがったんですか?」

「まあおちつけ——」アントノフ教授はいった。「すてるぐらいなら、はじめから助けはしないだろう」

「じゃ、どうなったの?」女の声がいった。「あの宇宙人たちは——どこへ行ってしまったの?」

「わめいてもはじまらん」と教授はいった。「とにかく、みんなかたまって、夜明けをまとう」

「いったい、夜が明けるのはいつなんです?」とマルコがいった。「まもなくですか? 二日先ですか?」

アントノフ教授は、だまって指さした。——地平線のあたりが、ほんのわずかに、白みかけており、そこだけ、ギザギザの山稜のシルエットが、ひときわくっきり浮び上っていた。

「しかし——」とリックはいった。「それまで、酸素がもちますかね? あと、二時間で、ボンベはからっぽですよ」

「誰か大気組成分析計をもってないか?」とアントノフ教授はいった。「私の宇宙服は、真空空間用だ。他惑星用の装備はついておらん」

「マルセルがもっています」と誰かがいった。「奴は、大気分析班です」

「もうはじめてます」とマルセルの声がした。「五、六分まってください」

「大気は、あることはあるのね」若い娘の声がした。「雲が、空をおおってるわ——風も吹いているわ」

「気温は？」と教授がいった。

「絶対二百七十八度——摂氏五度です」

「してみると——」アーチーがつぶやいた。「太陽もあるわけだな」

「総勢何人だ？」

「百五十七名——みんないます」

「分析が出ました」マルセルがいった。——信じられない、といった音声だった。「地球大気と、ほとんど——いや、まったくといっていいくらい、同じです。炭酸ガスの量が、ややすくないくらいで……気圧も、ちょうど一気圧です。湿度二五％——水蒸気もあります」

みんなの中に、ちょっとどよめきがおこった。「重力も感じとして、ほぼ一Ｇだ。してみると——」とマルコがいった。「数ある星の中で、特に地球に似た惑星をえらんでおいていったわけだな——ただどこでもいいから、捨てて行ったわけでもなかったんだな」

「しかし——」と別の声がいった。「こんな寒い砂漠の中で——いったいどうやって、生きて行けっていうんだ？　水や食料は……」

「待ちたまえ」アントノフ教授はいった。「それは次の段階だ。まず、この大気が、宇宙服なしで、呼吸できるかどうか、――それが生きていけるかどうかをきめる、基礎になる」

「私がためしてみます」とマルセルがいった。「私が分析したんだから……」

マルセルが、ヘルメットのボルトに手をかけた時、何人もの人間が、反射的に、待て！とさけびそうになった。――しかし、マルセルは、あっというまに、ボルト二本とも、ゆるめてしまっていた。

まるい、気泡のようなヘルメットが、宇宙服との接続部から、ちょっともち上るのを、みんなは息をとめてみていた。マルセルは、慎重に、紙ほどの隙間をあけて、外気をヘルメットの中に導きいれ、味わうように、眼をまたたいて、深呼吸し、ちょっと口を開いて、大きく息を吸った。――次に酸素ボンベのコックをしめて、二、三度ためしてみた。――それから、スポッとヘルメットをはずすと、みんなの方をむいて、ニッコリ笑うと、

「大丈夫です」

といった。

とたんに、マルセルの口から、大きなくしゃみが、たてつづけにとび出した。――みんな不安そうに、マルセルの顔を見た。

「大丈夫ですよ」マルセルは笑い出しながらいた。「ちょっと空気がつめたいだけです」

みんなはあらそって、ヘルメットをはずした。――いっせいに解放された溜息(ためいき)のような

ものが洩れ、その息は、冷たい大気に、白くこおった。

すでに、地平線の白っぽい光は、宙天ちかくまでおよび、どんより雲のたれこめた、灰色の暁の中で、もうランプをつかわなくても、おたがいの顔が見えるようになっていた。

しらじらとした、未知の星の砂漠の夜明けの中に、百五十七人の、宇宙服を着た地球人の姿が、うかび上った。――彼らは、お互いに肩をよせあうようにして、かたまりあい、その顔は、一様に、白くかがやく、地平線の日の出の方にむけられていた。沈黙の中で、その黒、黄、白、さまざまの皮膚の色をもった顔は、どれも、未知の太陽に対する不安と期待にみちていた。

「森があります！」

だれかが鋭くさけんだ。

闇にまぎれて気がつかなったが、砂礫と岩石の砂漠の北方、今まで岩山かと思われていたあたりに、黒々とした樹林がつらなっていた。

だれかが、私物入れから双眼鏡をとり出して、眼にあてた。

「地球の――亜寒帯林にそっくりですね」とその男は、アントノフ教授に、双眼鏡をわたしながらつぶやいた。「針葉樹――どうみても、落葉松かなにかの森に見えるんですが……」

「とにかく、あそこまで行ってみよう」と教授は、双眼鏡をのぞきながらいった。「森があれば――水も、それにひょっとしたら、食物もあるかも知れん。誰か、武器をもっているか？」

みんなは顔を見あわせた。

「信号銃と、作業用の爆薬が少しばかりです――」とアーチーが報告した。「それに、射的用のペリット・ピストルをもっている男がいます。あとは――ナイフぐらいです」

「それでもかまわない」と教授はうなずいた。――リックが、教授の双眼鏡をとって、眼にあてた。「武器をもっているものを先頭に、梯形陣（ていけい）をつくって、進め。出発！――」

「教授――」リックは森にむかって歩きながらささやいた。「どう思われます？　ここはひょっとしたら……」

「うむ……」と教授はうなずいた。「しかしだな――」

「私は、惑星捜査班に、しばらくいました」リックはかまわずつづけた。「惑星環境学の初級講座もうけました。――捜査訓練は、最初、地球のあちこちの地点に、どこということを知らされずにブラインドをおろしたカプセルでおろされて、それからまわりの観測をやるんです。一度、シベリア亜寒帯におろされたことがあるんですが――その時と、おそろしくよく似てます」

「たしかにあの森は――」教授はつぶやいた。「地球の針葉樹に似た樹木でおおわれているな」

「似てるだけじゃない。見たところ、松柏（しょうはく）類ズバリそのものです」

「もう少し、そばによって見なければわからん」と教授はためらいがちにいった。

「しかし——さっき双眼鏡でのぞいた時、たしか木の枝に——リスがいましたぜ」

「まさか！」教授はうなった。

「木の間に、なにか大きな、四ッ足の動物が動いて行くのを見ました」

「大気や構成元素が似たような惑星だったら、地球そっくりの生物相になって行くことも充分考えられるだろう」

「重力や、太陽からの距離、輻射（ふくしゃ）量まで同じ、という惑星が——そう簡単に見つかるでしょうか？」

「わからん——しかし、あの連中の宇宙航行法から、彼らの科学知識水準をおしはかると……」

「やつらの宇宙航行法から、その科学水準をおしはかると……」

リックは、おうむがえしにいった。「ねえ、教授、ここはひょっとしたら——地球そのものじゃないでしょうか？　どうも、そんな気がしてならないんです」

「スタイナー君！」教授は、たちどまって、リックの顔を、穴のあくほど見つめた。「それは、さっきから、私自身がずうっと考えつづけてきたことだ。しかし、——その方が、もっとありそうもないことだ。地球は——ここから、何万光年か知らぬ、空間の彼方で、太陽の異変にあってほろびた。——その前提を胸にいれておかないと……」

「じゃ——地球の過去の時代へ、われわれがつれてこられたとしたらどうです？　連中の宇宙航行技術の水準から考えて、連中が、あの夢みたいな、時間旅行を、達成していることは、それほどむりじゃなさそうです」

「天体観測の機械をもってきたものはいるだろうか?」教授は、空をふりあおいで、悩ましげにいった。「いや——目測でたくさんだ。空が晴れたら、黄道をしらべて、自転軸の傾きを知り——いや、そんなことより、夜になって、星座の形を見れば、なにもかも、はっきりするだろう。その上で……生物相から、年代を……」

先頭にたった連中の間から、何か叫びがきこえた。——リックと教授は、会話を中断して走りよった。もうそのあたりは、森林のすぐ傍で、固い土壌の上に、まばらな、短い草がはえており、先頭を行く連中は、所々にかたまってはえている、比較的深い茂みの一つに、しゃがみこんでいた。

「なんだ?」と教授が、息を切らせながら声をかけた。

「槍です!」一人が、興奮のあまり、ふるえる声で叫んだ。「石の穂先のついた——槍がありますす」

リックと教授は、かたまった連中をかきわけて、草むらに首をつっこんだ。

草むらのなかに、一メートルほどの、木製の棒があった。あらっぽく、小枝をはらわれ、やや曲った棒で、片方は、ポッキリ折れた、わりと新しい折れ口になっており、反対側に、植物の蔓で、ギリギリまきつけた、石の穂先がついていた。——安山岩らしい石の剝片を、あらっぽくたたいて、形をしあげたもので、尖端が、これもポッキリ折れており、血らしい斑痕が、くろくこびりついている。――木の肌は、獣脂とも、手あかともつかぬもので、黒く、あぶら切って光っている。

「スタイナー君……」教授はかすれた声でいった。「君の――仮説を、本気に検討してみてもよさそうだ。これは……」

教授の声がフッととぎれた。

みんなも、電気にうたれたように、顔をこわばらせて立ちすくんだ。

森の奥の方で、切り裂くようなすさまじい金属的な叫びがひびきわたり、それは、樹葉をふるわし、木立ちにこだまして、みんなののどに、かたいかたまりを押しこみ、体をすくませた。――つづいて、ベキベキと、木の折れる音と、ドスンという地ひびきが、森の奥の方へ遠ざかっていった。

みんなは、息をのんで、耳をすませていた。――しかし、ゾッとするような、あのすさまじい声は、二度ときこえなかった。ただ、森の梢が、かすかに、ごうごうと鳴るばかりだった。

チラと、白いものが、眼の前に舞った。思わず顔をあおむけると、頰に冷たいものが、ひらひら、ひらひら、ふれた。

「教授……」雪片のちらつきはじめた、灰色の空をあおぎながら、リックは教授の腕をつついた。

教授も顔をあげ、はるか空の彼方、暗い、灰色の密雲の間をぬって、音もなく遠ざかりつつある、二つの、白い円い光点を、じっと見つめながら、ひげをもぐもぐさせた。

「どういうつもりなのだろう?」教授は、かすれた声で、つぶやいた。「本当に、彼らは、どういうつもりなのだろう。われわれを破滅から救い出し、そして、ここにすてた……いったい彼らは……」

ドスッ!——と音がして、教授の声はとぎれた。空から傍へ、眼をうつしたリックは、教授の体が、くずれるように、地面にむかって沈んで行くのを見た。——彼の足もとに、たった今教授の頭からとびちった鮮血と、髪の毛のこびりついた、赤児(あかご)の頭ほどもある丸い石が、ゴロリところがった。

叫びと悲鳴は、一瞬にして、森の前縁ぞいにひろがった。ズバン! ズバン! というようなひびきをたてて、信号銃が火の粉を吹いた。大きな石と、木の柄をくくりつけた、石の斧(おの)が、ブンブン森の方からとんできた。一つは、リックの肩にあたり、首筋がしびれて、彼は思わずよろめいた。もう一つの茂みからくり出された石の槍先は、かろうじてかわしたが、つづいて反対側から、太い棍棒(こんぼう)でこめかみを一撃され、とうとう彼はひざまずいた。——とたんに、猛烈な臭気をはなつ、毛むくじゃらの、巨大な猿のようなものが、彼の背後からとびかかってきた。——その爪(つめ)は、彼の顔の皮膚をきりさき、頬に、火のようにあつく、ふつふつと泡をとばす、臭い息がかかった。——鋭い歯が、首筋にガブッとかみついたと思った瞬間、リックは気を失った。まっ赤な血の色にそめられた疼痛(とうつう)にみちた闇に沈みこんで行く瞬間、俺(おれ)は、ここで——どこともわからぬ土地で、このまま死ぬんだな、という思いが、チラと頭の隅をかすめた。

第六章　襲撃

1

「次の襲撃はここ……DM六〇二一番」とルキッフはいった。「第一班、A二四七三M、シトニウス・レークサイド・シティ、MⅣ。第二班、A二四七三A、フューネリアス・キャンプ、SLE、第三班、A一九六八S、ニューヨーク・シティ、E……」

闇の中に、三つの球体がうかびあがる。――それぞれ、うすい赤、白、緑と青で彩られた球体だ。経線と緯線があらわれ、ぐるっとまわって、目標を光点でしめす。球体は、ふいにぐんぐん拡大しはじめ、ボヤーッとかすむと、三つの目標都市が、拡大された立体像となって、闇の中にうかぶ。

「要領は例の通りだ。第四班は、いつもの通り、BC一〇〇〇からAD一五〇〇の間の、配布に出かける。警戒はきびしくなっているぞ。気をつけろ。第四班も充分に気をつけること……」

立体像がフッと消えると、真の闇だ。――だれが、何人いるのかもわからない。

「班の編成は、いつもの順番でくみかえろ。――新しいものは？」

「ハ、ハンスがいる……」と誰かがいった。

「第二班に欠員があったな。ついて行け、ハンス。――第三班は、ちょっとのこってくれ」

「しかしハンスは……」誰かがいいかけた。「第二班は……」

「時間がない。一班と二班、四班は出かけてくれ。――気をつけるんだぞ」

ルキッフの気配が消えた。――ふたたびあらわれた時は、一班と二班と四班の人員の気配が消えていた。

「第三班――」とふたたび、ルキッフの声がいった。「ちょっと厄介だぞ。アジトの一つがわかった。一九六八といえば、捜査方法がかなり進んでいる。へたにあとをのこさないでほしい。警察はどうでもいいが、妙な証拠をのこして、やつらにあとをたどられると困るからな」

こういう計画の失敗や、成功が、どうして決定論をまぬがれるのか？――と彼は、いつもの疑問が、まきおこるのを感じた。――すべてを過ぎ去ったものと見ることができるのに、なぜ、決定されたものと見ることができないのだろう――。このことだけが、いまだにとくことのできない謎だ。

「それで――N！」ルキッフによばれて、彼はビクッとする。「第三班は、君が指揮をとれ」

「あの界隈（かいわい）は、ぼくは危険だ」とNは答えた。「指名手配をしている。指令は、おそらくそのアジトで、コントロールしているだろう」

「逆手を行くんだ」ルキッフはかすかに笑いをふくんだ調子でいった。「連中は、ずっと深い所をさがしている。一九六八界隈は、かえって警戒手薄だろう。あそこを破壊すれば、一八〇〇〜二〇〇〇の行動はずっとらくになる。——君自身の、追及も、ある程度弱まる」

「そうなると、本格出動をしてくるだろうな」

「それまでに時間がかかる」

「方法は？」

「回路類は破壊だ。捜査官は消せ」

「消すのか？」誰かがかすかにつぶやいた。「捕虜にする手は？」

「厄介ものをしょいこむだけだ」ルキッフは冷たくいった。「一九五一年に、こちらのシンパの一人が、フロリダのセントピーターズバーグで、やられたことをおぼえているか？」

「おぼえている」一人がうめくようにいった。「七月二日——マリー・H・リーザー婦人……」

「彼女は……一人でいる所を焼かれた」ルキッフはいった。「眼には眼を、だ。諸君、うまくやれ……」

ルキッフの気配が消え、闇が急にうすくなった。――かすかに、顔が見わけられるほどのうす闇の中で、第三班の三人が、のこっていた。

「さて――」とNはいった。「君たちは、あのあたりの地理をくわしく知ってるか?」

「知っている……」と一人がいった。「おれは、あそこに八年住んでいた」

「アジトの場所も、近辺の状況も知っているんだな」

「まかしといてくれ」と、その男はいった。「乗物をおいとく場所も、ちゃんと考えてある」

「よし、それじゃ行こう」とNはいった。「細かい手順はむこうできめよう」

三人は、移動しはじめた。――濃淡のある闇でみたされた空間を、およぐように、ただようように、――時には幻のように消え、時には幽鬼のように、細長くひきのばされたりしながら――。

この移動になれるのも、かなりな時間がかかったとNは思った。あの時――あの暗闇で、わけもわからず走った時。……わけもわからず、あいつをなぐりたおし……。

闇のうすくなった所に、ボッと青白く光るものが見えた。彼は、少し警戒した。――だが、このあたりは、めったに捜索の眼がとどかなかった。――だからこそ、このあたりの、漂流閉空間が、秘密の会合につかわれるのだ。

光点は、ちかよると、巨大な、古めかしい船になった。平たい何層ものデッキは、陽光の名ごりをとどめ、藻のついた船腹は、たった今、水から上ったように、ぬれていた。

——だが、旗は、なびく形のまま動かず、巨大な外輪は回転せず、二本の平行煙突からはき出された煙は、立体写真のように動かない。——少しはなれた所に、もう一隻、おなじような、古めかしい外輪船が、それ自体が光を発するわけでもないのに、くっきりと輪郭を浮かばせていた。

『Mississippi Queen』と船名のはいった、船尾にちかづくと、Nは、デッキに椅子を出して、じっとうずくまっている鬚もじゃの、肩や手足のたくましい、初老の男に声をかけた。

「誰もこなかったか？　ディヴ……」

ディヴと呼ばれた男は、のろのろと顔をあげた。——そのうつろな青い眼は、かぎりない懊悩に風化してしまい、小さな、光沢のない二個の石に、『煩悶』をきざみつけたように見えた。——百姓らしいその男は、ゆっくり首をふって、色のさめた赤いズボン吊りでつった、粗末なデニム・ズボンの足を、緩慢な動作でくみかえた。「さっき偵察隊らしいものが、遠くをかすめたようだったが……」と、その男は強い南部訛りでいった。「こっちには、こなかったよ。ここには、誰も来やしねえよ。ここは墓場だよ。あんたたち以外は——あんたたちと、おれと、この二隻の河船以外は、なにもないよ」

「さよなら、ディヴ——」Nは、『ミシシッピイ・クイン』をはなれた。「おれたちの仲間にはやっぱりはいらないかね？」

「あんたらはなにをしてなさるんだ？　おれにはわからねえ——おれは百姓だ。あんたたちみたいに、本を読むような喋り方もできないし、すばしっこく、頭をはたらかしていろいろ考えることもできねえ……」男は、悲しげに、うめくようにいった。「それより、おれをかえしてくれねえか？――おれに時間を返してくれよ。おれを、女房と二人の子供ンの所へ――ジョージとサランの所へ、かえしてくれ。おれの牧場のある所へ……」

最後の方は、慟哭のようになって、男はまたぐったりと頭をたれ、顔をおおってしまった。「あれは？」このあたりは、はじめてらしい、ジャコモという シチリア人がたずねた。

「あの男は？」

「ラングって男だ」と彼は短く答えた。「ディヴィッド・ラングって男で、テネシー州のナッシュヴィルの近所で、牧場を経営していた。一八七二年から、一八八一年へかけて、アメリカ南部を、ミシシッピイの河ぞいに移動していた、時空間渦動にまきこまれてここへ来た――記録にのこってるはずだ」

「あの船もか？」

「ああ、ラングの吸いこまれた、同じ渦動にやられたんだ。こちらの方は〝ミシシッピイ・クイン〟といって、一八七三年に、むこうの船は〝アイアン・マウンテン〟といって、一八七二年に、まきこまれた……」

二隻の船が消えると、ほかにも奇妙なものが、次々にあらわれて消えた。――二十世紀の飛行機らしいもの、四発の大型旅客機、漁船、かなり巨大な石造建築物、異星人の宇宙船らしいもの――もっとも奇妙なのは、エスキモーか、インデアンかと思われるような種族の、村落がそのまま、ゆったりと渦をまく空間に、明滅しながらただよっていることだった。村をかたちづくるテントの入口には、まだ人が動いているのが見えた。――大渦動の中心にあたっていて『空間の藻海』とよばれるこのあたりでは、太陽系近辺の閉鎖漂流空間や、時空間渦動にまきこまれたいろんなものが、ここにおしながされ、たまっているのだった。――それこそ、ディヴのいうように『時空間の墓場』だったのである。

空間の奇妙な性質によって生ずる、あの気泡のような、閉鎖漂流空間や、時空間渦動の危険について、人間が気づくようになるのは、いつごろのことだろう？――と彼は考えた。――それを、低気圧のように、観測し、予報する知慧を見つけるのは……空間が、アインシュタインが、考えたより、もっと柔軟で、奇怪な性質をもっていることを、場物理学が発見するのは――それが、宇宙線の成因や、反素粒子の偏在、力場の奇妙な本質と、密接な関係をもっていることを知るのは……。

「行くぜ」とジャコモがいった。

彼らの周辺に場波がおしよせ、物質化がおこりはじめた。――彼は、物質化の最終段階に必ずおそってくる、あの胸くそわるい嘔き気に、たえていた。その嘔き気は、彼にもうずっと遠い、昔のことのように思われる、ある記憶をよびおこさせた。――これも、いつものことだった。

遠い記憶――彼は、そいつをなぐりたおし、走った。四肢には何の手ごたえもなく、それでいて、体は、真っ暗な無限にいりくんだ管の中を、はげしいスピードで、移動しているのが感じられた。——むこうにぐんぐん、青白く光る、船の形が近づいてきた。その甲板にたって、男がものうげにこちらを見ていた。

（とまれ！）と誰かが、はげしくさけんだ。（誰だ、とまれ！　とまらないと……）

2

「あけてくれ！」と松浦は叫んだ。

声は鉛色の、まっ四角な部屋の中に、反響もせず吸われていった。

返事はない。——むろん、ない。何十回、何百回、同じことをわめいたが、頑丈でぶあつい、金属の壁でとりかこまれた部屋の外からは、返事はなく、壁はビクともしない。

一辺ざっと三メートルほどの正立方体の部屋には、ドアがなかった。——むろん窓はない。照明は、天上全体の発するかすかに淡い紫色の光だけ。中には、椅子の一つもなかった。

「出してくれ！」ちょっと休んで、松浦は、またわめいた。——もう声がかすれてきた。

「なぜ、おれを、こんな所に閉じこめるんだ？　何をしようというんだ？　返事ぐらいしろ！」

彼は壁をたたきはじめた。——びくともしない。拳は破れ、血がにじんでいた。腕は棒のようだ。

「エルマ！」と松浦は、叫んだ。「エルマをどこへやった？　なぜ、おれを……」

声がひからびてきた。――のどが渇き切って、叫ぶたびに、やけつくようにいたむ。松浦は、壁をけっとばし、肩で体あたりをくわし、またたたいた。――腫れ上って、もう全然声の出なくなった喉をふりしぼって、叫ぼうとすると、口蓋の奥に、鋭い、切り裂くような痛みが走った。金属的な酸味を口の中に感じて、彼は下をむいて咳ばらいした。――紫色の光の中で、血は黒ずんで見えた。松浦は、壁を両手でおしながら泣き出した。泣きながら、壁にそってずるずるとくずれおち、壁にもたれ、頰を冷たい金属の肌におしつけて、手ばなしで声もなく泣きつづけた。

ひとしきり眠ったらしく、彼はぼんやりとした頭で、眼をさました。――部屋の中は、もとのままだった。のどが、ふさがれたようにはれ、キリキリいたむ。体の節々がいたみ、飢餓と渇きは、精神を危険な状態にまでおいこむほどになっていた。

壁に手をついて、よろよろと立ち上がると、松浦は、隅へいって、放尿した。尿が赤くなっているのがわかり、下腹部と尿道がはげしくいたんだ。――排泄された液体は、たちまち床に吸われてしまい、あとには、しみも臭気ものこらない。これが、おそらく、四隅のどこにも継ぎ目のない、溶接された箱のようなせまい室内にいて、窒息もしない秘密なのだろう。壁は、なにかわからないしくみで呼吸している。――といって、壁面は多孔質ではない。たしかに鉛のような、少しやわらかい金属でできている。

松浦は時計を見た。――あの見知らぬ惑星へ、目かくしされたような恰好で、着陸して以来、すでに七十二時間、この部屋へとじこめられて四十時間以上たっている。――超空間旅行をやめてから、時計はまた規則正しい時をきざむようになっていた。

——着陸したとたん、彼らは奇妙な〝検査〟をうけ、みんなは、バラバラにわけられた。その時以来、誰にもあっていない。——奇妙な建造物の中を、はじめからおわりまで閉じこめられたまま、あっちこっちひっぱりまわされ、最後に何か飲物をもらい、そのまま寝てしまって、眼がさめると、この部屋の中にいたのだ。

突然、天上の紫色の明りが、すうっと消えた。あたりは、鼻をつままれてもわからぬ、闇にとざされた。——松浦は、床に腰をおろし、暗闇の中で、息をしながら、じっと壁の方を見つめていた。その時——

突然彼は、壁の厚みが、六十センチほどであることが、わかった。——なぜわかったか、自分でも理解に苦しんだが、とにかく、四方の壁が六十センチほどであることを、ふいにはっきりと、知ったのだ。床の厚さは、もう少しあつく、天上はもう少しうすい。そして壁の三方は、なにか得体の知れない巨大な機械の一部につらなり、一方のむこうには、細長い、白い廊下につながっていた。廊下のむこうに誰かがいた。そのほかに数名、彼のことを見まもっているものがいた。

最初、彼は、一種の幻覚がおこったかと思って、頭をふった。闇の中で眼をとじ、またひらいてみた。——しかし、彼には、はっきり、それが事実だ、ということがわかるのだった。まるで眼で見、手でふれ、物さしをあててはかったように、はっきりと……。

闇の中で、松浦は、思わず腰をうかした。

廊下につらなるただ一つの壁……。

「出してくれ！」彼は、かすれた声で、その壁にむかって叫んだ。――のどが、また切れて、口の中に血の味がした。彼は、よろよろと立ちあがり、その壁にむかって二、三歩歩んだ。

突然、部屋の中が、すうっとピンク色にかがやき、またもとの闇にかえった。――松浦は、闇の中で、ハッと身をかたくし、あたりを見まわした。

部屋の中に、何かが起りつつある！

その何かがわかった時、彼は全身が総毛立つような思いを味わった。

部屋がちぢみはじめている！

闇の中なのに、彼には、それがはっきりわかった。――暗闇の中の錯覚かと思って、彼は反対側の壁にむかって歩いた。六歩ではしに行きつくはずなのに、五歩で壁にぶつかり、かえる時は四歩になっていた。彼は、あわてて天井に手をのばし、あらためて、ゾッとした。

天井が、手のふれる所までおりてきている！

彼は、おいつめられた、獣の眼で、まわりを見まわした。――四方から、壁がせまりつつあった。上下からも……。

せまい空間が、正六面体のまま、じりじりとちぢまりつつあった。そのスピードは、かなり速いもので、壁のガス透過速度を上まわると見えて、空間内の気圧も、ジワッと高まってきた。――耳がキインと鳴りはじめ、呼吸が荒くなる。闇の中をせまってくる壁をといおして、壁のむこう側で、せわしなく動いている機械が見えた。

「助けてくれ！」

彼は汗を滝のようにながしながらわめいた。無益と知りつつ、わめかずにはおられなかった。――血まみれの拳をふりあげて、また壁をたたきはじめた。

「出してくれ！　出してくれ！――おれを殺す気か？」

もう天井に、頭がつかえた。ふりまわす手が、左右の壁にあたった。――前かがみになると肩部に、背後の壁があたった。その壁が、有無をいわせぬ、冷酷なテンポでジリジリとせまってくる。

もう彼は、わめかなかった。――わめく気力さえもくじけた。――今は、恐怖のみが、その腫れあがったのどをしめつけ、彼はくくり猿のように身をちぢめて、むき出された眼を闇の中に見はり、ちぢんでくる空間を見つめていた。口がカラカラにかわき、彼は獣のように舌を吐き、あらい、苦しい、ぜいぜいいう呼吸をつづけていた。汗だか小便だかで、ズボンがグッショリぬれていた。圧力はぐんぐん上り、今は、壁は肩をおし、背をおし、首をおしまげ、頬にふれた。

熱い湯につかっているように、むせかえる汗にまみれているのに、彼は全身に氷のような戦慄（せんりつ）が走るのをおぼえた。

たった一つのイメージ――ぶあつい、頑丈な壁におされて、しぼるように収縮をつづけ、五十センチ四方になり、十センチ四方になり、ついに、針でついた穴ほどになって消えてしまう空間の中で、骨が粉々になり、血も肉も毛髪も、一かたまりのグシャグシャの小塊になり、さらにカチカチにおしかためられて、ついに壁に吸収されてしまう。自分自身のイメージが……。「いやだ!」——と渾身(こんしん)の力をこめて彼は叫んだ。もう声は出ず、ただ全身全霊をこめた反抗として、彼は胸の中に叫んだ。

壁が頸(くび)の骨がおれるかと思うほどはげしく頭をおしさげ、彼は気を失った。

3

汗みずくの松浦は、まばゆい白光の中にいた。白光の中に、毒々しい赤や、青の球が渦まいていた。その球のむこうに、これは動かない、黒いしみが見えた。

まっさきに気がついたのは、自分が歯をむき出している、ということだった。——唇の両端がこわばっていた。動かして、なんとか唇をとじようとすると、突然どっと肺から空気があふれ出た。心臓がはげしく動悸(どうき)をうちはじめ、視覚がもどってきた。眼の前の、黒い大きなしみは、みがかれた白い床の上に、彼の全身からしたたりおちる汗が描き出したものだった。

松浦は、長い、まっ白な廊下の上に、片膝(かたひざ)をつき、片膝を立て、両手を床につき、ちょうど陸上競技のスタートの時のような恰好でうずくまっていた。——周囲の闇はなく、彼を押しつぶそうとする壁もなかった。——ハアハア息をつきながら、彼はふりむいてみた。

首の骨が、ボキッと鳴った。

あの壁は、彼のすぐ背後にあった。

あのとじこめられた部屋の中で、どういうわけかわからないが、透視することのできた、白く、明るい廊下の外に、彼は出ているのだった。

どうやって?

彼にはわけがわからなかった。——しかし、とにかくあのちぢまりゆく、せまくるしい空間の中で、しぼり殺されるのだけはまぬがれたのだった。

廊下のつきあたりのドアがあいて、白衣をつけた、三人の男がはいってきた。

「よくやった……」と、中の一人がいった。「君はパスしたんだ」

彼の中に、火のように熱いものが爆発した。四十時間ののまずくわずの監禁ののちに、どこにそんな力がのこっていたのかわからないが、床からはね上りざま、彼は正面の男に体あたりした。そいつが、かたい音をたてて、床にころがると、無我夢中でそいつの上にとびかかって、太くかたい首を力いっぱいしめあげた。

「やめたまえ」一人の男が、彼の腕をつかんだ。「しめてもむだだ——その男はサイボーグだ」

彼の腕に、なにかがあてられた。——さけたシャツの上から、ヒヤリとしたものが、上膊（じょうはく）から肩へ、全身へとひろがり、彼は全身の力が、ぐったりぬけるのを感じた。

「そうだ——」背後の男は、たおれた男の首に、しっかりからみついた彼の指を一本一本はなしながらいった。「すぐ、らくになる——つらかったろう」

　廊下を、車附寝台のようなものにのってはこばれながら、彼は半覚醒(かくせい)の状態の中で、しずかに、声をたてずにすすり泣いていた。——いったん、泥のような眠りにおち、ふたたび眼がさめると、彼は、奇妙な、だが居心地のいい寝台にうずもれていた。

「よかった……」と、彼の横にいた、サングラスのようなものをかけた白衣の男はいった。

「これで君は、第四階梯(かいてい)へ進める」

　彼は、のどが、かすかないたみをのこして、ほとんどよくなっているのに気がついた。

　——四肢も軽く気分もいい。

「どうやって……」彼はゆっくりいった。「あの部屋をぬけ出した?——君たちが、あけてくれたのか?」

「君が、自分でぬけ出したのだ」と、その男は、乾いた声でいった。

「どうやって?」

「あの壁を通りぬけて……」

　松浦は、じっと唇をかんでいた。——また、息があららぎ、汗をかきはじめた。

どうやって?——それは、ほぼ、彼にもわかった。彼等が、彼にほどこしたテストがどんなもので、彼等が、何をもとめているかも……。

「一つきくが……」松浦は、しわがれた声でいった。「もし、おれが、ぬけられなかったら……あそこで、圧(お)しつぶされていたのか?」

男は答えなかった。——立ち上って、壁の方をむいて、そこに息づいている、径三十センチばかりの光にむいて、なにかしていた。

「答えてくれ！」と松浦はどなった。「おれといっしょに連れてこられた仲間のうちで、同じような眼にあわされて——脱出しそこねて、死んだやつがいるのか？」

男は、壁にむかってうなずいた。——松浦は、ベットの上ではねおきた。

「教えろ！——ほかの連中はどうした？　どこにいる？　ここはどこだ！——あんなことして、いったい、おれをどうするつもりだ？」

男は、ふりむいた。

「歩けるね」と男はいった。「行こう。ボスが会う。——お祝いの言葉ものべるだろう」

松浦は、男の首を、力いっぱいつかんだ。——だが、男は、おそろしく冷たく、かたい手で、かるく松浦の手をはねのけた。

「生きることはむずかしい……」男は、濃い色ガラスの下で、燐光をはなっている眼を、じっと松浦にすえて、ひややかにいった。「生きのこることは、もっとむずかしい。——ここまで来たら、運命に従順になったらどうだね」

それから、男は、つくりものらしい片頬を、かるくゆがませて、不気味な笑いをつくった。

「クェ、ク、シュ、、、——君たちが、カノープスとよんでいた恒星系の、四つの惑星がほろんだのち、われわれが、どんな眼にあったか、話してやろうか？」

松浦は、何とはなしに、ゾッとして、体をひいた。——つくりものの体を着た男——そのぎこちない衣裳の下には……

「心配することはない」と男はいった。「文明が、惑星段階を超えるのには、いろいろなパターンがある。——長い、倦怠(けんたい)の道か、苛酷(かこく)な災厄(さいやく)をのりこえてか——だが、いずれにしても、超えるということは、つらく、ひどいことだ。超えてのち、さらにそのむこうの道を歩みつづけるのは、いっそうひどいことだ」

男は、冷たい手で、松浦の腕をとった。

「行こう」と男はいった。「君たちの仲間は——三十人がえらばれた」

「のこりは？」松浦は、のどがつまるのを感じながらききかえした。「死んだのか？」

「むこうで説明してくれる」と、ロボットの衣裳を着た男はいった。

建物は、巨大で、中はすべてまっ白にぬられていた。長い、かすかに彎曲(わんきょく)している廊下——照明がどこからくるかわからないのに、白日のもとにさらされているように、まっ白にまぶしく輝く廊下には、ところどころに、グリーンや、真紅や、コバルト色の、半透明のドアがあった。廊下は、まるで、病院のように清潔で、塵(ちり)一つなく、床は暗褐色で、ピカピカ光っていた。

人の気配は、どこにも感じられなかった。にもかかわらず、彼は、長く彎曲しながらつづいている廊下の両側に、さまざまなものの気配を感じとっていた。——動くもの——知的生命体——中には、精神だけの存在のようなもの——異様な、地球の人間には、まるで想像もできないような、奇怪な思惟――それから巨大なわけのわからない機械――乱数表そっくりな、でたらめなパルス――まがりくねったパイプの中を、グルグルまわって行く光線――。

彼はその建造物の、おどろくべき巨大さに気がついて、度肝をぬかれた。――まったく、はてしがないほど、巨大に感じられる。中央部に円筒があり、それを中心に、放射状に構築物がある。その放射線の一本一本は、それこそ無限遠の彼方にまでのびているみたいに見える。

だが――彼は、ふと、奇妙な感じにおそわれた――なぜ、おれは、こういったものが見えるようになったのだろう？　なぜ、突然壁を通して、ものが見えるようになったのだろう？

「あっちだ」と男がいった。

廊下は二つにわかれ、一方はトランペット型にひろがっていて、その先は、ひろい、球型の部屋につながっていた。馬蹄型の、白い、パイロセラム製のテーブルのむこうに、誰か背の高い男が立っている。――その時、彼を導いてきた男の、つくりものの胴の中に異様なものを見つけた。長く、渦を巻いている、グニャグニャしたしわだらけのもの――何かの栄養液につかって時々ぐるっとのたうつそれが、カノープス人の脳であることをさとった時、彼の口内に、苦い唾がたまった。

「よくやった――」と背の高い、黒い服を着た男はいった。それが、あの宇宙人の一隊の、隊長らしい人物であることは、すぐわかった。「君は、めでたく第四階梯にすすむ。――しばらく休養したのち、ここと、この周辺で、さまざまなことを学び、君自身の能力をもっと開発してもらわねばならん」

「ほかの連中は？」と彼はきいた。

「すでに、わかれて、訓練員の説明をきいている」

「ぼくのきいているのは、パスしなかった連中のことだ」

「別の所にいる」と宇宙人は答えた。「彼らには、彼らの、第三階梯の生活が待っている。気にしない方がいい」

「なんのことだが、ぼくにはわからん」松浦はテーブルの端をつかんだ。「訓練？　学課？――なんのことだ？　おれたちをどうするんだ」

「君はわれわれの仲間入りをしたんだ」横の男がいった。「君は、これからいろんなことを知るだろう、マツウラ。――君は、故郷の思い出、ほろびさった星の思い出をすて、同胞の思い出をすてて、新しい、高次なソサイエティの一員になるのだ」

「君は、地球人であることを、やめなければならないかも知れない、と艇内でいっていた」

〝隊長〟は、笑いをふくんでいるような声でいった。「そのとおりだよ。――ロンバーグが喋った十七世紀のカナカ原住民の比喩も、なかなか卓見だった。だが、われわれは、あのスペイン人ほど野蛮ではない。しかし、君を、新しい――高次の文明人として、訓練し、教育する義務は、われわれにある」

　声がフッと消えた。――松浦は、耳がおかしくなったのか、と思って、首をふった。

――だが、〝隊長〟の話は、まだつづいていた。彼は、話のつづきを、もはや声でなく、松浦の頭の中に、直接語りつづけているのだった。

　人間が、野獣の段階を超え、立ち上がった猿の段階を超え、原始人の段階をさらに超え、ついに、精神をもつようになるまで、どれだけの進化論的試練をのりこえなければならなかったかね？――人間が、精神の産物であるソサイエティの一員として、新しく生まれてくる赤ン坊をくみいれるのに、どんなにきびしい訓練をほどこすか考えてみたまえ――数々の、自然的欲望を矯(た)め、数多くの思想や、ものの見方を教えこみ――系統発生を個体発生がくりかえすように、その社会の長い歴史を、幼児段階に圧縮してくりかえさせる……。

　松浦は、呆然(ぼうぜん)とつったったまま、〝隊長〟の体を凝視した。今では、凝視するということは、透視するということにほかならなかった。――〝隊長〟の体は、ほとんど生体といっていいほど、精巧につくられた、有機系ロボットだった。だが、奇妙なことに――その脳に相当する部分は、どこにもなかった。体構造の中に、一見無意味に思われるような、空洞があり、言葉はそこから発せられていた。空洞の中には、何か得体の知れない思念がうずまいており、そのむこうには、――小さな空洞のむこうには、ほとんど虚無といっていいような、広大な空間がひろがっているように、漠然と感じられた。

君は、超人類への道に、一歩ふみこんだのだ。マツウラ……。と『思念』はいった。——ピテカントロプスが、すでに、猿ではなかったように、君はもはや〃種〃としての、ホモ・サピエンスではなく、生物進化と、まったくちがった方向へむかって、その階梯の第一歩をふみ出したのだ。——君は、地球動物相（フォーナ・テラエ）の円環から『離陸（テイク・オフ）』したものの一人だ……。

「アイ！」

突然、横に立っていた男が、はげしい驚愕（きょうがく）の叫びを発した。

松浦はビクッとして、眼をあげた。

ビィーン、というような、異様な振動の壁が、とぎすまされた刃物のように、部屋の中を斜めに断ち切った。——〃隊長〃の頭部が、斜めに切りとられ、背後の、まっ白な壁に、ピシッ！　と一直線に亀裂（きれつ）が走った。

建物の中に、いっせいに怒号と混乱が起った。

やつらだ！

という叫びが、何重にもかさなって、上下左右でまきおこった。

やつらが……攻撃してきたぞ！

見ている前で、壁が斜めに裂けた。裂けたとたんに、その壁は、クルクルッと、ゴム風船が、はじけるように、まきこみながらちぢんでいった。——その裂け目は、一切のものをめちゃくちゃにした。床が波うちながらちぢみはじめた。テーブルが空中に舞い上った。

機械類がピシピシさけて、どことも知れぬ方角に、うずまきながらとんでいった。——松浦自身も、宙にまい上りそうになりながら、かろうじて何かにつかまって、体をささえていた。おどろきの眼で、あたりを透視した彼は、放射線状にひろがる建物の、無限遠の彼方にあるように感じられた、外側の壁が、周囲から、バネがちぢむような速さで、グングンせまってくるのを見てとった。——そのかわりに、中心部の円筒の中の空間が、おそろしいいきおいでぐんぐんふくれ上り、裂けた機械や、建物の中にいたものや、家具類が、そのふくれ上る暗黒の空間に、渦まきながら吸いこまれて行くのを見た。

地球人！

誰かが叫んだ。

地球人！——早くそれを着ろ！　あぶないぞ！

室内——ともいえない、松浦の立っている場所は、横なぐりに吹く風とともに、気圧が猛烈にさがりはじめているのが、感じられた。眼がとび出しそうになり、耳がジンジン鳴った。呼吸が苦しくなってきた。——あえぎはじめた彼の前に、軽金属製の緊急用気密函が、ついと流れて来た。彼は、それをつかまえるや否や、肩先から思いきり体あたりした。——中世ドイツの死刑道具〝鉄の処女〟か、ミイラの棺そっくりのそいつは、前面の観音びらきが、上から下までパクッとひらいて、松浦が中にころげこむやいなや、ガチャンとしまった。——胸のはげしい痛みは、低圧病をおこしたためかも知れない。彼は、手さぐりで、バルブをさがして、中の圧力をあげた。

マツウラ！
と誰かが叫んでいた。
そこにいろ。今、たすけてやるぞ！

軽金属の函の中で、彼は、外を凝視した。何もかも吹っとびつつある大混乱のむこうに、宇宙服をつけた、異様な人物が、なにか武器らしいものをふりかざしていた。――白衣のサイボーグが、武器をそいつにむけた。とたんに宇宙服の男の手から、何か、波のようなものがほとばしり、サイボーグは、上から下までまっぷたつにさけた。しかし、別のサイボーグが、武器をふりかざし、宇宙服の男は、一瞬にして、粉末となってとびちった。

その時、なにも彼もまきこむ、はげしい風が、松浦のはいった軽金属の函をふわりともちあげた。中心部からふくれ上りつつあった暗黒は、もう視野いっぱいにひろがって、彼をのみこもうとした。――ギリギリ回転する金属函の中で、松浦は一瞬、暗黒の夜に、無数のきらめく光点を見たように思った。

4

ブロンクス動物園の、深い森の中に、乗物をとめた三人は、あたりを注意しながら、外へ出た。まだ夏の名ごりをとどめる、あつい九月の森の中を、恋人たちや、老人たちが、ゆっくり散策しているのが見えた。――木の陰になって見えなかったが、つい眼と鼻の先の草むらに、しっかり抱きあって接吻したまま、恍惚と、時のたつのを忘れている、十代らしいカップルを見て、Nは少し肝を冷やした。

　中で服装の点検をした三人は、もう一度、おたがいに、服装をなおしあった。Nは、変装用のつけひげと、眼鏡を、気にして何度もさわった。

「よし――」と、時計を見て、Nはいった。「ジャコモ――レンタカーを動物園の裏の、人目のつかない所へまわしてこい」

「あんたたちは？」とジャコモはいった。「いっしょにこないのか？」

「乗物の中で待っている――車をとめたら、合図するんだ」

「それで？」

「乗物を、車のトランクにいれる」とNは、ニヤッと笑っていった。「大丈夫、はいる。――操縦系は、はずして、運転席からリモコンで操作するようにする」

「なるほど、うまい手だ」と、カチンスキイというポーランド人がいった。「万一追いかけられたら、車ごと消えるか――」

「前に、日本でやって、成功したことがあるんだ」とNはいった。「時点は一九六三年の秋だ。水戸街道で、超高空をとんでいた連中のパトロールに発見されそうになった。その時は、トヨペットという一九〇〇CCの日本製中型車にのっていた。だけど、ちょっとわけがあって、トランクの中に乗物をのせて走ったんだ。――むこうに発見されそうになった時、思い切って操作して、車ごとずらかった」

「誰か、普通人に目撃されなかったか？」

「されたよ」Nはクスクス笑った。「すぐ後を、三人のった車がついて来ていた」

「その連中の鼻先で、消えたのかい?」ジャコモは眼を丸くした。「おどろいたろう」

「びっくりしてたよ。——新聞社にもとどけて、記事がのった。——教育にもなるし、一石二鳥さ」

「時間がない」とカチンスキイがいった。「ジャコモ、たのむぜ」

ジャコモは、ソフトを阿弥陀にずらすと、ポケットに手をつっこんで、口笛を吹き吹き歩き出した。

「ジャコモ!」とNは、低く、鋭い声でいった。「胡乱な恰好はやめろ——帽子をなおせ、口笛を吹くな。——お巡りに、見とがめられるような恰好をするなよ。キチンとした、まっとうな市民らしく行け」

九月下旬のニューヨークは、夏の名ごりの麦藁色の陽ざしの下で、ほこりだらけだった。陽に焼け、休暇疲れの色を濃くうかべた雑踏が、ゾロゾロ歩いている。

ジャコモは、一九六七年型のダッジを借りてきた。目立たない塗装で、トランクのばかでっかいやつだ。午後の雑踏の中を、五丁目をくだってきて、三十三番街の角で、Nとカチンスキイは車をおりた。——めざすビルは、目の前だ。

「ぐるっとまわって来てくれ」とNは、ハンドルをにぎったジャコモにいった。「十分たったら、帰ってきてくれ。——気をつけろ」

かつて世界一であり、今や世界二番目になりさがろうとしている、エンパイア・ステート・ビルは、もう古び、スモッグに汚れていた。テレビ塔をいれて、五百メートルにもなろうとするその頂上を、カチンスキイは、いなか者くさい獅子ッ鼻をあおむけて、たまげたように、しげしげと見ていた。——高すぎて不便になってきたこのビルは、一時よりも借り手がずっとへって金曜日の午後だというのに、中の人影は、わりとまばらだった。三十八階の配置をたよりに、そこだけ特別な防弾すりガラスをドアにはめた部屋を見つけると、Nは、カチンスキイにめくばせした。ノックすると、中でどなる返事を待たずに、ドアをあける。

ブロンズ色に日焼けして、六フィートはありそうな、がっちりした男が、冷ややかな、うすい水色の眼を、とがめるようにむける。

「アイザック・ゲインさんで？」Nは、おずおずとした調子でいう。

「いや——おれは、サム・ブリックストンの方だ」大男は、警戒した調子でいった。「だれだ？——おれたちは、一見はおことわりだぜ」

奥の部屋との、境いのドアが、すっとしまったような気がした。——だれかの眼が、一瞬、Nの上を走って消えた。Nは顔がかすかにこわばるような気がした。

「ゲインの客か？」サムは、机の抽出しに手をかけた。「きいてないぜ。電話ぐらいしてきたらどうだ」

「じつはここに……」とNはいった。「ゲインさんへの紹介状をもっております」

それは、はじめから手にもっていた。——封筒をさし出すと、サムの顔に、チラとためらいの色が見えた。

　タイミングは完璧だった。——運転手風の恰好をしていたカチンスキイは、その瞬間をはずさず、射った。ボッ！　とかすかな音がして、サムの上半身が消えた。

「ズボンもだ！」とNはいった。「靴ものこすな」

　カチンスキイは、椅子の上にそのままのこって、焰も出さず、こわばっている下半身にむかってもう一度うった。——サムの腰から下は、椅子ごと、細かい、灰色の粉末になって、空中にとびちった。

　Nは、自分でも武器をかまえて、隣りの部屋のドアにとびついた。——ひきあけざま、中にむかって一発うって、のぞく。ファイリング・キャビネットが、もうもうたるほこりになって、部屋にうずまいている。——下の方、数センチだけのこっている部分に、Nは照準をあわせる。「行こう！」とカチンスキイはいった。「地図と回路はこわした。——警報が鳴っているような気がするぞ」

「もう一人がいない」Nは、ドアをあけて、奥の部屋を見まわしながらいった。「こちらにも、回路があったぞ。——どこへ通じているのかわからないが……」

「早く！」カチンスキイは、入口のドアをあけながら叫ぶ。「相棒は、出かけているんだろう。——しかたがない」

　二人は、何くわぬ顔で廊下に出た。——途中、メッセンジャー・ボーイ一人にすれちがっただけで、なんなくエレベーターにとびこむ。——あやしまれない程度に足早に、人をかきわけて外へ出ると、一九六七年型のダッジは、ちょうど前へすべりこんできた所だった。

「やった……」とNはいった。

「二人ともか?」

「いや——一人はいなかった」

「これからどこへ?」

「待て——」とカチンスキイはいった。「やつら、気づいたらしいぞ。——どこかで警報が鳴っているような気がしてならん」

「ロングアイランドへやれ」とNはいった。「あそこで、番地を見てきた。ゲインというやつの家は、ロングアイランドにある」

「おい、N!」カチンスキイは、金色の毛がもじゃもじゃはえた手で、Nの肩をつかんだ。「気がちがったのか?——やつら気がついたかも知れないんだぞ」

「やるんだ」Nは断固としていった。「おれたちの仕事は、アジトの破壊と、二人を消すことだ」

　ジャコモは、スピード違反すれすれのスピードでとばした。カチンスキイは、青ざめて、顎(あご)にギュッとしわがよるほど、歯をくいしばっていた。

　ロングアイランドの住宅密集地帯をぬけて、森の中の道にさしかかった時、ジャコモが叫びをあげた。

「おい！　見つかったらしいぞ！」

Nも、一瞬にして、しのびよってくる危険を感じて、身を固くした。

「どちらからだ？」とNは、神経をすましながらいった。

「森か？」

「いや——上だ」ジャコモはアクセルをいっぱいにふみこみながらいった。

Nは、百五十キロのスピードでつっぱしる車の窓をあけ、背後の空を見上げた。——陽ざしのかたむいた大空に、ポッッと小さな白点が見えた。

「飛行機じゃないか？」とNはいった。

「なにをバカな！」カチンスキイがいった。「ジャコモ、操作器をよこせ」

ジャコモがダッシュボードにのばした手を、半分は偶然に、Nはちょっとおさえた。かすかなまよいがあった。——目ざす家は、もう眼の前だ。

その一瞬のためらいが、おくれになった。ジャコモが叫びをあげながら、ブレーキをふんだ時、フロントグラスに、もろに鼻柱をぶつけながら、Nは、正面の森の梢（こずえ）の上に、ふいにあらわれた、銀灰色の物体を見た。

「はさまれた！」カチンスキイが、金切り声をあげた。「ジャコモ！　操作器を……」

タイヤは、金切り声の悲鳴をあげながら、左右によろめいた。立木をあやうくよけたと思ったとたん、巨大な円盤の、不気味な影が、頭上におおいかぶさった。——車の中が、一瞬、眼のくらむような白光と、おそろしい熱にみたされるのと、Nが操作器のスイッチをおすのと、ほとんど同時だった。

5

松浦は、ほんの一瞬間、気が遠くなっただけで、すぐに気がついた。——あたりは、森閑としずまりかえり、気密函ののぞき窓を通して、暗い空が見えた。星が一面にまたたいていた。彼は、気密函にはいったまま、この見知らぬ惑星の大地の上に、あおむけに投げ出されているのだった。

まわりを透視しながら、彼は、あの巨大な建物の残骸を探した。——しかし、あたりに散乱した、わけのわからぬ機械の破片や奇妙にねじくれた、壁の一部らしい破片をのぞいて、それらしいものは、見あたらなかった。ずっと遠く——数キロはなれた傾斜地に、直径数十メートルほどの、円型の建物の残骸が、砂に埋もれてのこっていたが、そんなちっぽけなものが、あの無限にひろいと思われる、建物のあととは思えなかった。

(みんなやられた……)と頭の中で、乾いた声がした。(気密函にとびこんだ者以外は全部——生きのこりのサイボーグたちも、あちこちにちらばった——君は敵に塩をおくられた形だな)

「敵?」と松浦は、声に出していった。「敵って誰だ?——あんたは誰だ?」

『声』は答えなかった。

松浦は気密函の中で、ミイラのように横たわりながら、あたりの透視をつづけた。——

建物の残骸の反対側、数キロばかりはなれた所に、市街地らしいドームが見え、明かりがいくつもついていた。中空に、青白い焔をひきながら、とび上って行く、宇宙船らしいものも見えた。――なだらかな起伏以外、山らしい山もなく、植物もまばらな、荒涼とした星だった。

まわりの透視をつづけているうちに、足もとの方にたおれているものを見つけた。――人の形をしたそれは、すぐあの〝隊長〟の体だと気がついた。右腕がもげ、心臓はとまっていた。――彼は、それが、ぬけがらにすぎない、とすぐ理解できた。

「そうか、あんたは〝隊長〟さんだな」と彼はいった。「いま、どこにいるね?」

(どうでもいい――)と『声』はいった。(部下が助けにくるまで、まだ少し時間がかかる。酸素を節約しなければならん。声をつかわずに話せ。思いうかべるだけでいい――慣れてなければ、低い声でしゃべれ)

突然、彼の眼が、大きく見開かれた。――呼吸が、長いこととまっていた。それから、手足が小きざみにふるえ出した。

横たわっている鼻の先に、二十センチ四方ほどの、のぞきまどがついていて、そこから満天の星が見えていた。いま、そののぞき窓の一方の隅に、小さな、三日月型の星があらわれた。彼は頭を横にかたむけて、斜めにのぞき窓を通して、その星をもっとよく見ようとした。

と――

その時、もう一つの三日月型の星があらわれた。――そいつは、早い足どりで宙天を横ぎり、みるみるうちに、先に出ていた三日月をおいこし、のぞき窓の視野を斜めに切れて行った。

何も彼も、いっぺんにやろうとして、彼は混乱した。――呼吸が早くなるのを、むりにおさえて、心をしずめ、彼は、小さな四角い窓の枠の中に、はしの方から一つ、また一つと、星座の形を確認して行った。

「おい！」彼は、あえぎながら叫んだ。「おい！」

さらに別のものが、透視野にとびこんできた――。市街地の、入口に立っている、石の標識らしいものだ。彼は、息を殺し、脂汗(あぶらあせ)をにじませて思いきり精神を集中し、はるかに遠い標識の文字を、一つ一つ読んでいった。

Sitonius Lakeside City, VI sect. B stat.
established 2470 A. D.

「おい！」

彼はとうとう、悲鳴にちかい声で叫んだ。

「こんなばかなことってあるか！――きさまたち……嘘(うそ)をついたな！　おためごかしに、おれたちをさらったな！　ここは――ここは、火星じゃないか！　火星は、ほろびもせずに、ちゃんとあるじゃないか！　シトニウス・キャンプは――シトニウス市になって、ちゃんと人間が住んでるじゃないか！」

（まあおちつけ――）と『声』はいった。（いずれ、君たちも、知らされることだったんだ）

松浦は、標識の下の、『二四七〇年設立』の文字を、もう一度透視して、悲鳴をあげはじめた。――顔をおおい、子供のように足を蹴ってわめいた。

（しずかにしろ！）と『声』がいった。

稲妻のようなものが、脊髄をたたいて、彼は硬直した。（第四階梯の男が――なんてざまだ……）

「おれたち――おれたちの地球と火星は……二十一世紀末に滅亡したはずだ……」松浦はふるえる声でいった。「太陽の異常爆発で、やかれたはずだ。――だからこそ、君たちが助けに来てくれて――君たちに、時間旅行が可能だとしても、なぜ、二十五世紀の火星に、こんなりっぱな、地球人の植民都市があるんだ？――おれたちの仲間が、四世紀たって、またかえって来て、建設したのか？」

（意識を開け！）と『声』はいった。

「なんだって？」

（ほんの一瞬でいいから、なにも思いうかべるな――思いつめるな。ぼんやりと、星をながめろ）

彼は、魂のぬけがらみたいになって、いわれた通りにした。

「そう、それでいい」

急に『声』は、耳もとで話されるように、近く、明瞭になった。「今から、見せてあげるものがある。——心をうつろにするのだ。いいね」

突然、せまくるしい気密函の中に、巨大な半月形がうかび上った。——数秒間、ポカンとしていた彼は、それが、地球だ、ということがわかった。——ぼっとかがやく大気の繭にうすくつつまれ、月をともない、周辺には、何箇もの、宇宙ステーションや定点衛星をまといつかせて……。

それは、あの見なれた地球——彼があれほどまでにはげしい、懊悩の中に秘めた、ほろびさった地球と、すこしもかわっていなかった。そして——彼は、その生き生きとした、みずみずしい星が、単なる幻ではなくて、厳然と存在するものであることが、どういうわけかはっきりわかるのだった。

拡大された像は、四通八達の白い道路網をうつし出した。——その上を走る、乗用車の列をうつし出した。とんで行く巨大な航空機、かなりデザインがかわっているが、それでもまだ大気の中にひらかれたままになっている都市、大洋を横切る船、街を歩く人々、子供、すり鉢型の集団住居群、そして——塔の上にうかぶ、でっかいカレンダー・ネオンの文字。

二四七三年！

「地球はぶじだ！」と、彼は叫んだ。「見ろ、地球はぶじだ！――人類は焼け死んだりしなかった！　あの通り……あの通りちゃんと――災害のあともなく……」

ふいに、どっと涙があふれそうになってきた。――たとえ、彼の見知った時代から、四世紀ののちの姿であろうとも、地球が無事でいてくれれば、それでいいのだった。あの人々のなつかしい表情や笑顔は、四世紀前のそれと同じだった。

「だましたな！」松浦は、逆上しきって叫んだ。「地球が焼けて、人類文明が完全にほろび去るなんてだましやがったな！　見ろ！　地球は……」

「まあおちつけ――」と『声』は冷ややかにいった。「もっと、ここで基礎訓練をやってから、はじめて教えてもらうはずだったんだが……。あれは、たしかに、地球だが――そしてここは、二十五世紀の火星にはちがいないが――しかし、あれは、君の地球ではない」

「なんだって？」彼は、横面をひっぱたかれたような気がした。「どういう意味だ？」

「ひどいことだ――」『声』は、彼の問いに頓着なしにしゃべりつづけた。「ここには、第二階梯の、基礎訓練所がおいてあった。――二十五世紀の人間は、半分わけがわからないままに、同意してくれた。――われわれとのつきあいも、だいぶ長いのでね。だが、――今、やつらに破壊された。やつらは、あのうらがえされた空間を、破壊する方法を、どうやって知ったのか――ひょっとすると、スパイがいるのかも知れん。とにかくマツウラ、君はこれから……」

「地球ではあるが、おれの地球ではない……」松浦は、ぼんやりつぶやいた。「説明してくれ——おれの前で、わかりやすく……あんた、どこにいるんだね？」

「ここにいる……」と『声』はいった。「もう少したてば、融合がおわる。——君は、おれになるんだ」

「出て行け！」松浦はかすれた声で、力なくいった。「おれからはなれるんだ！」

「私は、責任をとらねばならない」『声』は、冷ややかにいった。「とらされるのだ。——どうせ、降等されるし——私は、自分の仕事は、自分で始末をつける。君は、私だ。——階梯からいえば、君は数階梯とびこえることになる。手つづきは、私の部下にとらせる。君が私であり、私は君であることは、別に誰にもかくす必要はない。——私は、君よりずっと上の階梯の存在であり、責任遂行だけが問題で、どんな方法をとろうと、それは自由なんだからね。——ただ、君の存在をかりれば、今の私は活動的になれるのだ」

「階梯をすすむ——」松浦は朦朧（もうろう）となりながらつぶやいた。「存在の階梯をすすむ……教えてくれ、階梯ってなんだ？　それを進むということは、どういうことだ？」

「説明するのはむずかしい」と『声』はいった。——すでに、松浦は、それが、自分の『内面の声』であるように感じはじめていた。「階梯を進むとは——まあ、君たちの知っている、多少とも似た概念でいいあらわせば——回心（オリエンテーション）に似ているともいえるかな」

　すでに、松浦の意識は、『声』の意識にあらかた滲透（しんとう）され、おおわれてしまったのが、かすかに感じられた。明確に、自分の意識ともいえるものが、ふつうの人間の潜在意識に相当するものの位置におしこめられていくのを感じながら、彼は松浦の意識であるうちに、きいておかなければならないことを、急いで思い出そうと、弱々しくあがいた。

「エルマは……」彼はつぶやいた。「彼女はどうした？　死んだか？」

「エルマ？」と、もはやあらかた、彼の主人となってしまった『声』は、冷淡にききかえした。「あの女性か？——彼女は、ここにはいない」

「どこに？」松浦はもがきながらきいた。「どこへ行った」

「彼女は、第四階梯への試験をうけなかった。なぜなら彼女は、妊娠していたからだ」

「なんだと？」松浦は、ビクッと痙攣した。「妊娠？」

「君の子を、宿した」アイは、無関心にいった。「宇宙艇の中で、受胎した」

「それで、どこに？」内心の、最後のつぶやきに、アイはめんどくさそうに答えた。

「彼女は、月にいる——フューネリアス山麓のキャンプに……あそこもおそわれた」

闇の中で声がした——ひどく沈痛な声が……。

「攻撃目標は、ほとんど——やっつけました」

「そのかわり、こちらも——襲撃した連中は、ほとんど……やられました。五分と五分という所です」

「五分と五分なら、こちらの失敗だ」

冷たく、押しころした、ルキッフの声がいう。

「その通りです。ルキッフ……」声は、さらに沈痛になった。「それだけではありません。いろんな所で——特に月の襲撃で、むこうはこちらの、ルートをつかみました。数カ所の痕跡から、このアジトの位置をわり出してくるのは、時間の問題だと思います」

「第二班！」ルキッフの鋭い思念が、闇をつきさした。「月のフューネリアス・キャンプでは、よほどまずいことがあったのか？」

「作戦がまずかったのです」と第二班の班長がいった。「警戒も厳重でした——責任をみとめます」

「ちがう！——私が悪かった」とハンスが叫んだ。「私がはじめてで……不慣れだった。それに——」

「ハンスは——知り合いの女性にあったのです」と第二班の班長がいった。「昔の恋人で——第二十六空間区から、やつらがつれて来た連中の一人です」

「ニューヨークへ行った三班は？」ルキッフはきいた。「一人もかえらないのか？」

「ジャコモとカチンスキイは死にました」と第一班の班長が答えた。「敵の一人のかくれ家にむかう途中で——車の中で、敵の偵察艇に焼かれたのです。Nは、その瞬間のがれたのですがまだ、自分がどこにいるかわからない、といってきました。——通信は途中で切れました。またどこかで、会えるかも知れません」

「アジトはうつす」ルキッフはいった。「指示をまて」

闇がはれると、薄明の中で、ハンス・マリア・フウミンが、泣きじゃくるエルマの肩をしっかり抱いているのがみんなの眼に見えた。

「松浦は?」とハンスはきいた。

「知らないわ……」エルマは、小娘のように、すすり泣きながら、やっといった。

第七章　狩人たち

1

死のような、白と青の光が、冥王星の第二衛星ケルベルスのフェリー基地を照らしていた。

ゴツゴツした岩肌は、鋼鉄のように、にぶくてらてらと輝き、銀色のドームは、死んで、凍てついた大地の夜からわき上がる、悪夢の泡みたいに、ギラギラと光っていた。鋭い円錐形の、いくつもの格納筒、赤と白にぬられた鉄塔、眼のいたくなるような、ギラギラする光をなげかけている投光器――直接光のあたる附近では鉄色の岩石の間に、岩塩のように、まっ白にかたまっている、二酸化炭素の結晶が気化して、かすかにガスがゆらめいている。

暗黒の宙天に、星々にほとんどまぎれこむほどの淡い光をなげかけている、ピンの頭ほどの太陽がかかっていた。――そのすぐ横に、ぼやっと横にずれたような光点が、二つ見える。

ここここそ——太陽系のさいはてである、この凍てついた、奇妙な惑星の第二衛星こそ、いわば、太陽系をおおった地球文明の、最末端の港だった。このかなたには、もはや、暗黒と虚無の大洋が、もっともちかい大陸——恒星まで、数光年にわたって、ただ闇々とひろがっているにすぎない。冥王星軌道の外を、さらに十五億キロはなれた所を、平均五百年の公転周期でもって、ゆっくりとただよっている、小岩石と氷魂の断片群——『ペルセポネ暗礁群』のそこここにもうけられた、小さな、わびしい無人燈台をのぞいては……。

直径のわりに高密度で、重力の大きい冥王星を避け、ほぼ半世紀前に、この直径が月の一・五倍もある第二衛星の上に建設された、『ケルベルス恒星航行基地』から、今、一群の人々が、旅立とうとしていた。

フェリー乗降場になっている、巨大なメイン・ドームの中央で、五百人の男女は、かたまって、じっと押しだまったまま時間のくるのを待っていた。——人類史上、初の〈恒星移民団〉は、子供づれの二百家族だった。どこか見すぼらしく、その一様にこわばった表情の底に、狂信的といっていいような、がむしゃらな熱気がただよっていた。彼らは、貨物フェリーにのりこむ通路の前で、移民船乗船前の冷凍処置がはじまるのを、じっと、辛抱づよく待っていた。

ドームの周辺、床から数メートルの所にもうけられた回廊には手のすいた基地要員や、数すくない便船にわりこんで、はるばる木星区や、火星区からやってきた、見送り人がズラリとならんで、これも押しひしがれたように、だまったまま、広場の光景を見おろしている。——その中に、一人、浅黒い頰をかすかにゆがませ、口もとに、ひきつったような笑いを凍りつかせた、丈高い男がいた。

Ｉ・マッラ——二つの意識を持つ男。おろかものの怒りと、悟達者のシニックな笑いとの間にひきさかれ、すべての事を知りながら、なお次々に驚きと、悲しみと、怒りにさいなまれつづけている奇妙な存在。

「出発まで、あと三十分……」とマッラはきいた。「のばすわけには行かんだろうな？」

「そりゃだめです」基地警備主任は、ドームの天井から吊りさがる、太陽系標準時計を、ちょっと見上げた。「これだけの人数を、瞬間冬眠させるんですからね——準備がととのい次第はじめないと、滞空中の移民船と、つみこみのタイミングがあいません」

「そんなにきっちり時間を守らなきゃならないのかね？」

「手がたらないんですよ」警備主任は、ブスッといった。「このあと、新中央司令所建設用の電子頭脳機械をつんだ貨物ロケットが二台つきます。そのすぐあとに、辺境区巡察官の宇宙艇もつきます。——ここじゃ、誰も彼も、もう二十四時間、ぶっとおしで働いてるんです」

「連中は、厄介ものあつかいか？」マッラは、冷笑をうかべて、ドーム中央の人々を顎でさした。

「早くいえば、そうですね」警備主任は、口をゆがめた。「恒星向け航路だからといって、なにも杓子定規に、この基地を使わなくてもいいはずです。ガニメデもイオも、フェーベも、トリトンも、やろうと思えば、移民団乗船と送り出しぐらい充分やれるはずです。それを、いくら、恒星開発基地群が、この星区にあるからって、要員も資材もたらない、ケルベルスにおっつけてくるなんて……」

おまけに、あなたは、連邦特別捜査官の権限をひけらかして、出発まぎわに、重要犯罪人が、移民団にまぎれこんだうたがいがあるから、気づかれないように調査したい、なんて申しこんでくる――警備主任の顔は、そうつけくわえたがっていた。

「だが、連中もがむしゃらだな」マッラは、冷たい眼差しを、ようやく準備のシグナルがともって、ざわつき出した、移民団の方に投げながらいった。「アルファ・ケンタウリ開発が、もっとすすんで、定期旅客航路でもひらかれてから、移民しても、おそくないだろうに――」

「その通りなんです――連中はちょっとかわってるんですよ。移民局長官も、連中があんまり強引にせっつくんで、根負けして、許可しちまったんですが、元来移民局の方でたてたプランじゃないですよ」そこで、主任はちょっと声をひそめて、マッラにとっては、わかりきったことをいう。

「御存知でしょう? やつらは――ヤ、ヽ、ッ、プ、なんですよ。αCⅣ番の噂をきいて、連中は、酔っぱらったみたいになっちまってるんです。これを皮切りに、まだ、続々とあとがつめかけますぜ。五世紀ごしに、連中のきちがいじみた目標だった、ノ、ヴ、ァ、・、ヤ、パ、ナ、の建設が、今度こそ実現するかも知れませんよ。——あなた方、連邦のおえら方の腹を知ってるでしょう？　αCⅣ番を、ほっといていいんですかい？」

「十光年以内に、地球型の惑星は、まだたくさん見つかっているさ」マッラは、乾いた声でいった。「一つぐらい、くれてやっても、おしくない」

胸の奥が、奇妙にシクシクいたんだ。ヤップ——侮蔑と、優越感にささえられた憐憫と、かすかな恐怖や憎悪のいりまじった感情をこめて、ささやかれる言葉——むろん、それは、日本人をさしていた。二十一世紀の半ば、思いもかけぬ大地震と地質変動で、日本列島が、わずかな高山頂をのこして、海底にしずんでから、この古い歴史をもつ、文明度の高い、エネルギッシュな民族は、祖国を失った、さまよえる民となった。当時一億七千万をかぞえた人口は、一挙に五分の一になり、各国は難民うけいれに大わらわになった。

仮政府は、アルゼンチンにできたが、もはや昔日の力はなかった。——当初、難民をあたたかくむかえた各国は、やがて、ほとぼりがさめると、非常に長期にわたる、厄介な問題をかかえこむことになった。当時、国家的エゴイズムはまだ完全に解消されていなかった。ある国では、このがむしゃらに働きたがる、教育程度の高い国民が、高級な職場をうばうことをおそれる、労働組合の反撥があった。ある国では、皮膚の色が問題になった。ある国では、一種の、歴史的な『復讐』がおこなわれた。

財産をもたない、三千五百万の流民の圧力は、かなりな問題を世界中にまきおこした。それでも、大部分は、新しい世界にとけこんだ。だが——とけこむことを拒否する人々、自分たち同胞だけの、新しい『日本』という国家をつくる悲願を胸に抱き、各国の中に、自分たちを融解させてしまうことに、頑強に抵抗する一派があった。それは一時、テロ事件にまで発展した。三世紀の間に、その一派は、少人数の、宗教的団体にまで縮小したが、そのもえるような祖国再建の願望だけは、一種狂気めいたものにまで強められ、惑星間膨脹期の世界連邦移民局を手こずらせることになった。彼らは、『約束の地』を求めて、熱にうかされたように、移民請願をおこなった。――人口百億をこえた地球上には、すでに彼らの求める『祖国』をつくる余地はなく、彼らは月に、火星に、木星の衛星上に、彼らの奇妙な、貧しく、閉鎖的なコロニーをつくっていった。そして、恒星開発期にいたり、はるかな宇宙空間の彼方に、未開発の地球型惑星があるという風評を耳にするや、二十年にわたる猛烈な運動の結果、ついにここに、最初の二百家族が、第一団として、αCⅣにむかって、旅立つこととなった。

（見つかったか？）マツラは、移民団の間を、基地で飼われているペットのようなふりをして、うろつきまわっている、カノープス三番惑星産の多足犬にきいた。――一見、犬そっくりで、足が四対ある点がかわっているだけだが、彼らはカノープス三番の、最高等生物で、カノープス系の中でも、二番目に高度な知能をもつ連中だった。

（まだわかりません）と、多足犬はテレパシイで答えた。（連中の中に、テレパスは四人ばかりいます。――ですが、みんなおとなで、自分の能力に気がついていません。赤ン坊は四十六人います）

（男の子は？）

（二十八人です）と多足犬が答えた。──狩人としては、最高級の彼らも、赤ン坊の中から獲物を見つけ出すのは、むずかしいと見えて、かなり途方にくれているのがわかった。

（男の子の、親たちを、丹念にしらべろ）とマッラはいった。（それから──妊娠している女はいないか？）

（これは少ないようですね）と多足犬はいった。（冷凍されてはこばれるとなると、安全な分娩は、とても期待できないでしょう。──でも、三人います。いずれも二カ月から三カ月……）

ちがうな──とマッラは思った。だが念には念を、だ。

（男の胎児は？）

（一人です）

（それも見はるんだ）と彼は、かすかに自信がゆらぐのを感じながらいった。（冷凍処理がはじまる時、一番注意しろ、最後の瞬間に──おそらく、親の気がゆるむ。特に母親の、だ。父親の方は、さして注意する必要はない）

「こちらから、チェックを出したら、その冷凍槽のつみこみをストップできるかね？」とマッラは警備主任にきいた。

主任はちょっと後をむいた。回廊を、サイボーグらしい、せかせかした足どりでそばまで近づいて来た管制官の一人は、マッラの言葉をききとがめて、立ちどまった。

「冗談じゃない、困りますよ」と、その若い管制官は、早口でいった。「次の便が、もう主星引力圏内まではいって来てるんです。早く連中を、移民船にまで送りこんでしまわないと、あとがキッチリ組まれてるんです。――プログラムは、数秒間の隙もないほど、キッチリ組まれてるんです。このあと、第一衛星のカロンとの軌道交叉の時間がせまってるし、早くしないと、重要資料をつんだ船と、重要人物をつんだ船とを、むこう二百時間、この退屈な星のまわりに、ほうり出しとかなきゃならない」

ケルベルスが、ひどくひしゃげた長円軌道を描いていること、近地点にちかづくと、脚の速い第一衛星との軌道干渉によって、危なっかしくて、ほとんど発着ができないことも知っていた。だが――とマツラは、次第に焦りを感じながら、思った。

「どうにもならん、というわけか?」

「つかまえるなら、冷凍処理のはじまる前にしてください」管制官は、乾いた口調でいった。「とにかく、予定はかえるわけには行きません。そのために、予備をふくめて、二十五台の冬眠用冷凍器と、六台のフェリーをフルにつかうんですから……」

(きいたか――)マツラは、多足犬にいった。(少々忙がしいことになる)

(二十五組も――いっぺんに見はるんですか?)多足犬はなさけなさそうにいった。(仲間をもっと、つれてくればよかった)

情報がまちがっていたということはないだろうな――彼は、かすかに不安を感じながら、標示板を見た。

「七分前です……」ドームの下にビンビンとアナウンスがひびいた。「床の丸印の所にならんでください。順序よく……」

人波がざわざわゆれた。――突然、移民団のリーダーらしい、年をとった、白髪の男が帽子をとって、なにか叫んだ。群衆の中から、最初、低い唸り声のようなものがまきおこり、つづいてそれが次第に、一つの単純なメロディ、巨大な合唱となって、ドームの中にひびきわたった。

「なんです？」と警備主任は、眼をむいた。「連中の、お祈りの歌らしいですな」

「いや、ちがうよ、君……」マツラは、かすかに、ほろ苦い笑いをうかべて、首をふった。「彼等の、失われた祖国の、古い国歌なのだ――〝君が代〟というのさ」

曲はむろん、かなり変形され、もの悲しいものになっていた。――日本列島とともにほろび去った、古い王家をたたえる歌、……その歌は、二度、三度とくりかえされ、次第にうねるような、すすり泣くような感情の高ぶりを見せはじめた。その歌の背後に、この一にぎりの人々は彼ら自身は知ることもなく、ただ父母や、祖父母、曾祖父母などからかたりつたえられた、失われた美しい祖国の、山々や、緑の森や、都市や、フジヤマのことを描き出しているのだろう。

なるほど、君たちの祖国は、波の下に沈んだのか――マツラは、冷笑に頰をゆがめながら、ゆっくり、回廊の手すりぞいに歩いた。君たちは、だが、国土の消滅とともに、国そのものが消え去ることに――君たちの胸の底にある日本も、消滅してしまうことに、たえられなかった、というわけだな。君たちは、皮膚の色と、風俗をこえて、日本人であることをやめるのに、たえられなかったのだな。そのことは、君たちにとって、かぎりなく貴重だったわけだな……

だが、ここに――マッラは、心の底に、じたばたもがこうとしている、あついものをおさえるために、わざと冷ややかな眼つきで、ドームの中を見おろした。――ここに何も彼も失った男がいる。この世界では、失われたものは、君たちの祖国だけだ。それに――考えてもみるがいい、数千年にわたる世界史の中で、古代国家が成立してのち、政体の変化はあっても、一度もほろびたことも、征服されたこともないで千数百年もつづいたということは、よりぬきの幸運だったではないか？――絶滅してのち、はじめて君たちは、世界の国家なみになったわけだ。

だが、もう一つの世界では――マッラは、唇（くちびる）をぐいとひきむすんで思った。――おれの祖国は、全世界とともにほろんだのだ。地球とともに――すべての文明とともに……。

そしておれたちは、思いもかけぬ手によって、はるかに遠く、時と宇宙のはてにまではこばれ、もはや、思い出すべき何ものもない、――なぜなら、過去、未来の、ほとんど一切が、現前するような世界に生きているのだから――ような存在になってしまった……。

その時、歌声を圧するようなけたたましさで、ドームいっぱいに、ベルが鳴りひびいた。シュッと音がして、白い蒸気がもうもうとたちこめ、列をつくった移民団の前の壁がいっせいにひらいた。瞬間冷凍器が働きはじめ、棺桶（かんおけ）そっくりな冬眠槽は、次々と移民たちをのみこみはじめた。

（見のがすな！）マツラは、多足犬を叱咤した。（しっかり見はれ……）

歌声は、まだつづいていた。――列はゆっくりと、前へむかって動きはじめ、凍った蒸気が、すさまじく吐き出されるたびに、壁の中へとけこむように消えて行く。

（まだか？）マツラは手すりをにぎりしめながら、知らず知らずに身をのり出していた。

（いません……）あえぐような、多足犬の思念がこたえた。（まだ見つかりません……次の組で最後です）

ドームの中は、冷たく、重たい霧でみちていた。――歌声はその霧の中にのみこまれるように小さくなり、霧を透して、せわしなく明滅する赤や、グリーンのランプの光だけが見えていた。

フェリーの第一船の、発進する衝撃が、ドームの外からひびいていた。

（四九七……四九八……四九九……五百……五百一……五百二……五百三。――終りです。いません）

緊張がふっ切れたように、思念がよわまる――見おとしたことはあるまい。情報がまちがっていたのか、確率過程の計算要素があいまいすぎたのか……。

「いましたか？」警備主任が、手の甲で、ちょっと額をぬぐいながら、ホッとしたようにきく。

「いや……」と彼は、かすれた声で答えた。「いないようだ――お邪魔した」

だが、――あきらめはしない、――とマッラは、こちらへ、首をたれて歩いてくる多足犬を見ながら思った。――おれは追ってやる。おれは、あいつを――あの男を、どうしても追いつめてやる。時と空間の果てまででも……。

「どうしたんや?」と初老の男は、防空頭巾の中から、眼を光らせながら、とがった声でいった。「それ、どこでひろてきたんや?」

「あの――加納町の角まで来た時、異人さん夫婦が……」

「外人夫婦?」男は、炎々ともえさかる、あたりの炎の中を見まわしながらいった。「ドイツ人か?」

「奥さん、ちょっと日本人みたいやったけど……」さけたモンペに防空頭巾の女は、おろしながらいった。「こ、これ、ちょっとの間たのみますと、泣くようにしていわはったもんやから……」

「あほ! わが身さえ、あぶないのに、他人の赤ン坊を……」

その時、またもや空がザアッと鳴った。ポンポンパンパンと、信管のはじける音が、あたりにたちこめ出した。

「また来よった!」男は、煤けた顔に歯をむき出して、妻の手をつかんだ。――女の、腕の中の小さなものは泣き声もたてない。

「あんた!」

眼の前にバシバシッ！　と、数個の閃光が炸裂して、アスファルトにつきささった数本の油脂焼夷弾が、グワッと赤い炎を吐き出すと、女は腰をぬかしそうにした。

「そっちはあかん！　三ノ宮や――布引の方へ行こう……」

男は叫んだ。――傍の火の中から、黒い塊りがころげ出してきて、ベタッと道にたおれた。老婆が一人、全身から火を吹きながらもえていた。

「野々村はん！」

煙と灰の渦の中から、あちこち火のついた服を着た男が、とび出してきて、かけながら叫ぶ。

「布引の方はあかん。北野から、諏訪山の方へ……」

「あんた！」

煙にまかれて、夫を見うしなった女が、金切り声で叫ぶ。――またもや、空の奥が、ザザーッと鳴る。女は、血走った眼をすえ、それでも、腕にかかえたものは、しっかり抱きしめたまま、やみくもに走り出す……

2

空気が異様に熱く、大地がゆれていた。

（気をつけろ！）とNは、自分自身に叫び、その拍子に意識をとりもどした。

赤茶けた大地のくぼみに、うつぶせになり、体中あちこちすりむいていた。――やけどをしたように、皮膚の一部がヒリヒリいたむ。ハッと気がついて、あたりを見まわすと、さいわいにも、機械は、くぼみの下、二、三メートルはなれた所にころがっていた。いたむ体をひきずって、近づいて見ると、少しこわれている。

大地がまた鳴動し、バラバラと何かふってきた。——黒い、やけた石だ。煙の尾をひいて、間けつ的に、ひっきりなしにふってくる。あたりは、奇妙な感じのする巨大な森と、赤土と、露出したゴッゴッの岩山だ。

ここは——どこだ?

丈の低い、いじけてまばらな草の間を、何かがバラバラとかけて行く。——獣かと思うと、体長一メートルほどの、暗緑色の皮膚にいやらしい褐色のまだらのある、トカゲのような生物だった。その大きな口と、後脚で立って走って行くようすを見ると、Nは口腔が、シュッと音をたててかわくのを感じた。

メガロザウルスだ!

(えらいことになったぞ)と彼は思った。

どこかにかくれて、機械を修理する場所を見つけなければならない。

大地が、立っていられないほどはげしくゆれ、岩山のむこうで、バリバリと雷鳴のようなひびきが鳴りわたるとあつくやけた空に、赤い火柱がどっとたちのぼった。つづいて、すさまじい、葉牡丹型の、黒煙が、むくむく沖天にもり上って行く。ドスッ、と音をたてて、硫黄くさい火山弾が、五メートルとはなれていない所におちる。熱い灰もふりはじめた。

Nは機械をひきずって、くぼみのむこうに見える断崖にむかって、走りはじめた。——断崖のひだの間に、ちらとさけ目が見えたような気がしたからだった。——いったんスロープをおりて、足場のわるい丘陵をはいのぼると、そこに息をのむような光景がひろがっていた。

大小無数の、何十万という奇怪な動物が、丘陵のむこう側の大斜面を、平地へ平地へとむかって移動していた。——体長十メートルもありそうな、巨大なものから、ピョンピョンとぶ小さなカンガルーぐらいの大きさのものまで……。

蘇鉄シダの密林の梢が、突風と大地の震動にゆさゆさとゆれると、小さな小鳥ほどの大きさの翼手竜が、パアッとごまをまいたようにとびたって、斜面の下へ滑空して行く。すぐ眼前の叢林からイグアノドンににた恐竜がはね出して、ドタドタと、土ぼこりをたてて、逃げて行く。——だが、Nの頭を、思わず反射的にひっこめさせたのは、下方の、ドロンとよどんで、にぶく光っている湖面のあたりに、ぬっと黒い頭をもたげた、巨大で獰猛な肉食恐竜の姿ではなくて、四、五十メートル横の岩かげから立ち上った、黒い影だった。

（来たな）とNは、歯がみする思いで、胸に呟いた。

機械を岩かげにかくすと、彼は地べたにはった。——腕と膝をつかって、すばやく近づきながら、右手に手ごろな石をつかむ。背中に、ドスンと、あつい火山弾があたって息のとまるような思いを味わう。チラッと空を見あげると——はたして、いた。茶褐色の灰と煙に汚されて行く空の片隅に、ポツンと白く光る点が……。

最後の数メートルを、彼は、バッタのように跳躍した。ふりむいた男の、驚愕に硬直した顔の正面に、石がグシャッと音をたててぶつかった。

ぶったおれた男を、仔細に見てから、彼は、はじめて、その黒いスーツをびっちりきこんだ男が、追手でないらしいことに気づいた。――しかし、そんなことにかまってはいられなかった。どこからか――ひょっとしたら上空から、この男を見はっている『眼』があるにしても、今はそれを気にしているひまはなかった。鳴動はいよいよはげしく、火山弾の落下は、かなり危険な状態になってきた。

男の手にもっていたのは、記録装置らしい、銀色の筒だった。それには眼もくれず、腰をさぐって、光線銃と、道具入れをはずすと、Nは、また一目散にかけ、岩かげの機械をひきずって、断崖の裂け目にむかった。

まっ暗な、洞窟の中にはいりこんだ時は、息が切れて、全身が、水をかぶったように汗みずくだった。――まっ暗な中で、しばらくぶったおれて、息をととのえていると、天井の岩が、地震のため、メキッとぶきみな音をたて、土砂がバラバラとふってきた。

ぐずぐずしてはいられない。

入口からさしこむ明りをたよりに、彼は、道具入れから道具をひっぱり出し、機械をなおしはじめた。――ずいぶん長い時間がかかったようだった。汗が眼にはいり、手がすべって、皮膚を切りさき、しまいには、すすり泣くような息を吐きながら、手さぐりに修理をつづけた。やっと、最後のビスをしめつけおわったとたん――

洞窟の中に、けたたましい、金属性の音がひびきわたった。

顎がガクッとはずれるぐらい、口をあけて、彼は洞窟の中を見まわした。うす闇になれた眼に、洞窟の壁におかれた、一箇の妙な恰好の金色の電話器が、身をふるわせて、鳴っているのが見えた。

どうして、それをとりあげる気になったか、わからなかった――だが、気がついた時は、彼は、通話用のカフをおしていた。

「なにをしてるんだ？」――きわめて変型した、しかし、ヨーロッパ系らしい言葉がいった。「報告は？――特にチェックさえなければ、管理部の方では、予定通り、放射性物質の撒布をはじめるといっている。特に保護しなければならない類はないか？」

彼は横目で、今修理ができ上ったばかりの機械の方を、ぼんやり見つめていた。洞窟の外――ずっとはなれた所で、何かはげしく動いているものがあった。

「おい……」声は、いぶかるようにいった。「どうした？　何か変わったことは？」

「ないよ」彼は、ひからびた声でいった。

「そうか――お前も早く、ひきあげろ。噴火が相当ひどい。うまらないうちに……」

突然彼は、カフを切った。――天井から、ドサッと、岩盤の一部がおちてきた。もうもうとあがる土煙の中で、彼は、何とか正気にかえらなければ、と思いながら、機械の操作レバーをつかんだ。

電話のベルが、またけたたましく鳴りはじめ、それにさそわれるように、洞窟の外に、重い足音がちかづいてきて、入口の明りがかげった。

「連中、あらかた追いこんだ」

同僚が報告してきた。

「網からもれたのは、わずかだ。首謀者も網の中にいる」

「あいつは?」I・マツラはききかえした。「サムをやった奴は?」

「わからないが——一九六八年、ニューヨークで逃走したとすれば、網の中にはいないんじゃないか?」

「あいつは、俺が追う」マツラは、ものうげにつぶやいた。「どの年代かで——つかまえてみせる」

「もれたやつの一組が、日本でつかまった」同僚は淡々と報告をつづける。「男と女だ。——一九四五年、空襲中の神戸市とは、うまい所に逃げこんだものだが——挙動不審で憲兵隊につかまったのが、運の尽きだ」

「男女一組?」マツラは、ふと耳をそばだてた。

「赤ン坊はいなかったか?」

「いや——報告には出ていない」

追いたてろ!——彼の内心の声が叫ぶ。——追いたてて、追いたてて、息をつぐ間もないほど追いたてろ！

「おれはあいつをつかまえる……」マッラは、乾いた声でいう。「果てから果てへ――決してのがれられないような網をはってやる」

「むりはよせよ」同僚はいう。「主勢力は、大方封じこめたんだからな」

通信が切れる。――アルファ・ケンタウリ第四惑星の上で、マッラはちょっとあたりを見まわした。――ヤップ移民団の粗末なキャンプが、眼と鼻の先にあった。

進化のある部分をのぞいて、ほとんど地球とかわりない、緑と水におおわれた惑星――大気組成まで、似かよっていて、ほとんどじかに呼吸できる。――もっとも、全宇宙での、酸素―炭素型惑星の全数を知っているマッラにとっては、珍しくもない。が、祖国再建の熱望を抱いて、この星にうつりすんできた連中にとっては、狂喜するにあたいした。すでに、祈りと、苛酷な開拓労働の日常が、彼ら〝日本人〟キャンプではじまっていた。

だが――そんなものには、眼をくれるほどのこともない。万が一に望みを託して、この星に来てみたものの、連中の中に、あいつがいないのが確実となってみれば……。

網を張れ！　とマッラは命じた。原初より、宇宙の終末時にわたり、宇宙のはてからはてにまでひろがる、巨大な、蟻一匹もらさぬ、容赦ない網を……。

3

反射的な跳躍だったのに、跳躍時点の選択に、無意識に二つのモメントが働いたらしかった。——一つは、BC一〇〇〇~AD一五〇〇の間に、第四班が、配布に出かけていること、もう一つは、——故地の観念……。

草むらの中で、Nは、乗物からおりた。——機械は、かすかに、いがらっぽい臭気を吐いていた。相当オーバーヒートしている。

そこは、丘陵と丘陵との間のスロープの中腹だった。背後に、山脈がおりかさなり、正面に大きな、よくしげった、杉の森が見えた。眼の下に水のない河床が、蛇行して、その先に平野が見えた。——ほとんど一面、草だか芒(すすき)だか、丈高い草におおわれて、かすかに起伏している。小さな平野だ。村落らしいものは、遠くにポツンと、黒くかたまった三角形の屋根が見える。周辺に水田らしいものも見えるが、よくわからない。

そのほかは、まるっきり、人の気配、生活の気配らしいものが感じられない。——時候はいつごろか?——どんより曇った空の下で、むんむんと草いきれがあつかった。彼は、額の汗をぬぐった。

体臭をかぎつけてか、蚊だか、ぶよだかがワアンとよってきた。はらおうとすると、びっくりするほど大きな、女郎蜘蛛(じょろうぐも)の巣に手をひっかけてしまう。中腰になると、草の動く気配に二握りほどもある太さの、蛇の胴が、ザザザッと草をかきわけ、彼の鼻先きに、その燐光(りんこう)をはなつ皮膚をヌメヌメとくねらせながら通りすぎて行く。——何におどろいたか、すぐ背後から、バサバサッと、すさまじい音がおこった。キチキチと羽を鳴らしながら、山鳥が、眼もあやな尾をひきながら、スロープを、下方の森へ、とび去って行く。こぼれ羽根の一、二枚が、ヒラヒラと宙を舞って、彼の、汗まみれの頬にくっついた。

彼は立ち上った。

小虫は、わんわんと顔のまわりに群れ、時たま、何の鳥か、ヒヨヒヨヒヨと、甲ン高く、澄んだ声で鳴くのがきこえるばかりで、あとはしいんとしずまりかえっていた。——大気の底に、ざわざわと森の梢の鳴る音が沈んでいるのが、息をととのえて、やっとわかるぐらいだった。——それよりも、こめかみでズキンズキンと鳴る音の方が、高くきこえた。汗がやっとひくと、時たま、ザッと草の穂を鳴らして吹きわたって行く谷風が、かすかに臭気をはこんできた。

Nはあたりを、もう一度見まわした。ここはどこで、年代はいつごろだ?——機械のインディケーターがこわれていてよくわからない。

風がもう一度異様な、胸のむかつくような臭気を吹きおくってきた。——同時に、彼は、スロープをおりきったあたりにもり上っている、一きわ丈高く、大きな草むらの間に、チラと動く、白いものを見つけた。——反射的に、あの黒衣の男からうばった光線銃に手をやり、身をかがめたが、じっと見つめていると、その白くひらめくものは、生き物ではなかった。

何かが風に、動いている。

そして、胸のむかつくような異臭も、その方角から流れてくるのだ。

彼は、あたりに気をくばりながら、胸まである草をかきわけ、スロープをくだりはじめた。――斜面には、笹や芒ばかりでなく、グミや、櫨や、モチの木などもはえていた。――モチの木の一本の傍を通りすぎるとき、その木の皮が、つい最近はぎとられたらしく、白い肌がむき出しになっているのが眼についた。

（モチの木をつかって、トリモチをつくっている連中がいるな……）と彼は思った。

それから、自分がなぜ、こんなことを知っているのだろう、と、いぶかる気になった。

――周囲の山野は、なんとなく、無言の圧迫をくわえてくるようで、ふとおそろしいような感じがするのに、同時にその情景は、ずっと前に見たもののように、妙になつかしいのだ。

草むらの傍まで来た時、さっき見えた白いものが、漂白された麻の繊維であることがわかった。丈なす草むらの中に、二本の笹竹がつきさされ、その途中に、一方には白、一方にはうす青く染められた、麻の繊維が、むすびつけられて風になびいている。――草むらをかきわけると、中は丸い、小さな広場になっていて、短い草の間に、死体が腐っていた。――筋肉はほとんどカラカラにひからびて、まっ黒になって四肢にこびりつき、はじけて赤や、灰色や、青黒い中身のドロリと流れ出した腹からは、ワアンと金蠅が、とび上って、たまらない臭気がした。唇も眼球も、とうの昔にとけてなくなり、眼窩や、耳のあたりから、肥った卵色の蛆が、ゾロゾロはい出し、地上にこぼれ、またやわらかい、卵色の紐のようになって蠢めきながら、食べのこしをかたづけに出かけて行く。

（墓か——）とNは思った。（捨て墓だな）白骨は、まだほかに数人分、その数メートル四方の、丸い広場のなかにころがっていた。——こわれた素焼きの皿や、高坏らしいもの、壺らしいものの破片……死体は、粗末な麻布を脚のあたりにまとい、木でつくった、太刀の形をしたもの、泥によごれた管玉、藁をまるくあんだ、円座か、さんだらぼっちのようなものの上には、ひからびて青かびのはえた米飯と、これもひからびた、莢豆のようなものがおいてあった。

草むらにつっこんでいた首をひき出して、河原の方を見ると、草にびっしりおおわれた河床の一部に、まるくふみかためられた場所があった。——まわりに、白骨のような肌をした、百日紅や、椿や、榊の木が数本、ひょろひょろとはえている。

こちらの広場の直径は、かなりひろく、直径二十メートルぐらいあった。川上よりと川下よりに、深い樹林があり、広場そのものが、段丘の上にあって、四方から見えないようになっている。そこで、大ぜいの人間が、踊りでも踊ったのか、草は何回もふみかためられ、ほとんど地肌がむき出しになっている。——酒をいれるらしい、同じく素焼きの、首の長い瓶子が一つころがっていた。広場を歩くと、ふと足もとに、カラカラと音をたてるものがあった。——ひろいあげて見ると、稚拙な、土の鈴だった。

広場から、川下の森にむかって、芒の中をふみかためた、細い道がつづいている。

そちらへ行けば、村落へ出られるだろうか？——むかえるのは、いつの時代の、どんな人々だろうか？

突然、耳もとを、ヒュッ！　と何かがかすめた。眼の前の椿の木に、ピシッと音をたてて、何かがあたり、地面におちた。——山鳥の羽毛を尾羽根につかった、粗末な矢だった。反射的に、ふりかえった鼻先に、足の爪先から数センチとはなれていない地面の上に、何か赤いものを巻いた槍が、グサリとつきたった。——槍先は、黒曜石でできていて、黒々と光っていた。腰の武器に手をやろうとした時、背中をドンと、重いものでなぐられ、よろめいた眼の前に、これはチャート質らしい石でつくられた、槍の穂先が、ぐっとつき出された。

背後で、汗と、獣のような臭いがした。槍をつき出している男のほかに、もう一人いるらしく、背中になにか、鋭くとがったものをつきつけられていた。——眼の前の草むらが、ガサガサゆれると、毛皮を着た男がのっそりとあらわれた。

（ネグロイド！）と反射的にNは思った。

それほど、その男は、色が黒かったのだ。垢か、陽焼けか、それとも皮膚そのものの色か、——あるいは、顔に何かぬっているのかも知れないが、黒光りする顔の中で、ランランと輝く二つの眼が、動物じみていた。——頭は半白のちぢれ毛、口もとは同じく半白のちぢれたひげをたらし、かなり年配らしかった。

黒光りする、たくましい腕がのび、しわだらけの手が、槍をつかんで、地面からひっこぬいた。——そのまま、ギラギラ光る金壺眼は、じっと彼を見すえている。たまらない垢の臭気が、プンとして、首すじに、肥ったしらみが、はっているのが見える。

（……！）

老人は、前歯のかけた口をひらいて、何かいった。――門歯は、ぬける以前に、研ぎ出されたらしく、溝をつけられて、フォーク型にすりへっている。――熊か山犬らしい毛皮を体にまといつけ、手首と足首に、木の実をつづった輪をはめ、青銅製の山刀をさし、両側の壮漢は、それぞれ石の斧と、棍棒を木の蔓の帯にはさんでいた。半弓よりちょっと大きいくらいの弓を、老人は背中にしょっていた。

（……!!）

老人は、また何か叫んだ。――彼は、首をふった。槍をつきつけていた、色の黒い、ニューギニア原住民そっくりの顔つきの男が、三角型にとがらせた歯をむき出して、腰の斧をぬいた。

老人は、草むらの中の墓所と、彼とを、ジロジロ等分に見まわし、それからまた何か叫ぶと、先に立って、河上の方へ歩き出した。

背後の男が、鳥のような叫びをあげ、彼の首筋を、槍の穂先でつついた。――彼は、ちょっと河下の方をふりかえってから、歩き出した。

河床をのぼりつめてから、丘陵の尾根を一つこえ、むこう側の斜面をくだって行くと、突然足下に、どうどうと鳴る渓流の音がきこえた。斜面の下は、杉やヒノキ、トガサワラなどの密生林になっていて、それをくぐりぬけると、奔流が岩をかむ谷間に出た。――一行は、谷づたいに上流へとのぼって行った。

どちらを見ても、岩と水と鬱蒼(うっそう)としげる、千古の樹林だった。小さな滝をいくつもこえて行く間、彼は疲労のあまり、何度もぶったおれそうになった。——なにしろ、この色の黒い連中の山歩きのスピードときたら尋常(じんじょう)ではない。

途中、横にいた男が、ビクッと体を動かすと、たちまち槍がとんで、樹間へにげこもうとしていた小動物が、あわれにも串刺(くしざ)しになった。

老人は、何かしかりつけたが、若い、眼のギョロッとした、唇の厚い男たちは、とらえた野兎(のうさぎ)を、たちまち手でひきさいて、生のまま食べた。

数十メートルのいただきから、万雷のとどろきをたててなだれおちる瀑布(ばくふ)の横から、支流にはいって行き、途中から比較的ゆるやかな、杉木立ちの間の斜面をのぼって行くと、突然木立ちの間で、鋭い、鳥の鳴き声がした。

老人が口に両手をあて、長くひくような、梟(ふくろう)に似た声をあげた。——とたんに、すぐ近くの、杉の中枝が、バサッとゆれ、むささびのような黒い影が、蔓のようなものにつかまって、ヒラリとゆれると、もう姿が見えなくなった。

やがて、森のあちこちで、やかましく鳥の鳴きかわすのがきこえた。

Nは、ふたたび、あの悪臭を鼻腔に感じて、思わず顔をしかめた。——歩きながら、何の気なしに見上げると、杉の木の一つに、高さ十数メートルのあたりに、蔓をあんでつくられたらしい網にいれられ、ハンモックのように二本の枝の間にぶらさげられている、黒いものが見えた。――悪臭は、鮮烈な杉肌の香りをぬって、その黒い、人間ほどの大きさの塊りからおりて来ていた。

気がつくと、そんな塊りは、あちこちの枝から、ぶらさがっていた。――一方の蔓がくさって切れ、一本の蔓で、袋のようにぶらさがっているものもあり、また、網目の間から、白骨が、ダラリとさがっているだけのものもあった。中には、地上わずか三メートルぐらいの所に、吊され、下に木と竹を編んだ台をつくり、何かそなえものらしいものをおかれている死骸もある。

そのうち、木立ちの間が、急にひらけた。昼なおくらい樹林にとりまかれて、岩盤の露出した、小さなあき地があった。人数にしておよそ二、三十人の、毛皮をつけ、ちぢれた髪に、眼光鋭い、半裸の男女たちが、いっせいに、ギョロッとこちらにむかって眼を光らせた。

空地の一方は、崖になっており、人工のものか天然のものか、とにかく洞窟が二つばかり、ポッカリと口をあけている。洞窟の前には猪、鹿、熊、狼などの毛皮が、ならべてつるされ、空地の中央には、焚火があって、くみあわせた木の間で、何かの肉が、あぶられていた。

あちこちに、屠られた動物や、枝つきの木の実、茸のたぐいがつまれている。――片隅に動物の骨が散乱し、枝につきさされた、人間の髑髏らしいものも見える。そのほか、空地の広場に、木の枝をくみあわせ、屋根型をつくった上に、木の葉や木の皮をかぶせただけの、およそ小屋ともよびがたいものが、二つ三つ見えた。

すえたような体臭と、つきさすような白い、敵意をふくんだ視線の中を、彼は槍の柄で、肩や臀（しり）を打たれながら進んだ。——これからいったい、どうなるのか、皆目（かいもく）わからないが、手足を縛られてないので、武器はあるし、まさかの時逃げるだけの自信はあった。——だが、しばらくなりゆきにまかせてみようと思った。第一、ひどくつかれていたし、空腹でもあった。すぐに殺されさえしなければ、捕虜になってもいい。

首長らしい男は、小屋の一つの前にいた。——しかし、よく見ると、その巨漢は、彼を捕えた老人に深い敬意をはらっているように見えたので、どちらが首長なのか、よくわからなかった。それより、彼の注意を強くひいたのは、頭だったものらしい、その男の背後から、じっとこちらを見つめている、白い顔だった。

その顔を見た時、彼は息がとまるほどおどろいた。——周囲の連中と、はっきりきわだってちがう、その顔だちは、明らかにアリアン系のものだった。髪も赤みがかった茶色で、鬚（ひげ）も赤い。その男だけが、獣衣のほかに、褐色の布を身につけ、足には毛皮でつくった靴をはいている。それ以上に、おどろいたのは——

その男が、指をくみあわせた恰好だった！

老人が、何か鋭く叫んだ。——数人の男たちが、こっそりよって来て、彼の方をさして、何かぼそぼそいいあった。腹のふくれ上った、できものだらけの、まっぱだかの子供が、めずらしそうによってくる。彼は、隙を見て自分の指先をくみあわせた。

白い顔の男が、ツカツカと近よって来た。首から、小さな金属板や、玉や、獣の牙のかざりをいっぱいさげ、腰のまわりには、ギョッとするほど巨大な、蛇の皮を巻きつけている。――その男が、彼の方をさして、大声で何か一言、二言いうと、まわりの連中は、すっとさがった。

男はちかづいてくると、ギュッと彼の腕をつかんだ。

「どうしてこんな所へきた？」

男は、早口の英語でささやいた。

彼は、手みじかに、経過をしゃべり出した。

「まあ待て……」と男はいった。「話はあっちでゆっくりきこう」

そういうと、男は、じっとかたまって、こちらを見つめている色の黒い連中にむかって、何か鋭く叫んだ。――連中は白い眼を、ちらちらむけながら、のろのろとちらばっていった。老人だけが、おこったような顔つきで、こちらをにらみつけていた。

「こっちへ――」と男は、彼の腕をとって、小屋の方へひっぱって行った。「君は、もう死んだかと思ったよ」

「君は、なにをしてるんだ？」せまくるしい小屋の中にはいこみながら、Nはきいた。

「第四班だったろう？――配布して、すぐ帰投しなかったのか？」

「もう、あそこへは、帰れないよ。N――」男は、胸にさげた、金属性の円板を、ギュッとにぎりしめながら、つぶやいた。「君は――そんな具合じゃ、知らなかったろうが、もう帰れないんだ。大ぜいの仲間が、やられたり、つかまったりした。ルキッフは、追いつめられている……」

「ルキッフが?」Nは、思わず大声で叫んだ。「助けられないのか?——なんとかならんのか?」

「包囲されている。もう、どうにもならん。——彼のことだから、またなんとかして、切りぬけるかも知れん。しかし、またつかまえられ、閉じこめられるかも知れん」

彼は唇をかんだ。——で、これから?

「組織は、解散するのか?」

「一時期、雌伏だ。——われわれも、どこかに——たとえばここ、ここに——しばらくかくれている」

「しかし、ルキッフは……」

「そのことだが——」と男——ホアンは、きっと眼をあげた。「ルキッフは、万一つかまった時の後継者に、君をえらんだ」

「なんだって?」Nは、眼をむいた。「おれは——新入りだぜ。新入りの……」

「彼は、君の〝理論〟を知っていた。——それで、そいつを高く評価していた。〝時間と認識〟という論文を書いたろう?」

「ああ……」突然、まったく何の理由もなく、Nは身ぶるいした。——おそろしく遠くはなれた、一つの記憶が、かすかによみがえろうとしていた。「だが、あれは、単なる思いつきのメモで……」

「だが、ルキッフのメッセージには、そのことをいっていた。——もし、君が無事で、仲間たちとの連絡が回復できたら、君がのこりの連中のリーダーになれ、ということだ。そして、君への伝言は、エネルギー恒存則が、なぜなりたつのか、その謎を解けば、われわれの原理が明確になるだろう、といっていた」

「エネルギー恒存則?」彼は、呆然とした。「それがいったい……どうしたというんだ?」

「知らん。——おれたちは、そう伝えるようにいわれただけだ。それから、君のメモの中にあった、三つの仮説——〝脈動時間論〟と、〝超多元宇宙構造論〟と〝現象認識の無時間モデル〟というやつを、重ねあわせて見ろ、ともいっていた」

沈黙がおちてきた。——杉皮の、粗末な屋根に、パラパラと雫がおちてきた。どこかで遠雷が鳴り、風がザザッと、梢を鳴らしてわたって行く。

「ふるかな?」彼は、ポツンといった。

「そんなことはどうでもいい——わかったかね?」

「皆目わからん」と彼は首をふった。「むかし、そんなことを考えたこともあるが、それが、現在のおれたちの行動と、どう関係するのか、まるっきりわからない」

「だがルキッフは——」ホアンは、体をのり出していった。「それを解くことが、おれたちの行動の原理になるといっていたぜ」

突然、広場の反対側で、ドロドロという音がひびきわたった。——うす暗い小屋の中からは見えない、杉木立ちの間を、コーン……コーン……とこだましながら、わたって行く。音は、しばらく間をおいてから、今度は、はげしく、急調子に、つづけざまになりはじめた。――うつろな木をつかった、太鼓らしかった。ボコボコボコという音が、山肌にひびき、樹林をぬけ、こだまがこだまにこたえて、はるかに遠い尾根をわたって行くのが、手にとるようにわかる。

「ここはどこだ?」Nは、その、なにかしら不気味な、おどろおどろしい響きにききいりながら、ひとり言のように、つぶやいた。「いつごろだね?」

「おれにも正確にはわからない――」ホアンが、膝をかかえて、ボソッと低い声でいった。「ほぼ、BC一〇〇〇年から二〇〇〇年ぐらいの間じゃないかな――作業中に襲撃されて、そのまま逃げこんだから……」

「場所は?」

「きまってるじゃないか――」ホアンは、少し呆(あき)れたようにいう。「日本列島だよ。――この尾根のむこうが、紀伊(きい)山塊だ」

「日本だって?」Nは、夢見るようにつぶやく。「だが、あの連中は……」

「先住民だ――君の先祖だぜ……」ホアンはニヤッと笑う。「先住民といっても、連中は特殊だ。見てもわかる通り、ミクロネシアかメラネシアか――とにかくそこらへんから、黒潮にのってやってきた、ネグロイドだ。丘陵部水縁先住民の、縄文人の間にわりこめなくて、山の中に追いこまれた。絶対少数派だね――南へ行けば、そういう少数派がかなりいる。インド人もいるし、北米交易をやっている中国系の連中の漂着民もいる。俺は、二つ三つの手品をやって、連中の魔法使いにおさまったってわけさ」

ボコボコボコ……と、うつろなひびきは、まだつづいている。――不気味に、地霊を呼び、山霊に訴え、木魂、魑魅にささやきかけるように……。Nは、ふと、おかしな戦慄を感じた。太古の――原始林の奥の、原始的な種族の間にあって、一心に、エネルギー恒存則の成立理由を考えようとしている自分の、あまりに奇妙な立場を思って……。

「ここへはどうやってきた？」ホアンがボソリときいた。「通路でもみつかったのか？」

「いや――」Nは、全身に異様なかゆさと、戦慄をおぼえながら、ぼんやり答えた。「機械を使った」

「そいつはうまい！」とホアンは、眼をかがやかせた。「そいつが使えるなら――ここも、連中に胡散くさがられて、そう長くはいられないからな。――どこにある？」

「丘の――」彼は、体の芯に、不快な熱が、突然まきおこってくるのをおぼえた。――めまいと吐き気がした。「捨て墓のある、丘の……中腹……」

「どうした？　寒いのか？」

ホアンがびっくりしたように、のぞきこんだ。――彼の手が無意識に、脛をボリボリかくのを見ると、ホアンは、急にきびしい顔になって、小屋の屋根から、強い香気を放つ、木の葉をとって、もみしごいた。

「山ダニにやられたな。見せろ――」

Nは、ガタガタふるえながら、眼をつぶっていた。――ホアンの手が、ズボンの裾をまくり上げ、口笛がきこえた。

「やれやれ――連中は、山ダニよけの葉を、おしえてくれなかったのか？――まってろ。すぐなおしてやる」

4

すべての可能性の交叉点に網を張ること
そんなことは、不可能だ、ということは、はじめからわかっていた。――だが、マッラは、やれるだけやってみるつもりだった。本気になって、彼は考えた。――よく考えれば、条件は、かなりしぼられてくるのだ。

だがお前だって、全智全能じゃあるまい……。

そんなことは、わかっている――とマッラは、ささやきに答える。――おれだって、そりゃ、全智全能ではないさ。だが、あいつは、どうしても、おれがつかまえるのだ。

なぜ？――なぜ、お前が？……。なぜ、お前があいつをつかまえなければならないのだ？　あいつは、お前と、どんな関係にあるのだ？

サム・ブリックストンを殺したからか？

お前のビジネスを、何回となく挫折させた連中の、片われだからか？

そんなことはどうでもいい！――とマッラは叫ぶ。――とにかく、あいつを、つかまえるんだ。なぜなら……

　なぜなら？

　なぜ、彼らが、あらがいがたい運命――かつては、自分たちもまた、それをうけいれることによって、あのような存在にまでなった運命に対して、さからおうとしているのか、それが知りたい。――それを知ることによっておれという存在が、なぜある『階梯（かいてい）』に制限されているのか、想像しうる全能とは、いかなるものか、逆算し得るかも知れないからだ。

　だが、なぜ、あの男によって？


　直径八百億光年に達して、なお膨脹しつつある宇宙のはしからはしまで――その中にふくまれる、あらゆる『可能な通過』の、ほとんどすべての結節点に、彼は『網』を張った。――彼のランクとしては、すでに権能の限界をこえかけていたが、それでもマツラは、強引に同僚を説き、上司を説いて、準備をすすめた。

「なぜ、こんなに大げさにやる必要がある？」と同僚は、冷ややかに非難した。「こまかい所をさがせばいい。――君自身も知っている。条件は、かなりしぼられているんだ」

　マツラ自身も、なぜ自分が、こんなに、歯がみするほど夢中になっているのかわからなかった。――あらゆる可能性の結節点の、時空間の断面に、網を張り、警報をしかけ、少しでもそれにひっかかる兆候があれば……。

「君は、松浦の意識を吸収してから、すこしかわったな、アイ……」上司はいった。「君は——君はまるで……地球種の意識体みたいにみえる」

　それはそうかも知れない、とマッラ自身が思う。——彼自身も、『離陸』以前の存在をたずねて見れば、どこかの地球種を、その前身にもつかも知れないのだ。

　ルキッフの捕獲は、もう時間の問題だったので、彼はその包囲作戦には眼もくれなかった。

——今度の逮捕にしてからが、もうすでに何万回目か、何億回目だったか、もはや数も知れないのだ。奴を逮捕して——いったいどうするというのだ？　バラバラの素粒子段階にまで分解してしまう。さらにそれを、同数の反素粒子にぶつけて、巨大エネルギー——電磁波にまで還元してしまう。エネルギー波は、宇宙の果てにまで無限に拡散して行き、その果てで反射して、またかえって来て——またもや、時空間のどこかで、新たな実体をつくり出してしまう。奴はどうせ、不死身なのだ。この宇宙の存在自体の中に、不可避的にふくまれる意志であり、〝存在する〟ということが、いやおうなしにふくまねばならない、一つの形態自身だからだ。

　——奴を完全に消しさろうと思えば、エネルギー恒存則の〝呪縛〟をときはなたねばならない。

　つまり——この宇宙そのものを、消滅させねばならないのだ！

「アイ——」灰色の超空間の夜から、長官が、ふきげんな思念をおくってきた。「まさか

――〝逆行宇宙〟の領域にまで、手を出すつもりじゃないだろうな」

　さすがに、そこまでは、やる気がなかった――だが、もし方法があれば、やっていたかも知れない。あの男を追いながら、実はそれが一つの口実で、彼の階梯における〝禁止領域〟の、秘密のベールを垣間見たがっているような気がするのだった。

〝逆行宇宙〟――やっと素粒子論段階に達した知性体が、そのほんの一部の切断面を見て、〝反宇宙〟となづけているものの総体……この宇宙――マッラ自身が、未だにその中にとらえられ、多元性をふくめて、その存在の輪から出ることのできない宇宙の、ちょうど〝裏側〟にある宇宙――この宇宙の膨脹が、その宇宙では収縮として現象し、エントロピーの増大が、減少としてあらわれ、時間系が逆行し、生成が消滅に、消滅が生成に、うつし出される。そして、この宇宙が、膨脹の極限に達し、波だちさわぐ全エネルギーが、次第にしずまって、完全な平衡状態に達した時――つまり、この宇宙の終焉の時が、その宇宙の原初の状態になる。そのもう一つの、全次元性をふくむ宇宙との、境界領域を超えることは――さすがに、彼にもできなかった。しかし、彼は、網をはりながら、この宇宙の限界を仔細に点検することによって、その境界の〝むこう側〟をのぞきたい、という衝動がうごめくのを感じた。

　こうして、すべての天体の、すべての時間、すべての可能性の結節点に、『網』がはられた。もえさかる巨星、星かげまばらな空間に、鬼火のようにまたたく球状星団の中の、年おいた惑星の数々、レンズ状、渦状、リング状の星雲の角、宇宙の中心部において形成されつつある、奇妙な暗黒の輻射体の中にまで……。ありとあらゆる、きちがいじみた形態の『知性体』に布告をめぐらし、時間系のすべての『節』に、警報をとばし、原初段階から終末段階まで、すべての段階で下級〃作業〃をおこなっている、第五階梯の連中まで駆りたてて……。

そして――。

「それらしいのを見つけました」第五階梯中でも、一番低い段階のパトロールをやっている連中から、ついに、報告がはいった。「たしかにそれだと思います。時点は――λ系第二二八六五〇二のＪＤです……！」

第八章　追跡

1

太陽は、妙にふくれ上ってぶよぶよの感じだった。色はオレンジ色より、やや赤みがかっている。――燃えさかる、水素の炉である太陽の中心部で、核融合反応の灰であるヘリウムの芯が徐々にその量をふやし、次第にふくれ上がりつつ、今や、巨星化への一歩をふみ出そうとしているのだった。

赤みがかって、光度のおちた陽の光の下で、なんとなくどすぐろく見える、奇妙な植物の葉の間から、淡褐色の毛でおおわれた、無表情な顔がのぞいた。――キョトキョト動く、まんまるい眼と、頰にはえた、銀色のかたく短いひげが、おかしなとりあわせだ。背の高さは、一メートルそこそこ。まるい、まっくろな眼は、光線の加減によって、時おり、燠のように赤くもえ上る。つづれのような、ゆるいうす汚い衣服をつけ、帯を二ヵ所でしめている。

「アブナイ！」

と、そいつは、気持ちのわるいキイキイ声で叫んだ。

「アブナイアブナイアブナイ！——カエレカエレ！……」

「ティヒーはいるか？」マッラはいった。「特監局から来たといってくれ。——ワゴオから知らせをうけた」

「ティヒー？」そいつはつぶやいた。「ワゴオ？」

「そうだ——ワゴオを知っているだろう？　私たちの仲間で、お前たちの、聖なる巡回医師であり、相談役だ」

「ワゴオ？」

そいつは、つぶやいて、ちょっと頭をふった。——物おぼえの悪いのを、悲しんでいるように見えた。

「ティヒー、イル。ワゴオ、シラナイ……」そういうと、そいつはまたあの金切り声をあげた。「アブナイアブナイアブナイ、カエレカエレ！」

「チッ！」と背の高いパトロール隊員が、舌うちした。「私が呼んできましょうか？」

「こちらから行こう」マッラはいって、樹間へむかって、一歩ふみ出した。

「アブナイ！」そいつは、耳のいたくなるようなキンキン声でわめいた。「アブナイ！——ダーダー……アブナイ！　カエレ！」

「ダ、ダ、ダー？」マッラは、いぶかって足をとめた。「なんのことだ？」

突然、パトロール隊員が、マッラの腕をつかんで、グイグイひっぱった。——森林の間をぬけるかぬけないかのうちに、ボウンと音がして、まっかな炎が樹間にもえ上った。火の帯はたちまち森の中を、一文字に走り、何かが、ドサッと音をたてて、枝からおちてきた。

それは、森のすぐ傍の、土の中からあらわれた。――岩のいくつかが、ゴロリと横にころげると、その下からムクムクと土をもちあげて、青黒い、ピカピカ光るものが、次から次へとはい出してきた。長さ五、六十センチの、その卵型をした金属光沢のものは、カタカタカタカタと、奇妙な音をたてて、森の中の火の帯にむかって、突破をこころみようとするように、つっこんで行き、火にそって横に走り、またうろうろとひきかえしてきた。

「なんだ?」とマッツラは、顎をしゃくった。

「蟻ですよ」とパトロールはいった。「今、森の中にいたやつは、見はりだったんでしょうな」

「蟻か――」マッツラは、頬をゆがめた。「なにか着ていたようだな」

「ブロンズ甲虫の甲殻ですよ」パトロールはいった。「連中は、武器を提供してくれる虫を、飼ってるんです。――けっこう、ずるがしこい奴らですよ。中身は食料に、甲殻は、鎧がわりに――ブロンズ甲虫の殻は、矢や、槍なんかとおりませんからね」

「ワゴオは、どうして連絡してこない?」

「また、酔っぱらってるんでしょう」パトロールは、投げやりな調子でいった。「私たち――第五階梯のものが、こんな所でこんな連中を相手にしなきゃならないとなると、むりもないですよ。――やっぱり、乗物で行きましょう」

ガタの来たGボートにのって、森を迂回して行くと、盆地のほとりに、土饅頭のような住居が密集しているのが見えた。――さっきの、見はりの齧歯人の仲間が、空をあおいで、気がくるったように、キイキイギャアギャアわめきながら、走りまわっていた。腹の下に、四、五人の子供をかかえて、家の中にかけこむ母親もいる。

「あれですからね」上空から、さわぎを見おろしながら、パトロールはうんざりしたようにいった。「連中は、何かといえばあれです。――今、地球上で、一番勢力のある生物のくせに、まだ昔の臆病さがぬけないんですね。さわぎがおさまるのに、時には、一時間以上もかかっちまうんで、なるべく歩いて村にはいるようにしてるんです」

「呼んでみろ」マツラは、いらいらしながらいった。「郷にいれば、というが、そんなには待てん」

「ワゴオ!」パトロールは、スピーカーのスイッチをいれてどなった。「ティヒー!」

下のさわぎは、一瞬、凍りついたようにしずまり、つづいて、さっきに倍ます狂乱がはじまった。――住民たちは、のどもさけんばかりにわめきたて、上空にいると、耳がはりさけそうだった。その高さからは、上をむいてわめきたてる連中の、まっかな口と、巨大な二本の門歯がはっきり見えた。

「ティヒーが出てきました」とパトロールはいった。「チッ! そうギャアギャアわめくな。うす汚い毛皮野郎!」

「着陸させろ」とマツラはいった。

Gボートは、ものすごいサイレンの音をたてた。——下の群集が、ワッと散った所へ、パトロール隊員は、たくみにボートを着陸させた。

ティヒーが、土饅頭の中から出て、むらがりさわぐ、臭い連中をかきわけて、のっそりとちかよってきた。——身長は、ずぬけて高く、一メートル二〇ぐらいある。ひげはこわく、太く、二、三本先が折れていて、右耳に、かじりとられたあとがあった。ごわごわした、暗褐色の体毛には、だいぶ白髪がまじり、頭のてっぺんに特に白く輝く一かたまりの毛があった。体重は二十キロもありそうだ。肥えふとった体を、ヨチヨチはこんでくるありさまは、いささか滑稽に見えたが、ほかのものとちがって、くるくるキョトキョトしていない、膜のかかったような眼だけが、一筋なわで行かない、老獪さを物語っていた。——せいいっぱい、威厳を見せてごてごてまきつけた粗末な布の後から、太い、先のちょんぎれたしっぽが、だらりとさがって砂にまみれている。

「コンニチハ……」ティヒーはしわがれたキイキイ声でいった。——訛りの少ない、ユーラシア齧歯族語だ。「ヨウコソ、キタ。——ダーダー、キタ。アブナイ。マテバ、ヨカッタ」

「ダーダー……」マツラはつぶやいた。「さっきの蟻か？」

「そうです」パトロール隊員はうなずいた。「この連中の、最大の敵ですよ。勢力を二分してる恰好です」

「なぜ、おそってくるんだね！」

「連中の家畜をねらってくるんです」

「家畜？」

「ええ——でっかい、食用油虫です。この丘のむこうにいますが、見ない方がいいですよ」

「ワゴオは？」

「ケガシタ、ネテイル」ティヒーはずるそうにいった。「オオムカシノ、ステラレタマチ、イッテ、ダーダーニ、オソワレタ」

「ここに起きて来ているぜ……」にごった声がした。——青白く、垢（あか）にまみれ、不精ひげののびた長身の男が、酒のにおいをプンプンさせながら、フラフラと群集をかきわけてできた。「どきやがれ！　ドブネズミ」

　ワゴオは、口汚くののしると、酒甕（びん）をふりまわした。小人の輪が、キーッと叫んで散る。

「いつもこんな具合かね？」マツラは、パトロール隊員をふりかえっていった。

「しかたがないんです。監督官どの——」パトロール隊員はつぶやいた。「こいつの身にもなってください。ここで——このたまらないにおいの連中といっしょに、もうどのくらいいると思います？」

「私には関係のないことだ」とマツラはいった。——それぞれに、いろんな運命がある、という言葉は、口にふくんだ。

「やあ、特監局の方……」ワゴオは、酒壜を背後に投げすてると、よろめきながら、敬礼した。「何の御用です？――私といっしょに、この丘を二つこえたむこうの廃墟に行って見ませんかい？　そこはどこだと思います？――パリですぜ。あの……あの、古い古いパリの町なんですぜ」

まさか、報告が、まちがってたんじゃないだろうな、とマッラは思った。――ワゴオの意識は、めちゃくちゃに混濁していて、ほとんど見透しがきかなかった。――ひょっとすると、ふくむ所があって、酒をのんだのか？

「パリなら知っている」マッラは事務的にいった。「どうでもいいが――君の見つけた連中は？」

「見つけた？」ワゴオは、ドロンとした眼でブツブツつぶやいた。「何をです？」

「酔いをさまさせろ」とマッラは、パトロール隊員をふりかえっていった。「そうすれば、あとは訊ねる手間がはぶける」

「待ってください」ワゴオは手をあげていった。「いいます。――今、いいますよ。せっかく酔っぱらったのに、さまされてたまるもんか」

ワゴオは、フウッと大きな息を吐き、それから手をふって、いった。

「こっちです」

土饅頭の一つに、戸口に金属製のシャッターのおりているのがあった。――一行は、その奇妙な住居にはいった。中は、思ったより整頓されていた。だが、寝台の下には、山のように、酒の空壜がころがっている。

「酒は、どこから手にいれるんだ？」マツラはきいた。

「私たちが、さしいれてやるんですよ」パトロール隊員がいった。「仲間が、かわいそうに思って……」

「規定以上に、だな」

「むろんです。だって……」

「どこにいる？」マツラは室内を見まわした。「つかまえたのではなかったのか？」

「まあ、待ってください」

ワゴオは、手を泳がせながら壁際の通信装置のパネルの方に、歩いていった。――途中で、酒壜につまずいて、ひどい音をたててころび、それから化粧室のドアにすがりついて、したたか吐く。――嘔吐の臭いを、マツラは眉もしかめずたえていた。

「さあ、こいつです――」口のはたの、白い、ネバネバした泡を、横なぐりにこすりながら、ワゴオは、監視用テレビのスイッチを入れた。「見てください」

画面に、あれはてた大陸の俯瞰がうつし出された。――大陸全体がうすわびしい黄昏の影がせまっているように見えるのは、太陽の光が、森の方にずれているためらしかった。

空は暗く、山嶺の雪は、うす赤くそまり、森林は秋の色だった。

視野の中に、生きるものの気配はなかった。――画面がパンすると、湖とみまがうばかりに、平らかな、鉛色の大洋を、一匹の巨大な長須鯨――おそらく、この惑星上に、あといくらものこっているまいと思われる、あの最大の海棲哺乳類の裔——が、長い水脈をひきながら、ゆっくりと、泳いで行くのが見えた。

水鳥の影さえささず、波一つたたぬ死んだような海を、高々と首をかかげ、水平線の茜雲にむかって、音もなく泳ぎ去って行く巨大なシルエットは、遠い太古の時代に生きたという長鼻類の雄——象がその湖底の墓場にむかって進んで行く、という伝説の情景をほうふつさせた。

それはまた——かつて宇宙に進出する種族さえうんだという、この星の生物時代の終末を象徴するようだった。

「どこだ?」とマッラはいった。「どこにいるんだ?」

ワゴオは、大きな曖気をして、首をふった。

「別に、ここにいるわけじゃありません」

「なに?」マッラは、さすがに硬い声でいった。

「まあ、見てください」

そういうとワゴオは、スイッチを切った。

「どういうわけだ?」めずらしく、忍耐の限度に来たことを内心に感じながら、マッラは、それでも声だけはあいかわらず冷たく、抑揚をつけずにいった。——場合によっては、この男をはるかな暗黒の彼方にとばし、永劫の苦痛の中におくこともできるのだ。「特監局の人間を、からかうのかね?」

「だから、見てください」とワゴオは、スイッチを切った蛍光面を指した。

マツラは、唇をかんだ。

淡青色の蛍光面に――走査ビームのあたっていないプラスチック面に、朦朧と、やせこけた男の顔がうつっていた。――熱にうるんだような眼は、あらぬ方をさまよい、ひからびた唇は、ぶつぶつと、声のないうわ言をつぶやきつづける。

……生きとし生けるものよ……おそれよ……見張れ……眼を開き、見よ……

(またか――)とマツラは思った。(大もとをおさえなければだめだな)

「いつからあらわれた?」とマツラはきいた。

「おとついです」ワゴオは答えた。「やつは誰です? 何をいっているんです?――御存知でしょう?」

(だが、二カ所で見られると、この男の虚像が刻印されている空間点がわり出せる)マツラは、何千万年前に死んだ男の顔を見ながら、ひややかに思った。(かたづけさせよう)

「君のいってたのは、これかね?」

返事はなかった。

ワゴオは、いつのまにか、床にくずれおち、軽いいびきをかいて、眠っていた。

意識は、さっきより、ややましになったが、あいかわらず混濁している。――まだ、なにか知っているな、と思ったが、マツラはすでに興味を失っていた。

「懲罰をうけないように、とりはからってほしいかね?」マツラは、横になった、僚友を撫然と見おろしているパトロール隊員にいった。

「しかし……」

「これよりもっとひどい仕事も、無限にあるんだよ」とマッツラはいった。「君たちλ系の種族が、故郷の周辺で働けるのは、まだ運がいい。――彼を、滅亡しかかっている球状星団のどれかに、配属がえしてもいいんだよ。そこには、ここみたいに、ネズミの進化した連中さえいない」

出て行こうとする、マッツラの背後で、ワゴオが立ち上った。

「待ってください……」

ワゴオの声は、もう酔っていなかった。

――これから起ることは、マッツラにほとんどわかっていた。ワゴオが言おうとしていることもわかっていたが、一部はっきりしない所があった。――それに、彼は、何となく、ワゴオにしゃべらせてみたい、という気になっていた。

マッツラは、だまってふりむいた。

「配属がえですか?」ワゴオは、汗みずくの顔に、眼ばかり光らせながら、しゃがれた声でいった。「これ以上――これ以上、ひどい職務を負わされるのですか?」

「君次第だ」マッツラはいった。「君は、何かをかくしている――私は、それを見ぬける――だが、それを、君の口からききたいものだ」

ワゴオの顔に、さらにものすごい汗がふき出した。――唇をなめ、手をもみしごき、肩で荒い息をしながら、ワゴオは、部屋の中をけもののように歩きまわった。

「私は――私は、降等されて、ここに来ました！」ワゴオは、いきなり立ちどまると、両手をつき出して叫んだ。「前は――第四階梯にいて、もう少しは、ましな仕事をしてたんです」

「知っている」マッラはひややかにいった。「それで……」

ワゴオは、襟をゆるめ、あえぎながら首を左右に動かした。

迷ってるな――とマッラは思った――くるしんでいる。だが、なぜ、それほどかくさねばならないのだ？――報告してきた時には、告げるつもりだった。だが、マッラがついた時には、告げるのが恐ろしくなって、酔っぱらってごまかそうとした。番匠谷の亡霊を、ごまかしの種にしようとした。――あの亡霊とても、今日や昨日に、あらわれたものではない。

「ここはあつい……」ワゴオは、口を歪めていった。「出ませんか？――ネズミの小便の匂いが、こもってやがる」

2

齧歯人たちのさわぎは、もうおさまっていた。

パトロール隊員のGボートにのって、三人は、村落から数キロはなれた丘の上に行った。

――なだらかな、低い丘の上から、いじけた、低い樹林がひろがっているのが見えた。濃い紫紺色の空の下、ゆるやかな野を、ひろい川が、かすかに光りながらうねっている。

樹林の間から、所々に、白や、赤茶けた、四角い岩のようなものがのぞいている。

「あれが――」ワゴオは、ものうげに顎をしゃくった。

「パリです。――パリの廃墟です」

日は、すでにかたむきかけていた。――ドーバーの海の方へ……その彼方に、ワゴオはきっと、今は海に沈んでしまったイギリス諸島の、白堊の断崖を、ロンドンやリバプールの、煤煙におおわれた街々を思い描いていることだろう。

「発掘機械を、まわしてもらうわけには行きませんか?」ワゴオは、ポツリといった。

「一人で操作できるやつです。せめて……」

「そんなことして、何になる?」マッラはいった。「過ぎ去った人と日々は、かえってこない。この星の、生物時代の最盛期は去った」

「みんな――どこへ行ってしまったんです?」ワゴオは、くぐもった声でいった。「人間たちは――この星をすてて、遠い宇宙へ行ってしまったんですか? どこか遠い星で、さかえていますか?――自分たちの、母なる星、故郷の地球のことを、もう、思い出しもしないんですか?」

ワゴオは、涙を流しているのだった。――マッラは、答えなかった。答える必要のないことだ。

そう、この地球では――彼らは、とび去っていった。その魂は、遠く星辰の彼方にちらばり、あらゆるものを溶かしこむ宇宙の虚無に無限に稀釈(きしやく)され、またたく星の間に、もはやその姿を思い描くよすがもない。——ある星では、人類(ホモ)の裔は栄え、どこかの苛酷(かこく)な星では死に絶え、いくつかの星では、猿に近い所まで退化した。そしてまた、多くの数が、この星の上で、衰退し、滅亡していった。——今となっては、はなればなれの種族が、ふたたび顔をあわせても、自分たちが同じ種の源から出たものたちであると、認めあうことができないだろう。

そしてあとにのこされたこの星では——巨大化した齧歯類と、昆虫と、ぐっと種類のすくなくなった魚類と、それにとばなくなった鳥たちの、暗黒の、はて知れぬ歳月が流れた。——二足で立って、しゃべるようになったネズミたち、文化をもつようになったネズミたち——そのおそろしい繁殖力は、何百万年前に、退化しかけた陸上哺乳類をほとんど食いつくしてしまい、食用虫を飼う知恵をもっていた種族だけが、いきのこっている。

「監督官……」ワゴオは、赤黒くみえる森の方に顔をむけたまま、かすれた声でいった。「私は——いつまで、ここにいなければならないんです。こんなペスト野郎と、ゴキブリと、蟻の監視を、いつまでつづけるんです？　この仕事に、いったいどんな意味があるんです？」

「私には、説明できない。職務にはいろんな分野がある」

罰であるような職務も——とマッツラは思った。ワゴオには、わかるまい。

「通達はきいています」ワゴオは、ささやくようにいった。「だけど、あなたたちは、なにを追っているんです？　教えてくれませんか？　連中は、何をしたんです？」

「私は説明できる立場ではない」マッツラは辛抱づよくいった。「また君たちが知っても、しかたがないことだ。——私でさえも、すべてが知らされるとはかぎらない」

「なぜでしょう？」ワゴオは突然はげしい声でいった。「時を飛ぶことを知った人たちでさえが——知らされない運命の秘密というのがあるのですか？」

あるとも——と、マッツラは、かすかないらだちを感じながら思った。——だからこそ、このおれも……。

「ねえ監督官、——あなたたちに追われているのは、誰です？——叛逆者ですか？」

傍のパトロール隊員の顔色が、だまったまま青ざめるのがわかった。

「それをきいて、どうする？」マッツラはピシリといった。「君は、私を呼びよせた。——いうことがあるはずだ。降等されるかどうか、君がきめればいい」

「わかりました」

そういって、ワゴオは、じっと拳をにぎりしめていた。——彼は、また、汗をかきはじめていた。にぎりしめた拳の間から、血が流れた。爪が皮膚を破ったらしい……。

「私は……ここから、ぬけ出したかった。もう、ほんとに——わかりますか？　監督官、毎日毎日、魂の芯がくさって行くような、ここの生活が……ほろびかけている、あのうす汚い、やかましいネズミ共と、なにをかんがえているかわからない蟻共といっしょに……人間らしい魂には、何年も何年も出あわずに、このうす暗い空と、くさったみたいな太陽が、丘のむこうにおちて行くのをながめてくらす――私は、死ぬまで、地球の墓守りをして暮らすのか、と思うとたまらなかった」

「それで――」マツラは冷然としていった。「点数をかせごうとしたのか？――あの古ぼけた幽霊で……」

ワゴオは、唇をなめ、ほんのわずかに、首を横にふった。「じゃ、本当に、知っているのか？」マツラは次第に、声に力をこめていった。「なぜ、かくした？――なぜ、ごまかそうとした？」

「やつが……」ワゴオはひからびた声で、やっといった。「なんとなく……やつを、かばいたく……」

「ワゴオ――」マツラは、おだやかに、だが、有無をいわせぬ調子でいった。「それは、本当かね？――なぜ、そんな気になったんだ？――君は、本気でそんなことを考えたのか？」

「ああ、本当だとも！」ワゴオは、突然、顔中を口にしてわめいた。「やつは――あんたたちにたてついているんだろう？　これだけ、宇宙の隅から隅まで、時のはじまりから、終末にいたるまで、蟻のはいでる隙間もないほどおさえている、あんたたちに――支配するということさえ気づかせずに、すべてのものをあやつっているあんたたちに、やつはたてついているんだろう？　あらがいがたい運命にむかって、――とにかく――やつらは、たてついているんだろう？――小気味いいじゃねえか！――つい――つい、かく、刃むかって見せているんだろう？――

ばいたくもなるじゃねえか！——どうせ、おいつめられ、くたばっちまうのはわかってい
るが、まあそれまで、がんばれよって、いいたくなるじゃないか！」
「私たちが、支配しているのではない」マッラは、奇妙な動揺のまきおこるのを感じなが
らいった。「私は、君よりも、はるかに上の階梯にある。だが、私もまた——支配されて
いるのだ。巨大な力、そのはても知れぬ階梯に、くみこまれているのだ」
「さからって見ようと思ったことさえ、ないんだろ？」
「ないとはいわん」マッラの中に、ぐいと、怒りのようなものが、こみあげて、声がつい
硬くなった。「ずっと昔、はるか昔、まだ若かったころ、私もあらがった。あらがって、
あらがいぬけぬものと知った時——その反抗さえが、予定された運命の支配の糸の中に、
しくまれたものであると知った時……」
「あなたには、資質があったんだ。——だからこそ、監督官にまでなったんだ。そうだろ
う？」ワゴオは、どうしようもない、うらみをこめていった。「あんたは、ぬけ出すこと
ができた。——上にあがって、下を見おろすことが……」
「君にはわかるまい……」マッラはつぶやいた。「上がることが、どんなにつらい、悲し
いことか……」
「だが、知的生物だって、そのまま神になり、王様になることができるんだぜ」ワゴオは
いった。「たらふく食って、山の上で、風に吹かれながら、誰のものでもない景色をなが
める時——まずしい羊飼いだって、羊だって、王様みたいな気になるぜ」

「しゃべる気になったんだろう？」マッラはいった。「私は、ききたいのだ。――君の口から……」

太陽が、地平ちかくで、真紅色にかがやいた。うすずみのような、長い雲が、いくつもいくつも、その巨大な、赤い円盤の上を横切っていった。

「ここじゃないんです……」ワゴオは、あきらめ切った口調で、ポツンといった。「私が、なぜ、降等されたか、知ってますか？」

マッラは首をふった。――わかっているのだが、彼は、そのうちのめされた、辺域監視官に語らせたかった。

「降等される前、私は、進化管理官をやってました。下っぱでしたが……」ワゴオは、低い声で語りはじめた。「それで、ある時空域で、刈りこみをやってました。――知ってるでしょう？　ある種の、ある系列を、切りとって、絶滅させるんです。のびすぎたやつをつんで、可能性のあるやつをのばしてやるんです」

「君も、淘汰（とうた）の手を助けていたわけだ」とマッラはいった。「階梯は、ちがうが、私と同じ仕事だ」

「相棒と二人で――私は、最後の点検をやっていました。本当は、二人でやらなければならないのに、私は乗物の中にいて、相棒が一人で地上にいました。私は――実は、宿酔（ふつかよ）いだったんです。もう結論は出ていたし、最後の見おとしはないかを、ランダム方式でチェックするだけで――要するに、些細（ささい）な形式的手つづきにすぎなかったので、相棒一人で行ってもらいました。これがすめば、すぐ上空に待機している無人機が、刈りこみ操作にうつるはずでした。それが――」

「同僚は死んだんだね」マッラはいった。「地上で……」

「そうなんです」ワゴオは苦しそうにいった。「事故で、火山弾に、やられたと思われてましたが――審理の時は、そうなってましたが――実は、同僚は、あるやつに殺されたらしいのです」

「君は見たのか？　そいつを――」マッラの声はけわしくなった。

「そうらしいです」ワゴオは、あいまいにいった。「宿酔いでしたし、気も動顚してました。――開始時間はせまっているのに、返事がなかったので、私はそのまま、刈りこみ作業をはじめちまいました。知って中止していたら、あの爬虫類は、もう少し生きのびたでしょうね。――とにかく、私には強烈なショックでした。規則で、地上作業は、必ず二人一組となっているのに、私がのこっていたというので、事故審判にかけられ――そして、降等されて、この仕事にまわされました。それから――懊悩と酔っぱらいの連続です。あの時のことは考えたくありませんでした。今度の通達があるまでは……」

「で――突然思い出したのか？」

「そうなんです。突然――」ワゴオは、首をふった。「妙なもんですね。その時は、仲間のほかに、誰かいたんじゃないか、なんてことは、考えもしなかった。――もうずいぶん前の話ですよ。それが、あの通達を読んだ時、はっきりと思い出したんです」

「それで——」

「同僚は、基地になっている洞窟の外に、たおれていました」ワゴオはいった。「だのに、私が、宿酔いの頭をかかえて、通信器で、同僚に、異常はないか、とたずねた時——誰かが、〝ないよ〟って、答えたんです」

「そいつの姿を見たか？」

「受像器に、ぼんやりうつっていたような気もします」とワゴオはいった。「宿酔いの幻想かと思ったんですが——今は、はっきりいえます。あの時、洞窟の中の、通信器のそばに、誰か——誰か若いやつがいました」

「よろしい——」マッラは、腰をあげた。「事故時空域は？」

「場所は、この星です」とワゴオはいった。「時点は……」

「よろしい、しらべればわかる」

すくなくとも、範囲はせばめられた。——この時空域で、しかも、はねとばされた時代がわかれば、そこから、あとをたどることができる。いわば、袋のねずみだ。

「監督官——」Gボートにむかって歩き出したマッラのあとにしたがいながら、パトロール隊員が声をかけた。「あいつは、降等ですか？」

「ほうっておこう」とマッラはいった。

パトロール隊員は、ふりかえった。

ワゴオは、歩き出した二人のあとをついてこようともせず、まだ、一人で、丘の上にじっとうずくまっていた。――荒れ果てた、世界の上の、血のような落日に、全身をそめられながら、ひざをかかえてうずくまっている姿は、この高等生物のほろび去った世界の上にたった一匹とりのこされ、心細さをかみしめている、孤独な猿のように見えた。

「彼のことはほうっておけ……」マツラはGボートにのりこみながら、いった。「私は、急いでいる」

パトロール隊員は、気になるように、ワゴオの方をふりかえりながら、Gボートの操縦席についた。

ボートが、上空に、浮き上がるか上がらないかのうち、かすかな震動が、あたりの空気をゆすった。――音は、森閑とした世界の、丘陵と、森にこだまして、遠くへわたって行った。岡の上の、小さなワゴオの姿が、糸の玉がほどけるようにゆっくりのび、斜面をゆるやかにころげおちて、藪の中に消えるのが、ボートの上から見えた。

「知ってたんですな？」パトロール隊員はいった。「あなたは監督官だから――予知してたんですな。やつが自殺するということを……」

「蘇生させて、審判にかけるかどうかは、別の連中がきめることだ」マツラはひややかにいった。「私にできることは、彼の反抗的態度をだまっていてやることだけだ。――急いでいるといったろう？」

「監督官――」パトロール隊員は、まっすぐ前方をむいたまま、乾いた声でいった。「私も――さからって見たくなりましたよ。たとえ蟷螂の斧でもね」

「かぎつけられたらしい」とホアンがささやいた。「エンが、注意するようにいっていたぞ」

「せめて、基地が完成するまで、見つからなければいいが――」とNは、のみをおいて、汗を拭きながらいった。

「あまり跳躍をやらない方がいいと思うんだ。もし、網がしぼられて来ていると、かえって跳躍の時に見つけられる。ここで、こうして、素朴な連中にまじっているのが、一番いい。基地ができたら、連中の眼をかすめ、ルキッフと連絡をとり……」

「だが、場合によっては、やむを得まい」とホアンがいった。「機械を調整しておいてくれ。――跳躍距離は、あれ以上のびないか?」

「のびそうもないな――せいぜい、数世紀だ」とNはいった。「おれには、なおし切れない」

工事頭が、なにか大声でどなっているのがきこえた。――Nは、手もとにおいたのみを、もう一度とりあげた。眼前の巨岩にむかって、竹筒の水をふくんで、プッと吹きかけ、石の槌をふりあげておろしながら、彼はうすく笑った。「手が血まめだらけだ」

「待て――」とホアンがいった。「石わりは大変だ。設計の方へかえてやる」

収穫のすんだ、秋の日ざしの下で、石を刻む音が、澄んだ幾千のひびきを、紅葉した山々にこだましていた。その音を拍子にして、半裸の石切り人夫たちの声が、ひびいた。

――丘の下では、転木をつかって巨岩をひく連中の叱咤がきこえる。

紺碧の空に、うすくはれた巻雲の下で、鳶がのどかに鳴く。

「ノビト！」石工頭の、ひげもじゃの従僕が、だみ声で呼びに来た。「小屋の方へ行け。氏長のお呼びだ」

Nは、のみと槌をおいて立ち上った。――みんなと同じように、蓬髪で、ひげがのびている。寛衣に、草と皮であんだ履をはき、ちょっと見た所では、ほかの連中と区別がつかない。

工事の指揮をとる小屋の前まで行くと、ホアンが立って、裏の丘へと手で招いた。――丘の上は、杉の密生林になっていた。林の中のどこからも見えない、小さな空地に、エンがいた。装飾用の太刀を佩き、胸に、三重の珠飾りをかけ、長い鬚をはやしている。ホアンも染めた大髪を結い、首に管玉などかけている。

「感づかれかけたらしい」とエンはいった。「ほんとうだ。さっき、吉備の方から、天日舟がおりて、大さわぎになったという知らせがはいった」

「だが、この時代には、わりとよく、連中の調査船が来ているだろう？」とNがいった。

「二十世紀の、ニューギニア原住民が、飛行機の模型を木や竹でこしらえて、神をむかえる社として崇拝しているみたいに、岩で、宇宙船の模型をこしらえた連中さえいる、というじゃないか」

「天磐船（あめのいわふね）というやつだろう？——だが、あれは大てい山頂部だ。というのは、やつらが、山頂部にしかおりてこないからだ。今度は平野部のまっただ中におりると、さわぎが大きくなるからな」ホアンが口をはさんだ。「だが、どうやら、おれたちのことらしいんだ」

「やはり、つけられたのかな？」とNはいった。「白堊紀で、一人殺した。あれが悪かったのかも知れない」

「いずれにしろ、もし、そうなら、連中は、五、六百年前から、まっすぐおれたちのあとをつけてきた、ということになる」ホアンは眉をしかめていった。「あぶないな」

「だが、いずれにせよ、もう少し様子を見よう」とエンはいった。「基地は、予定通りつくる。ただ、工期をせかさなくてはなるまい」

「また、君の〝魔法〟をつかうかね、エン……」ホアンは、かすかにわらった。「君がやる分には、連中もさしてうたぐりはすまい」

「部分的にはやってもいい」とエンは鬚をしごいてうなずいた。「だが、目立たぬ程度に、だ。本格的な方は、やはり、土木機械をいろいろつくろう」

「その方が、かえって近郷の目につかないかね？」とホアンはいった。「なにしろ、エン一族、当代酋長（しゅうちょう）の墳墓は、規模といい、山の斜面を利用した奇抜さといい、近傍土豪の、注目のまとだからな」

「多少は、やむを得まい」エンは腕を組んだ。「ホアン、設計図を出してくれ、もう一度進捗状況を見よう」

　ホアンはあたりを見まわして、杖の中から、うすい、強靭な、プラスチックの紙をとり出した。

「テラスは完成しているし、充電壁も、九分通り完成だ。——羨道は、棺をいれ、でき上ったら、閉じてしまうから、完成後の出入りは、この岩盤の自然の隙間を利用する。わかりゃせんよ。ここの工事監督は、おれだからな」

「待て——」とNは、指さした。「こちらの——、もう一つの羨道は、何のためだ」

「実は、おれがつけくわえさせた」とエンはいった。「魂は、羨道よりはいって、玄室にしばしいこい、奥の羨道より、冥府の国へ行く、とか何とかいってね」

「本当の目的は？」

「実は、エンが、墳墓の位置を、こんな山腹の急斜面にもってくる、という風変わりなことをしたのには、理由がある」とホアンが説明した。「墳墓はもちろん、秘密基地につかうことができるが、どうせつくるなら、ここへつくって、この地点を、山腹にむかって掘ってみたかった、というんだ」

「この山腹に、ク、ロ、ニ、ア、ムがうまっている」とエンはいった。

「クロニアム？」Nは眉をひそめた。「四十世紀の、拝時教徒の祭器じゃないか」

「だが、あいつは、通信器にもつかえる。知っているか？」エンは、声をひそめた。「玩具同然の、四次元砂時計で、シンボル以外、なんの役にもたたんが——外殻を、ドミトロフ・グラスでつくり、中の砂に、砂鉄を少しまぜておくと、摩擦で、弱い電波を出す。

――四次元側で、砂のおちるスピードを調節すると、簡単な信号ぐらいは、送れるんだ」

「山脈の地質は白堊紀だ。君はおぼえていないか？　誰かいっしょにいなかったか？」

「いや、ぼくは白堊紀といっても、新大陸の――」そういいかけて、Nは、アッと叫んだ。

「そういえば――おれといっしょに、ニューヨークのアジトを襲撃した第三班のジャコモが、仲間うちの拝時教徒に、だいぶかぶれて、礼拝なんかに参加していたっけ。おれが、ロングアイランドで、偵察隊に襲撃されて、白堊紀にとばされた時――ひょっとすると、ジャコモと同じ時代にとばされて……」

「じゃ、あれは、ジャコモのものか？」ちょっとがっかりしたように、ホアンがいった。

「まあ待て――」とエンがさえぎった。「クロニアムそのものは、ジャコモのものかも知れんが、送られてくる信号は、彼がおくってきてるものじゃない――暗号からみると、たしか、い、い、ルキップだ」

「ルキップだって？」二人は同時に叫んだ。「じゃ、彼は――むこう側で、砂時計を見つけたんだな」

「今の所、微弱すぎるし、同じ呼出し符号のくりかえしだ。――こちらから、返事を送ってやらないと、居場所を知らせてこないだろうが、それには掘り出さにゃならん」

「奥の羨道は、ほぼまっすぐ、クロニアムの埋っている地点へむかっている」とホアンは、図面の上に指を走らせた。「もうあとわずかで出るはずだが、ほり出すのは、いよいよとなってからでいい。――完成し、封じてしまってからでもいいだろう」

「クロニアムが、発振器につかえる……」Nはつぶやいた。「そうか！――それで大泉教授が……」

そういいかけて、Nは、自分でもおどろき、二人の妙な顔つきに、さらに狼狽した。

「大泉教授？」とエンは、いぶかしそうにたずねた。「誰だね？　それは？」

「知らない！――おれも誰だか知らない。なぜだか知らんが、口に出ちまったんだ」

「きっと、むかし、むかしの知り合いなんだろう」とホアンはいった。「それより、図面を見せてくれ」

ホアンは、図面の上にピンととまった、大きな大名バッタを、手ではらいのけながら説明した。

「一番の大作業は、天井の一枚岩を、ここまでひき上げることだ。二百トンちかくある」と彼はいった。「石材は、夕方までに、麓へひっぱってこられる。――エン、君の神託で、捲上げ器を大至急こしらえさせてくれ。大陸から来た、土木屋なら、すぐのみこむだろう。四台つくって、この岩盤にすえこみ、二台を主に、二台を補助につかって、二、三日中に石棺といっしょにすえてしまいたい」

「こうなると知ったら、ほかの石材も、それであげるべきだったな」とエンは舌打ちした。

「だいぶはかどったろうに……」

「天井材に、例の装置をすえつける加工はしてあるのか？」とNはきいた。

「上面のアンテナとりつけ用の、ボルト穴はきざんである。――どっちみち、土をかぶせる時に、一部は見せとかなきゃならないからな。――連中には、避雷針か神蔭木(みあれぎ)の一種だといっておこう」

「この時代の連中が、すでに、避雷針を知っているというのは、妙なことだな」Nはクスッと笑った。「もっとも、避雷針じゃなくて、神おろしの手段らしいがね。招雷針とよぶべきだろう」

「だが、剣でも、鉾(ほこ)でもない、妙な構築物を、連中が納得するかな?」エンは渋面(じゅうめん)をつくった。「墳墓の上に、そんなものをたてる、ということも、異例のことだろう。――こじつけるのに、大汗だ」

「大丈夫。君は、カモ族中の、奇瑞(きずい)第一、エン氏開祖だからな」とNは、いった。「なんでも、納得するだろうよ」

「天井岩の、リード線の穴は、夜中にでも、内側からあけなけりゃならん」ホアンは、説明をつづけた。「使いたくないが、眼につくようなら、第二羨道の奥に隠してもいい。――通信、レーダー、そのほかの機械は、エンが夜、もちこむ」

「一つ提案がある」とNはいった。「乗物を、石棺の底にしかけようと思うが、どうだろう?」

「なぜだ?――大質量になって、移動距離がまたへるぜ」

「若干の犠牲はやむを得ん」Nは、きっぱりいった。「石棺にしかけることの有利さは、

——とにかく、多少窮屈な思いさえすれば、三人いっしょに、時空間移動できることだ。——石棺外壁を、場遮断媒体につかってね。前に、自動車のトランクにしかけて、自動車ごと移動したことがあるが、これなら、誰かがこぼれるということは、石棺自体が破壊されないかぎり、ないだろう。——副葬品をたくさんいれるから、あの石棺寸法は、異例の大きさだ。あれなら、ほかの機械類も、つめこむことができる」

「いいだろう——」とホアンはうなずいた。「さて、エン——大酋長、そろそろおっ死ぬ準備をしないと、いつ、逃げ出さなきゃならないか、わからないぜ」

4

その地球の、中世代の末期から、次第に網をひきしぼり、おいあげて行く作業を、マツラは、ゆっくりとつづけていった。

事故のおこった、まさにその瞬間にむかって矢を放てば、一矢で金的を射るのだが、なぜか彼は、それをしたくなかった。——もはや、眼に見えぬ網においこまれた獲物を、舌なめずりしておいつめて行く、サディスティックな衝動からではなく、まさにその反対のもの——長い追跡を行なう猟師が、追っている獲物に対して次第次第にいだいてしまう、尊敬や愛着のいりまじった思いに似たものだった。

はやる胸をおさえて、マツラは、その男のあとを追っていった。——あの、白堊紀の洞窟で、今度ははっきりと、あの男の姿を撮影することができた。洞窟の天井に、ひそかにとりつけられた、高感度撮像管によって……。

マツラは、その男の姿を見たとたん、なぜか、はげしく胸をつかれた。――まだ若い――生理的年齢からいえば、三十前後だろう。やせこけて、衣服はぼろぼろになり、眼ばかりが、はげしい警戒心をこめて、ギラギラとかがやいている。おいつめられた獣のような、その顔を、正面から見た時、彼の中に、何か名状しがたいものがまきおこった。意識のずっと奥に、おしこめられていた、はるかに遠い記憶――単なる事件のあり方の記憶でなく、遠い昔における、魂のあり方に対する記憶が、男の相貌（そうぼう）を見たとたんに、ふいにさわぎ出すような感じをうけた。

なぜ、こんな気持ちになるのか――と、マツラは、かすかな狼狽（ろうばい）を味わいながら思った。

――この男は、なんだろう？

「ここでつかまえるな」とマツラは、部下に命じた。「もう少し泳がせるんだ。――そのうち仲間の所へ行くだろう。行きつく所まで行かせてみよう」

「消えました」と、男の動静を見はっていた部下がいった。「機械が、まだ動くとみえます」

「方向は？」

「時間軸は、プラスの方向です。範囲は――今チェックしています」

「戻りはすまい」マツラはいった。「こちらも手薄だが、やつにしてみたら、これ以上遡行（そこう）してもどうにもならないはずだ。追いあげて行け。だが、あまり近代の方角へ近づけるな。はた眼がうるさい」

「捕獲時空点には、どこらへんを予定されています?」

「あとで指示する」

跳躍距離が出た。五千八百万年以上、六千三百万年以下の範囲だ。──網は、五百万年の間にせばめられた。もう一度跳躍をやれば、もっと範囲をしぼれるのだが……。

（どうせやるだろう）とマッラは思った。（プラス・マイナス、両方から、攻めてみよう）

そして、彼は、追跡にかかった。

たとえ、時空域範囲が限定されてきたといっても、五百万年の間にまぎれこんでいる一人の男をさがし出すのは、大海の中から、特定の水の一分子をさがし出すようなものだ、ということは、彼にもわかっていた。

「もっと範囲をせばめることはできますね」と、部下の一人はいった。「すくなくとも、後期霊長類──ホミニーデの発生以後の時代にもぐりこんだと思うんです。なぜなら、そそれ以前の時代では、ひどく目立ってしまうし、生活も困難だ。私なら、すくなくとも、プレ・サピエンス時代以降──第三間氷期からむこうを探しますね」

たしかに、それは一理あるとマッラは思った。──賭けにはちがいないが、確率は高い。

そこで彼は探査密度を、洪積世の前期から後期へかけて高くした。第三間氷期から、第四氷河期の第一亜間氷期の間に、密度分布のピークをおき、その分布のまま時間軸のプラスの方向へ移動させていった。

一度は誤報がはいった。

中部ヨーロッパの、ネアンデルタール集団の中に、それらしいものが見つかった、という報告に、すっとんで行くと、たしかに、北方系の多毛ネアンデルタールの集落の中に、数人のホモ・サピエンスがまじってはいたが、それはもとめる相手ではなかった。――彼らは、奴隷同然のひどい目にあわされているらしく、蔓や皮ひもで小屋につながれ、やせおとろえ、垢と虱にまみれ、苛烈な生活条件と疾病に悩まされ、ほとんどのものが、気がくるっていた。

恐怖にキョトキョトする眼ざしで、マッラたちを見ている、彼らの間に、マッラは、ただ一対だけ、はげしい、知的な光をもった視線にであって、思わずふりかえった。

「松浦！」ひげもじゃの、その男は、突然激しい声で――それも二十一世紀英語で――叫んだ。「おい！　松浦！――お、お前、松浦じゃないか！」

マッラは、ひややかにその男を見かえした。

男は、首につながれた綱いっぱいにかけ出してきて、見張りのネアンデルタール人に、棒で足をはらわれ、どうとたおれた。

「松浦！　おい、松浦、おれだよ！――忘れたのか？　昔の、火星仲間を――忘れたのか？　おれだ、リッキイだ！　リック・スタイナーだよ！　助けてくれ、助けてくれったら！」

松浦？――とマッラは、肩をすくめる思いで、その名を、胸のうちで、問いかえした。

——なるほど、リックか……。

「きこえないのか？　松浦！」リックは、地にはいながら絶叫した。「助けてくれ、ここから出してくれ！——おれたち……おれたちは、ここへおっぽり出されて、この連中につかまって、いったい何をさせられていると思う？——ネアンデルタール人との交配だぜ！——品種改良用の、種附けだぜ——一九三〇年にイスラエルでおこなわれたカルメル山の洞窟の発掘をおぼえているか？　あそこのタブン洞窟からは、後期ネアンデルタール系の人骨が、スクール洞窟からは、ホモ・サピエンス系の人骨が出たのを知っているか？——プレ・サピエンスから、ホモ・サピエンスのブランチを導き出すのに、人為交配が行われたということ……」

ボクッと音がして、リックの声がとだえた。赤い毛の獰猛(どうもう)そうな見張りが、棍棒(こんぼう)で口をうったのだ。——リックは、口をまっかにして、地面へくずおれた。

「ここのやり方は、少し、荒っぽいな」とマツラは、背後の部下をふりかえっていった。

「責任者は誰だ？」

「しかし——」と部下はとりなし顔でいった。「宇宙はひろく、時間のふところは深く、管理の仕事はいっぱいあります。多少は荒っぽくなりますよ。——自然進化はもっと荒っぽいし——それに、ほかの星系のやり方の中には、もっとものすごいのがありますよ。たとえば——アンタレス系の連中のやり方がそうですがね——もっとも、生と知性のパターンが、λ(ラムダ)系とちがうということもありますが……」

「いいだろう」とマツラはいって、歩き出した。「私が、口をはさむ筋合いのものでもない」

「松浦！」背後で、血だらけの口をしたリックが、のどもはりさけんばかりに絶叫していた。

「行っちまうのか？　松浦！――昔の友だちをおいて……こ、この俺をおいて、行っちまうのか？――助けてくれ！　大ぜいの連中が――アントノフ教授も、やつらに食われちまった！――そのうち、このおれも……」

奇妙に皮膚が白く、顔面角の小さな赤ン坊を抱いた、ネアンデルタール人の女が、マツラたちの一行のすぐ横に立って、ひらべったい顔の下から、ギョロッとした眼で見つめていた。

「松浦！」背後のリックの声は、とぎれとぎれに遠ざかっていった。「助けてくれよう……」

胸の底の、かすかな、あるかなきかの痛み――それ以上に、マツラの感ずるものはなかった。いかにも、その『管理』のやり方は、苛酷かも知れなかった。しかし――『自然』の存在様式そのものが――地球種知的生物の感情のパターンからいえば――苛酷なのだ。進化はむごたらしく、物質は情容赦ない。それを苛酷と感じるのも地球人類にとって、ほんの一時期のことだ。やがて、『管理』は自然の流転を、いくぶん代行するようになり、その苛酷さは、『管理』によって、かえって、いくぶんやわらげられるだろう。

自然の一部である生物の上にうちおろされる、『慈悲の一突き(クー・ド・グラース)』……人類もまた、畜種動物にそれをやってきたのではないか？　それに——

　マッラは、先を急いでいた。

　氷雪に閉ざされた、プレ・サピエンスの時代をこえて、さらに先へと……。


「いよいよ余裕がなくなってきたらしいぞ」と、エンは、せきこんだ口調でいった。「伊勢(いせ)の朝熊(あさま)山に、今朝また、輝く神が二体、天降(あも)りました、と伝えてきたぞ」

「墳墓の方は、もうほとんど完成した」と、ホアンがいった。「棺もはいっている。あとは君が、早く死んでくれればいい」

「数日内に、死ぬことになってはいるが……」エンは、うかぬ顔でいった。「それまで、もつかな」

「ホアン——羨道を、先に閉じさせるわけにはいかんかな」とNはいった。「装置類のとりつけを、早くやりたいんだ。——封じさえすれば、夜のうちにとりつけを終る」

「このぶんじゃ、あそこを秘密基地につかう、というプランも、無駄になりそうだな」と、ホアンは溜息(ためいき)をついた。「ここには、長くいられそうもない」

「時間機のとりつけだけでもやってしまいたいんだ」Nは、あからさまな焦燥をみせていった。「まだつかまりたくないからね」

「しかたがない。明日、突如として死ぬことにしよう」とエンはいった。「明朝、一族をあつめて、遺言をする。——君たち二人を殉死人にえらぼうか？」

「冗談はよしてくれ」とホアンは苦笑した。「それより、エン——ルキッフからの通信がとまったことに気づいたか？」

「知っている」とエンも、眉をひそめた。「断続信号がたえて、今は、ただ、等速度で砂がおちているだけだ」

「まさかつかまったんじゃ——」Nは顔色をかえていった。

「なんともいえんな」とエン。

「死んだらすぐ、墳墓に封じられるのかね？」とホアンがきいた。

「とんでもない。遺体を仮屋に安置して、七日ぐらい、盛大な葬儀をやる。それから墓に入れて、また七日ぐらい、祭るんだ」

「それじゃ大変だ。——どうしよう？」

「大丈夫、棺に細工して、棺ぬけの手品をやるよ。——夜は暗いからな」

「次の報告があります」と部下がいった。「三世紀の日本中部で、土中から、電波信号らしいものが出ているのを、監視員がキャッチしました。ごくごく微弱なものですが……」

「なんだと思う？」マツラはきいた。

「わかりません——ですが、こちらの信号とはちがいます。全信号コードを照会して見ましたが、該当するものはありません」

「暗号か？」

「そうらしいです。それに――解読機の一つが、その信号の系列を分析して、ルキッフのサインのバリエーションではないかといっています」

「ルキッフ……」マッラは、顔を上げた。「行ってみよう。それはどこだ？」

「今、次の報告がはいりました」と部下はいった。「信号は、とだえたということです。ですが――電波発振源は、依然として動いているようです」

「来た」とホアンが、暗がりの中でささやいた。「来たらしいぞ」

Nは、作業の手をとめて、ライトを消した。

「ほんとうに、やつらか？」

「そうらしい。――北西の方角にあらわれた。一つ、二つ、三つ、四つ……こちらにちかづいてくる」

ホアンは、暗がりの中で、もっとよく見ようとするように、眼を閉じた。

「上空を旋回している――南の屋根の上空にも二つ見える。近づいてくる」

「クロニアムの電波をかぎつけたかな」Nは立ち上った。「危い所だ。今、とりつけを終った」

「エンを呼んでこい」とホアンは、切迫した声でいった。「こりゃぐずぐずしておられんぞ」

玄室の奥へ行って、Nは叫んだ。

「エン！　もどってこい！――やつらが来たぞ」

「ちくしょう！」第二の羨道の奥をほりかえしていたエンはうめいた。「もうちょっとなのに……」

エンのひきかえしてくる足音が、岩室の中にうつろにひびいた。――三人は、きゅうくつな石棺の中にとびこんだ。始動を開始して、石の蓋を内側からしめようとする時、Nは、ふと頭の上の、淡い、あるかなきかの光に気がついた。――見上げると、昨夜、天井岩に苦労してあけた、リード線用の穴から、かすかにまたたく星が見えていた。

第九章　狩りの終末

1

村の広場に、群れていた人垣の中から、なにか威猛高に叫ぶ声がきこえた。——泣きわめくように、哀訴嘆願する声が、そのどなり声にまつわりつく。ピシッ！　と音がして、ヒイッとかぼそい泣き声があがると、人垣が急に動揺する。哀訴の声は急にふえ、村人たちがてんでに口ぞえしてやっているらしい。

だが、それを圧するほどの怒声が中から上り、村人たちを、めったやたらにうちすえる笞の音がきこえ出した。——女の甲高い悲鳴、火のついたように泣き出す赤ン坊、犬の鳴き声……。

「なんだ？」

広場の一方を区切っている、榎の林の丘の上に、一人の男がうっそりとたった。

「国の徴税吏が、また来ている」草の中にねそべって、草の穂を口にくわえた、朽葉色の衣を着た男が、ぼそっと答える。「村の若者の両親が、このあいだ、つづいて死んだ。

——親父は長わずらいで、おふくろは後追い心中らしい。親父の代から、租の滞納がつづいて、いまとうとう、徴税吏が、兵隊をつれて、とりに来ている。——出す籾がなければ、伜をひっぱっていって、庸に服役させるといっているんだが、伜の方は、今は親父の葬式も出せないような有様だから、せめて葬式を出すまで、待ってくれ、とたのんでいる」

「徴税吏か……」あとからあらわれた、彫りの深い顔だちの、鼻の高い男は、いまいましげに眉をしかめ、ペッと唾を吐いた。「スペインでも、おかみの連中と、兵隊、警官ときたら、豚と狼のあいのこみたいなやつばかりだった。——こんな時代から、あの連中は、のさばってるのか?」

「〝いとのきて、短きものを、はしきると、いえるがごとく……〟」と、ねそべった男はつぶやいた。

「なんだ、それは?」

「山上憶良の〝貧窮問答〟さ」

「エンは?」

「まだかえってこない。さっきから待っているんだ」

笞の音はいっときおさまり、一席ぶっているらしい徴税吏の声が、きこえる。

「ちくしょう!」ホアンは顔をしかめた。「はりたおしてやりたい」

「まあ、おちつけ」と、Nはいった。「この村の連中は、充分したたかだ。——租税滞納の常習犯なんだ。朝鮮出兵やら、近江遷都で中央の統制力は弱っている。連中は、それを承知で、滞納をやってるんだ。あの若者だって、ほとんはそれほどの孝行者じゃない。村一番のノラクラ者で、だから親父の葬式さえ出せないし、村の連中もあまり同情的じゃない。——奴(やつ)は、ただ村全体の滞納を正当化する道具にすぎない。——徴税吏の方も、ちゃんとそれを知ってるんだ。へたをすると、奴は見せしめのために殺されるかもしれない」

「だまって、見すごすのか？」

「ほうっておけ、ホアン——彼らの問題だ。彼らが解決する」

「野々村……」突然ホアンが、めずらしく、イニシアルでなく、本名で呼んだ。「君は、なんだかかかわったみたいだな」

「ああ、かわったかも知れん」N——野々村はうなずいた。「かわらない方が、どうかしている。おれたちも、やつらとは、またちがった形ではあろうが、とにかく、時の果てから果てまで見て来たんだぜ！——かわらざるを得まい」

「だが、おれたちは、やっぱり人間だ」ホアンは、野々村とならんですわりながらつぶやいた。「超(ユーバーメンシュ)人じゃない」

「そう、人間だ……」野々村は、あおむけにひっくりかえって、深い青にすみきった空をながめた。「だけど、ホアン。人間は——もうだめなんじゃないかな？　おれはそんな気がする」

「おれも、そんな気がする」ホアンも、頸(くび)にかけた、黒曜石(こくようせき)の数珠(じゅず)を、ぼんやりまさぐりながらつぶやいた。「だが、そのだめなやつのために、賭(か)ける気になって……」

「いや、ホアン……」野々村は、深く息をした。「おれは、そのだめなやつの方に賭ける気はない。むしろ、そいつがもっている、だめでないものの方に——精神というか、理性というか、理解力というか、そんなものの方に賭けたい」

　またダラダラした泣き声がきこえ、怒声が爆発した。——笞の音に、野々村は、冷然と眉をあげた。

「モラルというやつは——要するに、配分の公正さ、ということで、その公正、適正は、時代と社会によってケース・バイ・ケースだ。社会を成立させる、最低の条件としてのルールやタブーもあるだろう。だけど、こいつは、大したことじゃない。モラルというやつは、もともと人間主義（ヒューマニズム）とは、何の関係もないんだ。おそろしく冷厳で、現実的なものだから、その社会のモラルにしたがって、人間はいくらでも、犠牲にできる。——だが、人間の〝認識する能力〟というものは、大変なものだな、ホアン。人間の認識能力は、人間の現実的状態の幸不幸に関係なく、とてつもなく、深遠で巨大なことを認識できる。しかし、その到達し得た認識は、その時の人間の状態を、ちっとも変えやしない。かろうじて、現実自体のルールで動いている人間的現実に、一刻休戦を勧告し、その闘争の苛酷（かこく）さを、いくぶんとも緩和（かんわ）させるように、はたらきかけるだけだ。それも、有効範囲は、人間の相互関係の中でうみ出される人間的現実にかぎられていて、人間の、存在状態の方には、指一本ふれられやしないのだ」

「だがその認識によって、人類全体は理想状態に、一歩一歩、ちかづいていくのじゃないのかね？」

「そして、ついに、状態は認識に追いつけない」野々村は、乾いた声でいった。「理想状態って、何だ！　ホアン！　幸不幸は、全然別の問題だ。それは実際にその時生きている具体的な、個々の人間の問題だ。飽食していて不幸なやつもいれば、飢えて、幸福な奴もいる。みずから求めて苦痛を追い、その中で恍惚を味わうやつもいる。先史時代から、宇宙時代までの間に、何千億というあわれな連中が、けだものみたいに死んでいったが、そいつらは、後世の連中が考えるほど、不幸じゃなかったかも知れない。けだものには、けだものの充実した生活——飢餓と敵との闘争の日々があるからな。〃種〃としての人間は、まさに特殊化した哺乳類、二足獣にすぎない。——だが、こいつは、ただ生きるための知恵と工夫をおこなうけだものとは、すこしちがうものをもっている。そいつは……」

「ものを知る力、か……」ホアンは、こめかみをもんだ。「宇宙のひろさと、テコの原理を、そして、人間が頭でっかちのケダモノであることを認識する能力か——ちくしょう！　やくたいもない……」

「そのやくたいもないものに、賭けるんだ、ホアン……」野々村は低く、つよい声でいった。「それ以外に、賭けるものはない。それ以外に方法はない。——おれにようやく、ルキッフの伝言のうちの、あとの方の意味がわかったよ。おれたちが、何をやっているか、ということも……」

「どうする気だ？——人間の知的能力を、急に高めることはできないぜ」

「開発することはできるだろう。たとえば——微積分は、紀元前三千年の、エジプト古王朝で発見され、確立されていても、別に一向さしつかえなかったはずだ。ファラデーの法則が、古代ギリシアで発見され、アレキサンドリアに、史上最初の発電所が設置され、ロドス島の燈台の光源に、電燈がつかわれても……」

「そりゃかまわんさ」とホアンは考えながらいった。「たしかに——別に歴史は、あんな能率のわるい階梯をふまなくてもよかったはずだ。人間は、長い間、けものとして、食をもとめてあらそった。無意味に巨大な宗教的構築物に、夢中になった。認識能力は、長い間、組織されることなく眠っていた。——しかし、古代エジプト人にだって、教育によっては、相対性原理を理解させることができただろう。ホモ・サピエンスとしての大脳の能力は、現代人とかわらないからな。——だが、どうやって？」

「フィ、ー、ド、バ、ッ、クするのさ」と野々村は、ホアンの腕をつかんでいった。「二十五世紀で、三十世紀で、達成された認識を、全面的に、一、万、年、前の世界に、フィ、ー、ド、バ、ッ、ク、す、る、ん、だ！一万年前の世界に、三十世紀の科学と知識をうえつけるんだ——一万年かかってやっと到達できる知識を、もう一度もどしてやるんだ」

「そんな……」

ホアンは、ちょっと絶句した。——唇をなめて、まじまじと野々村の顔を見つめた。

「歴史がかわっちまうぜ」

「歴史を変えて、な、ぜ、い、け、な、い？」野々村は、ホアンの顔をじっと見つめた。「おれたちの時代の人間は、幼児時代に、けだものの段階をおえるように、教育される。しつけによって、できるだけ早い段階に、野獣性を矯正されるんだ。歴史に対して、それをやってなぜいけない？——そうすれば、人類は、はるかに短い期間内に、野獣状態を脱し、一万年かかって達成できた歴史が、百年で達成できる」

「で、その先は？——」ホアンの顔は青ざめていた。「スメールの時代に、原爆をつくり、ネブカドネッサルが、人工衛星をとばしてもいい。だけど、その先は？——歴史はうんと変ってくるぜ」

「変った歴史を、またフィードバックする」野々村はいった。「何度もやるんだ。過去を何度も改造し、修正し……」

「ルキッフがいつかやろうとしていたことは、それか——やろうとしていながら、監視がきびしくて、せいぜい思わせぶりなしるしを撒布したにとどまり……」ホアンは、つぶやいた。「だが、それは、歴史を短縮するだけのことじゃないかな？」

「そうでもないだろう。認識能力は、おそらく〝種〟の生命力の限界より、はるかに幅がひろいだろうから——このままでは、人類が、その〝種〟としての有限の生存期間内に、その能力の限界を、——いや、むしろ、われわれが想像している限界をはるかにこえる、ほんとうの限界を、達成できるとはかぎらないだろうから——」

「だが、それをやることによって——かえって人類の命をちぢめることにはならないかね？」ホアンはうつむいたままいった。「それに——なぜ、おれたちは、それができないのかね？　なぜ、おれたちは、やつらによって、妨害され、追いつめられてるんだ？　過去の変革を、きびしく禁じている、やつらというのは――いったい何者だ？　どうして、どういう理由で、やつらはそれを禁じているんだ？――それに、そうすることによって、人間の認識能力自体に、何か変化でもおこるのかね？――それをやろうとしていた、ルキッフというのは、いったい何者なんだ？」

突然、村の広場の方に、どよめきがおこった。野々村は、ハッとしたように、草むらの中で、片ひざついて上体をおこした。

広場の群衆の輪が、少しゆるみ、中央に異様な風態の男が立っているのが見えた。――白衣に蓬髪、草履ばきで、首に数珠をかけ、杖をついている。役人と、兵士が、ちょっと鼻白んだように、それでも虚勢をはるように、何か叫んでいた。

兵士が、腰に吊った粗末な剣に手をかけた。――とたんに、剣に、パッと青白い火花が散って、兵士はのけぞった。役人の衣服が、ボウッと燃え上り、二人は悲鳴をあげながら、田の畦を、こけつまろびつ逃げ出した。

村人たちの間に、ドッとはやす声があがり、白衣の人物をかこんで、口々に何かしゃべった。

「エンだな……」野々村は舌打ちした。「ばかなやつ、――あいつの勇み肌にも、こまったものだ」

「だが、あいつの名は、役の行者として、だいぶ売れてしまっているぜ」ホアンはつぶやいた。「あまり派手なことをやって、眼をつけられなければいいが……」

「もう眼をつけられているだろう」と野々村はいった。「やつらは、おれたちを泳がしているんだ——連絡は慎重にやらないと……」

白衣のエンの姿が、榎の林の中にあらわれた。——蓬髪と白いつけひげの中で、彼の顔はニヤニヤ笑っていた。

「きいたろう?」と野々村はいった。「あまり軽率な真似はするな」

「だが、役人どもには、がまんできない」エンは、歯をむき出しながらはげしくいった。「打たれている奴より、人格は低劣なのに——おれはがまんできない」

わからないでもない——と野々村は、重い心で思った。——エンがどこから来たかを考えれば、彼が農民出身であったことを考えれば、徴税吏を見て、カッとなるのも、わからないでもない。——野々村は、エンが、あの古墳時代の丘の上で、手製の竹楽器をひっそり鳴らしながら、その時代の連中には、誰にもわからない言葉で、自作の詩を低くうたっているのをきいたことがあった。

貧乏で勇ましい奴らは
うえて　にげまわって　ひねり殺され
悪党どもは　たらふく食って
みんなに惜しまれて　幸福に死んだ

どうにもならない　どうにもならない

貧乏でいさましい奴らは
無知で、泥棒で　うそつきで
悪党どもは上品で　知的で　礼儀正しく
家庭では慈愛にみちたパパ
　どうにもならない　どうにもならない……

エンの一家は、**メコンデルタ**で死んだ。——エンも、その時、重傷をおって、ジャングルの中で死にかけていた。

貧乏でいさましい奴らは
苦痛と屈辱だけ味わって死に
悪党どもに、むくいはない……

どうにもならない——本当だな、エン、と、その歌をききながら野々村は、沈みきった気持で考えた。——正義だの、モラルだの、ヒューマニズムだのという視点から見る時、おれたち人間という奴は、まったく、どうにもならないよ。あきれるほど同じことをくりかえし、それをやめたところで、なぶり殺しにされた何百億の人間が、成仏するわけでもなければ、生きかえってくるわけでもない。人間は、その発生から滅亡まで、終始けだものにすぎなかった、と考えるか、それとももっと別の、根本的にちがう可能性を、考えるべきなのか？

「いま、ここで、役人の鼻をあかしたって、農民一揆をおこしたって、なんにもならないんだ――それはわかっているだろう？」

「君はしかし、歴史を変えるといったぜ」ホアンはひややかにいった。

「そういう意味でいったんじゃない。――社会主義なら征服者にほろぼされる前のインカで、すでに達成されていた。そんな、正義の問題なんか、いくらつみあげても、なんにもならん」

「わかった」エンは不機嫌そうにいった。「ホアンの報告からきかしてくれ」

「サラセンには、マギの一人に、それらしいのがいる」とホアンはいった。「カブールにいるんだ。ヴァルダーナ朝インドにも、それらしいバラモンが一人いるようだが、ひょっとすると、同一人物かも知れない。ヨーロッパには、あと一人、トレドの寺院建築師にくさいのがいたが、たしかめるひまはなかった。

アジアでは、ウイグルの高昌に二人いる。――長安城外にいる骨董商は、ひょっとすると、むこうのスパイかも知れない。――ほかに、たしかめたわけじゃないが、辺境地区にだいぶんいるんじゃないか、と思われるふしがある。特に北方だ。黒水靺鞨や粛慎のシャーマングループは、あらためてしらべてみる必要があるな。——アリュートや中米の先マヤの中にも……」

「その程度か？」野々村は、ちょっとがっかりしたようにいった。「インドのバラモンの間に、きっとまぎれこんでいるかと思ったが……」

「いるだろう——それに、ほかの世紀もさがしてみれば……」

「それに、ほかの宇宙も……」といいかけて、野々村は、ふと口をつぐんだ。

ほかの天体といおうとしていたのか、本当の意味で、ほかの宇宙といおうとしていたのか、ちょっとわからなくなって、混乱した。

「おれは、熊野灘沿岸にアジトをつくった」とホアンはいった。「あそこには、いろんな、妙な連中が流れついている。秦代に、アメリカ貿易をやっていた航海者の子孫とか、インド南部の海洋民族とか……」

「アジトなら、おれもだいぶつくった」とエンはいった。「邏些、アヌラーダプラ（シンハラ——七世紀のセイロン——の首府）、室利仏逝（スマトラ）、粟末靺鞨の新城ブランチ、唐の梁州、それに高地マヤのカクチケル王国……」

「あまり派手にやるな」と野々村は、考えこみながらいった。「アジトは、かならずしも重要ではないんだ。この時代からも、やがて逃げ出さなきゃならなくなるかも知れないし、はじめるのは、この時代とはかぎらない」

「じゃ、いつだ？」

ホアンとエンが、じっと野々村の顔をみつめた。──野々村は指をかんで考えこんだ。

「ルキッフは、連絡してこないのか？──彼に連絡せずに、はじめていいのか？」

野々村はじっと考え、それからいった。

「連絡はとれなくても、おれたちは、おれたちだけで、やってみなくちゃならない──ルキッフが、にげのびて、また組織をつくりはじめたら、いつかは連絡があるだろう」

「さしあたってすることは？」

「どうせ連中は、警戒しているだろうが、なんとか警戒を突破して、未来へもぐりこむんだ」

「未来といって、いつごろ？」エンが、しかめっつらして、きいた。

「すくなくとも三十五世紀以降……」と野々村はいった。「人類の一部が、時間旅行をはじめるころ……」

2

だが、そのころすでに、追跡の手は、彼らのすぐ背後まで、のびてきていた。

野々村は、エンたちとわかれてから、夜道を大和から生駒をこえて、河内へ出た。

日没とともに寝て、夜明けとともに起きる、この時代の農民たちにとって、月の無い闇夜は、それ自体が彼等の意識の暗がりだった。──急な使いが、夜、松明をかざして馬をはせることはあっても、一般民が夜行することは、ほとんどない。

南都の伽藍や神社、貴族豪族の館も、すべて火をおとし、星もない夜の、うすぼんやりした空の明りだけが、正方形に区切られた口分田をかすかにひからせ、かしこの森、かなたの山々を、黒々と闇の奥にうきあがらせるだけだった。

闇のしじまに、狐が鳴き、夜鴉が奇怪な嗄れ声をあげ、墳墓の森に梟が鳴いた。——それらが一瞬しずまると、大和三山の方角から、遠く遠く、狼の遠吠えが、たれこめた雲をつたわって、きこえてくるのだった。それらの夜の獣たちの徘徊する闇を、野々村の乗物は、黒い怪鳥のごとく、悪魔のごとく、音もなくわたっていった。

生駒をこえて、河内の里に出るころから、雲の一部が切れて、星がのぞいた。

生駒山西部の斜面には、古い帰化豪族の、西漢氏の支族が——大和から、山背にかけて、都城北進の傾向と、大和中原の王朝豪族の争い、それに朝鮮出兵などで、すっかり勢力を失いながら、なお、生駒山の西、和泉平野、大和南部に勢力を張りつづける、馬飼で有名な連中が住んでいた。河内で北折して、淀川河口に流れこむ大和川は、またつい最近、氾濫したらしく、おしながした土砂の形づくる何条もの砂洲の間に、こぼれた家の残骸や根こそぎにされた橋梁、破船などが見える。——その上を、あのいきおいのいい水辺植物、浪速の葦が、一面におおい出し、北河内は、ふたたび、太古の葦原にかえりかけていた。

人間と自然の闘い——そう見るべきか、それとも単一の生物相の中で、植物の一種と動物の一種が、たがいにその表面の領分を争っていると見るべきなのか——あるいは、滔々と流れきたり流れさる宇宙のエネルギーの、無限に錯綜した結ぼれと展開の中の、よせてはかえすさざ波の幻の一つと見るべきか。

そしてこの果しない流れの果てには、いったい何があるのか？

野々村は、数年前の火災でやけ、その後、塔をのぞいて再建されてもいない、四天王寺の、黒い残骸の方角から、大坂丘陵にのぼっていった。丈なす草と、森の間に、一部無住となった集落がのこっていた。丘陵の先は、密生する葦におおわれた洲をまといつかせた、ひくい岬になっており、こわれた築地塀の先は、人々が足をふみいれない、一種の聖域になっていた。――代がかわるごとに都を新しく建設する、古代帝王の、奇妙な習慣により、ここもまた、二百年以上も前に見すてられた、王城の廃墟だった。

倭王讃――古代帝王中最大の存在だった、仁徳帝の造った、高津宮のあとだ。今は、鬱蒼たる草木におおわれた宮殿のあとの、それとわかる望楼の遺構の上から、伝説の帝は、かつて東の方、河内の里を見おろし、民のかまどの煙をながめたのだろうか？

――そんなことを思いながら、ふとたたずむと、長くこぼれた築地塀の間から、眼下に古淀川が、にぶく光りながらうねっているのが見えた。星明りが、北の岬、東生駒丘陵の間にひらく、幅広い河口のさざ波を、かすかに照らしていた。

見るともなしに、その光景を見ているうちに、突然、思いもかけぬ記憶がうかんできた。

――まったく、長い間、思っても見なかったことだ。そうだ、あれは――

彼自身にとっては何年か前、時代にすればはるか千何百年かの未来において――彼は、この川の中洲にたつ、十四階建てのホテルの電気を消した一室から、暗い川面にうつるネオンのかがやきを見おろしていた。窓の向うには、煤煙でおおわれた大都会の夜があり、彼の背後には、涙のあとを一筋頰につけたまま眠っている女性の、白い裸身があった。あの時彼は、今、この廃都の下を流れている川と同じ川を見おろし、大都会のシルエットをながめ、汚れた夜空にかがやくたった一つの星を見上げた。そして――時と人の生命の限りの外にのがれ、凍てつく星辰の世界と、永劫の時の流れと、その無限の深みにただようことを思った。

今まさに、彼は、その思いをとげたとはいえないだろうか？――過去から未来へ、宇宙のはてよりはてへ、時もなく、はてもない、薄明の空間から、別の空間へと――たとえ追われる身であっても、彼はかけめぐってきた。

と、同時に、彼はそこ、その岬の上の、獣のすみ家と化した、七世紀の廃都の中にいた。粗い麻衣をまとい、足に藁ぐつをはき――いま、眼下に見おろす、暗い川と、あのホテルの窓から見おろしていた、五彩のネオンのかがやく川の間には、同じ一つの川でありながら、彼の背後に数年の、未来に千数百年のへだたりがあった。

そう、彼の前に――やがて、奈良、平安の爛熟の時代がすぎさり、八百年ののち、四方に騎馬のひびきと、血なまぐさい風が吹きあれるころには、この岬の東にも陸地ができて、岬の上には、蓮如が本願寺の塔柱をたてる。それが信長にやきはらわれ、秀吉が燦爛たる黄金の甍、壁には巨大な舞鶴を金箔でおした天守を築き、堀をめぐらして町をつくり――それが再び焼け、再築され――さらに数百年ののちには、鉄とコンクリートと煤煙でできた、猥雑な都会が出現して、その大都会の北部のホテルの一室で、過去の彼はやがてあのやさしい女性をむかえいれるだろう。

もはや、その時の彼に、かえるよすがもないことを知りながら、彼の中に突然、その女性に対する、たえがたいまでのなつかしさがこみあげてきた——肉にきざまれて行く『時』は、いかにしても、かえすことのできない『時』だ。——背後の数年は、いま、七世紀にいる彼と、あの時代の彼とをへだてる千数百年よりも、はるかに遠く、あらがいがたく、彼と、あの女性との間を押しへだてている。

まてよ——と、彼は思った。あの——あの、俺を愛してくれていたらしかった女、あんなにまで、やさしくしてくれた女の名前は、なんといったか——佐……

突然彼は、身をかたくして、こわれた築地塀の影にかくれた。——背後に、人の近づいてくる気配があった。朱雀門の方角から、草の間にのこる石畳をふんで、ゆっくり、おちついた足取りで近づいてくる。

二人だ。

廃都をすみ家にする、夜盗か、浮浪者か、それとも——

「N……」

ふいに、すぐ傍で、おしころした声がした。汗みずくの顔が感じられるほど、荒い息遣いで、切迫した調子だった。

「ホアン？」野々村は、闇に眼をこらした。

「しっ！」とホアンはいった。「――つけられた。うっかりしてたが……」

「エンは？」

「隠（なばり）の里へ行った」

「ここへ来たのは、まずかった」と、野々村は、前方の、暗い木立ちの間を見つめながら、舌打ちするようにいった。「時間機を――」

「N……」

おちついた、低い声が前の方からひびいた。

「それから、もう一人の男も――逃げられんぞ。君たちは包囲された」

「あの回廊の角だ――」と野々村はささやいた。「さとられないように――体をひくくして行け」

距離にして、二十メートルばかりだった。二人は、足音を殺して走った。

「逃げてもむだだ」と声はいった。「こちらから見えている」

「行くぞ！」野々村は、石棺の中で、探査機にうつる、無数の光点を見つめながら、うめくようにいった。「この方向へバックして、それから包囲陣が動いたところで、前へとぶ――へたをすると、こっちが中性微子になってしまうが、いちかばちか、やってみよう」

「エンは？」

「チャンスを見て、またもどる」

前方の敵が、ゆっくり近づいてくる姿が見えた。――発進したところで、どこかで網にかかる、という自信にみちた足どりだった。

「来たまえ、……N」と声はいった。「ルキッフはつかまって、幽閉された。君も裁きをうけるのだ」

野々村は、発進スイッチをいれた。

3

よくやった、とマッラは思った。——獲物は、こちらの盲点をつくことによって、鉄壁の包囲陣をやぶった。——だが、逃げても、結局は悪あがきだ。追跡する側には、むこうの時間機の、キャパシティがわかっていた。妙な、大質量のものをくっつけたために、それがせいぜい数百年の跳躍力しかもたないことも……。

最初、発見の報告をうけた時には、たしか三人いたのが、逃げたのは二人だった。——時間機にのらなかったとすれば、のこった男をつかまえるのは簡単だ。マッラは、そいつの逮捕を、下級の部下にまかせた。部下は、そいつの化けている人物をさぐりあて、南都六宗の僧侶の意識を利用して、追捕させた。——そいつは勇み肌の男らしく、追捕の気配を察しながら、いろんな小細工をやって反抗してみせたが、ついにとらえられ、伊豆に流された。——一度は、杖にしかけてあったらしい反重力装置で逃げかけたが、ついに、こちらの手におちて、ミラの惑星系にある、大重力監獄におくられた。

プラスマイナス千年の間に、網をはったマッラたちは、二人の逃亡者ののった時間機が、ほぼ八百年から八百五十年後の日本に出現したことを、探査機でキャッチした。マッラたちは、網をちぢめ、今度こそは逃げ出さないように厳重に包囲して、民衆の中にまぎれこんだ二人の気配に、じっと耳をすました。

そのうち、きっと……。

「いたようです」と、部下から報告があった。「果心という、得体の知れない怪人物が、武将の間をわたりあるいています。いろんな手品をやるようです。明人とも、ヨーロッパ人ともいいますが——どうも、奴は、一部下層民の叛乱をくわだてているようです。やり方からみて、どうやら、ホシらしいです」

果心—ホアン、むりな類推かもしれないが、ほぼまちがいない、とマッラは思った。

叛逆者たちよ、君たちは、何とみみっちくなってしまったのだ——とマッラは、憫笑した。——宇宙の涯てから涯て、時空間のあらゆるひだや、淀みにひそみ、この宇宙の全秩序を律するものに、叛逆をくわだてたルキッフの徒の裔が、まるで青くさい原始人の若僧のように、ちっぽけな星の須臾の一時代の、一つまみの人間の反抗を組織するのか？ それで、君たちは、英雄気どりなのか？ 下層民どもは、結局ひねりつぶされ、歴史に何の意味ももたらすまい。叛逆者たちよ、君たちは、そこまで血迷い、センチメンタルになったのか？

織田、徳川、武田の徒を使嗾して、彼を信州の山奥へと追いつめるのは、わけのないことだった。最後に、真田の手下の一部をかりて、彼を信州の山奥へと追いつめた。

ここまでくれば、もはや、一切の大詰めだ――とマッラは思った。ルキッフはとらえられ、大宇宙の中心部にある、渦動空間内の、重罪監獄につながれた、と報告があった。あと、ちらばっているいくつかの残党の中で、もっとも危険と目される人物が、いま、低い階梯の星の上で、低い階梯の知的生物たちの手によって、とらえられようとしている。

行け、ホアン――と、マッラは心の中でつぶやいた。――お前の行く先に、あの危険な男が待っていることはわかっている。二人いっしょに、この時代のこの土地に来てから、お前たちがまだ一度も、跳躍をしていないことはわかっている。してみると、お前の同志は、やはりこの近所にいて、お前はあいつと、いつかはおちあわねばなるまい。そして、戦国武将たちに気味悪がられ、なんとなく毛ぎらいされ、おそれられて追いたてられたお前は、またあいつとおちあう必要にせまられているだろう。――お前は、自分を追いつめつつある、戦国大名の部下たちの背後に、私たちの手が動いていることを、よもや気づいているまい。ただ現実――この階梯の歴史における現実――の処理の仕方がまずかったため、無知な諸大名の憎悪を買って、この地上でおいつめられる破目になった、とだけ思っているだろう。――お前が、集団睡眠術の名手だったとしても、それだけでは、あれほど信長に忌みきらわれるはずはなかったはずだ。一時期、松永弾正輩にくみしたとはいえ、それだけでは、彼に憎まれることはなかったはずだ。――むしろ、珍しいもの好きの信長の寵をうけていてよいはずではないか？　それを蹉跌させ、他の諸大名にも眼の仇にされて、けもののように追われる身になった背後には――おれたちの手が動いていたことは、よもや知るまい。

さあ行け！——行って、あいつの居所をおしえろ。おそらく君たちの時間機もそこにあるだろう。それをつかって、逃げようとしても、今度ばかりは、そうは行かない。日本中央部を中心とする、せまい時空間に、今度こそ十重二十重の逮捕陣をしいた。ちょっとでも、この時空間点から、跳躍しようとしたら——その時こそ、最後だ。今度は、もしお前たちが、逃げのびそうになったら、破壊してもいい、といってある。さあ、行くがいい。一網打尽の地点へ……。

この時ばかりは、マツラ自身が地上におりたって指揮をとった。——最後のとどめをさされようとする獲物に対して、狩人としての、敬意を示すために。大和金峯山寺の命をうけたと称する僧形の彼と、梵論字姿の六人の部下は、真田の部将、勢子たちと、乾燥した空の下を、すすきの穂をわけながら、名もない山へと、ホアンを追いつめていった。

信州の秋の空は、美しくすみ、うすく刷かれた巻雲の優雅さは、その下に、戦国の世の闘いがくりひろげられていることを、うそのように思わせた。——だが、その実、その美しい空には、蟻一匹はい出ることのできぬ、呪縛がかけられているのだった。

勢子の一人が、果心が山頂にある祠にはいっていったことをつげた。——勢子たちは、この気味の悪い呪術者を、ひどくおそれていたので、マツラ自身が奇瑞をあらわしてやって、その法力の威力を示してやらねばならなかった。

勢子たちは、その山を、ぐるりとまいて追いあげていった。マツラは、正面から、九十九折れの山道を登っていった。——山頂ちかくで、ふいに深い杉木立ちの間に小さな広場が現われ、その正面に、古い、こぼたれた祠があった。修験者姿の部下たちは、だまってその祠をとりまいた。

「果心！」とマッラは、せいぜい日本中世の僧侶らしく、重々しい声で、祠にむかって叫んだ。「出てまいれ。——もはやのがれられぬぞ」

声は木立ちに吸われ、森閑として山気に、かすかにこだました。

返事はない。

眼くばせすると、三人の部下が、杖をかまえて、祠に近づいていった。——勢子や武士たちは、遠巻きにして、おそろしげに、その情景をながめている。

戞！と音がして、金剛杖の一つが、祠の扉をうった。扉は中空高くまいあがり、勢子たちは、ワッと声をあげたが、中はからっぽだった。

その時になって、はじめて、マッラの中に不安がまきおこった。——目算ちがいだったか？　どこかに、盲点が……

「おりませぬ」祠の中にふみこんだ部下が、ふりかえって叫んだ。

「祠のうしろ……」マッラは、苛立つ心をおさえていった。

「崖の洞穴——」

数名がとびこんでいった。——その時、すでに、マッラは、ほとんど事態を見とおしていた。またしても……だが、なぜ？

洞窟から、妙に白ちゃけた顔色をした、修験者たちが出てきた。――一人が、ひざまず
くと、ぼそりといった。
「死んでおります……」
「わかっておる！」とマッラは叫んだ。「いま一人は？」
部下は首をふった。
勢子や、侍たちが、なんとなく異様な眼つきで、じっと見ているのを意識しながら、マ
ッラは衣の袖をひるがえして、洞窟の中にはいっていった。
洞窟の奥に、まだあたらしい、巨大な石棺がすえてあり、その中に、白髪白鬚に、垢じ
みたよれよれの粗衣をまとい、汚れきった、金襴の袖無し羽織りをつけ、髑髏をきざんだ
数珠を胸にかけたホアンは、笑うような表情で横たわっていた。――毒をのんだのは、一
目瞭然だった。
マッラは、あわただしく、棺の中を見まわした。石棺の内壁に、いろんなものをとりつ
けたあとがのこっていたが、いまははずされて、ホアンの死体以外は、からっぽだった。
烈しい狼狽がマッラを襲った。――ホアンと石棺はここに――とすると、あの男と時間
機は？
「捜査官……」洞窟の中に、修験者姿の部下が、あわただしくかけこんできて、声をひそ
めていった。「いま、報告がはいりました。インドの……」
いわれるまでもなく、マッラはおくられてくる報告に、耳をかたむけていた。

十六世紀インド――アクバル大帝治下ムガール帝国のゴンドワナ地方から、所属不明の時間機が一つ、とび立った。この時代のパトロールが発見し、停止を命じ、追跡したが、見失った。乗員不明、行く先不明――管理局航行管制課に照会したが、登録されている中に、該当するものはない。

マッラは歯噛みする思いで、棺のふちをつかんでいた。――そうか！　今度も、まんまと出しぬいたわけだな。――一人が囮になって、陽動作戦に出て、その間に一人が、石棺からはずして身軽になった時間機をもって、地域を移動する。そして、一人が犠牲になり、そこに追跡者たちの注意が集中している間に……

「捜査官……」部下の一人が、小声でいう。「中央から連絡です」

わかっている。いいかげんに、きりあげて、かえってこいというのだろう。

だが、マッラは、混乱した思いの中で、またもや網をのがれた、あの男のことを、じっと考えていた。――これだけの、長い、執念のこもった追跡、これだけ大がかりな、完璧な包囲陣でもってせまりながら、再度鼻をあかされた口惜しさと、逃れてくれたことに対するかすかな安堵、それに、身軽になった時間機で、無限の時空間に逃げ出されてしまった以上、また新たに、捜査追跡陣をたてなおさなければならないことに対する、胸のむかつきとかるいめまい――。

（マッラ……）上官じきじきの通信が、棺の傍にたちすくむマッラの頭の中にひびいた。（いいかげんにしろ。これ以上深入りすると、いずれ抗命罪にひっかかるぞ……）

だが、どうしても――とマッツラは思った。どうしても、おれは、あいつをつかまえたいのだ。つかまえて、ぜひ、あいつにきいてみたいのだ。なぜ、さからうのか？

それとも一つ――なぜ、おれは、あいつに、こんなにまで、興味をもつのか？ ひょっとすると――あいつにこれだけ興味をもつということは、あいつに、おれの分身のような所があるからではないか？――おれ自身の、意識の底におしこめられている、ある傾向を、あの男が代表しているからではないか？

「御坊――」真田の下士の一人がよびにきた。「ひきあげまする。妖僧の遺骸は、祠もろとも、焼かれたい、との、組頭殿の仰せ……」

マッツラは、じっと唇をかんでいた。――なぜ、あの男のことが、これほど気になるのか？

4

鯨座タウの第五惑星といえば、ほとんど、地球人が開発した星だった。――太陽系の九つの惑星のほとんどに、コロニーができたとはいえ、その環境はいずれもきびしく、資源利用と、学術調査、それに航行基地など、実用性以外に、大した利用法もない。月や、イオやトリトンのように、それ自体に、巨大な装置類をとりつける方法もあったが、宇宙の中において、観光、保養、植民、その他もろもろのリクリエーションに適した星は、むしろ他の星系にもとめられた。

亜光速航行時代から、亜空間航行の実用化時代にはいるとともに、遠い恒星系の惑星のうち、地球人にとって快適な環境の星への観光旅行客がどっとふえ、観光開発も極度にすすんだ。

タウ・ケチ系知的生物との接触は、四十世紀初頭からはじまり、このひどくソフィスティケートされた、投げやりな――地球人の標準からみれば――連中とのとりひきは、彼らの冷淡な好意と自分たちの生活のルールに直接ふれてこないかぎり、まったく無関心な態度をとりつづける習慣によって、比較的スムースにいった。

第五惑星は、乾燥して澄んだ、酸素の多い大気と、奇抜な植物、気の遠くなるような、不可思議な自然の景観などで、地球の連中に嘆声をあげさせた。――ここに、一部がうつりすんでもいいか、というおずおずした問いに、タウ・ケチ人は冷淡にこたえた。

「ご随意に――」それから、粘液におおわれた体を、左右にゆすって、不思議そうにいった。「だけど、あんな役に立たない星を、いったいどうなさるおつもりですかな?」

彼らは、第二から第四までの三つの惑星にわかれすみ、外の星系のことには、まるきり関心を示さなかった。――彼らにとっては、温度四十二度C以下、湿度七〇パーセント以下の環境というのは、全然問題にならないのだった。

こうして、タウ・ケチ第五惑星は、たちまちのうちに、もっとも古い――地球最初の恒星系植民地、アルファ・ケンタウリⅣと肩をならべる、地球の植民地になった。ケンタウルス座α系の方は、どちらかといえば、生産と建設――初期開拓者の汗とほこりのにじんは、それだけに古めかしい伝統にみちたコロニーだったのに、新興のタウ・ケチVの方は、根っからの、レジャーと、娯楽と、リクリエーション――もろもろの贅沢にみたされた土地だった。優雅で豪勢なホテル、カジノ、別荘、サナトリウム、スタジアム、奇妙な山々には、すべての登山設備がととのい、海岸には、汚れきった地球の海辺では、もとめようもない、数々のたのしみが用意されていた。

太陽系外地というので、一般法に触れるような、秘密のたのしみも用意されている、ということだった。――持ちこみを厳禁されている、ある種の宇宙生物をもちこみ、彼らとの間で、途方もない快楽をあじわわせてくれる秘密クラブもあれば、サイボーグ、ロボット、人工半陰陽、その他のあらゆる人工の、性の悪夢を提供する、奇妙な業者もいるらしい。相互に殺しあって、スリルを味わうクラブ――地球上の、古い古いアイデア――禁猟区の生物専門にうちころすハンターズ・クラブ。電気刺戟から、思念力刺戟、その他、ありとあらゆる麻薬を売っている地下組織。

そして、四十五世紀のある日――それは、その星の、北半球の初夏だったが――海につき出た崖の上にある、豪華なヴィラの一軒に、五十人ちかい男女が集まってきた。不思議なことに、みんながみんな、金持とは見えなかった。――服装のいい連中もいたが、半身サイボーグ手術をうけた老人や、人工眼をはめた学者らしい人物もいる。若い女や、中年の女もいる。

『タウ・ケチV、ポーカークラブ定時総会』

集会届は、この名義で出してあるが、その実はとっくの大昔にすたれた、こんな単純なあそびをたのしむ、もの好きで懐古的な連中のあつまりではない。本当の名は、

『時間密航者クラブ』

それも主体は、宗教的理由から、時間旅行の自由をとなえて、四十二世紀に大弾圧された、『拝時教徒（クロノナイディアン）』の残党たちだった。——中には、あらゆることに飽きて、自家製の時間機で、小規模な時間密行をやって、スリルを味わう閑人（かんじん）もいたが、クラブの規則はきびしく、結社入会の際の誓いをやぶって、勝手な行動をとれば、たちどころに消されるのだった。

会は、最初、何組ものポーカーではじまった。——取締り当局にいる、超能力者の、透視や読心をさけるため、都市中心部からはるかはなれた所にたてられた、このヴィラは、それ自体が、建築規則ギリギリまで、サイキック・ウェーヴの透過性の悪い材料でたてられ、なおその上、会員の中の超能力者三人に監視させ、TPの巡回に対しては、時間機のまきおこす、微弱な磁場を敏感にキャッチする、警報装置をとりつけていた。

ゲームは、どのテーブルでも、かなり白熱しているように見えた。事実、ゲームに熱中することによって、超能力査察を、万一うけたとしても、ごまかすことができる。——そして数テーブルのゲームが、一段落ついたころ——。

〝みなさん……〟会長のふくみ声が、みんなの内耳にうめこまれた、超小型受信器を通じてきこえてきた。〝今日の会合は、特別会合です。——アルファ・ケンタウリⅣのノヴァ・

ヤパナからこられた、K・ノアヴィル氏をご紹介します〃

盲人らしく、眼鏡ほどの大きさの、人工眼を、眼にとりつけた、学者らしい人物が、ちょっと自分の胸をさす。——会長とむかいあって、かなり大きな勝負をやっているらしい。

「勝負行きましょう」と、見かけより若々しい大声で、ノアヴィル氏が叫ぶ。

「6のフォア・カード」

「フルハウス」

古式ゆたかなチップが、ざっとテーブルの上を動く。——みんなは、その額の大きさに、興味をひかれたような顔をして、ゲームの手をやめて、そちらをながめ、三々五々(さんさんごご)、テーブルを立って、会長とノアヴィル氏のテーブルにちかづいて行く。

ノアヴィル氏は、器用な手つきで、カードを切り、配る。

「ダウン」

と、同じテーブルの、幹事の老人がふせる。今度も、会長とノアヴィル氏の二人の勝負になった。

〃ノアヴィル氏——というのは、ご本名ではありません。ですが、初期教団の、非常に古い、設立メンバーの一人であったことは、地球会員の証明があります。氏は、——教祖クロノス・ルキフェラスに、直接あったことがあるそうです〃

会員の中に、ちょっとざわめきと嘆声があがる。

「二枚……」と会長はいう。

〝時空間航行のご経験は？〟

気管にうめられたマイクの具合がわるいのか、ちょっとのどに手をやりながら、若い女が、ハスキー・ヴォイスのふくみ声できく。

〝過去は中世代まで……〟ノアヴィル氏はささやく。〝未来は、六十世紀です〟

ほうっというような声がもれる。

〝すると、禁止域を千五百年もオーバーしたわけですな〟と、冒険家らしい男が、うらやましそうにいう。

「では、と――三万」

「三万？」老女がびっくりしたように叫ぶ。「最初から三万？」

「じゃ、私も三万」会長はチップをおしやる。

〝お話をききたいわ〟と若い娘。〝六十世紀の、われわれの教団は、どうなってますの？〟

「もう二万――」

「こちらも二万」

〝それよりも今日は、ノアヴィル氏から、重要な計画が話されます〟と会長。

「行きますか？――五千」

「よろしい、五千だ」

会員の一人が、チラと時計を見る。

〝どんな計画？〟と老女。

「すごいな！」一人がチップの山を、見ながら、本気になってうめく。——汗ばむような、熱っぽい雰囲気が、ただ一つのテーブルをかこんで、人垣をつくってしまった会員たちの間にうずまく。——若い女が、音をたてて息を吸いこんだ。勝負をしている二人は、意外に冷静なのに、まわりの連中が汗をかき、眼を光らせている。

「のこりはいくらあります」

「七千八百」

「私の方が少し多いな。——じゃ、残り全部で……」

〃時間だ——〃と誰かがつぶやいた。〃少しすぎた〃

〃うまく行きました！〃見張りの超能力者が知らせてきた。〃ピエトロがうまくさわぎをおこした。——警察の超能力者(エスパー)は出動します。交替は、あと一時間以上来ません〃

「勝負！」

会長は、だまって、カードを一枚ずつならべる——クラブ、ダイヤ、ハート、スペード……

「9のフォア・カード……」誰かがつぶやく。会長は、ちょっと間をおいて、

「いいや……」と首をふって、最後のカードをおく。「ジョ、、、、ーカーがある」

どっとどよめきが上る。——9のファイブ・カード！

「そちらは？」

ノアヴィル氏が、ニヤッと頰鬚(ほおひげ)を動かして、ゆっくりゆっくりカードをならべて行く。

スペードのジャック、クイーン、キング、エース……

「おお！」と誰かが、声をあげる。あとの一枚、フラッシュか？　ストレートか？　それとも――ストレート・フラッシュか、あるいは……。突然、ノアヴィル氏が、はじかれたように笑い出した。

「誰が、いたずらをしたんですかな？」ノアヴィル氏は、鬚をふるわせて笑いながら最後のカードをおく。「さっきまで、なかったのに――」

最後の一枚は――同じくジョーカー。

ロイヤル・ストレート・フラッシュ！

わあっという声があがると、ヴィラの主人が、突然わってはいる。

「みなさん、奥にお食事の用意ができていますから、どうぞこちらへ――」

たった今まで、興奮しきっていたみんなは、にわかにひきしまった顔になり、たった今まで、眼の前に展開されていた、とんでもない大勝負など、忘れたように粛々と、『奥の間』にはいっていった。

そこには、むろん、食事の支度などできていなかった。部屋と部屋との隙間を利用して、巧妙につくられたかくし部屋で、小ホールほどのひろさがあったが、さすがに五十人の人間がはいると、せまくるしくて、息がつまりそうだった。――念波に対する、完全な非透過性物質でつくられた部屋だ。特殊な念波屈折装置をつかって、外側からは、部屋の存在が、透視できないようになっている。

「監視をつづけてくれ」と、会長は、今度は声に出して、外の超能力会員につたえた。「警察のエスパーが、事件をはなれて、かえってくるまでに、大広間の方へかえらねばならん」

部屋の中は、窓一つない。周囲の壁にとりつけられた二、三の監視装置のパネルや警報器、それに脱出用とみられるいくつかのレバー。そして正面のかくし蓋が観音開きになっている壁龕には――

小さな、なんの変哲もない、砂時計が一つおかれてあった。

さらさら、と砂時計の砂は、たえまなくおちていた。――上のたまりから下のたまりへ……だが、上のグラスの砂はいくらおちてもなくならず、下のグラスの砂は、いつまでたってもいっぱいにならない。

会長は、その四次元砂時計――拝時教徒のシンボル――を、じっと見つめていた。

「かつて、このクロニアムは、ルキフェラスの啓示をつげたこともあったという」会長はつぶやいた。「だが、今は、たえてそんなことはない。――伝説によれば、ルキフェラスは、〝超越者〟の手にとらえられ、永遠に幽閉されているという」

それから、会長は、みんなの方をふりかえった。

「さて、兄弟姉妹よ――ここなら、われわれの思念が外へ洩れることもないし、外から透視されることもない。くつろいでいただいてけっこうだ。――だが、あまり時間がない。初対面の同志、ノアヴィル氏の計画を、急いできこう」

「クロニストのみなさん——私の同志兄弟姉妹のみなさん」と、ノアヴィル氏は、低い、力づよい声で語り出した。「計画というのは簡単です。——私たちは、知的生物の意識の、根源的自由を信ずるが故に——この意識の前に、何ものもその自由をはばむものはあり得ないと信ずるが故に、われわれは、その自由に堪え得る、と信ずるが故に——時間旅行の無制限的自由を主張して、闘い、弾圧されてきました。——人間が、三十七世紀、はじめて亜空間航行を達成し、同時にはじめて、長年の宿願である時間旅行を達成した時、〃超越者〃のルールは、すでにそこにあった。われわれの旅行は、〃超越者〃の僕と名のる超未来人たちによって、きびしく監視され、制限されてきた。——未来にむかって無限につきすすむことは、〃掟の壁〃によってさえぎられ、過去もまた、未来ほどではないが、区間的に制限され、特にそのふるまいは、いいようもなく、きびしく監視されていた。過去は、絶対に変えてはならない——とわれわれに理由のわからぬ掟はいった。——ただ、眺めることだけが人間に許された唯一のことだ、と」

　人々はしんみりして、ノアヴィル氏の、暗い、キラキラ光る、電子の眼と、黒い頬髯を見つめていた。

「もし、この掟を破った時は——いや、破ろうとした時は、そのとたんにとらえられ、どこかわからぬ所へ、つれて行かれた。——死んだのか幽閉されたのか、連れ去られたものの消息は、二度とわからず、二度とかえってこなかった。——最初、われわれが、過去を変えることの危険をおそれ、自ら規則として、時間旅行に対して慎重になっていたこともたしかです。しかし、〝超越者〟であろうと、誰であろうと、われわれが他者に律せられ、自由を大幅に制限されているのは、人間にとって、本来我慢のならぬことだった。――にもかかわらず、多くの人々はおびえており、すでに当時において、拡散しすぎ、高みをのぼりつめてしまった、と感じられる生活を、維持し、保護することに汲々として、あえてタブーをおかそうともせず、むしろ、人間の文明において、この上時間旅行など、それほど必要としない、という態度をとった。――《地球人主義者》は、地球人が、地球人としての、テリトリーと、文明形態を維持することを主張し、〝超越者〟が、われわれの感受し得る時空の外にたてたタブーをおそれ、むしろその領域間に手をふれずに、《人間生得の領域》にとじこもって、ひたすら安穏をねがう方をえらんだ。

――彼らはこうした恐れから、自動的に〝超越者〟の手先になり、人間の行為の、無制限の自由を主張するものを、地球人として、弾圧しはじめた。――しかし、われわれ、拝時教徒は勇敢に反抗し、勇敢に壁にいどんだ。――安全制限をはるかにこえ、未来における〝掟の壁〟のすぐそばにまでいったのは――それが、単に管理者のおどかしではなく、実際に、現在知られている原理にもとづくかぎりいかなる時間機をもってしても、越えられない、〝時間の壁〟というものが存在する、ということを、確認したのも、私たちの仲間だった。――絶対的、無条件的に、ふれてはならないといわれていた、過去に対しても、ごく小規模の実験を、あえてこころみて、タイム・パラドックスの、実際的現象を、たしかめてみようとしたのも、われわれの仲間だった。――これらの違法行為によって、人類の時間旅行の知識はふえたにもかかわらず、われわれは、ますますつよく、弾圧されました」

「考えて見れば、ここにこうして、われわれがあつまっていること自体が、違反というわけだな」

　と、誰かがいった。

「そうよ」と若い女がいった。「私たちは、前後数世紀の間から、こうして一つに集まってきている。——だから、未来の人間は、過去へ行って、そこの人間と話すことさえできない、というタブーを、すでにおかしているわけだわ」

「まったく、なんて非人間的な法律だ」金満家らしい男が、腹立たしげにいった。「人間同士、話しあうこともできないなんて！」

「みなさん——」とノアヴィル氏は、声をはりあげた。「私の提案というのは、こうです。もはや、市民的範囲で、自由を要求し、主張するだけでは、きりがない。——今度は逆に、みずから身を挺して、タブーにいどんでみるべきではないでしょうか？」

「だが、どんな直接行動をやるんだ？」

「私に、計画があります」ノアヴィル氏は手をあげた。「大幅に——過去を改造してみるのです」

　ホールの中に、どよめきが起った。

「どうやって？」と誰かが叫んだ。

「われわれの達成した知識、文明、認識を、大量に、先史時代へもちこむのです――私たちは、自然のルールにしたがって、徐々に試行錯誤をくりかえし、一つの認識に達してきた。――だがその試行錯誤というものは、いかに非能率であり、いかに多くの、とりかえしのつかない犠牲をはらってきたか――工業主義時代にはいった、十九世紀以降においてさえ、人間は、自分自身の姿になかなか気づかず、無益な自己破壊をくりかえし、のちには、地球の資源と自然をあらし、ついには自分と地球とを、メチャメチャにしてしまう一歩手前まで行った。こうして、ようやく達成された現代的認識を、知識文明を、もしもっと早い時代にもちこむことができたら……」

「だが、それをやれば――」一人が、不安にふるえる声でいった。「そこからのちの歴史は、かわってしまうだろう」

「いいではありませんか！」ノアヴィル氏は叫んだ。「かわってしまって、そこから別の歴史がはじまっても、それが現在あるがままの歴史より、よりよい、よりスピードアップされたものなら、現在のわれわれはその歴史に対しては存在しなくなってもかまわないではありませんか？　いや――真相をのべれば、われわれ自身がすでにそうやって、われわれの知らない、もう一つの世界の未来人によって、歴史をかえられた結果なのです――みなさん、ホモ・サピエンス時代にはいって、はじめて人間がはじめる〝農耕〟は――偶然発見された技術だと思いますか？　食用植物の〝管理〟というような高尚な考え方は、火の発見よりも、必然性がないと思いませんか？」

みんなの間に、驚きの声と、動揺が起った――ほんとうか？　いや、信じられん、といった呟きがきこえた。

「今まで、われわれには、あの時こうなっていたら、と思うことはあっても、手段がありませんでした。しかし、今は手段があります。覚悟も、その手段を、よりよき事態の出現のために使いたいという善き意志もあります――さまたげるものは、何ものとも知れぬものによってたてられた、タブーだけです――それが可能になったのだから、それをすることは、この時代のわれわれの〝種〟としての人間に対する義務ではないでしょうか？」

「だが、パトロールが……」誰かがつぶやいた。「監視の眼が――」

「私は知っていますが――監視密度は、あなたたちの想像しているほど、大きくはありません。過去へ行くほど、稀薄になります。彼らの監視システムを、過大評価させるのは、むしろわれわれの根づよい恐怖と、無知なのです――それに、われわれに対する心理的効果をねらってやられている、予知システムとスパイ・システムがあります――実際注意深くやってみれば、隙はいっぱいあります」

「どういうやり方をとるんですか？」

次第に高まってくる、ねつっぽい雰囲気の中で、一人が興奮した口調できいた。

「いろんな資材や、機械、書物を、まずおくりこみます」とノアヴィル氏はいった。「すでに、先行している同志もいるし、目立たないように、少人数ずつ、滲透していって……」

そこまでいった時、突然、一同の上に氷のような沈黙が訪れた。

壁のパネルの上に、赤い警報ランプが煌々とかがやきはじめ、みんなの内耳にうめられた受信器には、緊急警報が、けたたましくなりはじめたのだ。

「なんだ？」と一人が、不安におののく声でいった。

会長がギュッと眉をしかめて、外の光景をうつすテレビにちかよった——だが、その時、ドアがはげしくあき、血まみれになった監視員の一人が、ころげこんで来た。

「パトロールがくる……」と、その超能力者は、あえぎながらいった。「すごい、大人数だ——もうすぐそこまで……」

「どうして？」若い女が、金切り声で叫んだ。

「監視員の中にスパイが……」その男は床にくずれおちながらいった。「テレパシイの……暗号で……通信を……」

度を失って、騒然となった一同の中で、ノアヴィル氏だけが、脱兎のように、クロニアムの祭壇の下の隠しドアから、ホールの外の通路へとび出していた。

「アッ」という叫びが背後できこえた。「ノアヴィルさん、どこへ……」

（野々村……）と頭の中で、きいたことのある声が、ぶあつい非透過性の壁をつらぬいて、きこえてきた。（だめだ、今度こそ、君は逃げられない）

今度こそ——と彼は、眼から、まがいものの人工眼をむしりとりながら思った——今度こそだめか……。

絶望的な思いにとらわれながら、なお彼ははげしい闘志をもやして、通路をはしった。

通路の行きどまりは地下ガレージになっていて、そこに二台の大型時間機と、一台の一人のり時間機がおいてある。大型の時間機は、ノアヴィル氏としての彼が『過去改造計画』のために『時間密航者クラブ』の会長と、このヴィラの持ち主といっしょに、苦労して部品をあつめてつくりあげたものだった――そして、小型の一台は、あのニューヨークの襲撃の時以来の彼の愛機だった。

（時間機をつかっても、むだだ……）頭の中の声は、しずかに、さとすようにいった。

（包囲されてるのだ。わからないか？）

わかっているとも！――野々村は、二台の大型時間機の、発振器のカバーをはねあげながら、心に叫んだ――わかっていても、おとなしくつかまるなんていやだ。だめと知っても、やけくその反抗でもやってやる。

（なにをする？）

声は、少しおどろいたようにいった――野々村は、二台の時間機の、歪曲場発振器の導場管をシリーズにつなぎ、それを小型時間機の導場管のインプットに接続した。動力スイッチの電線もつないで、三台の時間機が、同時に作動するようにして、作動と同時に、二台の大容量発振器で起った歪曲場が、重合されて、愛機の発振器に一挙に流れこむようにした――自動車や、石棺にとりつけてみて、時間機の発振する場エネルギーと、時間機自体の質量の間のバランスは、大体頭にはいっていた――こんなことをすれば、木と布でつくった、初期複葉飛行機に、何百トンという推力(スラスト)をもつ、ロケット・エンジンをとりつけたようなものだ、ということも。第一、こんなことをすれば、時間機はおろか、体がもたないだろう。

(まて、野々村……)声は、狼狽(ろうばい)したようにいった。(ばかなまねはやめろ――自殺する気か!)

自殺!――と、野々村は、逆上のあまり、コチコチにかたまってしまった頭の中で考えた。生? 死?――そんなものがなんだろう? 意識と意志をのぞいては、自分自身は、もう死んだも同然ではないか?――彼はスターター・スイッチに手をのばした。これが、意識としての自分の最後にちがいないと思った時、突然――何の脈絡もなしに、遠い遠い昔、暗い部屋の中で、窓からの星明かりをうけ、彼の背後で、涙のあとをのこして眠っていた、あのやさしい女性のやさしく、白い裸身のことがふいに浮んだ。

(しまった!)

と思った時――きちがい沙汰(ざた)としか思えぬことを、相手が本当にやってのけた時、一瞬の衝撃が隙をつくり、マツラは、みすみす前にいながら、相手のやろうとしていることを封じそこねた――それ以上に、彼を狼狽させたのは、彼の冷然たる狩人の心に、一瞬、相手のやみくもな意思が、奇妙な共鳴をまきおこし、獲物の最後の自殺的な反抗を、やらせてみたい、といったような気が、ふと起こったのではないか、という感じだった。

たしかに、封じようと思えば、できないことはなかった。マッラの意志の投射一つで、相手を一瞬のうちに、罠に吸いこみ、封じこめてしまうことも……

だが、——獲物はスイッチをおし、次の瞬間、豪華で巨大なヴィラは、中にいた大勢の人間もろとも、地下ガレージの中の一点に、渦をまいて吸いこまれ、おが屑のように粉々にうちくだかれて、空中に四散した——二台の大型時間機は、猛烈な勢いで、ガレージの中にあらわれたり、消えうせたりしてはねまわり、ついに動力源が破裂して、まっ黒になってころがった。

しかし——

「あいつが、消えました！」

超空間内のパトロール機内から監視をつづけていたパトロール隊員は、おどろきの声をあげた。

「包囲陣のまん中から——この超空間内からも、消えました！」

「よろしい」マッラは、かわいた声でいった。「私が追う——これ以上は、君たちの職業をこえる問題だ」

機内で、マッラの体は、突然ぐたりとなった——隊員が、ふりかえると、その体は、すでに魂を失ったかのように、ただ呼吸している有機体にすぎなかった。

こんなことになれている隊員は、そのグニャリとした、生きた体を、大切に無菌ベッドにねかし、それから体温冷却用の温度調節スイッチをいれた。

第十章　果しなき流れの果

体を八つ裂きにされるような衝撃の瞬間、野々村は、視野の明暗が反転し、とにかく時間機が始動した、ということがわかった。つづいて、閃きわたる意識の断片の中で、白濁した空間内に、わずかに彎曲している、巨大な、まっ黒な円筒と、その周囲に、何層にもまつわりついている、うす黒い、太さはまちまちの、蔓巻きバネのような螺旋が、チラと見えたような気がした。

その印象の断片だけで、彼が、かってない初速エネルギーで、超空間の奥へとつっこみつつあることがわかった。黒い、巨大な円筒は、この星系の太陽——鯨座タウ星の世界線であり、いくつもの蔓巻きバネは、タウ・ケチ諸惑星の、世界線だった——いつもの程度の跳躍なら、いずれも、ぶれた写真のネガのような短い黒線にしか見えないし、これほど遠くに、見ることもない。

だが、見たと思ったことといえば、それが最後だった。——もはや見るという視覚現象になぞらえることのできないような理解の仕方で、野々村は、自分が、ほとんど三次元空間にうかび上りそうな低エネルギー状態で包囲していた、パトロール隊の中央を突破し、すさまじい勢いで、未来へとはこばれていることを理解した。

　地球と人類の運命などは、そのダッシュの中においては、ほんの片隅のことにすぎなかった――めまいや、失神や、落下感や圧迫感、さまざまな恐怖や戦慄に似たものの錯綜する中で、彼は、はるか未来――ほぼ一千万年先のあたりに存在している、といわれる、あの〝掟の壁〟が、ぐんぐんせまってくるのを感じた。彼を追いまわした、一般パトロール隊員でさえ、そこから先は、タブーになっているという、あの障壁が――

　速度――もし、そんな概念があてはまるとするならばだが――は一向におとろえず、むしろ加速されつつあるような気がして、やがて彼は、障壁が四囲からおおいかぶさり、ついで、それをこえたことを理解した――塀のように、上をとびこえたのか、それとも厚みのあるものを、トンネルのようにとおりぬけたのかはわからなかったが、とにかく彼は、地上の時間旅行者が絶対に突破できない、とされている未来の壁のむこう側に、はいりこんだのだった。

　そこでは、もはや彼は、未来へと、つきすすんではいなかった。――もはや未来や過去は意味をもっていなかった。

　壁をこえる時、分解してしまったのか、それとも、あの従来のタイム・ドライヴの原理にもとづく時間機は、ついにあの壁をこえることができず、ぶつかった勢いで、彼だけをほうり出してしまったのか、すでに彼は、時間機にのってはいなかった。

　いや――時間機のみならず、すでに彼の体に相当するものも、そこにはなかった。

彼は、彼の意識として、そこにいた——ただ、それだけのことだった。
それは、もはや、よく知っている時間旅行中の『体験』とも、ちがった存在意識だった。
一切は、認識するための時間経過ぬきで、一挙に現前していた——彼はそこで、想起するように認識し、回想するように理解した。
そこでは、もはや『時』は、時として存在することをやめていた——未来、過去の方位感覚もなかった。

時間旅行者は、時間軸を比喩(ひゆ)的に、空間における方位感覚として、意識するはずである。たとえば、未来を『前』、過去を『後』と……。

ふいに、ノートの一片に書かれたような、言葉の断片があらわれる。——彼は、すぐそれが、自分がずっと前に書いた『時間と認識』という、幼稚なエスキースの一部であることを理解した。

したがって、無限の未来は、『無限遠』として距離——空間感覚に翻訳される。もっとも粗雑なたとえとして、時は『流れ』として表象される。これは、人間の意識の〝ふりかえり〟作用と〝予見〟作用により、時の経過感覚が、空間的な移動感覚として表象されたものである……。

だが、そこでは——と、彼は、昔自分の書いた断章を思い出しているのか、それとも、今、理解しているのか、区別しがたくなりながら、思いをたどった——時は、あくまで、一方向から一方向へ、過去から未来へ、後方から前へ、と、直線的にしか表象され得ない。時間軸をこえて——前後ではなく、時間の流れの左右へ、あるいは、上下へ、という方向を表象することはできないか？——

——いまかりに、われわれの認識できる、時空連続体のうち、常に一方向へしかながれていない——そして一回性としてしか現象し得ないような時間軸を、直線として表象しよう。幾何学のごとく簡単な定義として、この直線を一次元とする（アインシュタインのモデルでも、時間は三次元の上につみかさねられる、一次元として考えられていた）。ところで時間は『直線』として表象し得る以上、この幾何学的表象に固執して時間を幾何学的にあつかうこともできる。この直線を、それに直交する方向へ移動させること、ここに時間的二次元的平面ができ、ここには、最初の時間軸に平行な、すべての時間軸、いいかえれば、すべてのパラレル・ワールドがふくまれることになる……。

なんという、幼稚なたわごと——と彼はせせら笑いたくなった——その通り、部分的には正しくても、ほとんどすべてを、一挙に理解できる今となっては、その比喩や展開は幼稚すぎるのだ。

さらにこの平面に直交する軸を考え、時間の立体座標を考える時、このZt軸上の視点は、すべてのパラレル・ワールドを、平面上の平行線として見ることができる——時間旅行における問題。通常の時間旅行は、方向性をもった一次元軸—Xt軸を移動するものと考えていい。時間は、過去から未来へ、一つのエネルギー傾斜をもった等速度の流れと表象できるから、加速、減速で、未来、過去への力を表象できる。過去の改変は、Xt軸方向にくわえられた力と考えれば、それは、くわえられた力の大きさによって、Xo～$XnXt$のパラレル・ワールドへの、移動として表象しうるだろう？

Zt軸の導入により、時間曲面が表象され、曲面の正負が表象される。Xt、Ytが、それぞれ、無限遠において、閉じているとすれば——時間は、Yt軸に平行な直線を自転軸として回転する、球体と考えられる——なにをばかな！

しかし、彼のいる、その『場所』では、まさに、その無数のパラレル・ワールドが、平行した形で一挙に理解できるのだった——彼はその概念の、あまりの奇妙さに、しばし呆然としていた。

地球は——彼にとって、一番親近性のあるその小さな惑星の経歴は、一本の細い幹から、無数に枝わかれした、系統樹のようなものに感じられた。ある枝は、途中でぷっつり切りとられ、地球の歴史はそこで終っていた。ある枝は、はるか昔になえしぼみ、ある枝は、はるか先にまでのびていた。また、ある枝は、ねじまがって、輪状になってもとの方につながり、ある枝は、はるか未来の方向へとのびていた。

　それは、なんとも奇妙な光景――比喩的にいってだが――だった。彼の存在している所からは、もっとも遠い所にあるものも、もっとも近い所にあるものも、遠近の距離感はそのままに、まったく同じ明瞭さで、感得できた――奇妙な空間牢獄にとじこめられているルキッフやエンの存在も感得できたし、奇妙な超時空間のポケットにとらえられている番匠谷教授のそれも感じられた。網の目のようにのびる無数の星の『進化』の過程を、継木したり、分枝したり、つみとったり、あたかも植物の栽培管理をするように、管理している、奇妙な『存在』の一群の姿も感受できた。

　今にして彼は、自分がやろうと試みていたことが、どんな意味をもっていたのか、ということを、ほぼ理解しかけた――多元的『進化管理』に対する、ささやかな、ごくささやかな、一地球的な反抗――『意識』に相当するものを、発生させているのは、この広大な宇宙の中で、もちろん地球だけではなかった。数億京立方光年の宇宙の中で、何兆という数の、それも地球的概念からいえば、単なる不規則振動や、エネルギー束や、渦動場としか思えないような、奇妙な形の『意識』――それとても、宇宙の秩序を〝認識〟し、ある限界内で『自由意志』や『感情』をもつ以上、意識体にはちがいなかった――をふくむ、おどろくべきバリエーションをもった種類の『意識』が、いたる所に発生し、すべて、その進化を管理されていた。

さらに――それらの一切は、概念的な『静止状態』の中に、配置されているのではなかった。一切の、多元的超進化の『場』は、それ自体がまた、ある方向へむかって動いていた。全宇宙の多元的進化とその管理をふくむ場は、それ自体が、まるでまわり舞台のように、一切をのせたまま、ゆっくりとめぐっていた――超々時空間の中を……

ここに来てしまったのか？

ふいに、ある強大な意識がよびかけた――それは、彼の意識の存在している場所へ、接近してきた。

お前は知った――潜在的資格はあったにちがいないが、お前のランクで、この『知域』にはいりこんだ意識は『個』としての集中場をとることは、できないし、また許されない。

それが、長らく彼を――そしてルキッフを追いつめつづけてきたものであることは、彼にもすぐわかった。そして奇妙なことに、恐れよりは親近感を――ねつっぽい親近感をこめた、はげしい怒りと反撥を感じるのだった。しかし、せまってくるその存在よりも、彼はこの超進化を認識できる場に、さらに『流れ』があり、この場をすら、超えるものがあることを、かすかに感じとって、その方に気をとられていた。

もう、お前というものは、存在しなくなる――そいつは伝えてきた――すでに、存在するという範疇を、はるかにこえてしまったのだから……。

だが、なんのために？――と彼は、次第に稀薄になりつつある意識の中でつぶやいた

——あなたたちは、なんのために、管理するのだ？　管理して、どうしようというのだ？

——なにをつみとろうというのだ。

　それは私たちも知らない——と気体が拡散し、まじりあうように、彼の意識にまじりこみはじめた、より強大な意識はこたえた——私たちは、多元的進化を管理する——無限の星、無限のエネルギー凝集状態の中から、無限のくみあわせを経て、その途上に生じてくる、あらゆる状態の『意識』発生の可能性をよりわけ、その進化を管理する『意識』は、エネルギー凝集状態のくみあわせの中から生まれながら、それ自体は物質そのものでもなければ、エネルギーそのものでもなく、そのいずれをも超えるものだ——物質を認識してエネルギーの法則を認識できるもの——物質やエネルギーを前提しながら、そのいずれからも、はなれているもの——『負』の存在、マイナスの場、マイナスのエネルギー、マイナスの時空間——存在の『鏡』——われわれは、それを育て、交配させ、別の進化コースにひきこみ、可能性のないものを裁定し、ある成熟段階にいたればそれをつみとる。

　だが、なんのために？

　それは、われわれ自身にもわからない——物質の変化の過程、無限に複雑なエネルギーの展開の過程が『生物』という束をつくり出し、次の段階で、その『束』は、意識を析出する——エネルギー自体の、複雑きわまりない傾向を反映しながら、意識自体は、次第にこの宇宙そのもの、即自的な宇宙そのものとは、別々のものになって行く。

　存在の鏡——と、最後に彼は、弱々しくつぶやいた。——それは宇宙の虚像か？

だが、鏡がますます精巧になった時、やがて、虚像の自立性が生じてくる——と、そいつは述べた。もはや、彼にとっては、理解を絶したことだった——存在するものは、すべて鏡の中に、虚像として投影される。そして、虚像が、虚像としての自立性を獲得する時、今度は逆に鏡の中に虚像自体を出現させれば、存在の方も出現するようになるのだ。

だが、なんのために？——なんのために、いつから、高度化した意識を、刈りとるのか？　刈りとって、なにに役立てるのか？　君たちは、いつから、この管理の仕事をやるようになったのか？　君たちは、誰のために、その仕事をやっているのか？　君たち自身のためか？

そうではない——すでに、ほとんど彼の意識そのものになってしまっている、そいつはいった——われわれ自身のためではない。収穫された、超意識は、われわれの仲間になり、管理の仕事はますます精緻になって行く。だが、われわれもまた、ずっと上の方の、この超時空間内の超意識をすら、はるかに超えるもののために、それをやっている。

それはなにか？——あなたたちすらこえるものとはなにか？——誰がそれを知っているのか？　そして——ルキッフの存在の意味は？

完全に、その意識を吸収してしまった時、マツラは——いや、いまはすでに、松浦の体をかりた存在ではなかったから、第二階梯超意識体アイは、ふと、奇妙な、異物のはさまったような感覚をおぼえた——アイはじっと意識を静止させ、その異和感をさぐった。とそこに、すでに吸収されなじんでしまっているはずの、松浦の意識が、急に凝集し、励起されているのを発見した——それはたった今、吸収した野々村の意識が、傾向パターンとして、妙に松浦の意識傾向のパターンとよく似た所があり、古傷がうずき出すように、共鳴を起こし、不滅の鼓動のごとく振幅が大きくなりつつあるのだった。

そうか、——とアイは思った——当人同士は知らなかったが、松浦と野々村は、親子だったのだ。

そう思った時に、一つの形象化した思念の振動が、はげしくうねった。

父よ——とその思念は描いた——なにゆえか、父よ。

子よ——と反射波がうたう——たずねもとめよ、わが果さざりしものを、汝もとめよ。

意外に力づよい、そのうねりに、アイは、ふと、自分の『秩序』がよろめくのを感じた。その小さな部分的振動に全体が共鳴する危険が、突然あらわれてきた。

果てしなき流れの果てには、なにがあるのか？

突然、アイは、上昇をはじめた。——滔々と流れ行く超時空間に、直交する方向へ向かって……。

とまれ

階梯概念が指示した——だが、彼は、それにさからって、上昇をつづけた。秩序をやぶってまで、それにさからうエネルギーは、ひたすら共振にあった——上るにつれて、多元時空間をのせたまま流れて行く、超時空間は、はげしい、彎曲した激流となって遠ざかった——混沌とした晦冥の渦まく中に、朦朧とした概念があった。彼は、はげしく問いを投げた。

超意識の意味は？

低次の意識発生過程とのアナロガスな理解……

晦冥が薄れて、ふうっと概念が姿をあらわす。

《あるいは――乳酸菌が乳酸をつくり、硫酸還元菌が石油の原液をつくり、プランクトンが、海中の炭酸カルシウムを凝集して沈殿（ちんでん）させ、石灰岩をつくる――できたものを、高次の生物が利用する。意識は超意識を析出し、超意識はさらに上位のものに利用される》

『概念』は、松浦や野々村の意識に理解されやすいような形をとっていた。

超意識は？――アイは、かさねてたずねた。

《エネルギーは素粒子を、素粒子は原子を、原子は分子を、分子はポリマーを、ポリマーは種々の形の原形質をうむ。原形質は単細胞生物をうみ、その群生体から多細胞生物をうむ――凝集と拡散の相反的傾向。多細胞生物の光化学的反応が、特殊化された細胞群に専門化され、神経系が生ずる。この神経系の重層化が、脳を生じ、ついに〝意識〟をうむ》

超意識体は――しからば、宇宙の神経か。

《しかり――低次のパターンとアナロガスな関係において……。超意識体は、超能力によって、はじめて宇宙自体の意識を生じせしめた――はるか以前において……》

次の概念に到達するのに、はげしい抵抗と圧迫が感じられた。晦冥は、いよいよ深く、アイは次第に問いかけのために、力をこめなければならなくなってきた。

　進化管理の意味は？
《太初……宇宙は高温高圧の凝集状態だった——この〝宇宙の卵〟には、拡散の傾向だけあって、それ自体の意志はなかった……》概念は、ようやく、うすぼんやりと姿をあらわした。《だが、やがて多元時空間のひだをふくむほど、充分稀薄に拡散された時、超意識を生じ、さらにその超意識の連絡から、組織化によって、宇宙自体に、単なる放散ではない〝効率〟の概念をふくんだ〝進化管理〟の意志が生じた。それを生ぜしめたのは、超意識体であり、しかも神経細胞自身がそうであるごとく、それ自身の外に疎外せしめた意志の僕（しもべ）となった》
　ルキッフは？
《あらゆる変化のベクトルに対する抵抗力の形象化……》
　とまれ
　ふたたび、階梯概念が、わってはいった。
　ひきかえせ！
　だが、アイは、力つきそうになりながら、なおつきすすんだ。
《時に、現状維持し、超越の出現をこばむ。時に、ちがった方向への超越をもくろむ——時に、一切の不可避的、根源的傾向に対して、反対しようとする。彼自身、自由と超越の形象化された存在でありながら、それをふくむ一切の存在秩序と、その運動方向に対して根源的否定をとなえ……》

とまれ！

とどろくような制止が、彼をまっこうからうちのめした。

なぜとまらぬのだ？　これ以上、すすめば、宇宙は、一つの、貴重な超意識体を失うことになる。

今になって、アイは、なぜ階梯というものが存在するかを知った。――『上』に上れば上るほど、特殊化の極度に進んだ超意識体の、複雑高密度の組織があり、やがてそれは、個々の超意識体ではなく、比喩的にいえば、〝宇宙の脳〟に似たものの形をとりはじめていた。〝脳〟はまだ、おそらくは完全ではなく、〝意志〟のパターンも、それ自体では未完成だった。

――そして、運動神経、知覚神経その他の末端神経細胞の段階にあるアイが、この極度にデリケートで稠密（ちゅうみつ）な、超意識体組織の中を上昇して行く時、いくつかの部分で組織破壊がおこり、アイ自身も、この組織場に不適応であるため、神経細胞として、完膚なきまでに傷ついてしまった。

と　ま　れ

制止は、アイを囲繞（いにょう）した。

すでに、アイ自体には、これ以上の上昇エネルギーはのこっていなかった。――しかし、なお、彼は、最後の力をふりしぼって、意志を高みになげた。

と——、そこにはすでに、それ以上の『上』はなかった。それは、さらに高次の、空漠たる一つの『場』だった。彼の『知ろうとする志向』は、宇宙そのものをつきぬけ、そこで彼は、ちらと垣間みた。

すべての島宇宙、すべての星雲、すべてのエネルギーと多元時空間、超時空間をふくむ大宇宙が、それ自体ふくれ、成長し、進化しながら、さらにそれ自体としての限界をこえず、のたうちながら、もう一つの別な宇宙——その低次の断面が、超空間において、逆行宇宙として認識し得るもの——と、媾合し、もだえながら、さらに第三の宇宙を——それは、この宇宙の限界をさらにこえた進化を可能にするような、別個の基本条件をそなえたものであろう——うみ出しつつあるさまを……。


君は燃えつきた……

かすかなこだまが、落下して行くアイの、意識の遠くにひびいた。

してはならないことをし、君の階梯では知ってはならないことを知って、君の超意識体の、凝集秩序は擾乱され、もはやもとにはもどらない……

われわれは、君を罰するのではない。——君は君自身をほろぼした。

一つの——この宇宙における、稀な機会が、挫折した。無限回のくみあわせののち、やっとうまれた一個の宝石が砕けた。

もうどうにもならない――君を、より下位の階梯の処置にゆだねる……

かつて君が第二階梯にあった時、処置をしのこしたことがあった、と、君はいった――と同僚の意識がひびいた。――第二階梯においてなら、かろうじて、君をささえることができるだろう。

君を、第二階梯に――肉とともにほろびる意識の中にほうむろう。

もはや、君は、ほとんど何もおぼえてはいまい。――君は、肉の生命とともに、君の存在をおえる……。

さよなら……アイ……

エピローグ（その1）

スイス――ベルンの国立病院で、その日、ちょっとしたさわぎがおこった。

いつもの、市民見学団の一行に、つい最近病院にそなえつけられた、数々の新式医療装置や、病院で自慢の冬眠治療装置――これは、人間を長期冬眠させておいて、数々の治療をおこなうもので、悪性の癌治療には、一番有効な手術方法とされていたのだが――の説明をおわったあと、案内の中年の看護婦は、これもステロタイプ化したウィンクをしてみせて、一行にいった。

「さてみなさん、もうご存知の方も多いと思いますし、医学界では、かなり有名になっているものですが、当病院の名物の一つをお目にかけましょう。――どうぞ、隣りの部屋へご移動ください」

子供づれの見学団は、ぞろぞろ動いて、隣りの部屋のガラス窓をのぞきこんだ。――そこは、かなりひろい部屋で、たった一つのプラスチックカバー附寝台がおいてあり、その上に、一人の老人が昏々と眠っていた。

「なにか、珍しい病気ですの？」と婦人の一人がきいた。

「この年とった患者は、〝アルプスの謎の遭難者〟とよばれております」看護婦はいった。「今からざっと五十年前、アルプスのフィンステラルホーンの雪渓で、一人の、下着姿の東洋人の若者が、たおれているのが発見されました。彼の登攀は、いかなるコースにも記録されておらず、これに該当する人物は、在スイス東洋諸国の領事館に照会しても、全然いませんでした。全身凍傷に冒されていましたが、すぐに当病院へはこびこまれ、治療をうけて、命はとりとめました。──しかし、それ以後、意識はついに恢復せず、その後五十年間、この部屋の中で、眠りつづけています」

「じゃ、この人は……」中年の肥った男がきいた。「眠ったまま年をとったのかね？」

「そうです。新陳代謝はふつうどおり行なわれ、老化現象は、常人と一つもかわらず進行しました。──それ自体、非常に不思議なことですが、それ以上に不思議なのは、実に五十年の間、ふつうの睡眠より、はるかに深い眠りをつづけ、今日の進んだいかなる脳外科手術も、ついにこの老人の眠りをさますことができなかったことです」

「ママ！」その時、子供がガラスに顔をおっつけて叫んだ。「あのおじちゃん、動いているよ！」

こうして、二〇一六年のある日、五十年間眠りつづけた、正体不明の遭難者は、突如眼ざめた。──このことは、当然、医学界やジャーナリズムをさわがせた。

この、〝スイスのリップ・ヴァン・ウィンクル〟は、眼ざめた時完全な記憶喪失状態だった。彼は、自分の名前も、なぜ自分があんな所に、あんな恰好でたおれていたかも思い出せなかった。——ただ、彼は、意識が恢復すると同時に、日本語を喋ったので、日本人だということだけは、すぐわかった。——それに彼が、登山のことに比較的早く、記憶反応をしめしたので、アルピニストかも知れない、ということもわかった。

だが、日本のアルピニストで該当者はなく、それ以上のことは、なにもわからなかった。身よりもわからなければ、身もと引き受け人もいないということで、病院では親切に、このままずっと病院にいて、療養をつづけたらどうか、といったが、老人は、日本領事館と相談して、日本へかえりたい、といった。——日本へかえったら、何か思い出すかもしれない。

「よかったら、また帰ってきたまえ」と病院長はいった。「日本なら、ＳＳＴで、わずか五、六時間だ」

「船でかえります」と老人はいった。「長い旅のうちに、なにかを思い出すかも知れない」

長い眠りの間に、筋肉もよわっていたし、眼ざめてからの老人は急速に老いこんでいた。日本についてから、老人は、新聞社をたずねたり、そこで得たとぼしい援助で、あちこちを歩きまわった。——だが、さして、手がかりになりそうなものはなかった。

そして、ある日——老人は何かにひかれるように、かつて、一度は車窓からながめた和泉の葛城山麓に、ふたたびまいもどってきた。——記憶を失った彼にとっては、この半世紀の日本の国の変化を認識することなど、全然できないはずだったにもかかわらず、その山麓に立った時、ここは、前に一度見たことがある。そして、ここばかりは、五十年前――と医師からきかされた、自分が意識を失った五十年前の日本と、ほとんどかわっていない、という直感がつよくした。

なんとはなしに、胸とどろく思いにかられて、老人は、高速バスの道路からはなれて、舗装しのこされた、ただ一つの坂道を、一歩一歩のぼっていった。――林をぬけ、曲り角を一つまがると、突然そこに、こんもりした木立ちにかこまれた、古びた藁屋根の家が見えた。――前の蚕豆の畠には、花が咲き、紋白蝶がたわむれていた。――梅の老木にかこまれ、青紫蘇や、蕗のはえた前庭では、さんさんとふりそそぐ四月終りの陽をあびて、ぬくぬくと羽根をふくらませた鶏たちが、コッコッと鳴きながら、餌をついばんでいた。――そして、縁先に、目白の籠をおろして、小さなすり鉢で、袖無しの背を丸くして、練り餌をすっていた白髪の老婆が、人の気配に、ふとふりかえった。

白髪に、色の白い、やさしげな顔だちの老婆だった。

突然、老婆の手もとで、すり鉢が高い音をたてた。――老婆は、縁先から立ち上り、びっくりするような若々しい、緊張にふるえる声でよびかけた。

「野々村さん?」

「いいえ――通りすがりのものです」老人は、帽子をとって首をふった。「少し休ませてくれますか?」

それから——縁先の、ほんの腰かけのつもりが、老人の身の上話になった。五十年間眠りつづけていた、ときくと、老婆の顔は、一縷(いちる)の望みを得たかのように輝いた。奥から、手ずれのしたノートをもってくると、どういうつもりか、老婆は、これを読んでみてくれ、としつこくすすめた。

「むずかしいことです。——学術関係のノートですね」老人は首をふった。「私には一行もわかりません」

老婆の表情に、落胆の色が走った。——が、なお、なにかひっかかるものがあるらしく、老婆は、何や彼やと彼をもてなした。午飯(ひるめし)を御馳走(ちそう)になり、すでに日もかたむきかかってから、老人がやっと礼をいって、立ち上がると、

「あの……」これが老婆かと思われぬくらい、みずみずしい、思いつめた表情で彼女はいった。「あの……どこにも行くあてがおありにならないのなら、せめて今夜だけでも、お泊まりになりません？」

「でも、それは……」と、老人がためらうと、老婆を手を口にあて、少女のような声で笑った。「女の一人ぐらしといっても、こんなしわくちゃのお婆(ばあ)ちゃんですもの——それに、失礼ですけど、あなただって……」

これがきっかけになって、その夜だけが、三日に、やがて一週間に、そしてずるずると、老人はその家に居つくことになった。

居ついて気づいたことは、老婆の視力が、かなりおとろえていることと、なお老人を知りあいの誰かではないか、と——特に老人の記憶の恢復に、期待をかけていることを知った。老人の方も、なぜかこのあたりの風景に、かすかにひかれるものがあり、この老婆とも、どこかでつながっているような気もしたが、同時に、何か肝心の所で、そのつながりが食いちがっているような気もした。

しかし、もう、老人はあせらなかった。——単に眠りつづけていたにすぎないのに、自分が、長い長い、辛苦の旅をつづけて、今その終りに身をおいているのだ、という感じがするのも妙なことだった。

老婆は、老婆自身のことを、ポツリポツリとしゃべった。合間に、老人の顔に何か反応が起こらないか、とうかがう風だったが、ついに話を終えてしまうと、かすかにあきらめたように、しずかな笑いをうかべた。

「今度は、あなたのお話をきかせてくださいまし」と老婆はせがんだ。

「話といって——私は五十年間も眠りつづけていたのだし、それ以前のことは、何もおぼえていませんから……」

「眠っておいでの間、夢もごらんになりませんでした？」

ふいに、老人は、凝然として、庭を見つめた。——しばらくたってから、彼は、硬い、しわがれた声で、ポツリといった。

「見ました」老人は、遠いものを見るような眼つきをした。「何だかひどく荒唐無稽な、人に話したって笑われるような、まったくとりとめもない……おかしな……それに、断片的にしかおぼえていないので……」

「それでもけっこうですから」老婆はちょっとはしゃぐように、坐りなおした。

老人はしばらくの間黙然と庭を見つめていた。――しめった土の上にむしろがのべられ、今年の梅の実が、まだつけこむ前の、つやつやしい鶯色の肌をにぶく光らせながらならべられてあった。鶏の白い羽があたたかく光り、雛どものあわい金色の柔毛が、その間をふわふわした煙の玉のようにころがっていた。雀が影をおとし、蟻が長い行列をつくり、蠅が日だまりをぶんぶんとびまわった。庭の隅には色あざやかな苔がもりあがり、くすんだ赤紫色の紫蘇の葉や、勢いよくのび上る緑青色の蕗が、梅や、八ッ手や、あおき、南天、海棠、楓などの植えこみといっしょに、青い影をおとし、その間に毒だみや夕雀などの小さな白い花が点々とちりばめられていた。老人は、それらの植物たちを、おどろきにみちた眼でじっとながめた。

――生命と〃時〃に対するいいようもないはげしい思いが彼の中で、うずまきながら、湧き上りつつあった。彼は五月の空にむかって、せいいっぱいのび上り、おのおの声のない歌をはげしくうたい上げているような、これらの小さな、地味でパッとしない植物や動物たちの上に一つまた一つと視線をうつしていった。――すべてをすみずみまで見おわったあと、老人は、眼をまぶしいまっさおな光にみちた空になげた。風が光り、そのむこうに、葛城山が青黒い常緑樹の色と若葉の色に彩られてそびえていた。――午前の陽光が風の中で、山や森を緑色がかった黄金色にきらめかせた。

それらいっさいのものが、やがてまぶしさに弱りはじめた視野の中で、あたたかい陽炎(かげろう)の中にゆらめきながらとけこみ、かがやく眩暈(めまい)につつまれた幻となった時、老人はふたたび口をひらいた。

「そうです――」と老人はいった。

重々しく、彼自身のものではないようなしわがれた声で――どこか存在の深い底からわき上ってくるような――しかし、たった今何かが理解され、いっさいが見出(みいだ)されたような、しずかな驚きにみちた声で、やっと――そうだ、長い彷徨(ほうこう)の末、やっと今、すべてのことを語りはじめるいとぐちが見つかったように、老人はついに重い口をひらき、そのあいまいな長い物語りを語りはじめた。

「そう――」

と老人はいった。

「それは長い長い……夢のような……いや……夢物語です……」

初版あとがき

この作品は、「ＳＦマガジン」誌上に、'65年2月号から11月号まで、十回にわたって連載したものです。

長篇連載の時は、いつも書き出してしまってから、準備不足に気がついて、しまったと思うのですが、かといってあとへはひけず、締切りにおわれ、七転八倒する破目になります。――もっともそれはそれで、たのしい苦しみみたいな所があります。

しかし、この作品を書いている時は、少し妙な所がありました。――書けば書くほど、どうにもならないほど気が滅入り、四、五回ごろには、連載を放棄しようかとさえ思うようになりました。体も若干不調ではあったのですが、どうも自分が換起したイメージに、自分がまいってしまうという、自家中毒にも似た奇妙な現象がおこったらしいのです。――こんな時に、体の不調が重なったのは、かなり痛手でした。連載の中盤にかかって、主題が無限に拡散しつつある時には、この拡散の傾向に、しっかり手綱をかけるのに、かなりな「気力」が必要なのですが、ご存知のように、気力は体力によって、ささえられる所が大きいからです。

結局は酒のガブ飲みと、それから何人かの人たちのはげましによって書きつづけることができましたが、最終回百十枚中最後の七十枚を書きあげた時には――それは暑い夏の最中で、'65年ＳＦ大会がひらかれる前日の夜、東京のホテルの一室でした――まったく精根もつきはてた感じでした。折から前夜祭がひらかれており、そのあと二次会から流れた一行――星さん、矢野さん、平井さん、筒井さん、豊田さんなどの、おなじみの面々が、たびたび飲みに行こうとさそってくれ、私は気分転換のつもりで午前二時半ごろ、一行とおちあいましたが、やはりＳＦＭ編集部の福島さん、森さんの顔が眼にうかんで、みんなと飲みながら、しゃべりながら、書きつづけました。

それからホテルへかえってまた書きつづけ、夏の夜が、しらじらと明けわたるころ、ようやく最後の一行を書き上げました。「完」の一字を書いた時には、全身気持のわるい汗と脂にまみれ、眼はあけていられないくらい痛み、指はしびれ、肩から後頭部へかけて、ギチギチ鳴るほど鬱血していました。まったく、こんな苦しみが、この世の中にまたとあろうかと思われるほど、苦しい一夜でした。

にもかかわらず――そのままベッドの上にぶったおれて、美しく明けて行く夏の朝を呆然とながめているうちに、いつか、もう一度、この主題について書こう、今度はもっと慎重に、もっと充分に準備して、体力や気力も充実させて、今度こそ、何一つ書きもらすことなく書いてやろう、という気が起ってきました。――その時はじめて、本当に、ＳＦというものが全身でぶつかって行ってもいいほど、やりがいのある仕事かも知れない、という気がしてきました。

ですからこの作品は、次の作品へのエスキースと考えていただいてもけっこうです。——おそらくこの次には、私はもっと客観的な「小説宇宙史」といったものを書こうとこころみるでしょう。そこでは、人間は、作品の途中、ごくわずかな期間をくぎって登場する存在にすぎないにもかかわらず、やはり全篇を通じて、その「意識」は重要な主人公であることをやめないでしょう。——しかし、本当の主人公は、始元からいずことも知れぬはるかな未来まで、無限に深く、無限にゆたかな、かつ無限に複雑な段階の「結ぼれ」をつくりつつ流れて行く、エネルギーの大河そのものになるでしょう。——時間の幅も、この作品では約十億年でしたが、この次はもっと長く、おそらく二百億年以上になると思います。自分にそれほどの才能があるとは毛頭思いませんが、すくなくとも意気ごみだけは、ダンテの「神曲（ディヴィア・コメディア）」、バルザックの「人間喜劇（コメディ・ユメーヌ）」のひそみにならって、「宇宙喜劇（コメディ・コスミーク）」を書くぐらいのつもりでやれればと思っています。

などと大口ばかりたたいても、実際の所、いつとりかかるかわかりませんし、今その気になっていても、いつやる気を失ってしまうかもわかりません。——なにしろ、人類そのものが、近々この一万年ばかりの間に、おどろくほど多様で深い、思想を開発しました。近代を支配するヨーロッパ的思考は、そのほんの一部にすぎません。クリスチャニティ自体がきわめて特異なある意味でかたよったもので、たぐいなくドラマティックですが、同時にひどくセンチメンタルでもあります。古代から現代にいたるまで、東洋や新大陸の古代文明にいたるまで、あらゆる思想を偏見ぬきでチェックするだけでも、大変な時間がかかってしまいそうです。――それに現代の「科学」という、途方もない情報の殿堂があります。――これら一切の「科学（サイエンス）」を綜合してみて、それを人間の「意識」を媒介（ばいかい）として、一箇の「フィクション」に結晶（クリスタライズ）させることができるかどうか――うまくいったらおなぐさみですが、今の所、腰がぬけそうで、いつになったら始められるか、はなはだおぼつかない気もします。

いずれにしても、私はいま、こういった領域に、足の爪先（つまさき）をおそるおそるつっこんでいるだけです。これから先、どうなるか、本当にこの領域にとびこんで、泳ぎはじめる気になるかどうか、自分でも見当がつきません。しかしまあ、どっちにしても、先は長いのだし、ＳＦというものも、これから先ますます隆盛をきわめるでしょうし、書く人もどんどん出てくるでしょうから、一人でやれなくても、それほど気にすることもないかも知れません。自分としてはぼちぼちやる気でおります。――どうか気長にお待ちください。

終りに、この作品の途上で、へばりかけた私を周囲からはげましてくださった人たち、ＳＦＭ誌上「人気カウンター」で拙作（せっさく）を御指名くださった方々、締切をぎりぎりにずらしてまで待ってくださったＳＦＭ編集部の方々、私の悪筆を解読する努力をつづけてくださった校閲（こうえつ）と植字の人たち、中途で放棄して姿をくらまそうなどという不逞（ふてい）な考えを抱きかけた私を、最後まで寛大な包容力でもって信頼してくださったＳＦＭ編集長福島正実（ふくしままさみ）氏、拙作をいろいろとあげつらってくださったファンジン諸氏、そして、拙作を単行本にまとめてくださった早川書房ＫＫ――それからとりわけ、この本をお買い上げくださって、いまこの本の「あとがき」を読んでくださっている方たちに、――たとえ「あとがき」を先に読んでいらっしゃるにせよ――心から感謝の意を表したいと思います。

昭和四十一年六月二十日

小松左京

解説／なんという瑞々（みずみず）しさ

大原まり子

この作品が、今から三十二年前、一九六五年に書かれたなどということが、信じられるだろうか？

次代に残る傑作というのは、こういうものかと思う。

ＳＦ作家は、ほとばしる才能（と一種の無邪気さ）にまかせて、文字どおり型破りの、ひとつの小説の形式（スタイル）もしくはジャンルを創りあげてしまうことがよくあるようだ。

星新一氏のショート・ショート、半村良氏の伝奇小説、新井素子氏の現代的な言文一致文体、荒巻義雄氏の戦記シミュレーション、海外ではウイリアム・ギブスンらによるサイバーパンクなど、枚挙にいとまがない。

小松左京氏もまた、『果しなき流れの果に』において、独自のスタイルをそれと意識せず、たった一人で創りあげてしまった。

ただおもしろい作品というのであれば、内外を問わずたくさんある。

この作品の際だったおもしろさは、めくるめくストーリー展開、次から次へとわき上がる魅惑的なアイデアの数々、古代から超未来へ・人から人でないものへとつながる壮大なヴィジョン、人間存在をめぐる哲学的思索、ガラスの破片のように散りばめられた謎がパズルのごとく組み合わされてゆくクールな論理性、といっていいだろう。

SFの中でも、ワイドスクリーン・バロックとよばれる、きわめて数は少ないが、明らかに共通する特徴をそなえた作品群がある。

その数おそらく、世界中で、両手足の指の数ほどもないと思われるが、それは決して人気がないからではなく、書こうと思って書けるものではないために、なかなか生まれなかったのである。作家の個人的天才による作品としかいいようがなく、後継者を育てように も育てようがないジャンルといってしまってもいいかもしれない。

具体的には、A・E・ヴァン・ヴォクト（『非Aの世界』『イシャーの武器店』）、アルフレッド・ベスター（『虎よ、虎よ！』『分解された男』）、バリントン・J・ベイリー（『カエアンの聖衣』『禅銃』）といった作家の名があげられよう。

中でも、イギリスの作家ベイリーの『カエアンの聖衣』（一九七八年）の冒頭部では、地球のジュラ紀に相当する動植物相をもった異星の状況が描かれる。

かれらの攻撃・防御用装備は、超低周音波。パイプオルガンのような装甲を備えた恐竜の群れ——絶叫獣たちが、人の耳には聞こえない可聴下音によって互いを破壊しあうというのだから、ただ事ではない。

しかしながら、ベイリーのつむぐ魅惑的な情景は、本書のプロローグのほぼ相似形といってよく、いかに本作品が先駆的かつ始原のイメージをたたえていたかをよく示している。

『果しなき流れの果に』は、ワイドスクリーン・バロックの系譜に連なる、世界的にも希有なＳＦの大傑作だと思う。

　恐竜、不確定性理論、古代史、人類の進化、ラグランジュ点に浮かぶ人工衛星までの軌道エレベーターなどなど、三十年以上の時を経てなお魅力的な小道具が、綺羅星のごとく散りばめられているのも楽しめる。

　だが、なんといっても、名作といわれる作品の醍醐味は、読み進むうちに、われわれのモノの見方、世界観が変容してしまうことではないだろうか。

　私たちがふだん認識できる、現実における事件の帰結から描かれるところが心憎い。その後、驚天動地のストーリーが展開されてゆく中、読者の認識の枠組みはガタガタにゆさぶられ、ついには粉砕されてしまうのである。

　作中の主人公が、時空を超えた世界と格闘しつつ認識の階梯を這い昇り、あらたな階梯へ進むたび、読者もまた異様な世界を目のあたりにする。

　そして、昇りつめようとして、ついには力足りず堕天使のごとく失墜してゆく描写は、まるでダリの絵画が動き出すようで、すばらしく幻惑的だ。

　さらにいうならば、これも名作の条件ではないかと思うが、なんともいえぬユーモアを感じる。それは、今時のギャハハと腹を抱えて笑うたぐいの安物ではない。もっと奥深い、真の知性によってもたらされるものだと感じる。

　第一章に、「もっともシリアスな知性を、いつでも自分で茶化すことができる」こと、すなわち〝半分まじめ（セミセリア）〟の価値を述べるくだりがあるが、まさにそのようなものとして、この作品は書かれたのではあるまいか。

思えば、私がＳＦに惹（ひ）かれた最大の理由は、たえず既成の価値を相対化するクールな知性だったような気がする。

最後の最後に、実は壮大な冗談だったんだよ、とポンと肩をたたかれたとしても、私の世界はすでに変容を遂げてしまっている。私自身の世界に対する認識の方法が変わってしまっているのだ。

それは、たとえば〝胡蝶（こちょう）の夢〟のようなもの。

荘子があるとき夢を見た。蝶々になって、ひらりひらりと舞っているのだった。目を覚ましたが、はたしてここは現（うつつ）なのか。あるいは、この世は蝶々の見る夢ではないのか……。

小松作品には魅力的な短編がたくさんあるが、とりわけ「岬にて」は大好きな短編で、たいへん美しい。

一口に東洋的とくくってしまっていいのかどうかわからないが、近代科学を生み出すにいたった、父なる神をいただくヨーロッパ的思考とはまったく別の認識の方法が、見事にこの短い掌編に結晶化されて在（あ）る。

ことに、中国の伝統音楽の描写はすばらしく、二羽の鴉（からす）がただ遊びながら在（あ）ること、その存在の美に心がふるえる。鴉そのものはただ在（あ）るだけである。その二羽の鴉の有り様を感じている、人の心に共振するのだ。

「岬にて」の儚い夢のような、しかし確固たる美の世界に触れるとき、私は、かのゲーテの『ファウスト』に登場する、可憐ながら強さと美しさをたたえた少女、グレートヘンを思い出すのである。

そして、このイメージが、小松作品の多くに、深く刻まれていることに気づく。『果しなき…』にも、それは佐世子という女性像を通して現れる。

男への愛のために誤って母を殺し、未婚のまま子をなし、さらにその子まで殺してしまう少女グレートヘンほど、汚辱にまみれてはいないかもしれない。しかし、若い身空で愛する男のいつか還ることを直観してしまった佐世子が、独り身を通し、ただただ待ち続けるというのも、相当な悲劇ではあろう。

グレートヘンもまたすぐれた悟性によって、メフィストフェレスが悪魔であり、愛する男に悪魔の友人がとりついていることを、とっくに知っていたのである。知って、なお、自らの運命を享受し、そこを居場所と定めて逃げなかった。

神々しいような腹の据わり方とでもいおうか。

その人間存在のあり方は、野に咲く花のような可憐な美をたたえて、野の花よりも、さらに美しい。二羽の鴉が人の心に接続されたとき、はじめて輝きを放ったように。

洋の東西を問わず、ほんとうの芸術家は、この女性的なるものから、創造のエネルギーを汲み上げることを知っているのだろう。

本作品のエピローグには、おぼろな夢の世界にいるような、しかしながら何もかも知ってしまったような、老夫婦の生活が描かれる。
やっと巡り会った二人の、恍惚とした美しさに、涙を流したことを告白しておく。

一九九七年十一月

（おおはら・まりこ／作家）

本書は、「ＳＦマガジン」にて一九六五年二～十一月に連載後、六六年六月に早川書房より単行本、九七年十二月にハルキ文庫として、刊行された作品の新装版です。

ハルキ文庫

果（はて）しなき流（なが）れの果（はて）に 新装版

著者 小松左京（こまつさきょう）

1997年12月18日 第一刷発行
2018年6月18日 新装版 第一刷発行
2024年6月18日 新装版 第四刷発行

発行者 角川春樹

発行所 株式会社角川春樹事務所
〒102-0074 東京都千代田区九段南2-1-30 イタリア文化会館

電話 03(3263)5247(編集)
03(3263)5881(営業)

印刷・製本 中央精版印刷株式会社

フォーマット・デザイン 芦澤泰偉
表紙イラストレーション 門坂 流

ISBN978-4-7584-4178-0 C0193 ©Sakyo Komatsu Printed in Japan
http://www.kadokawaharuki.co.jp/[営業]
fanmail@kadokawaharuki.co.jp[編集]　ご意見・ご感想をお寄せください。

小松左京の本

果しなき流れの果に

白堊紀の地層から、“永遠に砂の落ち続ける砂時計”が出土した!
N大学理論物理研究所助手の野々村は砂時計の謎を解明すべく、
発掘現場へと向かうが……。「宇宙」とは、「時の流れ」とは何かを問う
SFの傑作。(解説・大原まり子)

首都消失 上下

都心を中心に、半径三十キロ、高さ千メートルの巨大雲が突如発生し、
あらゆる連絡手段が途絶されてしまった。
中に閉じこめられた人々は無事なのか?　そして政府は?
国家中枢を失った日本の混迷を描く、日本SF大賞受賞のパニック巨篇。

復活の日

MM-八八菌——生物化学兵器として開発されたこの菌を搭載した小型機が
アルプス山中に墜落。世界各地を襲い始めた菌の前に、
人類はなすすべもなく滅亡する……南極に一万人たらずの人々を残して。
人類滅亡の恐怖と、再生への模索という壮大なテーマを描き切る。

虚無回廊I

“SS”——宇宙空間に突如出現した謎の物体。
直径一・二光年、長さ二光年という、人類の技術をはるかに超えた存在を、
何者が何のためにつくり上げたのか?　AE(人工実存)の研究者を中心とした
探査計画は、SSとのコンタクトをはかる。新たな“宇宙史”の開幕!

ゴルディアスの結び目

少女マリア・Kに取り憑いたのは悪魔なのか、それとも——。
彼女の精神の内部へ入り込んだサイコ・ダイバー伊藤が見たのは、
おぞましい“闇”の世界だった!　宇宙創造の真理に鋭く迫る
“ゴルディアス四部作”を収録。(解説・小谷真理)